世界经典探案故事全集
SHIJIEJINGDIANTANANGUSHIQUAN...

SHIJIEJINGDIAN
ZHIPOQIANGUSHI

周 治◎主编

KEY?

世界经典
智破奇案故事

辽海出版社

责任编辑：于文海　陈晓玉　孙德军

图书在版编目（CIP）数据

世界经典探案故事全集/周治主编 . —沈阳：辽海出版社，2011.1
（2014.4 重印）

ISBN 978-7-5451-0437-0

Ⅰ. 世…　Ⅱ. 周…　Ⅲ. 故事—作品集—世界　Ⅳ. I14

中国版本图书馆 CIP 数据核字（2009）第 084356 号

世界经典探案故事全集

世界经典智破奇案故事

主编：周治

出　版：辽海出版社	地　址：沈阳市和平区十一纬路 25 号
印　刷：三河市刚利印务有限公司	字　数：400 千字
开　本：720mm×960mm　1/16	印　张：33
版　次：2011 年 1 月第 2 版	印　次：2014 年 4 月第 2 次印刷
书　号：ISBN 978-7-5451-0437-0	定　价：89.40 元（全 3 册）

如发现印装质量问题，影响阅读，请与印刷厂联系调换。

——前　言——

探案故事是一种通俗文学体裁，主要描写刑事案件的调查和破案过程。

探案故事的模式由 4 部分构成：一是神秘的环境；二是严密的情节，包括介绍侦探、列出犯罪事实及犯罪线索、调查、宣布案件侦破、解释破案和结局；三是人物和人物间关系，主要有 4 类人物：一是受害者，二是罪犯，三是侦探，侦探的朋友，牵涉进罪案的好人；四是特定的故事背景。

这 4 部分的次序可以根据需要排列组合，但它们是传统探案故事的结构基础。

探案故事从 19 世纪中期开始发展。美国作家埃德加·爱伦·坡被认为是西方探案故事的鼻祖。第一次世界大战和第二次世界大战之间这段时期，称之为西方探案故事的"黄金时代"。仅英美两国，就出现了数以千计的探案故事。当时阅读探案故事已不仅仅是有闲阶级的一种消遣，下层阶级的人也竞相阅读。

20 世纪 20 年代末期，美国出现了一种"反传统探案故事"的探案故事，称之为"硬汉派"探案故事。这类作品描写艰苦的环境和打斗场面，在叙述故事和人物刻画上，与传统的侦探作品都有很大的不同。这类作品在一定程度上反映了社会现实。第一次世界大战以后，世界范围的经济萧条对美国打击很深，工人失业，生活贫困，官吏贪污腐化，社会动荡不安。一些优秀的探案故事作家开始反映这种社会现实，提高了探案故事的文学水平。

探案小说从 19 世纪末引入中国以来，也是长盛不衰。80 年代以后，翻译侦探小说大量出版，总数可能达到 2000 部以上。本土侦探小说也有了长足的进步，解放前著名探案作家的作品直到现在仍有再版，当代探案小说的创作每年也有百部之多。

侦破故事不论是民间流传还是真有其事，都代表人们不平则鸣的心声。在侦破故事中，忠诚与奸诈、勇敢与怯弱、正义与邪恶、公理与私刑、智慧与愚昧、文明与落后、真善美与假丑恶，形成了鲜明的对比、激烈的矛盾经过冲突、斗争、较量，一切表现得淋漓尽致，使我们不得不对邪恶产生深深地憎恨，对正义产生不懈地追求。

我们编辑的这套《世界经典探案故事全集》包括《世界经典侦探推理故事》、《世界经典缉拿追捕故事》和《世界经典智破奇案故事》等 3 册，这些作品汇集了古今中外著名的疑案、迷案、奇案、悬案、冤案等近百篇，其故事情节惊险曲折，探案英雄大智大勇，阅读这些侦破故事，不仅可以启迪智慧、增强思维、了解社会、增长知识，还可以学到自我保卫、推理破案的常识，防范日常生活的不测。

本套丛书具有很强的系统性、权威性和完善性，是全方位展示国内外探案作品的经典版本，是青少年读者的良好读物和收藏佳品。

目　　录

第一章　斗智斗勇

绝 顶 聪 明 的 杀 手

布莱克博士在自己家中被人开枪打死。独自住在郊外的布莱克博士的尸体是在第二天早上被帮工玛琪发现的。尸体倒在书房正中央，胸前中了一枪。屋内带着灯罩的电灯从天花板垂下，布莱克博士穿着礼服，倒在灯下。在博士身旁有一只被打碎的灯泡。

窗户关着，挂着厚厚的窗帘。在窗帘和玻璃上有一个弹孔，死亡时间推定为昨晚9点左右。探长奎恩和助手默尼奉命赶到。当地治安队长把情况作了简略介绍："犯人是从院子对面的杂树林里开枪的，距离约40米，一枪命中，枪法的确不错。根据这点，不久就可找出犯人。"

奎恩探长仔细地检查了一遍现场，提出疑问："黑色窗帘的布料很厚，即使屋内开着灯，室内的人影也映不到外面去，而且，布莱克博士是在电灯下方被击中的，他的影子更不会映到窗上。那么，犯人究竟怎么瞄准射击的呢？难道是偶然被打中的吗？"

奎恩探长的疑问，治安队长无法解答，只得答应天黑时做一下试验。这时，奎恩看见了博士身旁的碎灯泡，找了支电笔试了一下灯座，发现灯座有电。

天黑的时候，经过试验，证实了奎恩的疑问。"从窗帘缝隙处，只能知道室内是否开灯，然而，罪犯只一枪便命中了他，的确是个神枪手"治安队长感到有些奇怪。

"已大致知道犯人是谁了吗？"奎恩探长单刀直入地问。

　　"有两名重大嫌疑犯，是布莱克博士的两个侄子，加森和尼克。博士现在是独身，又没留遗嘱，遗产将由他们两人各自继承一半。博士有相当大一笔遗产。"

　　治安队长找来了加森和尼克。由于没有确凿证据，无法定案。实际上，案发的当晚，两人在叔父家共进晚餐。之后，3 人在书房隔壁的起居室里谈话。据说 8 点 30 分的时候，加森和尼克回家去了，帮工已于 7 点 30 分先走。此间，两个侄儿分别都进去过书房一次。先是加森在闲谈中，博士的烟抽完了，他进书房去取。临走之前，尼克从书房里借了书后回去的。其间，布莱克博士一次也没进过书房。这些，刚才加森和尼克都作了证词，而且布莱克博士一直把他们送到门口，然后关上门。不料进入书房后被射杀。第二天早上案发时，他家门还紧关着，并没有人破门而入的迹象。

　　再说，两个侄儿住在各自的公寓里。据他们说，在叔父家门前告别后，一个向南，一个往北各自回去了。奎恩探长想到这里，闭目沉思着。片刻后，奎恩突然睁开眼睛，对治安队长说："白天在现场时，灯罩灯座是有电的，而在博士身旁有一只被打碎的灯泡。"

　　"是的。"

　　"那我知道谁是凶手了。

　　治安队长问道："是加森，还是尼克？"

　　奎恩探长用肯定地语气说道："是尼克。"

　　"为什么？"

　　"尼克在回家前最后一个进入书房，这便是证据。""嗯？"治安队长糊涂了，"奎恩探长，只凭此似乎还不能证明什么。"

　　奎恩微微一笑，说道："尼克从书房出来时，事先摘下电灯泡。侄儿们走后，布莱克博士进入书房，按下墙上的开关，发现电灯不亮，一看是灯泡没了，他便去更换灯泡，或许是嫌麻烦，他没有关开关。这样，在灯泡接触灯座的一刹那，灯泡亮了，而博士恰好站在灯泡正下方，所以，从书房的窗户看到电灯亮的瞬间，布莱克博士肯定会站在电灯的正下方，即使窗上没有映出影子，罪犯也能瞄准射击，试想，有什么人会如此精确地知道电灯的位置呢，恐怕只有它的主人和他的侄子们吧！"

　　"而博士被击中倒下后，灯泡自然从手中丢了下来，所以会摔碎在博士身旁……"治安队长似乎还沉浸在对当时情景的想象中。

"没错，"奎恩探长点了点头，站起身来说道，"好吧！让我们去捉尼克去吧！"

凶手的伎俩

这是一个夏天的晚上，月光皎洁明亮，静静地照着大地上耸立着的一座还未完工的大厦。这栋大厦预定盖10层，但目前脚手架却还未搭到一半。离此处15米远的地方，可以看见一幢二层楼的小楼，那是工程公司的临时事务所。

一楼是仓库，下班之后一个人也没有，二楼却灯火通明，透过打开的窗口可以看见有几个人正围着一张设计图在研究。有的人把账簿摊在桌上，用电脑仔细地核对数字；也有人在整理票据，时而在键盘上敲打着什么，大家都在为工程的进度做充分的准备。

在忙碌的办公室中巡视的人，是经理陈能。他看起来差不多35岁，身材高大，眼神锐利。稍后他向着自己的办公室走去。

就在他进去房间不久。突然从远方的建筑物传来一声清脆地枪响，同时经理室有一声惨叫传出，全体员工顿时都吓了一跳。

待人们清醒过来后有人跑去窗户边张望，有人跑向发出枪响的建筑物，剩下的人全都冲进了经理室。

陈能伏在办公桌上，已经断气了。他的背部染红了一片。

桌子上放着电话机、对讲机、文件夹、烟灰缸等用具，陈能的胸下压了一张设计图，可见他原本是要看设计图却被人从背后的窗户开枪射杀。

陈能座位后面是一扇窗户，玻璃窗是打开着，纱窗也是打开着的，被子弹穿破了一个洞。由此可知，凶手早在对面未完工的大厦中埋伏，等到陈能一进来坐在自己的位子上，就开枪将他射杀。

这点由死者死亡的情况，任何人都可以判断出来。

警察赶到现场，经过勘验，更证明了大家的推断。

经过搜查，在未完工的建筑物里发现了一把用钢筋、电线固定好的猎枪，其位置正好对着主任的办公室，也发现了凶手的鞋迹以及两双白手套，警察人员鉴定上面残留着猎枪发射时喷出的火药，这是凶手逃跑时将它遗弃的。

案发现场仅有这些线索。这附近偶尔有一辆警车来此巡逻，看看有没有人来此偷建筑材料。

当听到枪声时，警察立刻提高警惕，看看是否有可疑的人物。不久，看到几个从事务所跑出来的职员，大家一起搜查，竟连一个人影都看不见。

凶手怎么会消失？真令人想不透。但是这时传来了惊人的消息，一楼的仓库管理员老郑看见了凶手，警察局的王警官和两名部下连忙去找他。来到仓库，只看见仓库里到处堆满了电线、金属管以及其他杂物。

仓库管理员老郑50多岁，皮肤略黑，面部有些阴暗。用一种战战兢兢的眼神看着王警官。

"案发时，你在做什么呢？"

王警官开口问他。

老郑回答道："我在仓库中整理散乱的电线，听到枪声，马上跑到窗户边张望，在对面那栋未完工的大厦里，忽然有一个大块头的身影闪了一下！"

"不知你是否听过这么一个传言……你在偷取仓库的材料时，被陈能发现，但是他并未张扬，只是抓到你犯罪的证据。"

王警官直截了当地说。老郑慌张起来：

"哪有这样的事！全是谣言！"

"只要杀了陈能，就没有人知道了，对不对？"

"不，怎么可能，我一直待在仓库里……你看仓库的窗户都装了铁窗。白天门外也有警卫守着，我怎么可能去杀经理？"

老郑拼命想减轻王警官对他的怀疑。

王警官看了看仓库中的情形，出来对一个刑警说：

"凶手是老郑，没错！"

那名年轻的刑警张大了眼睛看着他说：

"不可能吧，他不是一直都待在一楼的仓库里吗？"

"我来做说明吧。"

王警官对他说。

"二楼的员工因为忙于工作，不可能会去杀人，只有老郑没有不在场的证明！"

"但是他并未从一楼仓库中出来啊？"

刑警有点怀疑地问。

"在仓库里放着许多电线，堆积如山，只要利用那些东西，就可制成简易的发射装置。"

"但是在仓库中的他不可能找到机会下手，因为死者一直在办公室中走动。"

"不，还有更高明的方法。"

王警官笑了一笑，说道：

"走进去看一看，也许会有意想不到的收获。"那个年轻的刑警满腹狐疑地跟着他进了仓库。

王警官细细查看了老郑的桌子。从上面拿起一部对讲机。然后坐在老郑身边，问道：

"你服过役是吧！"

"啊，是的。"老郑点头道。

"老郑，你很聪明，但这电线和对讲机却露了马脚。"

"这……这对讲机是公司发的，我……"

"你用它确定了陈能是否回到了办公室。"

"王警官……"

"你当过兵，会使用枪支，你用钢筋和电线把枪固定好，对准了陈能的座位，然后用这个……"王警官举起了打了绳结的一截电线。"你把电线折成两半但没有折断，以钢筋作支柱经由仓库的支架再拉到自己的手边，然后扣动扳机，松开绳结。这是我从大厦地上发现的。"

老郑听了王警官的解释脸色变得灰白，只是垂头丧气反复地说："不……不是我……。"

贼喊捉贼的凶手

盛夏的一天，酷热难当。神津恭介探长正在自己的办公室办公，急促的电话声响了，神津恭介抓起电话，话筒里传来一个男人结结巴巴的声音：

"警察先生，我刚从外面回来，就见我的房门底下塞着一封信。我打开一看，妈呀，是备子写的，她在信上说她要自杀。"

"信上有没有日期？"恭介神经忽地一下绷紧了。

"有，就是今天，今天中午。"

"你现在在哪里？"恭介急切地问。

"在备子处不远的一个电话亭。我见到信后就赶了过来。我拼命敲着她的房门，可是里面什么声音也没有，恐怕备子已经寻了短见……"那男人说着说着便哭了起来。

"小伙子，备子住在什么地方？我怎样才能找到你？"恭介猜他一定很伤心。有道是男儿有泪不轻弹，只因未到伤心处。

小伙子抽抽噎噎地回答："这儿是神谷公寓，我在楼梯口等你好了。"

"好，我尽快赶到。"

说完，恭介带了几个助手，驾着警车，向神谷公寓急驶而去。

他们的车还没停稳，一个短发高个儿的小伙子便跑了上来。

他痛苦地和恭介握了握手，自我介绍说，他叫山本大岛，是柳田备子的男朋友。然后，又递上一封信，轻声道："这就是备子的遗书。"

恭介接过来，扫了几眼，便把它放进了口袋。接着，让山本大岛领路，去备子的房间看看，门是从里面反锁上了，恭介的助手撬开了门，只见备子的心口上插了把刀，由于刺得太深，只露出了刀柄，它被死者的双手握着。

备子的房间在三楼，窗外就是街道，连阳台也没有，窗帘低垂。

山本大岛不顾一切冲了上前，他刚抱起死者的头部，就被恭介制止了：

"对不起，山本先生，请保持好现场，希望你节哀顺便合作一些。谢谢！"

他把屋里的东西仔仔细细都检查了一遍，发现门把和插销上没有任何人的指纹。如果备子是自杀，那她干嘛要擦去上面的指纹呢？显然，备子是被谋杀。凶手杀人之后，伪装了自杀的假现场，然后逃之夭夭。

恭介的推断公开后，引起大伙一阵哗然。

大岛问："可是，备子留下了遗书呀！"

"遗书也是伪造的，我刚才检查过了，那上面只有我和你的指纹，没有其他人的。如果那信是备子亲手写的，上面应该也留下她的指纹。"

"可是，凶手是怎样逃离的呢？在咱们进来之前，门是从里面锁上的呀，难道凶手在门外，却把手伸进门里插上了插销？这简直成了魔术。"恭介的助手们都不解地议论纷纷。

"再狡猾的罪犯也会留下蛛丝马迹，线索肯定就在这间房子里，让咱们再耐心地找一找。"

恭介的话给大伙带来了信心。他们都埋头在屋内仔细检查开来。

这时，恭介注意到备子身边那台电风扇，它的风不时将死者的头发吹得飘起来。恭介记得刚进屋时，它就一直在嗡嗡旋转。他拿起放大镜，凑近些，发现上面有死者的指纹，可能是备子在被杀之前自己开的。于是，不经意地往别处去了。

突然，助手则卷发出一声"咦！"恭介好奇地回过头。

则卷大声说："我在电风扇上发现了新的线索，这里缠着一小卷钓鱼线！"

大家立刻围了过来，仔细一看，风扇轴上果然缠了一小卷透明的尼龙钓鱼线。"

恭介吩咐则卷说："慢慢取下钓鱼线，先检查一下风扇轴周围有没有可疑的指纹？那里的指纹是很难擦掉的。"

"是的，还真有呢！"则卷快活地叫起来。

恭介闻声，用手中的放大镜对准了指纹。顿时，他站起身，逼视着一旁面无血色的大岛。

"探长，有凶手的线索？"大岛躲闪着恭介的目光，装作很关切地问。

"哼，想不到你小子胆子不小，竟敢贼喊捉贼呀！"恭介冷笑道。

"我不明白你的意思，这……这到底是怎么的回事？"大岛结结巴巴地问道。

"别装蒜了，大岛，你是个聪明的杀人犯，但是，狐狸总是会露出尾巴来的。风扇轴上只有你一人的指纹，你还有什么好说的？"

大岛不得不交待了自己的罪行。原来，他事先把房子外面的电源关上，谋害了备子以后把钓鱼线一头系在门的插销柄上，另一头绑在电风扇上，然后，他关上门，合上电源开关。电风扇旋转起来，同时，把门里的插销拉进了插销框里。然后，钓鱼线被风扇挣断了就慢慢被卷进了中轴。

职业杀手的错误

我是一个恶狼般的职业杀手，我的信条是拿人钱财替人消灾。只要给钱，不管男女老幼，不管何时何地，都可以让他消失，这就是我的职业。如果你有什么仇人尽管来找我，我包你满意。但有一点必须事先讲好，你须出高价才行。

今天晚上的客人是位相当英俊的小伙子。

"请你把这个人给我除掉。"他递过来一张照片。我一看，是一个经理模样的男人。

"这个家伙是轮胎公司的经理。他夫人是董事长。"

"这么说，你是女社长的情人啰。"我试探地问。"你有必要了解这么清楚吗？总而言之，要你把这个人给我干掉。"他非常认真地说。

"有期限吗？"

"要尽快。"

"死的方法？"

"最好是事故死亡。车祸或什么的……"

"制造事故很麻烦，所以费用要加钱。"我向他索要高价。

"钱不成问题。"年轻人并不还价，很大方地拿出一大叠钱作为定金。这一定是他的后台老板女社长出的钱。

"OK，"那么，咱们来干一杯就算敲定了。"我从厨房的冰箱里取出一瓶啤酒，打开瓶盖倒进两个杯子里，将一杯递给他。

可是，他并没有伸手。

"怎么？你怀疑我的啤酒里有毒吗？"

"不，怎么会……"年轻人踌躇着。

"如若不相信就请你喝了我这杯。"我把杯子换过来一饮而尽。

他勉勉强强地拿起杯子,仍然疑神疑鬼不想喝下去。真是个小心谨慎的家伙。这种人表面上强硬,实际上胆小如鼠。

"要我杀人,就要按我的规矩办事。如果你不喝下我这杯啤酒,我们这笔买卖就算了。"

我这么一施加压力,他没办法只好一口两口地喝了下去。也许是见我喝完后没什么异常反应他才放心地喝了。他喝酒时的神态简直就像咽苦药一样。好歹总算把剩下的一点喝光了。可没多一会儿,他便捂住肚子痛苦地呻吟起来,手里的酒杯也掉在地上。毒性发作了,当然是我往啤酒里放了毒。

那么,为什么一瓶酒我们各分一半儿,我喝完安然无恙而他却中毒了呢?这是为什么,你知道吗?回答很简单,是我事先服了解毒药,在去厨房取啤酒时服用的。

"嘿嘿,你不要怪我,实际上在你之前人家有约在先,让我杀了你。"

"他是谁?"年轻人挣扎着问。

"是轮胎公司的经理呀,就是你给我看的照片上的那个人。他知道你和他老婆私通,就先找到了我。你真是飞蛾扑火自取灭亡呀。"在他临死之前我告诉了他实情。他痛苦地挣扎了一下就断了气。他给的大笔定金,我自然毫不客气地收下了。就算是一笔额外的报酬吧。

可是,事情并没算完,还有后事需要处理,必须把他的尸体搬到他自己的公寓里去,伪装成自杀,真是件麻烦事。但这又是委托人的条件,无奈只能照办。为了谨慎,我戴上手套翻遍了尸体上的所有物品。他身上的东西全是外国的高档货,一定是女董事长馈赠的礼品吧。左手上戴的手表也是瑞士产的一流货。我并不贪图这些东西,以免引起警方的怀疑。

我刚要背起尸体走出房间,却节外生枝出了件意外之事。我不小心跌了一下,把脚扭了。因疼痛难忍,无法再背尸体了。无奈我给委托人打了电话,讲了事情的经过,告诉他搬运尸体要拖几天才行。这期间我把尸体存放到地下室里一张简易床上。现在这个季节还不必担心腐烂。

幸好,两天后脚不痛了。过了午夜,我便把尸体搬进汽车库,塞进汽车的后备箱，去了他的公寓。

车子足足跑了一个小时。这是一座10层楼的公寓，无论哪个房间都熄着灯，时值凌晨3点，人们都在熟睡之际。

他的房间在7楼，当然乘电梯是最方便不过了。可是，万一遇上有人乘电梯就糟了。虽然麻烦，还是爬楼梯保险。我背着尸体从楼梯爬上去，尸体由僵硬变软了，每上一阶楼梯，耷拉在我胸前的尸体的两支胳膊就不停地摆动，活像一个幽灵在我眼前晃动一样，真让人害怕，这家伙死沉，我每爬上一阶都要休息一下。好容易爬到7楼，我累得简直站也站不住了，真是个重体力劳动呀，如果不是委托人付了高价，我是怎么也不会干这个的。

房间钥匙是从死者身上找到的，打开房间，里面是两间一套的小而舒适的住房。我把尸体背进卧室，将其仰放在床上，和前两天放在地下室的姿势一样。

在其床头柜上摆好啤酒瓶。玻璃杯以及装有毒药的小瓶，这些是我事先准备好的，当然都印上了他的指纹和唾液。可以说我的假现场布置得天衣无缝。桌上摆着和女董事长的合影照片，可以代替遗书，给人造成因不正当的男女关系而服毒自杀的假象。二天前，不，已是三天时间了，还要伪装成是那天晚上死的样子，窗头台灯还开着。

伪装完毕，我又仔细地检查一遍才放心地离去。驱车赶回家里时，东方已发白了。

然而，当我看到当天的晚报时不禁大吃一惊。

尸体是在今天早晨（我搬回去没几个小时）偶然被发现。发现尸体的正是那位女董事长。她多次打电话没人接，担心出了事儿便来看个究竟。因她有另配的一把钥匙。真没想到那么快尸体就被发现了。

然而更让我惊讶的是，报道中讲警察已认定是他杀，已经开始立案侦查。怎么那么愚蠢，那家伙本来就是服毒自杀的，我的伪装是天衣无缝的，怎么会被警察识破了呢？

当天夜里很晚才接到委托人的电话。

"看过晚报了吗？"

"是的，看过了。"

"我让你伪装成自杀的，可警察却认定是他杀。你什么地方疏忽了?"委托人恼怒地问。

"我不记得有什么疏忽之处。警察有什么证据认定是他杀，我真不明白。"

"警察刚才到我这儿问过了，好像手表出了问题。"

"是那个年轻人手上戴的瑞士手表吗?"

"是的，你动过那块手表?"

"没有，我没有动过那块手表。"

"混蛋，这个案件的风声不过，你别想拿到剩下的那笔钱。"委托人气急败坏地挂断了电话。

我有点懊丧地搁下电话。怎么也想不通在什么地方留下遗误，便开了瓶啤酒躺在床上慢慢喝着，一边回想伪装现场时的每一个细节。

表?手表。对了，那块手表是自动表。

我"呼"地一下从床上坐了起来。

我在背尸体时，尸体手臂来回摆动，手表受到震动，指针自然会走动起来。死人是不会走动的。那么手表仍在走动不就说明尸体被移动过吗?天啊，我怎么犯了这么幼稚的错误?

这时，门忽然被撞开了，几个警察冲了进来。"你被捕了。"一个警长模样的人对我冷冷地说道。

我无可奈何地吞下了藏在牙齿里的毒药，就是毒死那个年轻人用的那种毒药。

万里奔袭营救将军

12月17日，离圣诞节约有一个星期的时间。寒风夹着鹅毛大雪，肆意地洒落在意大利北部城市卢布尔雅那上空，大街上冷冷清清。由于经济萧条，失业率上升，人们的心绪也像这阴郁的天空一样压抑，因此虽然节日将临，却没有什么喜庆的气氛。

下午6点多钟，北约南欧盟军地面部队司令部副总参谋长，美国陆军准将多拉尔准时回到了寓所。连日来他一直忙于总结一年的工作，并准备在圣诞节前夕飞回美国与家人团聚。将军的夫人朱迪丝正站在窗前向外张望，每天她总要注视着丈夫下汽车，走进公寓，然后再为他开门，互致问候。繁忙的公务、大量的应酬着实使他有些疲倦，而且又远离故国，只有妻子的关心才能使他放松一下紧张情绪，并得到适当休息。

朱迪丝像平时一样，看到丈夫下了车，转身对警卫低声嘱咐了几句，警卫照例也下班走了。这时在距离多拉尔的轿车不远处又开来一辆轿车，当多拉尔走进公寓大楼后，那辆车拐了个弯，消失了。她对此并没留意。

多拉尔进屋后不久，又一辆蓝色的带篷车停在公寓楼门口，他们自称是来为住所修理管道的，守门的警卫还没有来得及弄清真相，便被一个蒙面人从后面扑上来割断了喉管。他们迅速拖走了尸体，然后占领有利地形。这时 4 名化了妆的水暖工上了电梯，直奔 6 楼多拉尔将军的寓所，他们来到多拉尔房间的门口，按响了门铃。

多拉尔夫人打开门，见两位陌生人站在门口。其中一个"工人"说："我们是大楼的水暖工，来修水管子。"

多拉尔夫人觉得有些奇怪，因为她从没有打电话给大楼管理部要求维修水管，再说，这两个水暖工怎么从来没有见过。于是她说道："你们怕是弄错了，我们的水管子很好，不需要维修。"

"很抱歉，是下面房间的水管漏水，我们想检查一下，看看是否您家的下水管道出了问题。"另一位青年慌忙解释道，同时用手碰了一下同伴。

多拉尔夫人将信将疑地把他们让进屋里，正要关门，"水暖工"一把将她脖子掐住，用一块布塞住了她的嘴，门口躲着的两个人也冲了进来。他们直接走进多拉尔将军的书房，用枪口对准多拉尔将军，用威胁的口吻命令道："不许动！老老实实地跟我们走，否则要你的命。"凭着军人的敏捷，多拉尔将军迅速拉开抽屉，但他的手刚一碰到手枪，头部便受到重击，昏倒在地。接着，他们用毛巾塞住他的嘴，并用绳子五花大绑，然后装进早已准备好的大箱子，抬下楼装上车，急驰而去。留在屋里的两个"水暖工"翻箱倒柜，到处寻找北约组织的秘密文件，但一无所获，因为多拉尔从来不把文件带回家里。朱迪丝被这突如其来的事情吓呆了，恐怖分子把她也反剪双手捆起来，绑在椅子上，然后关上门迅速撤离现场。

"多拉尔将军被绑架"，这一则新闻差不多占据北约所有国家报纸的头版，这则消息不仅像威苏维火山爆发一样震动了意大利，也使美国国防部和中央情报局吃惊不小。这显然是一起政治绑架，其目的是为了获取北约的机密。多拉尔负责北约组织南欧地面部队的后勤和行政事务，对北约军队拥有的坦克、装甲车和大炮的数量及火力分布了如指掌，对美国驻南欧部队的兵力和火力情况，甚至生产武器零配件的兵工厂都十分熟悉，一旦这些机密泄露出去，将使美国，乃至整个北约驻南欧部队遭受重大损失，谁也不敢等闲视之。

意大利政府急于探明内情，以便向盟国做出交代，而美国人也如热锅上的蚂蚁，实在按捺不住了。美国中央情报局派人飞往意大利，协助意大利方面进行营救工作。意方反恐怖机构——紧急行动中心的反恐怖专家都认为，如不立即救出多拉尔，他的性命难保。第二天，又一则爆炸新闻出现报端，意大利最大的新闻通讯社卢布尔雅那分社接到一个匿名电话，声称代表红色军团正式宣布，多拉尔已关押在"人民监狱"里，"人民法庭"将对多拉尔一系列屠杀行为和罪恶进行彻底审判。老练的记者都知道这个电话的价值，在接过电话后2分钟，快讯就写出来发向世界各地，成为抢手的独家新闻。

这一则消息对于焦头烂额毫无头绪的美、意两国来说是发现了一线生机和希望，但他们对此也将信将疑。从一开始，他们的注意力就放在俄罗斯情报部门，以为是俄国人干的，现在说是红色军团干的，实在令他们头痛。因为这群亡命之徒组成的恐怖组织实在难以对付，他们不讲任何原则，也不会像绑匪那样索要高额赎金就可以了事，他们根据自己的好恶来决定行动的方式，令人难以琢磨。

红色军团始建于1969年。当时，意大利出现了经济振兴，但失业仍是威胁社会稳定的重大问题。意大利的大学生好不容易熬过了几年艰苦的读书生活，踌躇满志地走进社会，寻求自立，谋求工作。但他们惊异地发现，国家已没有他们工作的机会，他们是社会的"弃儿"。大学生由呻吟转而怒吼，由沮丧转而反抗，校园沸腾了，学生们冲出校门，走上大街，要求工作、住房和生存的权利，但意大利政府却视而不见，他们的宗旨是：用警察来镇压学生的示威。

于是，学生示威、在街头与警察的暴力冲突，成为意大利城市中每日必演的街头闹剧。

在风起云涌的学生运动中，有一个叫库尔乔的学生逐渐成为公认的学生领袖，他具有天才的组织领导能力，他的演说像希特勒和墨索里尼一样煽情。他信奉暴力，鼓吹通过暴力，进行"城市游击战"，以达到推翻政府的目的。

库尔乔很快就组织了一个暴力组织，命名为城市游击队。这一组织机构严密，共分三个层次，最基层的为行动小组，每6个行动小组为一中心，由库尔乔等组成的总部直接领导各地的中心。具体执行任务的单位是行动小组，各小组、中心之间不发生横向联系。这样，任何一个小组的成员甚至中心的首领被捕，都不可能对整个队伍造成毁灭性的打击。

红色军团宣称的宗旨是"推翻政府，建立一个人人都得以生存的新意大利。"库尔乔首先设计了"使政府瘫痪"的行动，他们用枪打断了很多政府官员的膝盖，使他们永远不能站立，这就象征着政府的瘫痪。从此，红色军团登上了历史舞台，并以红五角星和一挺机枪为标志，为红色军团徽章。这一切使政府要员寝食不安，然而他们却得到了一大批市民的同情和支持，尤其是在青年学生和青年工人中，有着较多的同盟者。80年代是其发展的鼎盛时期，红色军团有500多名直接成员，1000余名定期协助行动成员，以及数千名提供经费、交通运输和隐避场所的支持者。虽然人数不多，但红色军团的每一名成员都像一颗重型炸弹，随时可以引爆造成灾难。

红色军团的影响甚至还超越了国界，法国的"直接行动"组织，联邦德国的"红色军"等极左政治恐怖组织，从行政纲领、组织建制、活动方式，直至徽章、名称都受到红色军团的影响。

红色军团以暗杀和绑架闻名于世，其计划之周密，手段之残忍也着实令人胆战心惊。在威尼斯机场，一位意大利外交官在厕所中被两名红色军团成员捉住，用无声手枪将他的双腿打断。在罗马国会大厦前，一位议员刚把腿从桥车中迈出，迎面一排子弹打来，将他的膝盖打得粉碎……这一系列活动使红色军团后来居上，成为与黑手党并驾齐驱的恐怖组织。这次他们绑架多拉尔一是为了提高它们的"知名度"，同时也是为了挽回绑架并杀害莫罗以后，组织的分裂和衰落，他们希望借此机会再一次制造一个令世界震惊的大案，重新鼓起士气，增加更多的支持者。

莫罗是意大利天主教民主党的主席，前任总理，他是意大利政坛的明星，在30年政治生涯中，他用行动为自己建筑了一座丰碑，为了克服政府危机，从而使国家避免陷入无政府状态，他利用自己的政治声望和妥协调和的艺术多方周旋，四处游说，多次化解政党之间的歧见，维持了意大利的稳定。可是，正当他处于政治生涯的顶峰，并很快即将当选意大利总统之时，他突然成了红色军团猎捕的对象。当他乘车前往国会大厦，来到斯特里大街时，一辆白色的菲亚特旅行车挡住了他的去路。他的司机想超车，以争取时间准时出席会议。然而，就在这时，几个蒙面人从前面的车上跳下来，对着汽车的前排座一阵疯狂的扫射，司机和保镖身上被打成了蜂窝。恐怖分子将莫罗抓走，将他塞进早已停在道旁的一辆汽车里，呼啸而去。

红色军团成员绑架莫罗是为了以他为人质，交换被意大利警方逮捕的红色军团领袖库尔乔。3年前，警方无意中抓住库尔乔，并对他进行无数次审判。在法庭上，库尔乔总是历数意大利政府的罪恶，滔滔不绝，仿佛他不是被告，而是原告。

库尔乔被捕后，红色军团组织大受损害，他们积极筹划营救工作，均没有成功。红色军团成员都意识到他们不能失去这位"领袖"，要不惜任何代价救出库尔乔，他们先是考虑劫狱，但库尔乔的关押地点极为机密，难以探听到；他们又计划在法庭审判时营救库尔乔，但每次审判都是军警密布，装甲兵护卫，根本无法接近。最后，他们想出了一个狠毒的计划：劫持政府要员，用以换回库尔乔。他们把目标选为莫罗。因为莫罗是目前意大利最重要的政治家，政府不能没有他；同时，这位总理深受人民爱戴，他的车疏于防范，没有任何防弹设施，而且一贯轻装简从，警卫松弛，最容易下手。

为此，红色军团的成员半年来一直密切注意着莫罗的行踪，摸准了他的习惯。他们勘察地形，计算时间，选择路线，并进行一次次实战演习。经过周密的准备，一举擒获成功。

他们将莫罗关押在"人民监狱"之中，千方百计地折磨他，要他给政府写信，释放红色军团的领袖库尔乔。作为政治家，莫罗直到现在才真正理解了自由的含义。他承受不了精神和肉体上的折磨，更主要的是一种求生的欲望驱动着他给政府写信，一封比一封哀婉凄切，一封比一封痛苦绝望。但他为之奋斗的政府并没有给他生存的希望，理由都是国家利益、国家尊严和反恐怖的原则。一位政府发言人说："我们理解莫罗的处境，但国家的立场不能改变，我们绝不同恐怖分子对话。这样，即使莫罗遇害，也等于意大利精神上的胜利。"他说："我们所做的一切都严格遵照着莫罗先生所制定的原则和终身奉行的信条。"也许被他不幸言中，在莫罗写了第80封给政府的信之后，被红色军团杀害了。

莫罗的死充分暴露出红色军团的凶残和恐怖，也使它失去了大批的支持者。近几年来，由于红色军团不断从事杀人越货的恐怖活动，使它在民众心目中的形象如江河日落，它那层迷人的意识形态的伪装也被自己的行动冲刷得一干二净。在红色军团内部，也分裂成了"顽固派"和"宣传派"。前者主张用恐怖手段从肉体上消灭一切敌人，后者则认为只有在能真正打击国家政权的情况下，才能实施恐怖手段。两派各执己见，互相攻击，甚至反目成仇，兵刃相见。这些都使红色军团的力量受到极大的削弱。再加上警方不断发动攻势，红色军团在很长时间内不敢明目张胆地活动了。

这次绑架多拉尔的行动可以说是处心积虑，要挽救红色军团树倒猢狲散的状况。可是对美国和意大利警方来说，他们真是如履薄冰。美国在派出反恐怖专家协助意大利警方破案后，又派遣"五角大楼"的成员来到意大利，向意大利警方提供技术援助。意大利政府在多拉尔被绑架的8小时内即成立了"紧急行动中心"，负责指挥营救工作。意大利特种部队遵照紧急行动中心的指令，迅速封锁了卢布尔雅那市所有通往外界的道路。他们吸取在莫罗事件中的教训，进行地毯式搜查，挨家挨户，连最小的疑点也不放过，但这一切并未奏效，连多拉尔的影子也没有发现。

第二天下午，红色军团散布各种消息，以引起人们对此案的关注，安莎社驻黎巴嫩贝鲁特分社的办公室突然接到一个电话，一个操着阿拉伯语的男子说红色军团承认它已对美国的詹姆斯·多拉尔将军判处死刑，并且已经执行了枪决。这位将军是由"人民法庭"审判定罪的，他的尸体可能在晚8点以后在一个村庄里被发现。

意大利警察进行了广泛的搜索，仍没有发现多拉尔的尸体。当地的《维琴察报》也接到一匿名电话说，这位美国将军的尸体已被塞到埃德来军营附近的一辆红色菲亚特汽车里。警察立刻赶到那里，结果迎接他们的却是摇控炸弹爆炸。

这两则不能证实的新闻使美意警方压力骤增，也令意大利警方损伤惨重，更使多拉尔的家属和朋友十分担心。虽然莫罗之死已经有几年的时间，但岁月仍然无法冲淡人们对血腥的记忆。为了救出多拉尔，使他免遭莫罗的厄运，几位不愿透露姓名的朋友宣布：要是红色军团释放多拉尔将军，愿出赏金10亿里拉（约900万美元）。可是没有人有任何表示，甚至连敢于来行骗的人都没有。焦急的朋友又贴出赎人告示：如果释放多拉尔将军，不仅不追究责任，还奖赏20亿里拉（约1800万美元）。可仍然是泥牛入海，无声无息。

　　1月6日晚9点，在卢布尔雅那的帕多瓦地区发现了红色军团关于多拉尔将军的第三号公报，说正在对多拉尔进行审讯。与此同时，另外几家报纸都分别自称接到红色军团分子的电话，说已经将多拉尔处死，并且指出了可以找到尸体的几个地点，警察马上组织搜查，要么落空要么发生爆炸，幸运的是这次没有人员伤亡。

　　穷途末路的意大利警方也是病急乱投医，他们不得不求助于意大利黑手党来帮助寻找多拉尔的下落，以达到以毒攻毒的效果。在这种特殊环境下，一对敌人组成了一个奇特的同盟。

　　意大利黑手党和红色军团是黑道上的两支劲旅，过去曾一度合作，共同对付政府；后因利益冲突、政见不合而分道扬镳。他们之间积怨很深，相互仇杀。可是意大利警方又担心此事公之于众，将令他们非常难堪，于是他们决定通过逃到美国的黑手党分子和他们在意大利的同党进行联络。为此，意大利驻联合国武官马瑟罗·坎皮安开始在纽约的黑手党人中着手调查，并结识一位名叫多米尼克·隆庇诺的律师。他曾是意大利北部黑手党头目弗朗契诺·雷斯特的律师，并受过短期监禁。坎皮安告诉他，假如他愿意提供帮助，将得到一大笔钱。隆庇诺答应了下来。

　　几天后，他打电话给意大利情报机关，告诉他们已查明多拉尔被关押在卢布尔雅那、帕多瓦和波罗尼亚三城市所形成的三角区内。第二天，他和意大利的同党多次通话之后，肯定多拉尔被关在帕多瓦，但他还不知道确切的地址。他说他的委托人雷斯特有可能提供确切的地址。而雷斯特正在米兰维多尔监狱里服刑。坎皮安很快同意了隆庇诺的建议。圣诞节期间他拟出了一个计划，决定偷偷把隆庇诺弄到意大利和雷斯特见面。由于隆庇诺仍然是个没有护照的逃犯，意大利官员不得不为他伪造一份护照，其身份是某校汽车司机教练，化名为安格鲁·狄蒙索。

12 月 27 日，戴着墨镜穿着牛仔裤的隆庇诺直奔设在曼哈顿第五大道的美国签证处。虽然事先一再被告知保证他平安无事，他还是约坎皮安提前一小时到了现场。他们紧张地把周围巡视了几遍，很快发现有许多身着军用雨衣假装看报的人。隆庇诺意识到这其中必然有诈，他立刻从电梯里溜了出来，跑到大街上，还没等抓到他的时候，就跳上一辆路过的街车逃走了。坎皮安茫然不知所借，也只得混在人群当中溜走。

这伙追击者原来是美国联邦调查局的特工。他们得知一名非法居住在纽约的黑手党分子正企图弄到一张假护照返回意大利，故而想探个究竟。几小时后，联邦调查局找到了隆庇诺和坎皮安，进行了严厉的盘问，要求弄清意大利当局为何帮助一个黑手党逃犯。坎皮安给正在罗马的上司斯伯特里挂了电话，问他是否应当向联邦调查局吐露真情。斯伯特里当即打电话给中央情报局多拉尔案件驻罗马联络官，和盘托出了通过黑手党探寻多拉尔下落的计划。

中央情报局对此十分感兴趣。他们很快通知联邦调查局不要再插手，并且用电话直接和隆庇诺谈判。此时隆庇诺再也不敢轻信意大利情报机关了，他坚持要求美方提供保护，并要保证事后让他合法地回到美国，他才同意去意大利见雷斯特。美国司法部同意了他的要求。

1 月 23 日，隆庇诺在纽约肯尼迪机场乘坐阿里塔尼亚航空公司的班机直飞罗马，坎皮安同行。飞机一阵落，早已等候在那里的中央情报局及意大利有关人员立即把他带到一家旅馆，那里离美国大使馆仅一街之隔。

26 日深夜，隆庇诺在 4 名意大利警察的保护之下，钻进了一辆白色的轿车直奔米兰。后面跟的第二辆车上坐着坎皮安及意大利情报官员。在司法大楼的警署里，隆庇诺见到了雷斯特，他是专门为了这次会晤被从监狱里提出来的。隆庇诺对这位黑手党领袖说："对美国人来讲，找到多拉尔将军的下落至关重要，你能帮助我们吗？"雷斯特对此并不感到意外，因为隆庇诺一直通过别的途径同他保持联系，他早已派出手下的人寻找线索了。雷斯特的条件是：作为向意大利当局提供多拉尔被关押地点的交换，当局必须给他以更好的待遇。双方达成了协议。并商定了通知对方情报的方式。

那么多拉尔将军到底被劫往何处了呢？恐怖分子将他押送到离

维也纳城以北 48 英里的帕多瓦市，由于警察加紧搜索，使他们无法将他继续转移，只能冒险在光天化日之下，把装着多拉尔的箱子，抬进了宾得蒙大街 2 号的楼里。

当多拉尔苏醒过来时，眼前一团漆黑，他意识到自己还被蒙着眼，想用手去摘掉，却又发觉双手也被铐住，幸好嘴里塞的东西拿掉了，于是他喊了几声。他听到脚步声走近，有人将他抬起，然后有人在解蒙眼的布条，突然他感到强光刺眼，一阵眩晕，他急忙闭上眼睛，又慢慢适应着睁开。

面前站着两个戴着面具的男青年。多拉尔发现自己正坐在一张钢丝床上，被铐住的手脚用一根铁链锁在床头。放在屋中央的这张床外罩着一顶尖尖的军用帐篷。透过卷起的篷门，他观察着，眼光定在墙上的徽章上：红五角星和机关枪。

红色军团对多拉尔进行了审判。他们要他交待北约的军事机密，将军缄口不言；他们让他坦白在越南服役期间所犯的罪行，将军于是向他们讲述了自己的经历和战争故事，听得这群人既感兴趣，又十分气恼。几名负责审判他的恐怖分子扬言如果不正面回答问题就枪毙他。

死的念头不时在多拉尔的脑海里闪过。他想连莫罗都难逃红色军团的毒手，何况他这个美国将军呢！但是他又深信自己的分量，知道活着的他对美国和意大利的重要性，似乎活着的多拉尔对红色军团也更有用处。

他默默地忍受着，一天天重复着这种无聊而又令人心碎的生活：接受审问，坐在床上面对墙壁。当恐怖分子商议要事时，就给他戴上耳机，放着最大音量的激烈的摇滚乐，这刺激的音乐简直要使他发疯。

一个多月过去了，外面的世界发生了什么变化，他一无所知。但是他觉得恐怖分子的态度似乎没有刚来时那么粗暴了。他被审讯时，恐怖分子已不再蒙住他的眼睛，他们自己也不戴面罩了，也就是说，他们之间已可以互见真面，无所顾忌了。这意味着什么？作为一个军人，他明白这预示着死期临近。

多拉尔的预感是正确的，恐怖分子见他身上没有什么有效成分，就决定不久干掉他，甩掉这个大包袱，也让美、意方面丢个大脸。而美国和意大利当局正如热锅上的蚂蚁，他们最担心的就是电话铃一响，红色军团宣布处决多拉尔。意大利警方在全国进行大搜捕，撒开大网，一举抓获了 19 名恐怖分子，其中包括红色军团的头目恩扎尼，从中也了解到多拉尔下落的一些线索，跟隆庇诺提供的情况相吻合，但并不具体。

警方把搜索圈缩小到帕多瓦地区。

1 月 25 日下午，帕多瓦警署的报警电话响了，值班警察拿起话筒："这里是帕多瓦警署，请先通报姓名和地址。

"我愿说出姓名。不过我是个粗人，姓名开头字母是凡。"

警察一下明白了这是坎皮安等人与黑手党约定的暗语，他激动地说："请讲。"

"现在我把红色军团关押多拉尔将军的地址告诉你们，多拉尔被关在宾得蒙大街 2 号超级市场的二楼，他的房间的窗户下写着一个大写的 'A' 字。"

警察真不敢相信自己的耳朵，可是话筒里的声音是那样的清晰。

为了慎重起见，警方进行了三天周密的侦察，核实了匿名电话所提供的情况。"紧急行动中心"命令特种部队立即做好战斗准备。

他们侦察好行动路线，并进行了周密的部署，但在决定行动时间时，各执己见。夜间行动虽然隐蔽，但容易误伤多拉尔将军。拂晓出击呢，大街上没有行人，营救行动可能会被红色军团事先发觉。最后商定中午出击，利用中午最热闹的时候动手，达到出其不意，攻其不备的效果。

计划已定，立即开始行动。1 月 28 日上午，近百名特种部队的队员身着便衣悄悄地包围了宾得蒙大街 2 号的超级市场。谁也没有注意到市场不远处停着的一辆没有标志的轻型货车。其实车里正坐着 10 名全副武装的特种部队成员，他们每人配备一把 M-12 冲锋枪和一支大口径手枪，腰间挂着红外线眼镜和红外线瞄准器，身上穿了轻型防弹衣，还准备了防毒面具。货车里的空气紧张得使人窒息。

11 点 30 分，停在市场对街建筑工地上的一辆铲泥车突然起动，马达轰鸣。这是他们发动攻击的信号，同时也可掩护行动。

10 名突击队员迅捷如电跳下货车，直扑超级市场，早已散布在市场内外的便衣，迅速疏散人群，街道两端被警车封住，一切车辆停驶。

市场里的人一阵慌乱，突击队员大声说："我们是警察，不要害怕，大家不要动。"10 个人冲向 2 楼。

此时"人民监狱"里仍然很平静。录音机里放着流行歌曲。这里共有 5 名看守，为首的老弗斯奥是绑架行动的匪首，他也曾参加过绑架莫罗的行动。这时他正坐在里屋，翘着双脚，悠闲地欣赏着裸体画报。房主阿尔曼尼和他男朋友依偎在屋角的床上，轻声交谈着。萧斯刚刚从超级市场买东西回来，正转身锁房门，另外一个在中间的屋子里看守多拉尔。

冲在最前面的突击队员一脚踹开门，萧斯被撞了一个趔趄，他抬头一看顿时脸色苍白，还没等他站稳反应过来，突击队员一拳打中他的下巴，将他打倒在地。

与此同时，另一个突击队员冲进关押多拉尔的房间，看守多拉尔的恐怖分子听到响动，连忙起身拔出装有消音器的手枪对准多拉尔，将军闭上了眼睛开始了虔诚的祈祷。

正在这千钧一发之际，一名突击队员一枪击中恐怖分子的脑袋。只听见一声闷哼，恐怖分子栽倒在地。与此同时其他突击队员旋风一般冲进了里屋，大声断喝："举起手来！"

歹徒们像受到电击般地站了起来。这一切都发生在瞬息之间，来得太突然，老弗斯奥和阿尔曼尼等 3 人甚至来不及做任何反抗，就束手就擒了。几副锃亮的手铐铐住了他们的双手，老弗斯奥仍然光着脚，手里还抓着报纸呢！在突击队员的押送下，红色军团恐怖分子走出了超级市场，钻进了囚车，警笛声起，向远方开去。生擒 4 名恐怖分子，击毙一名恐怖分子，同时安全救出了多拉尔将军。

营救行动胜利结束，只用了短短 90 秒钟，突击队员用枪打开捆住多拉尔手脚的铁链，把他从钢丝床上搀扶下来，这位刚强的老兵甚至有点不会走路了，站立不稳又跌倒在床上，如此反复了几次。最后，他终于自己站起身来，用一种美国人惯有的幽默笑着说："这可比 007 精彩多了。"

当人们把他从屋子里扶出来，受到了围观群众的热烈欢呼，人们庆祝对红色军团的这一致命性的打击。很快，多拉尔将军与家人团聚，不久后回国，在美国受到了精心照料，美国总统对意大利安全救出多拉尔将军致电表示感谢。

若干年后，多拉尔将军经过多方查询，将营救他的经历写起了一部畅销书，名叫《42 天的营救》以感谢营救他的众多无名英雄。

独擒变态杀手

德国汉堡的一座军火库被盗，4 个警卫军火库的士兵被杀，仓库里被盗走一支最新式的带有红外线瞄准器的冲锋枪，和 2000 发子弹。这个案子引起了德国警方和军方的高度重视。根据现场情况分析，估计是恐怖集团所为。

一听到现场调查专家这么说，哈特差点笑出了声，那位专家立即用严肃的目光扫了他一眼。哈特赶紧收敛笑容，板起了正儿八经的面孔。哈特只是刑警的队长，如此小的官职在这种场合里，是根本不允许插嘴的。但哈特认为，既然弹头是一样的，凶器是同一把枪，那么凶犯只是一个人。如果是恐怖集团所为，仓库里的武器早被搜刮空的。

回到家里，哈特就对妻子叙述了一番："真可笑，实际上我觉得这是一个很普通的杀人盗窃案，只不过是军火库被盗罢了。竟然组织了 100 多人的调查会，越弄越麻烦。听说，罪犯还留了一封勒索的信，署名为八舍的执行者。"

"八舍？"哈特太太的眉头一皱，"那可是占星术里的术语。"

哈特对太太迷恋占星术向来不满意。这会儿竟把占星术和枪支被盗案扯在一起，使他有些恼火。

可哈特太太好像并不在意丈夫的脸色，喃喃自语道："太阳的运行路径叫黄道，把黄道 12 等分，每一等分就叫'舍'，八舍就是蝎子舍。"哈特太太突然抓住丈夫的胳膊，兴奋地说："那么照这样推算下去，你可以在 1974 年至 1979 年的 10 月 21 日到 11 月 22 日之间出生的青年中去查找这个人。"

哈特转念想想，太太的话也许有一定的道理，但毕竟是迷信，上司肯定认为这是无稽之谈。

没想到，几天以后，那位八舍的执行者竟用偷来的武器袭击了政府要员，勒令 3 天后必须将 100 万马克存入瑞士银行指定的账户内。

"我要把自己掌握的这些情况告诉上司，如果推测是真的，那就可以及早抓住罪犯。"哈特终于壮起胆，推开了上司的房门。上司听了哈特的话，不禁哈哈大笑，觉得这是纯属荒谬的歪门邪道。

哈特带着一肚子火气呼呼地回到了家中。太太却满面春风地迎上来，连声说："好消息，你要找的那个人和我共同拜一个星相学家为师，老师告诉了我他的一些情况和地址。"

哈特接过妻子递过来的纸条，打开一看。原来八舍的执行者是个法医，他整天解剖尸体，由于本身神经异常脆弱，加上看到的受害者的惨状对他产生刺激，变得心理不正常。

八舍的执行者住在偏僻的山谷里，那儿只有一幢平房。

哈特借着夜色的掩护，悄悄潜入了平房前。他将身子紧贴墙壁，一点点向前挪近。哈特暗想：我这次来，只想弄清楚情况。如果查对了，就能及时除掉一大害，万一有点差错……哈特想到这里，干脆收起了手枪，他可不愿一个与此事无关的疯子受到惊吓。

屋子里出现了昏黄的灯光，哈特听到有人在唠唠叨叨念着什么，再仔细听听，和妻子平常在家念的咒语一模一样。

隔着门缝，哈特看见一个戴着眼镜的年轻人，跪在地上，双手合十，满脸虔诚，似乎在等待神灵的降临。

或许是妻子弄错了，如此虔诚的一个教徒，能扣动扳机杀人吗？哈特暗想，然后他准备悄悄离开。

谁料，刚一转身，哈特碰撞倒了一个酒瓶。

相信占星术的人，在念咒语的时候，最讨厌别人打搅，认为那是对占星术的蔑视。哈特知道这点，他连忙纵身一跳，跳进了窗屋后草丛里。

那个年轻人阴沉着脸，出来了，他大声喝斥："谁！"

哈特活灵活现地学了一声猫叫。

那个人伸头往外瞅瞅，暗暗骂道："妈的，连野猫也来捣乱。"

就在他缩回屋里的一刹那，哈特看见他的双手竟端着一只冲锋枪。对武器非常熟悉的哈特一眼就认出了那正是失窃的冲锋枪。

哈特顿时打心眼里佩服妻子，竟同她预料的一模一样。

但这家伙手中有火力极大的冲锋枪，怎么办？喊警察来帮忙，恐怕来不及了，这家伙已穿戴齐全，大概马上就要出门，继续行凶做案。

哈特猛地从草丛中站起，大声喝道："八舍的执行者！"

那家伙慌忙回头看。就在这瞬间，哈特的子弹已经击中了他的手腕……

第二天的报纸对哈特独擒凶手的事迹进行了报道。当然，那100多人的调查会也自然解散了。

为正义而战的警察

麦克是个正直的黑人警察，他憎恨许多警察披着执法者的外衣，而私下里却干着见不得人的贩毒勾当。在一次邂逅后，他向华盛顿警局内务处警官哈默，倾诉了内心的不满。

哈默正在搜寻警察贩毒的证据，但苦于警局警官的排斥，毫无战果。他就想请麦克帮忙。麦克知道凡参与贩毒的警察多数人和黑社会是有联系的，一旦被他们识破，肯定会遭到他们的报复。麦克慎重地考虑了好一会儿，建议哈默请一位朋友扮作毒贩找警察买毒品，而他自己在行动中只是起个中间人的作用。

过了几天，麦克带着一位黑人女郎找到了警察罗纳德。

"罗纳德，我来介绍一下，这是珍妮，她想买点货。"

罗纳德冷笑两声，说："珍妮警官，好久不见了。"

"我不明白你说些什么，咱们从没见过面。"珍妮说完赶紧走到了麦克的身后。

罗纳德拍拍麦克的肩，说："麦克，我是个正派的警察，没有什么毒品，请你带着这位缉毒队的警察走吧！"

说完，不等麦克说话，他就"砰"地一声关上了大门。

第一次出兵就失败了。麦克有点灰心，心想，如果罗纳德知道我与缉毒队合作，死神就离我不远了。

麦克来到了哈默家。

"我不愿干了。"麦克望着哈默说，"我有老婆孩子，如果我出了意外，他们怎么办。"

哈默叹了口气，说："好吧！麦克，如果你不愿干，我也不拦你，但我会继续干下去的。”

第二天，哈默接到麦克的电话。

"对不起，哈默我能收回我的话吧？家里的人都劝我去做，他们说吸毒的孩子，好多都是黑人孩子，为了同肤色的，我也应该去帮助他们。而且，孩子们希望有一个勇敢的警察爸爸。”

经过研究，麦克决定亲自出马，与毒犯打交道，而突破口则是罗纳德。这一天晚上，在一辆普通的面包车里，芝加哥缉毒队的技术人员将一只微型话筒放进了麦克的口袋中。

哈默用力地握住麦克的手说："麦克，祝你好运。”

麦克咧嘴笑了："放心吧，哈默，我们会成功的。”

哈默又提醒麦克："麦克你要给我们提供毒贩的交易情况，一定要讲清楚买什么，价值是多少！”

麦克又再次敲响了罗纳德家的大门。

罗纳德把麦克推进屋，又回头向门外打量了一番，见没人跟踪，才放下心来。

麦克坐在罗纳德卧室的沙发上，寒暄之后，对罗纳德说："我需要海洛因。”

罗纳德一听笑道："你早就该干这个了，钞票进腰包的时候，挡都挡不住！”

说完，他拿出一包海洛因来递给麦克。麦克故意大声点着钱，点好后，交给了罗纳德，说："一共 500 美元，买一包海洛因。”

这次交易的对话，成功地录在了缉毒队的磁带上。

接连几次交易之后，罗纳德竟主动来找麦克了。

两人按约定来到了一座废弃工地上，罗纳德突然亮出了手枪。

"麦克，你这个混蛋，你出卖了我和我的朋友。”

麦克佯装恼怒的样子喊道："我要的是钱，你懂吗，钱！这买卖如果你不愿意再做下去就算了，想和我干的人多得是！”

罗纳德听了麦克的话，收起手枪，咧嘴说："麦克，别生气，我错怪你了！”

半年后，时机成熟了，缉毒队开始行动，一举摧毁了警察局里的贩毒网。罗纳德被判了 60 年牢禁。

这次行动取得了成功，但麦克却受到了黑社会的报复。

一天夜里，3 个蒙面人冲进了麦克家中，绑架了他。他们把麦克带到一个地下室，狠命地毒打麦克，说要为他们的兄弟报仇。

当警察找到麦克时，他已是遍体鳞伤，肋骨被打断了3根。他牢牢抓着哈默的手，说："我要去抓贼，因为我是名警察，是警察就要为正义而战，而且孩子们希望有一个勇敢的警察爸爸。"

识破大骗子的破绽

一个夏天的夜晚，在纽约一家旅馆里，正在被警方追捕的大骗子阿曼和他的3个助手聚在一起，商讨诈骗珠宝公司的事。这家珠宝公司是纽约一家最高级的珠宝店，防范非常严密，有一套最先进的电子报警系统，雇佣了一名私人侦探，通过闭路电视，日夜监视店内所有的柜台，只要稍有一点风吹草动，可以马上按动电钮，自动封闭店内所有的出入门。因此，阿曼警告手下人，在行动的整个过程中，不摘掉手套以防止留下指纹，不准直呼同伙的姓名以防止暴露身份，动作必须迅速，一分钟都不能延误。

第二天天刚亮，化装成警官查理的阿曼和3个助手来到珠宝店，找到公司的私人侦探迈克，向他通报道："根据情报，在今天中午12点，一伙歹徒要来抢劫贵公司。我们准备当场将其抓获。"然后，他指电话机，又说："我想给旧金山打个电话，问问有没有什么新消息。迈克先生，您能给我接通电话吗？"

迈克答应并照做了。警方电话交换台很快接通了。"请接……"话还没说完，阿曼从迈克手里接过话筒。"是的。我是查理。嗯嗯……我们就在珠宝店，如果有什么最新消息，请立即通知我们。我在公司的监视中心。……噢，明白了。"

待他通完话，迈克问："查理先生，他们有多少人？"

"我们也不太清楚。"阿曼答道，"我们只知道可能作案的时间。不过，不必担心，20分钟前，警察已经包围了这幢大楼。3名歹徒一旦踏进大门，大门外面的马路立刻将被封锁，他们一离开公司，我们就行动。"

迈克若有所思地看了阿曼一眼，走到隔壁房间打了一个电话。

一会儿工夫警察驱车赶到，逮捕了阿曼和 3 个助手。

他们是在哪儿露出了马脚呢？

此时，阿曼不禁傻了眼，他恶狠狠地看着助手们，生气地吼道："谁出卖了我，谁就死定了。"

"镇静点，"迈克对他说道："是你自己露出了马脚。"

"我？"

"没错。"迈克肯定地点了下头。解释道：

"首先，作为纽约的警察，在盛夏戴着手套办案是违背常理的；其次，你开始不清楚歹徒的人数，后来又说是 3 名，前后矛盾，露出了破绽；你接过我拨通的电话时，并没有告诉接线员找谁，电话是无法接通的。这下你明白了吧？"迈克脸上露出了笑容。

"唉……"阿曼无可奈何地垂下了头。

神秘的电话指令

美利坚合众国。

6 月 17 日下午，一辆装满烈性炸药的小型货车，疯了一般闯进美国五角大楼，造成数人死亡。

6 月 20 日晚，一个神秘女郎混入了美国某飞机基地，几分钟后，基地发生爆炸。

6 月 26 日，一个飞机驾驶员开着私人飞机冲向了美国海军控制核潜艇的联络站。

连续三起事件，都是由三个神秘电话引起的，而且肇事者都已身亡。这一切都引起了美国中央情报局重视。

经调查，这一系列事件是由某国际恐怖组织一手策划的，其目的在于挑拨美国与他国的关系。据悉，有上百名恐怖分子在美国活动。达尔奇就是按该国际恐怖组织的指示，带着机密文件——电话杀手行动计划潜入美国，天知道，达尔奇还会打多少个电话。一个月后，通过情报获知，潜入美国的达尔奇似乎想利用电话杀手行动自己在美国独树旗帜，以建立以他为首的恐怖组织。于是，该国际恐怖组织决定派杀手泰伯特干掉达尔奇，取回电话密本。

泰伯特刚到美国，就碰到了前来接站的女郎芭芭拉，两人住进了一家不显眼的小旅馆，开始商量行动计划。

泰伯特从当地的报纸中得知，美国电话公司转运站发生爆炸，一男子被当场炸死……

"可恶的达尔奇！"泰伯特攥起拳头，重重地砸在桌子上。说，"我们必须要加快行动步伐，赶在达尔奇下一个电话之前采取行动。"

泰伯特用手枪朝桌上的花瓶瞄了瞄，冷静地说："芭芭拉，你替我去收买一个警察。"原来，泰伯特想通过警察把"寻人启事"电脑文件偷偷录入警察内部的电脑网络，这样就可以调动美国20万警察充当自己的耳目，比自己单枪匹马去大海捞针要快得多，找到达尔奇。

达尔奇也并非等闲之辈，他打一枪换一处，不停地变换地点。

泰伯特心里都急出了一团火，如果完不成任务，他也只有死路一条。其实他不知道，总部已经派了大批杀手潜入美国，准备立即消灭潜伏在美国多年的所有电话行动的杀手，包括泰伯特。因为他们害怕即使电话杀手行动执行下去，也为自己树立了一个对手，这是他们所不愿看到的，从长远利益看只能出此下策。

达尔奇也嗅到了火药味，因为他又打过一次电话，竟没人接。报纸上说此人被撞死了。达尔奇知道这是组织干的。于是他抓紧行动。一小时后，飞到另一个城市。

泰伯特为了追踪达尔奇，已经几个晚上没休息好了。正当这个时候，他买通的警察向他报告：达尔奇在纽约机场旅馆305房间，并且染了头发。

泰伯特与芭芭拉心急如焚地赶到纽约机场旅馆，拨通了达尔奇房间的电话号码，却没人接。服务员告诉他们，达尔奇只在旅馆里呆了半小时，就离开了。

"这个狗崽子！"泰伯特气得直跺脚，恨不得马上能杀了达尔奇。

一直在边上沉默的芭芭拉突然大叫起来："快跟我来，我知道他去哪儿了。"不容细问，她拉着泰伯特就朝机场跑。

原来，芭芭拉从达尔奇出没过的城市中发现了规律，8个城市的头一个字母排列，就是"达尔奇！"

"我怎么没发现呢！"泰伯特埋怨自己并说："现在只剩最后一

个字母'Y'！那他肯定要出现在'亚特兰大'"。

按照这个杀手规则，泰伯特知道达尔奇下一个要打的电话是给一个叫艾伦的人，命令他去炸毁铁河大堤。去阻拦艾伦，已经来不及了。泰伯特和芭芭拉两人赶到铁河，首先剪断通往沿岸的电话线，迫使达尔奇亲自去铁河。

泰伯特和芭芭拉兵分两路，一个守在铁河大堤边，一个守在距铁河不远的检查站。

果然，达尔奇的汽车慢慢驶近了检查站，泰伯特朝他连开三枪，这个魔鬼终于一命呜呼。

正当泰伯特搜查达尔奇的口袋时，一块石头砸在了他的头上。那肯定是艾伦。昏迷中的泰伯特听见汽车引擎声，立刻清醒过来，拿了达尔奇口袋里的电话本后，抢过一辆摩托车，立马追了上去。

艾伦的车在大堤上停下来，他挟着烈性炸药就朝车门外冲。泰伯特眼明手快，枪里的子弹呼啸着飞向了艾伦。艾伦连叫都没叫一声，脑袋就开了花。

泰伯特扔掉枪，兴奋地上前拥抱刚刚赶来的芭芭拉，"我们胜利了！我们胜利了！"

"不，应该是我，而不是我们。"芭芭拉冷冰冰的枪口抵住了泰伯特的腰部。

原来，芭芭拉是美国中央情报局的特工，她替代了接应泰伯特的女杀手。泰伯特的行动全在她的控制之下。

女间谍的诡计

菲利浦在机场门口等了好一会儿，也没见到好友米谢尼亚的影子。几天前他们联系过，当时菲利浦正准备放一次长假，于是米谢尼亚便邀请他到他那里玩一玩，顺便好好聊一聊，并答应到机场接他。米谢尼亚是一个生物学博士，他正在研究大豆的生长周期。菲利浦想打个电话，可电话老是占线，菲利浦只好摇摇头，要了辆出租车。一刻钟以后，菲利浦来到米谢尼亚家中，迎接他的是米谢尼亚的女秘书。女秘书对他说："您是菲利浦先生吧，我是米谢尼亚博士的秘书，博士让我告诉您，他现在有一个重要的电话会议，请您10点钟到研究所与他见面。"边说边请菲利浦进屋，并坐到他的旁边聊了起来。

菲利浦坐了几个小时的飞机，有些疲乏，他并不想同女秘书玛丽小姐啰嗦，但是碍于情面，只好默不作声。

10点时，菲利浦和那位女秘书乘车来到研究所。一位年纪挺大的警卫从窗口探出头来，问道："玛丽小姐，你回来啦？"

玛丽耸耸肩说："噢，我给博士送文件来了。"

菲利浦有点儿纳闷：米谢尼亚不是让玛丽小姐来接我的吗？她怎么撒谎。

玛丽见菲利浦脸上升起一片疑云，就伏在他的耳边说："这些警卫如果知道我是因私出去的，会报告给所长的，我可不想挨骂。"说完，玛丽调皮地眨眨眼。

他们正悄悄嘀咕的时候，警卫出来开门了，他拉开铁门，忽然说："哦，玛丽小姐，博士的房间的电话好像坏了，刚才我打电话过去，一直没人接听。"

菲利浦怔住了，他掐指一算，从飞机场打电话算起，到现在已将近两个钟头了，谁的电话能打这么长时间？

菲利浦猛然意识到有问题，他暗叫不好，推开警卫，朝里面跑去。

警卫大叫："你是干什么的？给我站住！"

菲利浦根本不管这一套，玛丽小姐也紧随其后。博士办公室的门锁着，玛丽小姐拿出钥匙开了门，打开灯后玛丽小姐惊叫了一声。只见，博士伏在桌上，后脑满是血迹。警卫见此情景，忙说："我去报警。"

菲利浦紧咬嘴唇，忍住悲伤。他跨进屋里，环顾四周，只见博士脚下撒落了一大叠文件，他身后的保险柜已被打开。

玛丽慌忙蹲在地上，拾起了文件。

"哎呀！快速繁殖大豆的文件被盗了！"玛丽惊叫着，"这是其他公司做梦都想得到的一份密件，它可以带来高额利润。一定是别的公司派商业间谍干的，我猜……"

玛丽小姐偷偷地瞟了瞟菲利浦。

菲利浦好像没有听见她的话，只是仔仔细细地检查着房间的每个角落。

玛丽小姐说："菲利浦先生，我们最好不要破坏现场，等警察来了再说！"

菲利浦猛然抬起头，指着垃圾桶里一包装有 10 小块冰淇淋的盒子。

"没吃过就扔了，未免太可惜了。"

"哦，那是我买的。博士最喜欢吃冰淇淋。"玛丽板起脸，"这种情形下，希望您别再开玩笑！"

菲利浦的眼角扫到桌旁的电话，就拿起桌上的电话，发现听筒出奇地凉。

菲利浦将电话挂好，忍住眼中的泪水。他转过身，眼睛里闪烁出仇恨的火焰。

"凶手就是你，玛丽！"

"什么？你在胡说！"玛丽小姐大声喊着。

菲利浦冷笑两声，从口袋里掏出证件，说："玛丽小姐，安静点。我是华盛顿的警察，这里戒备森严，凶手不可能翻墙逃走，否则是会被警卫发现的，所以凶手肯定来自内部。"

"既然你是警察，就知道我不具备作案时间，我一直和你在一起。"

"和我在一起？那不过是你耍的花招。谢米尼亚的电话一直占线，表面上看好像是有人在使用，实际上是你把冰淇淋盒的干冰塞在电话听筒的下面，使电话保持'通话'状态，等到干冰融化后，听筒自然挂回原位，而不留下丝毫痕迹，但是，你忘了，长时间接触干冰，听筒会变得冰凉。"

听完此话，玛丽倒退了两步。

菲利浦抢过被玛丽小姐夹在腋下的画册，打开封面后，里面已被挖空，装着博士丢失的文件。

玛丽小姐面无人色，低下了头。

波希米亚丑闻

每次提到安娜·阿德勒，福尔摩斯都称她为"那位"女士，好像她没有别的称呼似的。福尔摩斯心中的"那位"女士，才貌双全，是所有女人中最出色的一个。但，这并不表明福尔摩斯对她怀有爱情，因为，福尔摩斯是个很古板、冷静的人，他是世上用来进行最精密的观察与推理的机器，要他去做情人，真是强人所难。他对情感，特别是爱情，是很不"感冒"的。他说话的语气不是讥讽就是挖苦，从没听他说过脉脉含情的话。对观察家来说，甜言蜜语能揭示一个人的行为和动机，可对于受过训练的推理专家来说，这种情感会分散他的注意力，他的推理会遭到干扰。受干扰的程度比精密仪器落入沙粒或高倍放大镜裂了缝还严重。但是，有一个女人，唯一的一个女人，已经去世的安娜·阿德勒，在他的心目中留下了朦胧的印象。

最近我很少见到福尔摩斯，我结婚后，和他来往的次数就越来越少了。完美的婚姻和初次当家的乐趣，深深地吸引了我。而福尔摩斯，依旧厌恶一切世俗，豪放不羁。因此，他仍然埋头于贝克街那所房子的旧书堆中。他服用可卡因，然后再疯狂工作，一周又一周，他就处在这样一种由药物带来的昏睡状态和充满旺盛精力的工作状态的交替中。他依然沉迷于犯罪行为的研究，用他那超常的智力与观察力去搜寻线索，侦破官方警察认为无法解破的案件。我时不时地了解到关于他的一些情况：比如说他被请到奥德萨去侦破德雷帕夫暗杀案，他侦破了特伦柯马利的艾德金森兄弟惨案，以及出色地完成了荷兰王室交予的使命等等。这些事，我也是和读者一样，是从报纸上了解到的。除此外，老朋友福尔摩斯的别的情况，我也不太清楚。

一天晚上，1888 年 3 月 20 日晚上，我出诊归来（我那时又开始行医了），刚好路过贝克街。当我又一次看到那熟悉的房门时，以前的情景不由浮现眼前，在我心中，它总是和我的追求以及在"血字的研究"一案中的神秘事情联系在一起。我突然想和福尔摩斯叙叙旧，很想知道他最近在忙什么。灯光从他屋子里溢出来，我抬头望去，窗帘上，他的背着手的瘦高身影来回走动。他什么样的情绪有什么样的行为举止，我早已了如指掌，因此，我想，他肯定刚从药物带来的昏睡中清醒过来，此刻正沉迷于一个新出现的案件的推理中。我按了按门铃，福尔摩斯把我领进了曾属于我的房间。

尽管福尔摩斯看到我的那一刹那还是很高兴的，但我发觉，他不像以前那么热情了。他一言不发地用手示意我坐到那张有扶手的椅子上，然后，扔给我一盒雪茄。他站在壁炉前面，指了指放在屋角的酒精瓶和小型煤气炉，用独特的神情打量着我。

"你结婚后很好，"他开口了，"华生，上次见面到现在，你又重了7磅半。"

"7磅。"我回答说。

"不，我看有7磅多，华生，应该有7磅多。看你的样子，你又开始行医了，可我没听你说过要重操旧业。"

"你怎么知道我又行医了？"

"当然是我见了你之后，推理推出来的。如果我没说错的话，你最近经常淋雨，而且，你雇用的女仆笨手笨脚的。"

"哦，我亲爱的福尔摩斯，"我说"你太神了，你要是生活在几个世纪以前，肯定会被用火刑把你活活烧死。没错，我星斯四到乡下去了，走路去的，回来的时候让雨淋透了。可我换过衣服了，真不知道你是怎么看出来的。那个女仆，玛丽珍，简直蠢得无可救药，我妻子把她炒鱿鱼了。可我还是不知道，你到底是怎么推断出来的？"

他笑了起来，边笑边高兴地搓着他细长的手。

"很简单，"他说，"我刚才借着炉火看到你左脚皮鞋的内侧有6条几乎平行的划痕，这显然是刮沾在鞋上的泥疙瘩时，粗心大意弄成的。所以，我由此推出两个结论：一是你曾经在下雨天外出过；二是皮鞋上的划痕是伦敦女仆造成的。至于说你重操旧业，这么说吧，要是有一个人，他满身碘酒味，右手食指上有硝酸银腐蚀的黑斑，高顶黑礼帽的右侧鼓起一大块，像是藏着听诊器，这样的人走进我房间，我还看不出他是个医生，那我不是太蠢了吗？"

他把推断过程说得轻而易举，我忍不住笑了起来。"每次听你推理，"我说"总觉得什么事都简单得滑稽可笑，好像我也能推断得出。可在你解释之前，我总弄不懂你下一步的推理是什么，不过，我还是相信我的眼力不比你差。"

"确实这样，"他点燃了一根雪茄，非常舒服地半躺在扶手椅上，"你是在看，而我是在观察，这就是区别。比如说，你经常上这个房间的楼梯吧？"

"是的。"

"你走了多少次了？"

"至少有上千次了吧。"

"那你知道有多少级梯子吗？"

"多少级？我不清楚。"

"这就是了！你只是看，而没有观察。我们的区别就在这里。我知道一共有17级，我观察过了。顺便说一下，既然你对这些小问题有兴趣，又经常把我的一两次微不足道的经验记录下来，那你可能对这个东西会有兴趣的。"他拿起桌上的一张厚厚的粉红色便条递了过来。

"是邮差送过来的，"他说，"你大声念念。"

这是一张没有署名，也没有落日期和地址的便条，上面写着：

今晚7时3刻会有某先生造访，有至关重要之事与阁下相商。阁下最近曾为欧洲的某王室效力，表明阁下足可担当大事。阁下盛名，天下广布，我等甚知。届时望阁下勿外出，如来访者佩带面具，请勿见怪。

"这挺神秘的，"我说，"你说会是怎么回事呢？"

"我还没找到任何根据。在这种情况下随便推测，会歪曲事实的，这是最大的错误。现在我们只有一张便条，你能推断出什么？"

我仔细地观察着那张便条。

"写这便条的人很有钱，"我尽力像福尔摩斯那样推理着，"这种纸一克朗买不到两叠，纸质特别结实硬挺。"

"对，特别结实，"福尔摩斯说，"这根本不是英国出产的纸，你把它举起来，对着光看看。"

我对着光把便条举起来，发现纸张的纹理中有一个大写的"E"，一个小写的"g"，一个"P"以及一个大写"G"和一个小写的"t"交织在一起。

"你知道这是什么意思吗？"福尔摩斯问。

"不用说，这是制造商的名字，更确切地说，是他名字的缩写。"

"不对，你连边都没沾到。大写"G"和小"t"代表的是'Gesellsdaft'这个词，是德语中的'公司'，就像我们常用的缩写语"Co"一样。当然'P'是指'Papier'至于'Eg'，我们来查一下

《大陆地名词典》。"他从书架上取下一本厚厚的棕色封面的书。"Eglow，Eglozitz——有了，是 Egria。这是德语国家波希米亚的一个地名，离卡尔斯拜德不远，因为瓦伦泰恩死于那里而闻名于世，也以林立的玻璃厂与造纸厂著称。哈哈，老伙计，你现在有什么想法？"他的眼睛炯炯有神起来，他得意地吐出轻雾般的烟圈。

"你是说这纸是波希米亚造的。"

"完全正确，而且写便条的人肯定是德国人。你注意没有——'阁下盛名，天下广布，我等甚知'——法国人和俄国人绝不会这么写，只有德国人才会这么乱用动词。现在，我们要做的是，弄清楚那个用波希米亚纸写字、还要戴面具掩饰身份的德国人有什么目的——如果我没弄错的话，你听，给我们解开谜团的人，他已经来了。"

他正说着，外面传来了清脆的马蹄声和车轮滚动的轧轧声。接着，门铃拉响了。福尔摩斯高兴地吹了声口哨。

"听声音，是辆双套马车，"他说着，往窗外瞄了一眼，"啊，没错，一辆精致的布鲁姆马车和两匹骏马。一匹马值 150 畿尼呢。华生，我们要遇到大主顾了。"

"我想我该走了，福尔摩斯。"

"你说什么呀，华生，你就呆在这。看起来，这个案子很有意思，你要错过了，那就太遗憾了。"

"可你的委托人——"

"别管他，也许我和他都需要你帮忙呢。好了，他来了，华生，你就坐在那，好好地听我们说就行了。"

缓慢而沉重的脚步声从楼梯上、走廊上传了过来，一直到门口才停下。接着，我们听到了敲门声。

"请进！"福尔摩斯说。

一位先生走了进来，他身高 6 英尺 6 英寸左右，胸膛宽厚，体魄强健，他的穿着很华丽，但他的装束在英国却显得有些庸俗。他身穿双排纽扣的上衣，袖子和前襟开叉处镶着宽宽的羊皮；肩披腥红色丝绸作衬里的深蓝色大氅；领口上别着一枚镶有绿宝石的胸针；齐膝的高统靴口子上滚着厚厚的棕色毛皮。这身打扮给人以粗野、奢华的印象。他手里拿着大檐帽，脸上戴着面具，黑面具，把脸的上半部遮住了。他刚进屋时，手还放在面具上，显然是刚用手整理过。从他的下半部脸来看。他厚厚的嘴唇下垂着，下巴又直又长，像一个个性很强，或者说有点顽固的人。

"你看了便条吗？"他问，声音略显低沉、沙哑，而且带着很浓的德国口音，"我说过要来拜访您的。"他轮番打量我们，不知该跟谁说话。

"请坐，"福尔摩斯说，"这是我的朋友和搭档华生先生，我破案的得力助手。请问阁下，我该怎么称呼您呢？"

"你叫我冯·克拉姆伯爵吧，我是波西米亚贵族。我想你这位朋友也该是一位值得尊敬的正直谨慎的人，我也可以把重要的事交给他吧，不然的话，我想跟您单独谈。"

我听到这，起身要走，但福尔摩斯一把将我抓住，让我又坐回到扶手椅上。"要么当着我俩一起谈，要么什么也别谈。"他对神秘客人说，"在我朋友面前，你什么都可以说。"

伯爵耸了耸宽厚的肩膀，说，"那在讲之前，我得先和你们约定：这事两年内要绝对保密，因为这事重要得足以影响整个欧洲，而两年后，就无关紧要了。你们能给我保密吗？"

"我保证。"福尔摩斯回答他。

"我也一样。"

"请原谅我戴着面具。"德国客人接着说，"派我来的人不想让你们知道我是谁，所以，我必须跟你们坦白，我刚才告诉你们的名字是假的。"

"这我知道。"福尔摩斯冷冷地说。

"这事很糟糕，我们得想办法不让这件事发展成大丑闻，使欧洲一个王族免受伤害。说白了，这件事牵涉到伟大的奥姆斯泰恩家族，也就是波希米亚的世袭国王。"

"这我也知道。"福尔摩斯说着，往椅背一靠，眯起了眼睛。

来访的客人非常惊讶地看了一眼福尔摩斯这副无精打采，懒洋洋的样子。因为在他心目中，福尔摩斯是欧洲最精明的推理专家和精力最旺盛的侦探。福尔摩斯慢慢地又睁开了眼睛，不耐烦地看着那位来访者。

"假如陛下能屈尊把事情说清楚，"福尔摩斯说，"我才能更好地为您效力。"

客人听后猛地站了起来，他情绪激动，不停地在房间里来回踱步。接着，他有点绝望地扯下面具，把它扔到地上。

他大声嚷到："你说对了，我是国王，我没必要再隐瞒下去了。"

"是啊，何必呢？"福尔摩斯说，"陛下开口之前，我就知道和我说话的是卡士耳——沸耳士泰英大公，波希米亚的世袭国王，威廉·哥德莱西·西吉士蒙德·冯·奥姆思泰因。"

"但你要体谅我，"国王——奇怪的客人又坐了下来，摸了摸又高又白的额头，说："你应该知道我不能亲自办这种事。可这件事太重要了，我从布拉格来到这里就是为了征求你的意见。"

"那就请你说吧。"福尔摩斯说着，又眯上了眼睛。

"事情是这样的，5年前，我到华沙作长期访问的时候，认识了一位很有名的女冒险家，她就是安娜·阿德勒。我想这个名字，你不会感到陌生吧？"

"医生，请帮我在资料索引中查安娜·阿德勒。"福尔摩斯眯着眼睛说。这些年来，他采用了这样一种方法，他把很多人和事的材料贴上标签备案，以便查找。所以，很少有他不知道的人或者事。我很快就找到了关于那个女人的资料，它夹在犹太法学博士和写过一篇有关深海鱼类论文的参谋官这两份材料之间。

"让我看看，"福尔摩斯说，"嗯，她1858年生于新泽西州。女低音、意大利歌剧院——嗯，华沙帝国歌剧院首席女歌手——退出了舞台——对了，她现在住在伦敦——好，据我所知，陛下和这个女人有点关系。您曾给她写过几封使自己受连累的信，现在急着把信要回来。"

"正是这样。可是，怎么才能……"

"你们秘密结过婚吗？"

"没有。"

"有法律文书或证明吗？"

"没有。"

"这我就不明白了，陛下，如果她想用那些信件要挟你，或者达到别的什么目的，她怎样才能证明那些信件不是伪造的呢？"

"信上有我的亲笔字。"

"呸！伪造的！"

"那是私人信件。"

"偷的。"

"有我的印签。"

"伪造的。"

"有我的相片。"

"买的。"

"我们两个都在那张相片里。"

"啊？这就麻烦了。陛下，您太糊涂了。"

"我那时真糊涂了——精神有问题。"

"你是自己害自己。"

"那时，我不过是很年轻的王储，现在，我也才30岁。"

"如此说来，必须把相片收回来。"

"我已经试过，可没有成功。"

"您可以出重金把那张相片买回来。"

"她不会卖的。"

"那么只好去偷了。"

"我偷过5次了。有两次派两个小偷去搜她的房间，还有一次在她旅行时调换了她的行李。还在路上抢劫过两次，可什么也没得到。"

"连在哪里的迹象都没有。"

"一点都没有。"

福尔摩斯笑了起来，说"小事一桩嘛。"

"可对我却很严重。"国王有些生气了。

"确实严重。她想用这张相片干什么呢？"

"把我毁掉。"

"把你毁掉？"

"我快结婚了。"

"我知道。"

"我要和斯堪迪那维亚国王的二公主克罗娣尔德·罗德曼·冯·札克思麦宁恳结婚。你可能听说过她家那套很严的规矩吧，她自己也是个很敏感、细心的人，如果她怀疑我的德行有问题，那婚事就泡汤了。"

"那安娜·阿德勒呢？"

"她说她要把相片寄给他们，她一向说到做到。你可能不知道，她个性很强。她既有女人完美的容貌，又有男人般坚强的心智。只要我和别的女人结婚。她什么事都做得出来。"

"你敢肯定相片还在她手上吗?"

"我敢肯定。"

"为什么?"

"因为她说过,要在婚约公布的那天把相片寄出去,也就是说,在星期一。"

"哦,还有 3 天时间呢。"福尔摩斯不紧不慢地打了个哈欠,"您真运气,眼下我只有一两个案件要查。陛下要在伦敦住一阵子吧?"

"当然,你可以在朗罕姆旅馆找到我,我用的是冯·克拉姆伯爵的名字。"

"我会及时把事情的进展情况禀报给你的。"

"那太好了,否则我会急死的。"

"那么,钱的事怎么说?"

"随你要多少。"

"随我要多少?"

"跟你直说吧,只要把相片弄回来,我可以割一个省给你。"

"目前我的开支呢?"

国王从他的大氅下面,拿出一个沉甸甸的羊皮袋放在桌子上。"这里面有 300 镑金币和 700 镑现钞。"国王说。

福尔摩斯在笔记本上草草地写了张收条,撕下来递给国王。

"那位小姐的地址呢?"福尔摩斯问。

"圣乔伍特,赛彭泰恩大街,普里奥尼大院。"

福尔摩斯把地址记了下来,"还有个问题,"他说,"相片是 6 英寸大的吗?"

"是的。"

"那就再见吧,陛下。很快就会有好消息给您的。"

当国王的马车已经走远的时候,他接着说:"再见了,华生,我想让你明天下午 3 点钟来,我有事跟你说。"

第二天下午 3 点整,我到了贝克街,可福尔摩斯还没有回来。房东太太说,他早上 8 点左右就出去了。尽管这样,我还是在壁炉旁坐了下来,耐心地等他回来,因为我对这件事非常有兴趣了——虽然它没有我记录过的两件案子那么残忍与不可想象,可它的性质和其委托人的身份,使它特别起来——此外,福尔摩斯敏锐的观察力和严密精确的推理，以及他办事的速度和方法都让我很有兴趣去研究。他的成功对我来说，已是司空见惯了，所以，我从没想过他可能会失败。

快到4点时，门开了，一个酒气冲天的马夫闪了进来，他满是络腮胡子的脸涨得通红，一身衣服破破烂烂。尽管我早已熟知福尔摩斯神奇的化装术，但还是在再三打量后，才确定是他。他向我点了个头后就到卧室去了。过了5分钟，他出来了，像平常一样身穿花呢衣服，风度翩翩，他把手插在口袋里，然后在壁炉前站直了，尽情地大笑起来。

"哈哈哈，这是真的吗?!"他嚷着，突然呛住了，接着又大笑起来，一直笑到四肢无力地瘫倒在椅子上。

"到底怎么了?"

"太有意思了！你绝对猜不出我一上午干了些什么。或者忙出了什么结果。"

"我猜不出来，我想你可能在观察安娜·阿德勒的住所和她的生活习惯吧。"

"是这样，可结局却很不一样。我会告诉你全部经过的。今早8点多，我就装扮成一个失业的马车夫离开了这里。马车夫中间有种令人神往的同情心和默契。一旦你成了他们的一分子，你就能打听到你想知道的一切。我很快就找到了普里奥尼大院。那是幢非常别致的两层楼的小别墅，后面有一个花园，前面就是马路，门上一把洽伯锁，右边是装修华丽、宽敞明亮的客厅，高大的窗户几乎落到地面。窗闩连小孩都能打开。除了能够得到过道窗户的马车房顶外，后面就没什么值得特别注意的了。我仔细察看了房子的四周，没发现什么有价值的东西。

"接着，我沿着街道走，在靠近花园一侧的小巷里。我发现了一排马房。我帮那里的马车夫梳洗马匹，作为报酬，他们给了我两个便士，一杯鸡尾酒和两烟斗烟丝。并且告诉我很多关于阿德勒小姐的事情。此外，他们还给我讲了附近其他六七个人的事情，因为我不感兴趣，所以没认真听，可又不得不耐心听完。"

"安娜·阿德勒的情况怎样?"我问。

"啊，那一带的男人全被她的美丽迷倒了。在赛彭泰恩大街的马房，她是公认的世上最美的女人。她过着平静的生活：每天早上5

点钟出去，到音乐会上演唱，晚上 7 点回家吃饭。除了去演唱，她平时很少出去。她只和一个男人来往，而且关系亲密。那个男人皮肤黝黑，长相英俊，有朝气。他每天至少来看她一次，一般是两次。他叫戈德弗雷·诺顿。你知道作为心腹车夫的好处吗？为他赶车，从赛彭泰恩大街送他回家，知道他很多事。听他们说完后，我又在普里奥尼大院附近徘徊，考虑下一步的行动方案。

“这个戈德弗雷·诺顿很关键，他是一位律师，这有点麻烦。他们究竟什么关系？他为什么经常去看她。她是他的委托人、朋友还是情人？如果是委托人，那么相片有可能交给他了；如果是情人那相片就不会给他。这个问题要解决了，我才能决定是继续调查普里奥尼大院，还是调查那位先生在坦普尔的住处。这是个马虎不得的问题，要不就会扩大我的调查范围。你对这些小事不耐烦了吗？如果你想了解清楚，我就必须把我碰到的难题告诉你。”

“我在认真听着呢。”我说。

“就在我为此琢磨的时候，正好有辆双轮马车进了普里奥尼大院，车上跳下位年轻绅士，皮肤黑黑的，鹰钩鼻子，小胡子，显然就是那位律师。他好像很急，一边大叫让车夫在门外等他，一边和给他开门的女仆擦身而过。好像到自己家一样。

“他在屋里呆了大概半个小时，通过客厅的窗户，我看见他在来回走动，非常激动地边说边挥舞手臂。但是，我没有看到那个女人。半个小时后，他出来了，看起来比刚才还要急，他上车时掏出金表看了看，急急地说：‘快、快点，先到摄政街格路士·汉基旅馆，再到艾奇维尔路的圣牧尼柯教堂。你要能在 20 分钟内赶到，我付给你半个畿尼。’

“他们很快就不见了。我正在想该不该去跟踪的时候，小巷里又来了辆十分漂亮的小马车。马车夫的上衣纽扣只扣了一半，领带也歪了，马具上的金属箍头都从带扣中突了出来。车还没停稳呢，一个女人就从屋里跑了出来，一头钻进车厢。刹那间，我看到她了，她确实是绝色美女，她的美貌倾国倾城。

“‘约翰，去圣牧尼柯教堂！’她大声说，“要是你在 20 分钟内赶到，我赏你半镑金币。”

“华生，这真是天赐良机啊，我正想追上去的时候，一辆出租马车恰巧经过。马车夫还在打量我的寒酸相呢。我没等他开口，就跳上了车。'圣牧尼柯教堂,'我说,'你要能在 20 分钟内赶到,我给你半镑金币。'当时是 11 点 35 分,下面即将发生什么。我心里很清楚。"

"车跑得很快,我从来没坐过这么快的车,可那两辆马车还是比我先赶到教堂。当我赶到的时候,他们的车早就停那里了。拉车的马在大口大口地喘气。我付了车费,急急忙忙地跑进教堂。教堂里除了我跟踪的两个人,就只有穿白色法衣的牧师了。他们围在圣坛前。牧师好像在跟他们说着什么。我装作是偶尔到教堂的流浪汉。我正沿着旁边的通道向前走,圣坛前的三个人突然转过头来看着我。戈德弗雷·诺顿先生急忙向我跑来。

"'上帝保佑!'他大声喊道,'你来得太好了,来,来吧!'

"'来干什么?'

"'老兄快来,只耽误你三分钟,要不,我们就不合法了。'

"他半拖半拽地把我拉上了圣坛。我还不明白自己站哪儿呢,就对他在我耳边的恳求作了答复。为我一无所知的事情作了证。说明白点,就是帮未婚女子安娜·阿德勒和单身汉戈德弗雷·诺顿结合在一起。所有这些事一眨眼就完成了。接下来是律师和那位女人对我表示感谢,而牧师则站在我对面冲我微笑。我弄糊涂了。我从未碰到过如此荒唐的事情。这就是我刚才哈哈大笑的原因,我一想起就好笑。他们想结婚,但又不合乎规矩,因为没有任何证人,牧师拒绝为他们证婚。幸好我来了,解了他们的围,要不新郎得到大街上去找证人。对了,新娘高兴得赏给我一镑金币,我想把它系在表链上,作个纪念。"

"结局的确出乎我的意料,"我说,"那后来呢?"

"唉,我觉得我的计划要失败了。他们看来可能会马上离开伦敦。所以,我必须采取迅速有效的行动。他们在教堂门口分开了,男的坐车回坦普尔,女的回到了她自己的住处。'我 5 点钟还和平时一样去公园。'临走时,她对律师说。接着他们就朝不同的方向分头走了。我也离开那里另作打算。"

"你想怎么办?"

"几块卤牛肉和一杯啤酒,"他按响了电铃,"我忙得连饭都没吃,今晚会更忙,对了,华生,我需要你的配合。"

"那太好了。"

"你不怕违法吗?"

"不怕。"

"也不怕万一会被捕吗?"

"为了一个崇高的目的,我不怕。"

"对,这目的是崇高。"

"一切都听你的了。"

"我就知道你能帮我。"

"你打算怎么办呢?"

"等哈德森太太把饭端来我再跟你说。不过现在,"他一副很饿的样子,一边转向房东太太端来的简单食品,一边说,"时间不多了,我边吃边说吧。我们时间不多了,现在快5点了,我们必须在两小时内赶到行动地点。安娜小姐,不,是诺顿太太,7点钟回到家。我们必须在普里奥尼大院和她碰面。"

"然后呢?"

"这以后的事我来办。我已经准备好了怎样去应付将要发生的事,我先提醒你,无论发生什么事,你都别插手,明白吗?"

"难道我什么事都不用做吗?"

"什么事也别做,可能会有一些麻烦,你千万别插手,我会被抬进屋子,可能在5分钟后,会有人把卧室的窗户打开,你守在窗子旁边就是了。"

"好。"

"你得盯着我,我会让你看见我的。"

"好的。"

"我一举起手——就像这样子——你就把我给你的东西扔进来,并且大喊'着火了',你记住了吗?"

"记住了。"

"那就好了,"他说着,从口袋里掏出雪茄一样的一根卷筒,"这是烟火筒,管道工用的,两头有盖,可以自燃。你的任务就是用好这个东西。你喊'着火了'后,肯定会有很多人来救火,你就趁乱跑到大街的那一头,我10分钟后会和你会合。你已经完全明白我的意思了吗?"

"我一直做个旁观者,紧挨窗户,盯着你,见到你举手就把烟火筒扔进去,然后大喊着火了,然后到街头去等你。"

"对，就是这样。"

"那你就等着瞧吧。"

"好了，我得去扮演新的角色了。"

他进了卧室，没几分钟，中年牧师出来了，他头戴一顶宽檐黑礼帽，打着洁白领带，裤子宽松直挺，脸上堆满微笑、仁慈、和蔼可亲，只有著名的喜剧演员约翰·海尔才能装得那么像——福尔摩斯不仅仅是换衣服，他的神情、态度以及灵魂都发生了改变。他成为侦破专家后，舞台上就失去了一位出色的演员，而科学界也因此而少了一位科学家。

我们在6点一刻离开了贝克街。到达赛彭泰恩大街时，7点还差10分钟。天快黑了，街灯已经亮起来了。我们在普里奥尼大院外徘徊着。这所房子和福尔摩斯描述的一模一样，但不像我想象的那么安静，相反，和安静的邻近的街区相比，它十分地热闹。街头拐弯处，一群衣衫褴褛的人在吸烟说笑，旁边有一个人用脚踏磨轮磨剪刀，两个警察在和保姆调情，还有几个年轻人，衣着时髦，叼着雪茄，一副吊儿郎当的样子。

我们在房子前面徘徊时，福尔摩斯说："你看，他们一结婚，事情就简单了。那张相片成了一柄双刃剑，我们的委托人怕它让公主看见，而安娜也怕相片被她丈夫看见。眼下的问题是，我们到哪里才能找到相片。"

"是啊，到哪儿找呢？"

"她肯定没带在身上，那张相片有6英寸长，女人的衣服里藏不了的，而且国王派人搜查过两次，她早就提防了，所以我想她不会随身带着的。"

"那会在哪里呢？"

"有两种可能，在银行或者在律师手上，可我又觉得，这又不大可能，因为女性天生就爱保密。她们喜欢亲自把东西藏起来。她们信任自己的守护能力，所以不会把相片交给别人保藏。但是，对一个很精明的女人，这就不一定了。

"再说，别忘了，她这几天还想利用这张相片，所以，相片一定藏在她随手能拿到的地方，一定在她屋里。"

"但房子已经搜了两次了。"

"那是他们不知道怎么去找。"

"你知道怎么找?"

"根本不用我找?"

"那怎么回事?"

"我要让她亲手指给我看。"

"不可能。"

"她肯定会的,我听见马车声了,是她的车,你要记住,一定要按我说的去做。"

正说着,马车车灯射出的灯光在街道拐角处出现了。一会儿,一辆漂亮的小马车向普里奥尼大院驶过来。马车还没停稳呢,不知从哪个角落冲出一个流浪汉,他想去开车门赚一两个赏钱,另一个有同样想法的流浪汉用肘把他挡开了,他们争吵起来,那两个警察支持其中的一个流浪汉,而磨剪刀的站在另一个流浪汉那边。

两边越吵越凶,突然,有人动手了。刚从车上下来的夫人被这群乱糟糟的人给包围了。那些人满脸通红地打起来了。福尔摩斯猛然冲进人群去保护那位夫人。可是,刚挤到她身边,福尔摩斯大叫一声,满脸是血地倒在地上,打架的人一看有人受伤了,一下子就拔腿溜掉了。这时,几个衣着整洁、看热闹的人靠了过来,照料受伤的福尔摩斯。安娜·阿德勒——我愿意这么称呼她——急忙跑上了台阶,在台阶顶端,她突然站住了,大厅的灯光勾勒出她美妙的身影,她回头望着街上。

"那可怜的先生伤得重吗?"

"他死了。"有几个人喊道。

"不,他还有气!"又有个人大叫,"可是,恐怕还没送到医院,他就会断气。"

"他是个勇敢的人,"一个女人说,"要没有他,那伙流氓早抢掉那位夫人的钱包和表了。他们是一伙的,非常粗暴野蛮的一伙。啊,他现在能呼吸了。"

"不能让他躺在街上,夫人,我们把他抬到你家里去行吗?"

"当然行。把他抬到客厅的沙发上吧,他会舒服点。请跟我来吧。"

大家小心翼翼地把他抬进夫人家里,把他放到了客厅的沙发上,灯早就点亮了,窗帘没拉上,我紧挨窗户站着,看着事情的发展。我不知道当时福尔摩斯在想些什么。反正,我不能把福尔摩斯交给我的事丢开一边，那样太卑鄙了。我狠了狠心，从风衣里拿出烟火筒——我们并不想伤害她，我们只是阻止她去伤害别人而已。

福尔摩斯半躺在沙发上，奄奄一息。好像很需要空气的样子，一个女仆赶忙把窗户打开。就在这一刹那，我看见他举起了手。我一见到这个信号，立刻把烟火筒扔进客厅，并大声喊了起来："着火了！"喊声刚落，所有看热闹的人——绅士、马夫和流浪汉们——都齐声高呼："救火啊！"客厅里浓烟滚滚，并从打开着的窗户往外冒。我瞥见有一个身影在匆匆跑动。过了一会儿，我听见福尔摩斯在安慰大家，说只是一场虚惊。我悄悄穿过慌乱的人群，朝街道拐角处走去，不到10分钟，福尔摩斯令我兴奋万分地出现了。他拉着我的胳膊，我们一起逃离了慌乱的现场。他一声不吭、急冲冲地走着，直到通往艾奇维尔路，他才开口。

"华生，你干得真漂亮。"他说，"简直再好不过了，一切顺利。"

"你拿到相片了吗？"

"没有，但我知道它在哪儿。"

"你怎么知道的？"

"我不是跟你说过吗，她指给我看的。"

"我还是不明白。"

"事情并不神秘，"他笑着说，"很简单，你应该看出来了，街上的每个人都是我们的同党。他们是我雇来演刚才那出戏的。"

"我看出来了。"

"他们扭打起来的时候，我手里拿着一块湿润的红颜料。我冲进去，故意摔倒在地，然后把颜料揩在脸上，别人就以为出血了。这是我的老把戏。"

"这个我也看出来了。"

"接下来，他们把我抬进屋，她一定会让我进屋的，在那种情况下，她只有让我进屋才行。而且让我躺在客厅，这正是我想的。那张相片要没放在客厅里，那就在卧室，我想知道它到底在哪。我躺在沙发上，作出需要空气的样子，他们只好打开窗户，于是，你就可以下手了。"

"这样做有什么用呢？"

"太有用了。一个女人发现房子着火后，她就会抢救她认为最珍贵的东西。这是人的本能。我已经不是第一次利用它了。在达林顿冒名顶替案中我用过；艾恩维斯城堡案中也用过。结过婚的女人首先抱出的是她的孩子；未婚女子会赶紧抓住首饰盒。我很清楚，在那屋子里，对于那位夫人来说，最珍贵的当然是那张相片。你那火警弄得太妙了，滚滚浓烟和人们慌乱的呼叫简直就是真的着火了一样。相片藏在右边门铃拉索上方一块嵌板的后面，那块嵌板是可以移动的。她马上冲到那里，并且抽出一半，我看见了。当我说这是一场虚惊后，她又把相片放了回去。她看了一眼喷烟器后，就跑了出去。此后，我就没看见她。我站了起来，找了个借口溜出来了。本来我想把相片偷出来的。但一个马车夫走了进来，他紧盯着我，我怕一着不慎全盘皆输，所以决定等一个好时机再动手。"

"现在该怎么办呢？"我问。

"我们的调查到这里已经结束了。明天我和国王到她家去拜访，你要想去的话，我们一起去。会有人把我们引进客厅等候夫人的。可等她出来的时候，我们已拿着相片走了。国王肯定会为能亲手拿回相片而备感高兴。"

"我们什么时候去拜访呢？"

"明早8点，那时她还没有起床，我们就有机会下手了。另外，我们得赶快行动。她结婚以后，生活习惯可能会有所改变，我马上给陛下发电报。"

发完电报，我们回到了贝克街。当福尔摩斯掏钥匙准备开门时，街上有个过路的人给他打招呼："歇洛克·福尔摩斯先生，晚安！"

大街上有好几个人，给他打招呼的，好像是一个穿长外套的瘦高个年轻人。

"这声音有点熟悉，"福尔摩斯说，"可我记不起是谁。"

那天晚上，我是在贝克街过的夜。第二天早晨，我们正在吃早餐，波希米亚国王突然闯了进来。

"你真的把相片拿回来了？"他抓住福尔摩斯的双肩，急切地大声嚷着。

"还没有。"

"但是，你有拿回的把握吗？"

"有把握。"

"那就走吧，我等不及了。"

"我们得雇一辆马车。"

"不用了，我的马车在外面等着呢！"

"那太好了。"

我们下了楼，向普里奥尼大院赶去。

"安娜·阿德勒结婚了。"福尔摩斯说。

"结婚?! 什么时候?"

"昨天。"

"跟谁?"

"一个叫戈德弗雷·诺顿的律师。"

"她不会爱他的。"

"我倒希望她爱他。"

"为什么?"

"如果安娜爱他，陛下就不用担心有麻烦了。她爱她的丈夫就不会爱陛下了，不爱陛下，就不会干涉你的生活了。"

"这也是，不过——唉，要是她的身份和我一样该有多好！那她将是一位了不起的王后。"国王说完这些，就陷入了沉思中。我们到赛彭泰恩大街了，他还是一言不发。

普里奥尼大院的大门开着，一位上了年纪的女仆在门前的台阶上站着。她不屑地看着我们从马车上下来。

"请问谁是福尔摩斯先生?"

"我就是。"我的朋友吃惊地看着她说。

"你果然来了。我主人告诉我说你今天会来拜访的，让我在这儿等着你，她一大早乘5点一刻的火车去查林克洛恩了。她要从那里去欧洲大陆。"

"什么!"福尔摩斯被这个意外的消息吓了一大跳，"你是说她已经离开英国了吗?"

"她再也不会回来了。"

"那张相片呢?"国王绝望地说，"这下全完了!"

"我去看一下。"福尔摩斯冲进客厅，我和国王也跟着跑了进去。屋里的家具凌乱不堪——拆散的架子，拉开的抽屉，显然女主人在出走前翻过一遍。福尔摩斯直奔门铃的拉绳处，猛然掀开一块能移动的板子，把手伸了进去，从里面掏出一张相片和一封信。相片是身穿晚装的安娜·阿德勒一个人的，信封上写着："歇洛克·福尔摩斯先生亲启。"福尔摩斯一把把信拆开，我们三人围着看了起来，信是今天凌晨写的，信里这写样到：

亲爱的歇洛克·福尔摩斯先生：

您确实干得很漂亮。火警出现前我上了您的当。我一点都没怀疑您。可后来，当我发现我的秘密已经暴露之后，我就开始怀疑了。几个月前就有人提醒我要提防您。他们说国王要是雇侦探的话，那肯定是您，而且他们还把您的地址给了我。即使这样，您还是知道了我的秘密。即使当我产生怀疑时，我还是有点顾虑，我不相信那么一位上了年纪、和蔼可亲的牧师会有什么恶意。我想，您应该知道我是一个受过训练的女演员，我经常女扮男装。我让马车夫约翰去监视您，然后上楼，换上男装。正好您离开的时候，我下了楼。

我一直跟您到您家门口，那时，我才证实我成了著名的福尔摩斯侦探的行动目标。我冒失地向你道了个晚安后，就去找我的丈夫去了。

我们两个都认为被这么一位侦探盯着，最好的摆脱办法是逃走。因此，您到这里的时候房子是空的。说到那张相片，请您的委托人放心，我已经爱上一位比他好的人，而这个人也爱我。国王想做什么就做什么吧，不用担心他曾经伤害过的人会妨碍他。那张相片我会留着，这只不过是为了保护我自己。它是防护武器，以免他将来用什么手段来伤害我。我留给他一张我的相片，或许他愿意收藏。最后，谨向亲爱的歇洛克·福尔摩斯先生致意。

您诚挚的

安娜·阿德勒

"多了不起的女人——多了不起啊！"我们三人看完信后，国王喊了起来，"我不是跟你们说过。她是个机智、果断的女人吗？我不是说过她可以成为一位了不起的王后吗？真可惜她的身份和我不一样！"

"她确实和陛下不一样。"福尔摩斯冷冷地说，"我很遗憾没能把事情做得更漂亮些。"

"不，亲爱的福尔摩斯，刚好相反，"国王说，"没有比这更漂亮的结局了，她会说话算数的，那张相片现在就像烧掉一样没事了。"

"陛下这么说，我很高兴。"

49

"我非常感谢你，请告诉我，我该怎样酬谢你，这只戒指……"
他从手指上取下一枚蛇形翡翠戒指递给福尔摩斯。

"陛下，我想有一件东西比这更珍贵。"福尔摩斯说。

"你说吧，我给你。"

"这张相片。"

国王听后吃了一惊。

"安娜的相片。"他说，"如果你真想要，当然可以。"

"那就谢谢您了，陛下，这件事全都了结了，我谨向您告辞。"
福尔摩斯给国王鞠了一躬，对国王伸过来的手理都不理。转身就和
我走了。

这就是波希米亚受到一桩丑闻的威胁，而福尔摩斯的计划被一
个女人挫败的全部经过。福尔摩斯以前老是对女人的才智嗤之以鼻，
此后，他再也没有嘲笑过女人了。当他提到安娜·阿德勒或那张相
片时，总是尊敬地称她为"那位女士"。

红头发协会

去年秋天的一天，我去拜访老朋友福尔摩斯先生，他正和一位
矮矮胖胖、满脸通红且长着一头红发的老先生说着什么。我为自己
的贸然到访深感抱歉。正想退出的时候，福尔摩斯却一把将我拉进
屋里，并随手把门给关上了。

"亲爱的华生，你来得真是时候。"他高兴地说。

"你们正忙着吧？"

"是忙着，非常忙。"

"那我到隔壁房间去等一会儿。"

"不用了。威尔逊先生，这位先生是我朋友，也是我搭档，他帮
我成功地破获了不少重要案件，毫无疑问，在你的这个案件中，他
也会给我很大的帮助。"

矮胖的红发老先生在椅子上欠了欠身，向我点头致意，可那双
肥胖的小眼睛却闪过一丝怀疑的目光。

"你坐下吧,"福尔摩斯说着又坐到了扶手椅上,手指并拢——这是他思考问题时的习惯动作。"亲爱的华生,我知道。你和我一样,对日常生活中单调无聊的那一套毫无兴趣,而对那些稀奇古怪的东西有着特别的兴趣。你非常细心地记录了那些离奇的案件,你的所作所为,为我的冒险事业添了不少光彩。"

"我对你经手的案子很有兴趣。"我说。

"你应该没忘记前几天我们讨论玛丽·萨瑟兰小姐提出的那个简单的问题之前,我非常感慨地说出的话吧:为了取得奇特的成功和非常默契的配合,就必须深入到生活中去,它比任何大胆的想象都具有冒险性。"

"我不赞同你的说法。"

"是吗,华生?但你最好和我的看法一致,不然,我将不停地举例说明,直到你认输为止。好了,这位加贝兹·威尔逊先生,今早专程赶来给我讲了一个故事。我很久没听过这样稀奇古怪的故事了。我以前说过,最离奇独特的事件往往和一些轻微的犯罪有关联,与较大的犯罪倒没什么关联。甚至这些事件根本和犯罪无关。现在,我还不能推断这事与犯罪有关,但它的经过非常离奇古怪,威尔逊先生,请你把事情的经过从头到尾再讲一遍,这事太古怪了。我想从你的讲述中获取一些更详细的细节。一般情况下,一个能说明事情经过的细节,能让我想起几千个类似的案例,并由此引导我的推断,可这次,我得老实承认,这件事很不一般。"

那位矮胖的老先生有些自豪地挺起胸,他从大衣口袋里掏出一张又脏又皱的旧报纸。他把报纸放在膝盖上,伸长了脖子在广告栏里查找着。趁着这个机会,我开始仔细地打量他,希望能和福尔摩斯一样,从他的外表上看出什么东西来。

可是,我几乎没看出什么东西来。这位老先生表面上看,是一个很普通的英国商人,他肥胖、自负、动作迟缓,一条肥大的裤子上是一件有些脏了的燕尾服,因为衣服没扣上,里面褐色的马甲就露了出来,马甲上系着一条粗重的怀表链,链上坠着一个晃晃荡荡、中间钻着方孔的金属装饰。他旁边的椅子上放着一项旧礼帽和一件褪了色的棕色大衣。大衣的领子压得起了褶皱。总之,这位老人除了一头鲜红的头发和那满脸的懊恼和不满外,就没什么特别之处了。

敏感的福尔摩斯立刻看出了我在干什么,他看到我疑惑的样子时，微笑着摇了摇头。"他曾经干过体力活，吸鼻烟，是共济会会员，他去过中国，最近写过不少东西，除了这些一看就知的东西，我也没发现别的什么。"

加贝兹·威尔逊先生一听这些，立刻坐直了身体，两眼紧盯着福尔摩斯。

"哦，上帝！福尔摩斯先生，你怎么知道得这么清楚？"他吃惊地说道，"比如，你怎么知道我干过体力活？这是真的，我以前在船上作过木匠。"

"亲爱的威尔逊先生，你看你的手吧，右手明显比左手要大，而且肌肉也比较发达，这说明，你用右手干过重活。"

"吸鼻烟和共济会会员呢，你怎么看出来的？"

"我要告诉你的话，那显得你的理解力太低了，何况，你还不遵守你们团体的规定，别了一个弓形指南针模样的别针呢？"

"啊，是的，我确实忘了这个，那么写东西呢，你怎么知道的？"

"那还用说吗？你右手袖子有一块 5 寸长光亮的地方，左袖肘关节的地方还打了块补丁，这都是与桌面摩擦的结果。"

"那中国呢？"

"你右手腕上有条鱼的纹身，这肯定是在中国纹刺的。我研究过纹身，甚至还写过相关的文章。能够细腻地给大小不同的鱼鳞着上粉红色，只有在中国才能做到。另外，你怀表链上吊着的中国钱币，更能证明这一点。"

杰伯茨·威尔逊先生忍不住笑了起来。他说："哎呀，我怎么没这么想，一开始我还以为你神机妙算呢？可说出来后，事情原来这么简单！"

福尔摩斯说："华生，我真不该说出来，我应该大智若愚才对。你知道，我的能耐就那么回事。如果尽说实话，很快就会名声扫地的。威尔逊先生找到广告了吗？""找到了，在这里。"他说着，粗红的手指指着广告栏，"就在这儿，所有事情都是它引起的。先生，你们自己看看吧。"

红 发 会

因原住美国宾夕法尼亚州的已故黎巴嫩人埃基亚·霍普金斯之遗赠，红发会现有一每周四镑、纯系挂名职务之职位空缺，凡红发男性、年满21岁，身体健康，智力正常者均可前来应聘。应聘者请于周一上午11点亲临舰队街教皇院7号红发会办公室楼向邓肯·罗斯提出申请。

"这到底是怎么一回事？"我把这个奇怪的广告读了两遍后，情不自禁地说。

福尔摩斯在椅上笑得哈哈直抖，他高兴时总这样。"这广告很奇怪，是吗？"他说，"好啦，威尔逊先生，你就从头讲起吧，把你的一切——你的家人和这个广告带来的运气都讲出来听听吧。华生，请先把报纸的名称和日期记下来。"

"这是一张《记事晨报》，1890年4月27日的，正好是两个月以前。"

"很好，威尔逊先生，请讲吧。"

"噢，福尔摩斯先生，我刚才说过，"威尔逊一边擦着额头上的汗一边说，"我在市区的科伯格市场附近开了家小当铺，这是小买卖，几年来，我靠它勉强过日子。以前，我雇了两个伙计，可到了现在，我只能雇一个，本来这一个伙计我也雇不起。多亏了他为了学会做这种买卖，情愿只拿一半薪水。"

"这个伙计叫什么名字？"

"他叫温森特·斯波尔丁，我不知道他年龄多大。福尔摩斯先生，这伙计非常精明能干，凭他的能力，我知道，完全可以挣到更多的钱，但是，既然他自愿，我又何必给他加薪水呢？"

"是的，何必呢，你能以这么少的薪水雇一个这么好的伙计，可真够幸运的，像你这样幸运的雇主，恐怕没几个，不知你雇的伙计有什么缺点呢？"

威尔逊先生说："他也有缺点。他是个摄影迷，拿着相机到处跑，一点上进心都没有。照完相以后，就到地下室去冲洗，一冲就老半天。不过，虽然他毛病很大，但还算是一个很好的伙计，没有坏心眼。"

"我想，他还和你住一块吧。"

"是的，先生，除了他，还有一个14岁的小女孩，这小女孩负责做饭，收拾房间。我是个老光棍，没结过婚，所以，我们就这几个人住一起。

"打破我们平静生活的就是这个广告。两个月前的今天，斯波尔丁拿着这张报纸走进当铺，他说：'威尔逊先生，我真想让上帝把我变成红头发的人。'"

"我不解地问：'为什么？'"

"他说：'为什么？红发会又有一个空缺了！谁要得到这个职位就发财了，听说空缺的人很多，所以受委托招聘的人都不知道怎么办了。假如我的头发变成红色的了，我或许能够得到这个肥差。'"

"我又问他：'这到底怎么回事？'福尔摩斯先生，你知道，干我们这行的，是送上门的买卖，所以，我通常很长时间不出门，外面的事一无所知，能听到点新闻总是挺高兴的。"

"'你没听说过红发会的事？'他问我。"

"'从没听过。'我说。"

"'哎呀，怎么这样？你完全有资格去申请这个职位呀！'"

"'值得去申请吗？'我问他。"

"'年薪有200多镑，工作轻松又不影响自己另外的工作。'"

"'事情就这样，你们应该知道，额外的200多镑收入对买卖一直不景气的我来说，真是天大的喜事。'"

"于是，我要他把事情的原尾说清楚些。"

"'喏，'他把广告指给我，'你自己看吧。红发会有职位空缺，还写明了招聘的地址。听说，红发会是由一个叫埃基亚·霍普金斯的美国百万富翁创建的，他长了一头红发。这是一个非常古怪的人，他对所有红头发的人都怀有深厚的感情。他死后，人们发现，他把所有财产交给了托管人，他立下遗嘱要用遗产的利息为红头发男人找个好的工作。听说薪金很可观，而且，不用做什么事。'"

"我说：'可是，申请这个职业的红发男人肯定也不少。'"

"'没有你想象的那么多，'他告诉我，'你看，这个美国人是在伦敦发迹的，所以这个职位只限于伦敦人，而且必须是成年男子，我还听说，申请人的头发必须是火红色，深红或浅红都不行，威尔逊先生，你要想申请就赶快去。不过，你也许看不起这区区几百英镑。'"

"先生们，你们看，我的头发正是火红色，没错吧，因此，我想，要是我去申请这个职业，肯定会比别人有希望得多。温森特·斯波尔丁好像很了解这件事。所以我让他和我一起去，以便到时帮我一把。于是我叫他关了店门和我一起去，他很高兴能放一天假。

就这样，我们向广告上说的那个地址出发了。"

"我从来没见过那种场面，福尔摩斯先生，舰队街到处都是来自各个地方的，长着红头发的人，教皇院看起来像堆满了桔子的推车。我怎么也没想到一则广告竟然招来这么多人。他们的头发五花八门——砖红色、橙色、棕红等等。斯波尔丁说得对，像我这样火红色头发的人并没几个。我一看那么多人来应聘，觉得自己没什么希望，打算放弃，可斯波尔丁不让。真没想到，他会那么卖力地把我连拉带拽地从人群中挤了进去，一直挤到了红发会办公室的台阶上。楼梯上有两股人流——一些人灰心丧气地下楼，另一些人满怀希望地上楼。我们拼命往上挤，不一会儿，我发现我已经进了办公室了。"

威尔逊说到这里停了下来，把鼻烟拿了出来，使劲吸着。

福尔摩斯说："你的经历可真逗，接着说下去吧。"

"我发现办公室很简陋，只有几把椅子和桌子，桌子后面坐着一个头发比我还要红的矮个子男人。每个应聘的人走到他面前，他都先说几句，然后把他们不够资格的那些毛病挑出来，看来想得到这个职位并不容易。可轮到我的时候，这个小个子男人对我特别客气，我们进去后他还特别关上了房门，以便我们单独交谈。"

"我的伙计向他介绍我，'这是加贝兹·威尔逊先生，他愿意补红发会的空缺。'"

"'他简直太合适了！'矮个子男人说，'他符合我们的要求！没有哪个应聘者的红头发有他的这么好。'他说完退了一步，歪着脑袋打量我的头发，把我看得都有些不好意思了。过了一会儿，他一把握住我的手，很热情地祝贺我申请成功。"

"'你要是推辞的话就太令人失望了，'他说，'不过我得以防万一，相信你不会介意的。'说完，他就紧紧地揪我的头发，直到我痛得大喊大叫，他才放手。'你疼得眼泪都出来了，'他说，'你的头发是真的，请原谅我的谨慎，我们上过当，两次是假发，一次是染红的，所以，我们必须小心些。'他说着就走到窗前，扯着嗓子告诉下面已经有人补缺了。窗外一片叹息，人群很失望地散开了。他们走了以后，红头发的人就剩下我和那位矮个子经理了。"

"'我叫邓肯·罗斯，'矮个子男人说，'我也是红发会巨额基金的受益者，威尔逊先生，你结婚了吧？'"

"我回答说没有，他的脸就沉下来了，神情严肃地说：'老天，这就坏了，你真让我失望，这个基金会就是为保护红发人的数量，让他们繁衍后代而设立的，可你是个光棍，这太让人失望了。'"

"福尔摩斯先生，我一听这话就灰了心，以为没希望了。可他想了一会后又说：'没关系。换了是别人，就得走人，可你有一头特别的红发，我们可以通融一点。你什么时候能来上班？'"

"'这就有点麻烦了，我自己开了家当铺。'我告诉他说。

"温森特·斯波尔丁这时说：'威尔逊先生，你放心吧，我会帮你看好铺子的。'"

"'上班的时间是几点到几点？'我问。

"'上午10点到下午2点。'"

"福尔摩斯先生，你知道，当铺的生意大多都在晚上，特别是周四、周五的晚上，这两天正是发工资的时间。所以，能在这之前多赚几个钱我当然乐意，何况，我很清楚我的伙计，他是个好人，会把铺子看好的。"

"我就说了，'我接受这个工作，工资多少？'"

"'每周4英镑。'"

"'都干些什么呢？'"

"'只不过是做做样子而已。'"

"'这话是什么意思？'"

"'嗯，就是说，上班时间你必须始终呆在办公室里，不能出这幢楼。只要你离开一步，就等于你自动放弃这个工作。这一点，遗嘱上说得很清楚。上班时间离开了就得走人。'"

"'每天不过4个小时嘛，我不会离开的。'"

"'不许以任何借口离开，'邓肯说，'即使生病也不许。你必须好好呆在这，否则就是自炒鱿鱼。'"

"'那我到底做些什么事情呢？'"

"'抄《大英百科全书》，我这有第一卷，你得自备墨水、笔和纸。我们只提供你桌椅。明天你就来上班吧。'"

"'行！'我说。

"'那好，威尔逊先生，我再次祝贺你得到这个职位，再见。'他向我鞠了一躬，我们就离开办公室回家了，我被自己的好运喜昏了头脑。

"我每时每刻都在想这件事。可到晚上，我的情绪又低落下来了。我担心这是一个大骗局，可又想不出他们到底要干什么。有人立下这样的遗嘱，为抄写《大英百科全书》这么简单的事付这么大的价钱，太不可思议了！温森特·斯波尔丁说了很多让我放心的话。睡觉前我决定了，不管怎样，我明天一定要到那儿去看看。第二天早上，我花了一便士买了一瓶墨水、一支羽毛笔和7张大的书写纸，然后去了教皇院。"

"让我吃惊的是，一切正常，办公室里，桌椅早就摆好了。邓肯先生也在那里了，他让我从字母 A 开始抄，然后就走了。可他不时地来看我工作的进展情况。下午 2 点，我离开时，他还夸我抄得又快又好，我走出办公室后，他就把门锁上了。

"福尔摩斯先生，就这样，我每天上午 10 点上班，下午 2 点下班，到星期六，邓肯来了，他付给我 4 英镑作我一周的工资。后来，每星期都这样。我照常上班下班。我发现邓肯先生来得越来越少，起初，每天来一次，后来，他几乎不来了。不过，我还像往常一样，一刻也不离开办公室，因为，我不知道他什么时候会来，这个工作很好，我不想丢掉它。"

"这样，一晃过了 8 个星期。我已经抄完了 Abbots、Archere、Armour、Archilecture 和 Attica 等辞目。正想继续努力，争取早日抄到以字母 B 为首的词，我甚至花了很多钱买来了大量的书写纸，可突然间，这件事令人吃惊地全结束了。"

"结束了？"

"是啊，先生，就在今天早上。我像往常一样去上班，发现办公室的门锁着。门板上钉了张小卡片。喏，就是这张卡片，你们看看吧。"

他拿出那张便条纸般大的卡片，上面写道：

红发会业已解散，此启。

1890 年 10 月 9 日

我和福尔摩斯看看这张卡片，又看看满脸愁容的威尔逊，觉得这件事太滑稽可笑了，一时间两人忍不住笑了起来。

"有什么好笑的！"威尔逊先生大声说着，脸涨得通红，"如果你们除了取笑我外别无他招的话，我可以另请高明！"

威尔逊先生起身要走，福尔摩斯一把把他按回到椅子上，"我一定接下你的案子，不过，这个案子太古怪，我们从没听说过，请你

57

别介意，这事情确实很古怪。对了，你发现这张卡片后，都做了些什么？"

"我当时惊呆了，不知所措。后来我向办公室附近的人打听，可他们对这事一无所知，最后，我找了房东，他在一楼住，是个会计。我问他红发会到底怎么了，可他说他根本不知道有这么一个组织。我又问他邓肯·罗斯是什么人，他说他不认识这个人。"

"我说，'就是那个红头发的先生呀！'"

"'什么，那个红头发的男人？'"

"我说，'是啊。'"

"'哦，'他说，'他叫威廉·莫里斯，是个律师，住爱德华国五街 17 号，圣保罗大教堂附近。'"

"于是我就赶紧动身去那里，可到了之后，才发现那是一个护膝制造厂，厂里没人认识威廉·莫里斯或邓肯·罗斯。"

"后来你怎么办呢？"福尔摩斯问。

"我只好回家，我的伙计安慰了我大半天，他让我耐心地等一段时间，可能会收到什么信的，可是，我不想听他那些话，我不想就这么失去一个好好的工作。我听别人说，你足智多谋，经常给别人解决难题，所以，我马上来找你了。"

"你做得对，"福尔摩斯说，"你的事情不同寻常，我很乐意接手。根据你刚才所说，我想事情可能非常严重。"

威尔逊先生说："当然严重了！你看，我每周要损失 4 英镑。"

"就你个人来说，你不应该对这个异乎寻常的红发会有什么抱怨。"福尔摩斯说，"相反，你不仅赚了 30 多镑，还通过抄书获得了不少知识，你没有吃亏。"

"我是没吃亏，先生。我只想弄清他们是谁，玩这套把戏要弄我的目的是什么？这玩笑可真昂贵，他们花了 32 英镑呢。"

"我们会为你解开疑团的，不过，威尔逊先生，我得先问你几个问题。是你的伙计让你看到那张广告的吗？他在你那儿干了多久？"

"当时才一个月。"

"他怎么来的？"

"他看了我登的招聘广告后找来的。"

"他是惟一来应聘的？"

"不，有 10 多个人来应聘。"

"你是怎么选中他的?"

"因为他挺机灵,要的工资也不多。"

"这个温森特·斯波尔丁长什么模样?"

"个不高,但很健壮,手脚麻利,年纪在30岁左右,没长胡子,前额有块被硫酸烧伤过的疤痕。"

福尔摩斯有些激动地坐直了身子:"这些我都预料到了,不知你有没有注意到,他扎了耳孔没有?"

"是啊,先生,他说那是小时候被一个吉卜赛人给扎的。"

"哦,"福尔摩斯又靠到椅上,陷入了沉思。过了一会儿,他说:"他现在还在你那儿吗?"

"是的,我来时他还在那。"

"你不在的时候,当铺由他照管?"

"是的,先生。我对他很信任,而且,上午没什么生意。"

"好啦,威尔逊先生,我会在两天内把调查结果告诉你,今天是星期六,我想到星期一就能给你个答复了。"

"喂,华生,"威尔逊走后,福尔摩斯问我,"你怎么看这件事。"

"我没看出什么,"我老实地说,"这事太古怪了。"

福尔摩斯说:"一般说来,越是离奇古怪的事,真相大白之后它就越简单。就像一张很普通的面孔让人很难辨认一样,没有特征的案子侦破起来也挺让人头疼。现在,我们得马上行动。"

"那你现在从何下手?"我问。

"先抽烟。"他回答道,"这事得好好想想。请你50分钟内别和我说话。"说完他就蜷起身子,曲着的膝盖快要碰到他的鼻子了。他眯了眼睛坐在那儿,叼在嘴里的黑色陶制烟斗像是某种鸟类又尖又长的喙。我以为他睡着了,而我自己也禁不住打起了瞌睡。突然间,福尔摩斯跳了起来,看起来已经胸有成竹了。

他把烟斗放到壁炉台后说:"今天下午在圣·詹姆斯有萨拉沙蒂的演出,华生,你没什么事吧!"

"我今天没什么事,我的工作并不忙。"

"那就戴上帽子跟我走吧,我们先到市区吃午饭,我看到节目单上有很多德国音乐。我觉得德国音乐比意大利的或法国的音乐都好听得多,它能让人有所领悟。我正好需要好好领悟,走吧。"

我们乘地铁到了阿尔得斯盖特，然后没走多远，就到了科伯格广场——那个离奇的故事就发生在这儿。这是一个简陋的小巷，狭窄破落，在一个铁栏杆围成的墙里面，是四排灰暗破旧的两层楼的砖房。旁边杂草丛生的草坪上有几簇要枯萎的月桂。拐角处的房子上挂着三个镀金圆球和一块棕色的招牌，上面写着"加贝兹·威尔逊"几个白色大字，看到这个招牌，我们就知道这是威尔逊开的当铺。福尔摩斯在那幢房子前面仔细地观察着。然后，他沿着街道徘徊着。最后，我们回到当铺那儿，他用手杖使劲地戳了戳人行道后才走到当铺门口去敲门。一个小伙子把门打开了，他看上去精明能干，他请我们进去。

福尔摩斯说："对不起，请问到斯特兰特怎么走？"

"到第3个路口往右拐，往右走到第4个路口再向左拐。"那伙计很快地说完后就把门关上了。

"好精明的伙计！"我们离开那儿后，福尔摩斯说，"据我所知，他是伦敦第4精明的人，而他的胆大妄为，我还不能肯定是不是排在第3。我以前就对他有一些了解。"

"很明显，"我说，"这个伙计在这个神秘的红发会一案中是个关键人物，我想你去问路，不只是想看一看他吧。"

"不是看他。"

"那你看什么呢？"

"看他的裤子，膝盖那一部分。"

"看到什么了没有？"

"我看到了我想看到的东西。"

"那你干嘛用手杖使劲戳人行道呢？"

"华生，现在不是我们聊天的时候，还是细心去观察吧，就像在敌国侦察一样，我们知道科伯格广场有问题，现在得查清它背后隐藏着的东西。"

我们离开了偏僻的科伯格广场，转过街角，我们看到了与先前的街道完全不同的景象，这是一条繁华的大街，是贯通市西和市北的交通要道，路上车水马龙，人行道上黑压压一群来来往往的人。当那一排排华丽的商店和豪华的商业楼呈现在眼前时，我简直无法相信它真的紧挨着我们刚刚离开的那个萧条破落的广场。

福尔摩斯在街道拐角处沿着那条商铺一路望了过去。"让我好好看看，"他说，"我必须记住这些房子的顺序，希望能一清二楚地了解伦敦——先是墨地兰烟草店，再是报亭，再往那边是城郊银行科伯格支行、素食馆、麦可法兰马车行，往下就是另一条街了。好了，华生，我们的工作已经完成了，该休息了。先来一份三明治和一杯咖啡吧，然后再去听小提琴演奏会，那里只有悦耳动听的音乐，而没有什么麻烦打扰我们。"

福尔摩斯是一个对音乐充满了热情的家伙，他不仅善于演奏，而且还是一个具有很强创作能力的作曲家。整个下午，他在观众席上，完全陶醉在一种幸福中——他修长的手指随着音乐的节奏轻轻挥舞，他满脸微笑，目光痴迷。此时此刻的他和那个断案如神，敏锐机智的大侦探判若两人。在他异乎寻常的个性中，双重性格交替出现。他的机智、敏锐和多愁善感的诗人气质真是鲜明的对比。这双重性格一会儿使他精力旺盛，一会儿使他疲惫不堪。而且我很熟悉的是，他会一连几天懒洋洋地靠在他的扶手椅上，终日瞑思或创作，在这种时候，他会突然地产生一种强烈的欲望——追捕罪犯的欲望。那个时候，他的推理能力会上升到直觉的程度，以至于不了解他的人不敢正视他，认为他无所不知。所以，当我看见他沉醉在音乐中时，我就感觉到他要捉的人肯定得倒霉了。

听完音乐走出来时，福尔摩斯说："华生，你要回家了吧？"

"是的，也该回去了。"

"我还要办几个小时的事，科伯格广场的事是一件大案。"

"怎么说是大案呢？"

"有人策划了一宗大的犯罪，我相信我能及时制止他们，可惜今天星期六，事情难办了些。我希望今晚你能帮我。"

"晚上什么时候？"

"10点。"

"好，那我10点钟到贝克街。"

"太好了，华生，不过。这次可能有危险，你最好带上你那把在军队里用过的手枪。"

说完，他挥手向我告别，然后一转身消失在人群中。

我相信我并不笨，可和福尔摩斯在一起，我总觉得我还是太笨了。就说这件事吧，他看见的我也看见了，他听到的我也听到了，从他的话里面，我明显地感到他不仅对已经发生的事了如指掌，还对将要发生的事也一清二楚，而我呢，什么也没有觉察出来，对这件事还是一无所知。在回家的路上，我又把整个事情从头到尾想了一遍。从抄写《大英百科全书》的那位红发老先生离奇的经历到对科伯格广场的勘查，到临分别时福尔摩斯给我的那番暗示。晚上会发生什么事？为什么让我带上枪？到底要去哪儿？干什么？从福尔摩斯的话中我觉出当铺的那个伙计肯定很难对付，他可能会耍一些花招。我总想把这些谜给解开，可最终还是绝望地放弃了。反正到晚上事情就会水落石出，所以我把这事搁到了一边。

　　我9点15分从家里出来，先穿过公园，再穿过牛津街，贝克街就到了。有两辆双轮双座马车停在了福尔摩斯的家门口。过道里传来楼上说话的声音，进门看见他正和两个人说得挺热闹。其中的一个我认识，警察局的侦探彼特琼斯；另一个男人是个瘦高个，头上戴着闪光的帽子，身穿很考究的礼服大衣。

　　"哈，我们的人都到了。"福尔摩斯边说边系粗呢大衣的扣子，然后从架子上拿下了那根打猎的鞭子，"华生，我想你应该认识伦敦警察厅的琼斯先生吧？我来给你介绍这位，梅里维瑟先生，我们这次冒险行动的搭档。"

　　"你看，医生，我们又一起行动了。"琼斯还是那副很神气的样子。"我们这位朋友是个猎神，他需要我这样的狗去帮他捕获猎物。"

　　"希望我们今晚的行动别白费了。"梅里维瑟先生嘟哝着。

　　琼斯说："先生，你应该相信福尔摩斯，他总是很有办法的，尽管他那些办法有些不可思议，但他具备侦探的素质，有时比官方警察的推断都正确，真的，我没夸张，比如在侦破萧尔拖凶杀案和阿克拉珍宝盗窃案中就这样。"

　　陌生的梅里维瑟先生不屑地说："琼斯先生，你这样说我也不反对。不过，我错过了一场牌局，27年来我可是第一次在周六晚上不打桥牌。"

　　"我想，"福尔摩斯说，"你很快就会发现今晚不仅赌注下得很大而且牌会打得更精彩激烈，梅里维瑟先生，你今天的赌注大约有3万英镑，琼斯先生，你呢，你的赌注就是你一直要抓的那个人。"

　　"约翰·克雷！这个杀人犯、强盗、小偷、骗子，梅里维瑟先生，他年龄不大，却是一个犯罪团伙的头头。抓住他比任何事情都重要，我们必须对他高度警惕。他祖父是皇家公爵，他在伊顿公学和牛津大学读过书，头脑相当灵活，尽管我们知道他到处作案，可就是抓不住他。他这个星期还在苏格兰撬门盗窃，下星期却跑到科维尔筹集资金兴办孤儿院。我注意他好多年了，可连他的影子都没见到过。"

"我想今晚我能给你介绍一下，我也曾和他打过一两次交道，你说的没错，他确实是一个盗窃集团的头子。好了，现在 10 点多了，我们该行动了。你们两位坐前面那辆车，我和华生坐后面那辆跟上。"

一路上，福尔摩斯没说什么话。他背靠在座位上，嘴里哼着下午刚听过的乐曲。马车在迷宫般闪烁着煤气灯的街道上穿行，直到法林顿街，福尔摩斯才开了口。

"快到了，"福尔摩斯说，"梅里维瑟是银行的董事长，对这个案子很有兴趣；而我把琼斯带上，是因为他还不错，他最大的特点是，尽管他有点笨，但对他要抓的人，他会像猎狗一样凶猛，像龙虾一样顽强。好了，我们该下车了，他们在等着呢！"

我们到了上午去过的那条繁华的街道。把马车打发走后，梅里维瑟先生领着我们走过一条狭窄的通道，闪进一扇侧门后，里面又有一条小走廊，走廊尽头一扇巨大的铁门。梅里维瑟打开铁门，带着我们下了一段旋转式石头阶梯，最后来到一扇看了让人有几分恐惧的大门前面。梅里维瑟先生点亮一盏提灯，又领着我们走上一条散发泥土气息的通道。把第三道门打开后，我们便进入了一个庞大的拱形地下室，地下室里堆满了大箱子。

"要从上面打入这里还真不容易呢。"福尔摩斯举起灯四下打量着说。

"从下面也很难进来。"梅里维瑟先生说着，用拐杖狠狠地捅了捅地板石，"哎呀，上帝，听起来下面是空的！"

"请你小声点！"福尔摩斯很严肃地说，"别给我们的行动添麻烦，劳驾你坐到一个箱子上去行吗？"

梅里维瑟先生委屈地坐到了一个箱子上。福尔摩斯跪到地上，借着灯光，用放大镜仔细查看石板间的缝隙，只一会儿，他就满意地站了起来，把放大镜放进口袋。

"我们还得等一个小时，"他说，"在那个当铺老板沉睡之前他们不会行动的，他一睡着，他们就会很快地行动起来，他们干得越快，逃跑的时间就越多。华生，我看你已经猜出来了，我们这是在伦敦一家大银行的分行地下室。梅里维瑟先生就是这家银行的董事长，他会告诉你为什么那些胆大包天的家伙对这个地下室那么有兴趣。"

"这里有法国的黄金，"这位董事长轻声对我说，"我们已经接到警报，有人在打它的主意。"

"法国的黄金？"

"是的，几年前，我们为加强资金来源，向法国银行借了3万法国金币。你们现在都看到了，我们至今连箱子都没打开，金币原封不动地放在这儿。我坐的这个箱子里就有2000个用锡铂纸包着的法国金币。我们这儿库存的黄金量比任何一家分行的储备量都大得多。没想到竟然走露了风声，董事们对此一直忧心忡忡。"

福尔摩斯说："你们的担忧是有道理的，现在我们得准备一下，我估计一小时内事情就会弄清楚的，梅里维瑟先生，我们得把提灯用灯罩罩上。"

"在黑暗里等吗？"

"恐怕只好这样了。我本来带了一副牌，我们4个人正好可以打牌，你也就不会错过牌局了。可我们的敌人恐怕快要动手了，所以我们不能亮灯，以免发生意外。首先我们要选好各自的位置，这些家伙都是胆大包天的人，我们要趁他们不及防备突然袭击。我们必须格外小心，否则很危险。我就站在这个箱子后面，你们到那些箱子后面去躲着吧。等我把灯照到他们身上，你们就扑上去。要是他们开枪，华生，你就别手软，干掉他们几个。"

我拿出枪，上好了膛，把它放在我前面的木箱上。福尔摩斯把提灯给罩上了，我们突然陷入一片漆黑之中——这么大了，我还从未经历过这种黑暗。我闻到一股烧焦的金属味，这说明灯还亮着，一有动静福尔摩斯就会把灯罩拉开。我们在紧张的气氛中等候着，突如其来的黑暗，地下室阴冷潮湿的空气，让人有一种压抑感。

"他们只有一条路，"福尔摩斯把声音压得很低，"那就是退回科伯格广场的那家当铺，琼斯，你已经按我的要求去布置了吗？"

"我已经派了一个警官和两名警员守在大门外了。"

"这样我们就把他们的退路堵死了，我们好好等着吧！"

时间过得真慢！我事后对了一下表，我们只不过等了1小时15

分，但我当时却觉得等了一夜。我手脚麻木了，都不敢活动一下，我的神经高度紧张，我的听觉异常灵敏起来，我不仅能听出福尔摩斯轻微的呼吸声，还能分辨出粗重的呼吸声是琼斯的，而那位董事长发出的是微弱的叹息。从我藏身的箱子向前望过去，能够看到石板。突然间，我看到了隐约可见的一丝光亮。

开始还只是火花般零零星星地漏了出来，然后，这些一点点的光亮连成一条光线了。地板上无声无息地裂了一条缝，一只手伸了上来，在光亮的地方四下摸着，这是一只白白的，活像是女人的手。这手摸了一会儿又缩回去了，四周又是一片黑暗，只有一丝微弱的光亮从石板缝里透出来。

那只手消失一会儿后，随着一声刺耳的迸裂声，中间一块宽大的石板翻了过来。一个四方形洞口出现了。灯光从洞口射了上来，紧接着，一张清秀的脸在洞口边露了出来，他四周扫视了一遍后，两手扒着洞口往上爬，不一会儿他就爬上来了，他站在洞口边拉下面的同伙，那个同伙也身手敏捷，他个子不高，面色苍白，一头乱蓬蓬的火红头发。

"一切正常。"他低声说，"带凿子和口袋没有？——天哪！阿奇，快逃，跳下去！别的我来对付！"

歇洛克·福尔摩斯从藏身的地方跳了出来，一把抓住那人的领子。另一个则猛地往下跳，只听"嘶"的一声，琼斯只抓住了他的衣服下襟。慌乱中一支左轮手枪伸了出来，福尔摩斯的猎鞭猛地一抽，手枪掉到地上了。福尔摩斯不急不慢地说："没用的，约翰·克雷，你跑不了。"

"我看是的。"对方竟也非常平静地说，"不过，我的朋友会逃掉的，你们只抓住了他的衣襟。"

福尔摩斯说："我们有另外三个人在那边等着他呢！"

"噢，是呀？！你们布置得很周密，我得向你们表示敬意！"

"彼此，彼此，"福尔摩斯说，"你出的那个红发会的主意，也挺周密的。"

"你很快就会见到你的同伙的，尽管他钻洞的动作比我快。"琼斯说："把手伸出来，让我铐上！"

"别用你的脏手碰我！"把他铐上时，我们的猎物说，"你也许还不知道我有皇家血统吧，跟我说话的时候，最好用'阁下'和

'请'字!"

"行啊!"琼斯瞪了他一眼,嘲笑着说,"那么,阁下,请你上楼吧,然后我们用马车把阁下送到警察局去,这样行吗?"

"这还像话,"约翰·克雷说着,向我们三个鞠了一躬,在琼斯的监护下默默地走了。

我们跟着也离开了地下室。"果真如此,福尔摩斯先生!"梅里维瑟先生说,"我真不知道该怎么代表银行方面感谢您,毫无疑问,是您挫败了一起精心策划的银行盗窃案。我还从未见过这样的案子呢!"

福尔摩斯说:"我为这个案子花了一点钱,我想银行会帮我付账的。除此外,我已经得到丰厚的回报了,破获这起案子独特的经历给了我很宝贵的经验,就是光听一个红发会不平凡的故事,我也长见识不少。"

天亮后,我们在贝克街喝威士忌兑苏打水时,福尔摩斯向我解释说:"华生,不知你看出来没有,这事从一开始就很明显,荒唐的红发会和抄写《大英百科全书》的工作后面,只有一个目的,就是要把那个糊里糊涂的当铺老板每天支开几个小时。这个办法虽然有点古怪,但很管用。毫无疑问,克雷是因为他同伙那头红发而想出这个绝妙主意的。每周4镑对当铺老板是个不小的诱惑,但对想得到几万金币的他们来说,根本小菜一碟。所以他们先在报纸上登广告,然后由一个坏蛋去租办公室,另一个坏蛋怂恿当铺老板去应聘。这样一唱双簧戏,老头很容易地就支开了。他们就有时间干他们想干的事。当初我一听到那学徒只要一半工资时,我就觉得这肯定有什么阴谋。"

"你是怎么知道他的真实动机的呢?"

"假如当铺里有女人,那么我可能会认为他只不过是想做些风流快活的勾当。可事情并不是这样。店里的生意又小,没什么值得如此费心费力费时的东西,由此看来,他们的目标是店外的东西。那会是什么呢?我想到那个伙计喜欢照相,成天往地下室跑,那么,问题肯定在地下室。随后我又询问了一些他伙计的情况,结果发现他是全伦敦最冷静、最聪明、最胆大妄为的罪犯之一。他在地下室的勾当——是件每天要花几个小时、总共要用几个月的时间去完成的事。这会是什么事呢?除了挖一条通往其它地方的地道外,我想不出还有比这更费时的事。

"我们到现场去侦察的时候，我想到的就是这个。你很奇怪我用手杖戳地面，其实我是为了弄清楚地道是通向前面的，还是通向后面的。当我知道他不是通向前面的后，我就去按门铃，结果，正好是我想见到的那个伙计来开门。以前我们是有过较量，但从没有面对面看过对方。我没去看他的脸，而是低头看他的膝部。你可能也看到了，他裤子的膝部又脏又破，那是长时间跪着挖地道弄成的。这样一来，就只剩一个疑问了，他们挖地道是想干什么。后来，我在它的周围查看，发现他们的铺子和城郊银行相隔不远。谜底彻底解开了。当你在听完音乐回家后，我去了趟伦敦警察厅，又拜访了银行董事长。最后的结局，你全看到了。"

"那你怎么知道他们会在今晚动手呢？"我又问。

"哦！红发会解散是一个信号，这说明，他们不在乎当铺老板是否在家了，也就是说，地道已经挖好了。重要的是他们得赶紧使用地道，否则时间长了就会被发现。黄金也可能会转移。星期六比其他日子更合适，他们有两天逃跑的时间。所以，我觉得他们会在当晚行动。"

"你的推理真绝了！"我禁不住赞叹起来，"这么长的一连串推理，竟然全被你说中了。"

"这样可以让我不感到无聊，"他打了个哈欠说："我又无聊起来了，我需要在忙碌中过日子，这些案子真帮了我的忙。"

"你真是我们的福分呢！"我说。

"也许是吧，"他耸了耸肩，"多少有一点点用，就像居斯塔夫·福楼拜在给乔治·桑的信中所说的那样——'人是渺小的，造物主才是一切。'"

第二章 智破奇案

棋局里的暗示

一个万里无云春光明媚的日子，私人侦探阿良在公寓的侦探事务所里一个人悠闲地看着棋谱。下午 2 点左右，十文字悦子突然来访。她是某推理杂志的编辑，虽然个子不高，但气质很好，颇有魅力。阿良因经常应邀为这家杂志撰写随笔，所以与她很熟。

"我本来是到舟木先生那儿去约稿的，正赶上他有客人，告诉我过半小时后再去，所以我就跑到您这儿来消磨时间了，多有打扰，您不见怪吧？"悦子客气地说道。

"哪里，哪里，要是你来随时都欢迎呵，你看我正闲得无聊……"阿良热情地将她让进屋里。

舟木先生是住在这所公寓 9 层的一位推理作家。此人 30 岁出头，一直未婚，同阿良是棋友。

"你说的来客，是不是一位女的？"阿良开玩笑地说。"不，好像是一个男的。因为我见门口摆着男人的鞋。那位先生，莫不是同性恋吧？"她也开着玩笑说。

阿良取来咖啡壶，煮咖啡给她。

她见桌子上放着棋盘，便说："阿良，不同我杀一盘吗？让我见识见识你的棋艺。"

"你也会下棋？"

"哈哈，下下你就知道喽！"悦子边说边动手摆棋子。

最后还是阿良赢了，但悦子的棋确实下得不错。

"对不起，我去去就来。"阿良起身去厕所了。

解完手，放水冲时，突然听到电话铃声。悦子就去接电话了。

"是的，这里是阿良侦探社。噢，是舟木先生……是我，嗯，我刚和阿良下完棋……好的，明白了，那好，到时候再……"只听到她接电话时的答话声。

当阿良洗过手走出厕所时，十文字悦子已经放下电话，在收拾棋子。

"刚才的电话是舟木先生打来的吗？"

"是的。他让我再等20分钟。"

"那么说，他知道你在我这里。"

"我事先告诉他我有可能在你这里等他的……"

"怪不得……那么，我再给你倒杯咖啡吧。"阿良又将咖啡壶端去热了一下，给她倒了一杯。

"阿良，我去舟木先生那儿时，您陪我一块儿去好吗？"她一边喝着咖啡，一边隔着杯子看着阿良的脸。

"怎么，这是为什么？"

"舟木先生也喜欢下棋吧。我每次去约稿或是去取稿的时候，总是让我跟他下。而且也不知他是开玩笑还是出于真心，总说要追我，弄得我很为难。所以，要是有您在身旁就好办了。"

"让我当你的保镖呵。"

"拜托您了。"她深深地鞠了一躬，态度坦诚。

阿良虽然不大情愿，但又不好拒绝。

20分钟后，两个人乘电梯上到9楼。按响了905号房间的门铃，却无回音。

"真怪，难道没人？"悦子拧了一下门把手。

"哎，门没锁呀。"她推开门说。

"先生在家吗？我是十文字，打扰您了。"说着她便走进屋。

这是一套三居室的房子。阿良也随着她进了屋。当走进有几个榻榻米大的房间时，不禁大吃一惊。舟木荣治好像是在和客人下棋似的，坐在有靠背的坐椅上，头伏在象棋盘上已经死了。旁边丢着一个可乐空瓶。好像是被人用这个瓶子击中了头部，头发里渗出了血。

棋盘周围的棋子乱七八糟丢得到处都是，对面的位置上只有一个坐垫，而没见可乐瓶。

"舟木先生是在下棋时，被对手杀害的。他只专心下棋了，没注意到对手的举动。"悦子倒不害怕。

"你是说坐在这边坐垫上的人就是凶手。这个凶器可乐瓶是舟木先生拿给客人的喽。"

"不管怎么说，他被杀还不到 20 分钟，刚才舟木先生还给我打过电话，正好是 20 分钟之前，听他的口气当时似乎有客人。"

"噢，是我去厕所时来的电话吧？这么说，那个时候，凶手还在这个房间里。哎，他右手里好像攥着什么。"

阿良发现被害人右手紧紧握着，掰开手指一看是个象棋子——"飞车"。

"这是什么意思呢？"悦子不解其意。

"也许是暗示凶手的名字。"

"那么说舟木先生是在断气之前，从很多棋子中选了这个'飞车'作为凶手的线索。"

"的的确确像个推理作家临终的样子。"

"那么，'飞车'有什么含义吗？"她歪着头思忖着。

"你知道舟木的什么情况吗？譬如，恨他的人啦，或者……"

"是呀，单身的先生格外怕寂寞，所以就连他的私生活都毫不隐讳地告诉了我。我知道的就有两个人：一个是先生的叔父。他告诉我，为了土地所有权问题叔父正同他闹纠纷。"

"另外一个人呢？"

"另一个是他大学时代的上届同学，电影导演井上龙夫。他在制作艺术片时，向舟木先生借了很多钱，但那部片子失败了，似乎正为此而犯愁。肯定是借的那笔钱无法偿还了。"

"那么，就查查这两个人看吧，这之前，不管怎么说，还是先报警吧。"阿良用隔壁书房的电话通知了报警台。

回答完现场勘查刑警的询问后，阿良马上开始了私下调查。

电影导演井上龙夫的工作间离家很近，步行只需几分钟，是在公寓的 6 楼。他似乎还不知道舟木被杀的事。当他从阿良嘴里得知这一消息后，顿时板起面孔。

"反正我觉得他是不会好死的！"他冷淡地说道。

"这是为什么？"

"你没听说他一个劲儿地追逐，诱惑来取稿的女编辑吗？那家伙打从学生时代起就爱打女人的主意。所以，你们从那方面查一下怎么样，怀疑我纯粹是找错了门儿。"

"你不是拍艺术片破产了，而借他的很多钱还没有还吗？"阿良又进一步逼问道。

"那不是借钱，是出资！公司就算倒闭也没必要偿还。此事在他出资前也是讲清楚了的。"井上面带怒容地回答说。

"那么，今天下午3点钟左右，你在什么地方，在做什么？"

"你是问我不在现场的证明吗？今天从3点到5点，我就在这个工作间，看我导演的电视剧。"

"谁能证明呢？"

"不巧，这里是连老婆和孩子也不能进的工作场所，没有证人。"井上回答着，并从厨房的冰箱里取来罐装啤酒。

"喝吗？冰镇的。"

"不想喝啤酒，倒是想喝可乐。"阿良故意暗示了凶器可乐瓶，观察对方的反应。

"可乐……那种小孩子喝的饮料，我这儿是没有的。"井上表情冷淡地说。

"那就算了吧。您会下象棋吗？"

"小时候倒会，可学会了麻将后，就再不下象棋了。"

"被害人死时手里攥着棋子'飞车'，我想他大概是想说明凶手的线索。"

"这同我有什么关系？"

"棋子'飞车'背后写有'龙王'或'龙'，你的名字不是龙夫吗？"

"因此，你就说我是凶手喽。哼！真是愚蠢透顶。就是靠这种幼稚可笑的推理，还当什么私人侦探。"井上龙夫一边喝着啤酒一边嘲笑着说。

阿良走访的下一个是舟木的叔父飞田银造。说是叔父，其实年龄只差10岁左右。是个鳏夫，在一家高级公寓当看门人。阿良在舟木荣治的房间里曾见过他一面。

他听到侄子的死讯后也是紧绷着脸。转而，又流露出无法掩饰的喜悦。

"这下，那块地就完全归我喽。"

"你是出于这个目的而杀了他吧？"

"哪里话，这是他的报应。尽管他对我这个叔叔大逆不道，扬言要到法院告我，但看在他是我侄子的份儿上……"

"究竟有多少土地？"

"面积不过 100 坪，可那地方每坪值 30000 万日元。"

"那就是 3 亿日元，可见你杀人动机是充分的。"

"怀疑我？还是少在我身上费心思吧。反正是那个家伙自己的事，无非是因女人的事被杀的吧，还是用点儿功夫在这方面去调查调查吧。"飞田刻薄地要下逐客令了。

"那么，今天下午 3 点钟左右你在哪里？"

"3 点钟，我正在这个管理室睡觉呢，好像感冒了。吃了感冒药有些发困，就那么迷迷糊糊地睡着了。"

"从这里到作案现场开车单程只需 30 分钟吧？"

"也许吧。不巧，我不会开车。"他讪笑着。

"那么，你会下象棋吗？"

"这个吗，我还是业余初段的高手哩，不像荣治那样是个臭棋篓子。小时候，那家伙的象棋还是我教他下的哩。"

"实际上，他死时手里还攥着一个'飞车'棋子呢。"

"什么？'飞车'……"

"是的，说不定这也许是要暗示你的名字飞田……"

"喂，喂，你不要威胁我！要是'飞车'和'银将'两个都攥着的话，那么我的名字连名带姓都全了。不要只见一个'飞车'就认为我是凶手。你不是说荣治被打中头部死的吗？要是那种死法，怎么可能还来得及留下临终遗言呢。"飞田银造好像是个地道的推理小说爱好者，连临终遗言这样的专业术语都知道。说起来他桌子上还真摆着几本推理小说，那都是些翻译过来的小说。

"即使头部遭到猛击，也不一定会立即死亡，也有被打之后一段时间神志还清醒的。"

"那也许是偶然抓了'飞车'，在考虑走下一步时被杀的哩。"

"是的，有这个可能性。"

"今晚又要熬夜了，不得不去帮着安排葬礼……"飞田看了一眼墙上的挂钟，发现钟已经停了。

"哎，是电池没电了吧！打电话问问正确的报时吧。"他拿起桌子上的电话，拨了314三位号码。

"见鬼，号码拨错了。"飞田咂了一下嘴便把听筒放下了。

"报时是117吧。"

阿良告诉了他，这时电话铃响了。飞田吓了一跳，不由自主地抓起了电话。

"真怪，马上又断了，是打电话恶作剧的。"

嘟囔了几句后他又重新拨了117，知道了正确的时间。

阿良目不转睛地看着他，突然想到了什么，遂说声："对不起，打扰您了。"便悄悄地退了出来。此时此刻他已经知道谁是凶手了。

晚上阿良请十文字悦子来到他的公寓。

"悦子，下盘棋好吗？"

"你叫我来就是为了下棋吗？"悦子笑盈盈地问道。

"呵，顺便和你聊一聊嘛。"

阿良摆上了棋子。

下了一阵后，悦子忽然笑道："阿良，你犯什么糊涂？飞车只能纵横走。"

"是划十字吗？"

"没错！"

"唔，是十字。"阿良盯着悦子的脸说道。

"啊。"十文字悦子忽然变得惊慌失措。

"唉，我真想不到你会干这种事。"阿良不无惋惜地说道。

"你怎么会想是我？"悦子的声音有些变调。

"首先，舟木为来客准备了一个坐垫，这说明来客辈分要比主人低，而井上龙夫是舟木的大学时代的前辈，飞田银造又是叔父。舟木是不会让他们中任何一个人坐坐垫的，所以他二人是清白的。"阿良尽量平静地说道。

"你在来我这之前，已经杀了舟木。趁我上厕所的时候，你拨打了314，而且放下电话后会马上被打回来，你想借此来隐瞒舟木被杀的时间。"阿良的语调有些发颤。

"而最关键的是舟木手中的飞车，只能十字移动，这是暗示你——十文字悦子是杀人凶手。我说得对吗？"说到这，阿良觉得一阵心痛，他在为一个好朋友惋惜。

十文字悦子脸色苍白，她静静地对阿良说："阿良，你能陪我去自首吗？"

阿良有点艰难地点了一下头。

亡魂的报复

这一天，西木一郎来到推理作家江川乱山家，请他去参加招魂酒会。

"我的异母姐姐是个很迷信的人。她请了法师，说是要为两个月前去世的父亲招魂。"

"什么招魂术，还不都是骗人的把戏！"

"说来话长，父亲生前拈花惹草不太本分，以致我有两个异母姐姐。她们正为分遗产闹纠纷，自然是要趁此机会问问父亲的魂灵留下了什么遗言。"

"真是无聊。可这种场合为什么要叫上我呢？"

"是想请先生当证人呀。如果招魂术成功，父亲的魂灵能说话，那岂不是很好的小说素材吗？"

经他一番热心劝说，乱山出于好奇决定出席。

地点是某公寓9楼的一个房间。门牌上写着中根久子。她就是西本的异母姐姐，一个喜欢稀奇古怪事情的老处女。

已经有两个人先到了。一个是电视节目主持人白坂美枝子，另一个是穿得花里胡哨不伦不类的男子。那个人怀里紧紧地抱着一个酒瓶子。据说白坂美枝子也是西木的异母姐姐。

"这位是法师河田先生，一直从事中世纪欧洲黑妖术的研究。"久子给乱山做了介绍，那个大胡子的人只是朝他点点头，然后说道："那么，既然诸位都到齐了，那就开始吧。"

"在那边儿已经准备好了。"久子把4人带到隔壁的西式房里。

屋子中间放了一张一条腿的圆桌子，周围摆着5把椅子。桌子正中竖着一根粗大的蜡烛，每个位子前摆着一个玻璃酒杯。

法师点燃桌上的蜡烛，然后熄灭电灯，说道："诸位，请在喜欢的位置上就坐。"

美枝子和久子在乱山的两侧坐了下来。

法师将红葡萄酒——倒入 5 个杯子里。

"红葡萄酒表示人的血液。血液是生命之源,死者的魂灵嗅到这迷人的芳香,就会回到现在的世界。"倒完酒后,他坐到自己的位置上。

"首先,让我们为死者的魂灵干杯。不过只能喝掉半杯,再请将酒杯放回原处。那么为魂灵干杯!"

红葡萄酒在昏暗的烛光照耀之下,仿佛殷红的鲜血一样。

大家都显出一副很害怕的样子,喝了一两口,便放下了酒杯。这时,由于过于紧张,手有些发抖的缘故,乱山不小心把酒碰洒了一点儿,雪白的桌布上染上了一块红红的污垢。

"那么,诸位,请在桌下拉上两旁人的手。"

大家照他说的伸出两手拉成一圈。西木露出一副奇怪的表情。乱山左手拉着美枝子,右手拉着久子。

"大家都握紧了吧。不管发生了什么事情,也不许松开手,要静静地闭上眼睛……"

说完,法师突然严肃而有节奏地唱了起来。

"啊!伟大的阴朝帝王撒旦呀,地狱的主宰恶魔呀,请赐予我力量吧,帮我招回在冥界徘徊的死者的魂灵。再见吧魂灵,快快显灵,请听我的咒语。去掉邪念,摆脱邪恶。从迷惑中解脱……"咒语的声音越来越低直至最后消失,突然从黑暗中传来另外的声音。

魂灵:"我来了啊,有什么事?"

法师:"喂,魂灵,是在坐的姐弟三人的亡父吗?"

魂灵:"是的。"

法师:"那么,我问您,您是怎么过世的?"

魂灵:"我是被毒死的。"

乱山先生两侧的美枝子和久子都紧张地屏住呼吸。

法师:"你知道谁是凶手吗?"

魂灵:"当然知道。"

法师:"是谁?"

突然,握着乱山左手的美枝子惊叫起来:

"行啦!求求你开开灯!"

"安静！如果大吵大闹死者的魂灵会被吓跑的。"法师制止说。

"那不是父亲的声音。"西木大声喊着。

只有久子倒很冷静：

"请继续吧，我们想知道谁是毒死父亲的凶手。"

"不，已经不行了，已经走远了。很遗憾，今晚就到此为止吧。那么，诸位，让我们喝下剩下的酒，为祈祷死者的冥福干杯吧。"众人松开拉着的手，拿起各自的酒杯，一饮而尽。

"我回去了，这是个骗局。"美枝子起身向门口走去，突然她尖叫了一声便摔倒在地板上。乱山和西本马上跑上前去把她抱起来。久子打开墙上的电灯开关，室内一下子明亮起来。

此时，美枝子已经没了气息，而且表情很痛苦，有一股臭氧似的口臭味儿。

"赶快叫急救车……"

西木大叫着，乱山摇了摇头说："不用了，已经晚了，她已经死了。"

"杀害父亲的凶手就是美枝子，因此遭到了亡父的报复。"久子坦然地说。

"不，是氰酸钾中毒死亡。一定是掺在葡萄酒里的。"乱山闻了闻美枝子的酒杯说道。

"你别乱说，这葡萄酒大家都是一样的，要死不该只死她一个。"河田法师提出抗议。

"那么是在招魂的时候，有人趁大家都闭着眼睛的时候，悄悄往美枝子的酒杯里放了氰酸钾喽。"久子说着，她向西木投去了怀疑的目光。坐在美枝子旁边的是他和乱山。

"你别看我，我一直握着法师和美枝子的手，根本就没有投毒的机会。"西木铁青着脸为自己申辩着。

"我也一样呀。我紧握着河田和乱山先生的手，而且我的位置与美枝子离得远，是够不到的。"

"那就是事先就投了毒。准备杯子的是久子姐姐吧。"

"你胡说八道。我们都是自己选择位子就座的，并不是我指定的美枝子的坐位的呀。"就在这两位异母姐弟互相猜疑的时候，乱山忽然发现桌布上的那块红红的污迹不见了。

第一次干杯时，不小心碰洒了酒，明明桌布上染了红红的污迹，可现在污迹都不见了。相反，西木的坐位上却有一块同样的红色的污迹。

"西木君，你也把酒弄洒了吗？"乱山问道。

"真怪，我不记得洒过呀……黑着灯，也没太注意。"西木看着自己的位置颇为不解。

接着，乱山又问法师道：

"刚才那魂灵的声音果真是死者显灵了吗？你老实回答我，这可是个杀人案件呀。警察也要来调查的，每个人都脱不了干系，那声音是你搞的鬼把戏吧？"

"对不起，为了造出招魂术的气氛，是我用腹语扮作魂灵的声音。"河田这个行骗的法师见事不妙很快坦白了。

乱山久久地盯着圆桌子。忽然走上前去，用手抓住桌面，一用力，桌子转了起来。

乱山回过身来冷冷地盯着中根久子说道："是你杀了美枝子！"

中根久子的脸因愤怒而变红了，她大喊道："乱山，你在胡说。"

乱山冷笑道："在第一次干杯时，我碰洒了酒。可刚才我们都看到了，酒污是在西木的位置上。是你在刚才的半杯酒中放了氰酸钾。然后用脚或膝盖转动桌子，将有毒的酒杯转到美枝子的位置上，毒死了她。"

中根久子听了乱山的话，绝望地瘫倒在地上。

鬼宅命案

民国的时候，贵州黄平有个名叫邹富贵的地主深夜死了。据他家里人说，是死于惊吓。因为他家时不时出现鬼火。只要一到天高气爽的夜间，书房、卧室，甚至天井、客厅里常常飘出鬼火来。先是淡淡的、蓝蓝的几朵，晃晃悠悠的，慢慢地聚在一起，离地 1 尺或 3 尺，一闪一亮的。一般显现几分钟后，才缓缓消失了。

邹富贵原本就是一个迷信的人，见自己宅中时时出现鬼火，惊慌不已。忙去请教一位自称深通"奇门遁甲"、颇谙"周易"的道士为他卜课。这道士为他卜了一课，口中念念有词道：

"老宅积旧怨，火星焚大屋，移室且安然，且末有迟疑。"

说是凶兆，得处处小心为好，最好是搬一次家。

这屋子是邹家祖宅，岂能随随便便丢弃？何况众人皆知这是鬼宅，即使卖了也不值几个钱。

邹富贵正犹豫间，偏偏这鬼火越来越旺，出的次数也频繁起来了，吓得邹富贵请和尚送道士，买三牲祭祀，想把鬼送出去，可鬼火还是时时出现。

这天夜里，又是一个好天，邹富贵睡得正香，猛地被他的后妻推醒，惊叫道："有鬼！"睁眼一看，只见明晃晃的鬼火不但在床前乱滚，还缠着他不散。他原来就心脏不好，吃这一惊，马上大叫一声，两腿一蹬死了。

经过验尸，的确是死于心脏病。

警长王佐负责此案的处理。王佐留洋日本，他当然不信有鬼，只是弄不懂这"鬼"来自何处。莫非，这屋内藏着什么不成？正找不出头绪，突然看见丫环春兰拿了书房里的一只废纸篓去倒，他心中一动，跟了去看。春兰将纸倒在垃圾堆上，回房去了。他顺手翻翻，见有一张揉成一团的纸，展开一看，上面写得甚是古怪，一时看不明白就折好了藏进口袋。拿回去细看，只见上面写着：

"禾五三牛四又十一见四在久八四，一三一日首人六又三十八艾七九止二零二虫五又二十四牛四又二十一"。

这文字写得莫名其妙，让人稀里糊涂地，但是里面有机关是肯定的。

王佐又调查了邹富贵家的情况，发现邹家夫妇感情一般，说不上太好，但也还不算太坏。家里佣人虽多，却找不出什么可疑的人来。看来，要破案得从这张字条入手。于是，王佐就细细地研究起这张神秘的字条来。

3 天后，他终于猜出这组字谜来。他心中大喜，为了诱出这个收信人，就依写那张字条的方法写了封密信，投在邮局里，收信人是已死的邹富贵。

他心想，那张字条肯定也是以信的方式寄的，而且收信人一定是邹富贵，不然，会引起别人的注意。而邹富贵看不明白也就随手一丢了事，而收信人看了以后，做贼心虚不敢毁了，便又团了扔在纸篓里。却不料被王佐发现了，并破出其中奥秘。王佐以同样的密码写，对他说，有要事相商，明天晚上6时，在天觉公园的东边第三把石椅上相会。

事先，他布置了警察在邹家和公园里放下暗哨。

第二天晚6时刚过，一个女人走到天觉公园东边第三把椅子边上来，她不见有人，就焦躁不安地等了有一刻钟，还不见人来。就站起来准备走。

正这时，王佐出现在她的面前，说："邹太太，这么巧你怎么在这？"

邹太太犹如暗地里吃一闷棍，故作镇静地说："自邹先生没了以后，我心里一直很闷，出来散散心。"

王佐道："天觉公园离家很远，干吗不在附近的公园，难道不害怕吗？"

邹太太支吾道："这个……这个……这是我小时候常来的公园。比较有感情。"

王佐道："是吗？以后有感情的怕不是公园，而是监牢了。邹太太能与我一起上一趟警察局吗？"

"这……这为什么？"

"不为什么，就为了这个。"王佐摸出那封密码信扬了扬。

邹太太脸若死灰，一言不发，跟王佐走了。

原来，王佐是这样解开这封密码信的：他见这信上有许多部首，诸如"禾"、"牛"、"见"、"一"、"日"之类。当时流行的字典是《康熙字典》。翻了几次，渐渐发觉每个部首后的第一组数字是几划，第二组数字是第几个。为了避免混淆，有时插一个"又"字进去，这样，排起来的字共11个。它们是：秘物觅得，不日来杀此蠢货。

"蠢货"显然指邹富贵，"秘物"又是指什么呢？却无从知晓。为了诱收信人出洞，他以其人之道还治其人之身，没想到却诱出了邹太太。

那么，邹太太又是怎么一回事呢？

原来，邹太太虽是邹富贵的后妻，却与邹年纪差着一截。她嫁给他是迫于父命，父亲贪图邹富贵给的彩礼，可以说是将女儿卖了出去。邹太太表面上什么也不说，但是骨子里却恨死了邹富贵。

她读书时有一个恋人，名叫庄楚贤，在中学里教化学。

他们秘密约会了几次后，就定下利用邹富贵的迷信和心脏不好吓死他。庄是化学老师，知道固体磷会自燃，固体磷又很容易到手。于是这些"鬼火"就时不时在邹家出现了，这自然又是邹太太的"手笔"。

"秘物"原来指的就是固体磷呀。

保龄球里的凶器

这是一个阴雨绵绵的日子，在美国的一个保龄球场上，一对女选手正在激烈地角逐着，这可到了决出冠亚军的时刻。优胜者将获得100万美元的奖金。

第一位女选手出场了，她抓住保龄球，用力朝前一扔。这球扔得真漂亮，两旁观众者报以热烈的掌声。女选手瞧着球道，开始了第二次投球，或许是过分紧张，球偏离了球道。

几次下来，这位女选手的积分并不高。解说员认为她今天发挥得有些失常。

接着，轮到选手安丽娜出场了。她十分自信地向观众们挥挥手，好像胜券在握。有认识他的人不禁鼓起掌来为她加油。

安丽娜的手刚触到保龄球，突然尖叫一声，随后跌倒在地。

观众席上一片哄笑，可半天安丽娜没爬起来，便议论纷纷。安丽娜的教练急了，冲到安丽娜跟前，用手推推，安丽娜竟丝毫没有反应。教练一惊，用手试了试安丽娜的鼻息，却已没有了气息。

难道安丽娜有心脏病，突然发作了吗？

经过检查，死因是尼古丁中毒，致使呼吸中枢麻痹。这是一种巨毒，哪怕是微量的尼古丁，一旦进入血管，就会在极短的时间致人死亡。

侦查科的警官迈克来现场，他看了看助手给他的检查记录。这时，保龄球馆的观众已经走光了，仅留下了裁判员和教练几个人。迈克叫来了那些裁判员和教练，他的目光像一把刀子，令几个人打了个冷颤。

这时，验尸官趴在迈克耳边嘀咕了几句。

迈克一言不发地拾起保龄球，在手中转了几圈，用手向球眼里探了一下。然后，迈克掏出手绢，擦了擦手。

原来，迈克的右手指尖上，被暗藏在保龄球内的针尖刺伤，尼古丁毒液就是从这儿进入体内的。

迈克在几位教练和裁判员面前来回踱了几步。很明显，安丽娜是被球眼里的毒针刺伤中毒而亡的。迈克的目光扫视了一圈在场者，那位裁判员面色紧张，一个劲地擦汗。迈克心想：裁判员有嫌疑。裁判员一见迈克盯着自己，吓得倒退几步，双手直摆，连声说："不是我！不是我！不是我干的！"

迈克回过头叫两个警察架着已经吓瘫的裁判员来到体育馆的小房间里。

迈克一言不发，托着下巴，意味深长地望着裁判员。

裁判员突然变得有些口吃了："我……我……我知道你怀疑我，我看见她昏倒的时候，球正好滚过来，我就立刻把它收起来了。等一会儿，我去把它拿出来！"

裁判员跑了出去，没多久把球抱了进来。可是，把球拿来一看，在保龄球上的三个眼中，根本没有毒针，而且也不像装过毒针，事后拔掉了的样子。其实，案发时，迈克也在现场，是个观众，印象中没人进行过调包。

裁判员见迈克露出惊疑的神态，更着急了，慌忙说："我再出去找！"

迈克一把拦住了他，说："事情发生后，你有没有看见别人动过保龄球？"

"没有，绝对没有！"

"既然如此，我们暂且想让先生委屈几天，等事情弄清楚了再说！"说完，迈克吩咐手下人带走了裁判员。

经过检查，终于找到了安丽娜用过的保龄球，这是只仿造的保龄球，同真的一模一样，并且在球的手指眼内安上了毒针。

迈克拿走了那只保龄球，并把剩下的都锁进了贮藏室。做完这一切，他对记者说裁判员是嫌疑犯，而且有同伙，同伙的指纹肯定印在了保龄球上，只要找到那只保龄球，就能破案。

一连几夜，迈克带着几个警察潜伏在保龄球馆里。能否成功，就看凶手上不上钩了。

迈克摸摸手枪，子弹已经上膛了。突然，门外传来叭嗒一声，有人撬锁，凶手终于来了。迈克压抑住心头的兴奋。一个黑影蹑手蹑脚溜进大门，来到贮藏室眼前，掏出钥匙。接着，里面听到了翻动保龄球的声音。

迈克朝几位警察打了个手势，几位警察便悄然无息地围了过去。迈克藏在门外边，猛的打开了电灯。贮藏室里顿时灯火通明。这突如其来的光亮吓坏了那个黑影，那个黑影想逃，但来不及了。他抓起一只保龄球，使劲地朝迈克头顶砸去。

"叭！"迈克抬手一枪，正击中那个黑影的手腕，他大声喝斥："再动，就打死你！"

经过调查，凶手是负责送球的管理员，是安丽娜竞争对手的哥哥，因为比赛获胜者将得到一大笔奖金，他不愿意这笔奖酬金被外人夺走，便铤而走险。

至于裁判员，在捉到凶手以后，便被迈克放了。

闹鬼的新宅

这个故事，发生在民国初年。

在济南有个商人名叫黄德。这黄德以经营古玩起家，到晚年时，已是腰缠万贯，于是，便把生意交给儿子退居家中，希望安度晚年。他嫌老宅低洼狭小，便请了风水先生于僻静处选了一块宅地，建了一座新宅。黄德选了好日子，搬进了新居。新居十分宽敞舒适，但他只有一个儿子和一个儿媳，此外还有一个家丁，若大的宅院只有5个人居住，显得冷冷清清。

谁知没过多久，宅院里忽然闹起鬼来。半夜的时候黄德一家人常被凄厉的鬼叫声惊醒，那叫声令人毛骨悚然。黄家人吓得提心吊胆，夜夜不得安宁。

一天后半夜，鬼又叫起来了，黄德全家人偷偷摸摸爬起来，起床察看，只见大厅中忽明忽灭，几个穿着古人红袍，头戴古代纱帽，手拿刀叉剑戟的恶鬼正摇摇晃晃地走来走去。鬼的身材都很高，要高出人的一半，一个个脑袋几乎顶着屋脊。吓得黄家的人浑身直抖，不敢声张。他们还看见一个鬼弯腰走出大厅，到了后院，从鸡窝中抓出两只鸡，"咔嚓"一声拧断鸡脖子将鸡血吸个干净。另外一个鬼则拿出酒坛来，一口饮尽。吃完以后，鬼火消失，鬼也不见了。这时邻居家传来了公鸡报晓声，东边天已发白了。

黄德自从家中闹鬼后，就花钱请了许多和尚、道士来作法驱鬼，但仍然无济于事。鬼们依然隔三差五地"光临"黄宅，而且鬼越来越多，逐渐增加到十几个。就这么折腾了个把月，邻人知道黄家闹鬼，都劝他赶快搬家，以防厉鬼作祟。可是黄德却舍不得这一片刚造好的房屋、花园。他说："鬼只是吃了几只鸡，喝了几坛酒，不伤害人，任凭它去闹吧！"他嘴上虽这么说，暗地里到处去邀请亲戚朋友，劝他们到他家居住，以为人气盛了，则鬼气自退。谁知亲戚朋友们知道他家闹鬼，没有一个敢来居住。黄德见亲戚朋友不肯来，心里赌气死活不肯搬家。

年底到了，黄德把新收来的几万银两都放在家里。这天夜里，又来了很多厉鬼，拿着大刀杀死了黄德一家4口，连家丁也没能幸免。

第二天，邻居们发现黄家大门紧闭，只见乌鸦在黄宅里飞入飞出，大家觉得蹊跷，便翻墙而过，这才发现，黄家4口连同家丁5个人，都已惨遭杀害。现场惨不忍睹，5个人都被砍掉了脑袋，剖开胸腹，没有一具完整的尸体。

邻居们急忙向警署报告。警长闻报，立即率领两名警员来到黄德的住宅检查。经检查发现，衣服财物等一无所失。闻讯赶来的黄德的亲戚朋友们在协助警署检查过程中，发现几万银两不翼而飞。警长断定这是一件强盗抢劫案。

这警长姓王，原是衙门的一名捕快。改朝换代成为民国后，被留用当警长。王警长曾破获过好几起疑难大案。他细细察看着现场，发现前后门都完好无损，宅院墙内外也找不到一个脚印和可疑迹象，心中不免纳闷：强盗是从哪儿进来的？而且一连残杀几人，不是两三个人所能干得了的。为什么在夜间竟没一点儿响动？是强盗手段神秘莫测，还是别有原因？

当下，王警长命人收殓了尸体，将凶宅打扫干净。当晚，他就和两名警员呆在那里。入夜之后，四周寂静无声，只听见风刮得树叶沙沙作响，更增添了几分恐怖气氛。两个年轻警员吓得坐在大厅内，不敢挪动一步。而王警长却一点也不在乎。他独自一人在宅院里转悠。心里想，如果真的闹鬼，厉鬼把人杀了倒还解释得通，但是鬼抢劫钱财有什么用处呢？这一定是强盗伪装成鬼，借以迷惑人，以便达到谋财害命的目的。

王警长和两个警员在凶宅里一连呆了好几个夜晚，也没见到"鬼"的影子。

这天夜里，王警长突然有所悟："鬼如果是强盗所扮，在目的达到后，还来这屋子干什么？可是，鬼既然是人扮的，自然不会有什么隐身之术，为什么鬼在黄家扰乱了几个月，大家都不知道鬼是怎么来的呢？莫非这深宅大院里有什么奥秘。

王警长听说以前厉鬼出没的地方都在大厅中，因此怀疑厅屋的构造有异常。天亮之后，他带了根铁棍，用以防身，爬上屋脊，仔细查看椽子和栋梁连结的地方。这一查看，果然发现有一处梁木特别光滑。屋是新建的，凡是木头会有些白渣，惟独这根梁木与众不同。

他再仔细一看，竟发现上面有几点血迹。他用手摸了摸，发现了一个小洞，小洞很像是人工凿制的。他把铁棍插进洞中，扭转铁棍，梁木便微微转动，还没转到一半，屋脊已露出一个大窟窿，可以容纳几个人出入。王警长发现这一重要情况，非常高兴，认为破获此案已为期不远了，他用铁棍轻轻向回扭转，使屋脊恢复原样，爬了下来。

王警长去寻找建造这座宅院的工头董彪，却发现董彪家房门紧闭，邻人告诉他，几天前董彪带着老婆孩子搬走了。并给了王警长一个地址，王警长按地址寻去却发现这是个假地址。王警长想董彪必是凶犯之一。

没几天过年了，这时，离黄德家不远处发生了一起窃案，王警长奉命带着几个警员去调查取证，正忙活着却听见一阵锣鼓声，原来来了一队踩高跷的，王警长心里纳闷：高跷队不上大街上闹，怎么跑到这小巷来了。这时有人喊道："快来看呀，高跷队踩到咱们巷来了，这可是头一次呀！"

王警长放下手中的活出门一看、只见十几个人脚踩二尺多高的木杆摇摇晃晃地走了过来，他们都穿着古人的戏服，有的持刀，有的拿枪。其中一个高高瘦瘦的，似刚出道，走得不算太好。

王警长一见此情景，猛的想起黄德的亲属所描绘的鬼的形状，两相对比，十分相像。

他当时想：这十几个踩高跷的，会不会是杀人劫财的盗匪呢？王警长没见过董彪，不敢冒冒失失擒拿。他急中生智，召来几个警员，对着耳朵，低低吩咐了一番，要他们守住几个路口。然后，他绕到踩高跷的队伍前面，躲在人群中大喊一声：

"喂，董彪！"王警长算准了，如果这群人中没有董彪，他们必然不会介意，如果有董彪，那他们肯定会有所表现。果然，王警长注意到十几个人一听到他的高喊声，都很惊恐，两眼左看右看，十分紧张的样子。

是这帮家伙！王警长立刻拔出木柄手枪，大喝一声："杀人盗匪乖乖站着别动，谁动就打死谁！"

盗匪们脚上都绑着高跷，哪能跑得了。一两个想跑的，没跑不了几步就踉跄跌倒在地。巷子里的人听说踩高跷的就是杀害黄德一家的凶犯，纷纷拿来绳索，协助王警长和警员们，将这伙强盗五花大绑，捆了个结实。

经过核查，匪首董彪也在其中。盗匪们被直接押往警署，一经审问，全都供认不讳。董彪利用为黄德盖房之际，偷设了暗门，然后扮成厉鬼杀了黄德一家并抢走了巨款。他们这次来是为了探探风声看看黄宅的秘密是否被发现，没想到引起了正在办案的王警长的怀疑反而被擒拿住了。

食人猴

50 年代，菲律宾发生了一起绑架案。这一天，中科迪勒拉山山脚下的一个警察局挂电话来城里求救，说他所辖地区出了一件绑架案，一下绑架了 3 个人。他们虽然派人着手调查，然而人手与能力有限，请求援助，问绑架者有没有什么书信或者托人捎口信给被绑架的人家，回答说至今尚未收到。

菲律宾地处热带，属季风型热带雨林气候，天气炎热。常有暴雨，再加上山区交通不便，警察局几个警员支支吾吾，谁也不自告奋勇说去。倒是一个年轻的法医，觉得自己反正闲着没事，说愿意去走走。

局长皱皱眉头说："你只是个法医，又不会破案，就你一个人去，被人知道了岂非笑话？阿迪，你就与他一块去吧。"

阿迪是个上了年纪早该退下来的刑警，因为脾气古怪，不甚合群，同事们都不愿意与他一起工作。

于是两个人就上路了。

出事的那户人家远在深山之中，路上花了他们四五天时间。

进得山去，只见峰峦绵亘，山色秀丽。

法医莫良看得赏心悦目，心旷神怡，阿迪则叽叽咕咕埋怨个没完。

好歹总算到了目的地，原来是一间建筑在半山腰的农舍，而方圆10里再没一户别的人家。

进屋一看，墙上挂着些弓箭兽皮，没有几件像样的家具，可以说是一贫如洗。

阿迪屁股还没着凳就喃喃道："我的天，这绑匪不长眼睛？与其绑架这种人家，不如城里去绑架个讨饭的。"

莫良也不去睬他，只询问主人家，请她将当时的情况说一遍。

这儿说的主人只有两个人：一个是双目失明的老婆子，一个是年仅30来岁的农妇。

据农妇说，他们一家5口，除了这位老娘外，还有35岁的丈夫和一男一女两个孩子。事情是发生在10天前的夜里。那天刚下了一场大雨，闷热的天气一下子凉快了许多。他家贪图风凉，开着大门睡觉。睡到半夜里，屋外一阵嘈杂，冲进十几个手舞足蹈的人来。他们并不说话的，只是哼哼着发出"吱吱喳喳"鸟叫一般的声音，似乎在互相打招呼。他们力气很大，手脚麻利，三五个对付一个，只一下就抓起了她家6岁的儿子、10岁的女儿和她的丈夫。任凭哭叫挣扎，绑架了他们，飞一般上山去了。她正好在里间，连忙关上门，死死抵住，总算没被抓走。

阿迪说道："很明显，这些人是故意装出来的。你认识他们吗？"

这个可怜的农妇说:"天太黑,我没看出来。"

莫良问她,他们家有没有仇人,回答说没有,问会不会是被错当作别的人家了,也不可能,这里方圆10里并没有别的人家。

那么,这是怎么一回事呢?

莫良决定上山去找一找,阿迪虽然不赞成,可也跟着走了。

山上羊肠小路荆棘丛生,十分难走。

阿迪唠唠叨叨地说:"我真不明白,你想干嘛?找脚印吗,已隔了这么多日子,再加上天不时地在下雨,还会给你留着什么?你想遇上他们吗,这简直是海底捞针……"

莫良突然一指不远处,喊了声:"那有东西。"便加快步子爬上山去,在一丛荆棘中捡起一个圆圆的东西来。啊,这是一个成人头的骷髅!

回到住所,莫良取出放大镜来,细细研究起这个骷髅。凭着他学法医所得的专业知识,不久,他就得出结论来:首先这是一个成人男性骨骷髅,并且还很新鲜,几天前,它还装在一个人的脖子上。其次,它是被人从脖子上生生拧下来,而不是用什么利刃割下来的,骨头上有动物牙齿的痕迹,显见是被什么动物啃食干净的,而不是自然腐烂掉的。

莫良想,如果是人干的,那么这显见是一伙极其残忍的家伙。但怎么可能有那么大的力气,将一个人的头颅生拧下来?或者这并不是什么绑架案,而是被一群动物当作食物掳走了?但无论无何,以后还要接着搜寻下去。于是,两人开始了满山遍野的寻找。找到第5天时,才发现山顶上有不少藤做的吊床,他们决定埋伏在那里。约莫2个小时后,有一群猴子蹦蹦跳跳地回来了。它们有成人般高矮,遍身长毛,尾部长着一根不长的尾巴。

"砰!"这时阿迪开了枪。

这一枪打伤了一只手里捧着一件圆东西在玩的小猴子。小猴子慌忙丢下玩物,与别的猴子们一起飞一般逃走了。

莫良捡起丢下的东西,啊,竟是一个男孩的头颅!

那个农妇一眼就认出来,这正是她6岁的儿子。她马上哭得昏了过去。

后来据动物学家说,吃人的凶手是一种极为少见的食人猴。

藏在碗底的牢门钥匙

　　故事发生在日本古代。一个樱花时节的寒夜，侦探银次正要出门去浴池洗澡，这时弟子八丸郎慌慌张张地跑来。

　　"大人，在三岛町面馆里发现一个和通缉犯画像长得很像的家伙正在那儿喝酒。"八丸郎说着从怀里掏出画像给他看。

　　那是上个月衙门通缉的一个名叫三太的扒手的画像。

　　"你不会搞错吧？"

　　"不，他右眼角上有瓜子大小的一块黑痣。"

　　"好，去看看。"

　　银次整整衣服，拿起铁尺插在腰里便赶往三岛町。

　　长寿庵面馆正值晚餐之际，客人很多。

　　"大人，就是那个家伙。"

　　顺着八丸郎指的方向看去，在角落的座位上背朝外，面朝里坐着一个30岁上下的男子，正在吃面条。看样子酒已经喝完，桌子上摆着三个酒壶。

　　银次走上前去，忽然用铁尺压住那家伙的肩头。正在吃面条的那家伙吃了一惊，肩膀像触电一样抖了一下，但马上镇静下来，慢慢地放下碗筷抬起头来，银次一看那张脸和画像上的人真是一般模样。

　　"请你到哨棚来一趟。"

　　"找我有什么事？"那家伙不慌不忙地反问道。

　　"别装傻。你就是扒手三太。放老实点！"八丸郎突然掏出画像劈头盖脸地斥责说。

　　"没有的事儿……这只不过是偶然的巧合。我叫幸吉，是做小买卖的商人。"

　　"你住在哪儿？"

　　"佐贺助，前几天钱形平次侦探也和你们一样把我错看成那个画像上的人了。净遇上这种倒霉的事，真麻烦……"那家伙苦笑着回答。

此时，送菜的伙计从厨房里走出来解围说：

"大人，这位幸吉是我小时候的朋友，绝不是什么坏人。他是到这来做生意的，时常来看看我。"

然而，银次并没轻信伙计的话而放掉他。因为他太像画像上的人了，而且刚才用铁尺压他肩膀时他表情很不正常。直觉告诉银次他并不是一般的人。

"不管怎样，也要到哨棚走一趟。"说完便带走了幸吉。

伙计似乎很担心，一直跟到半路。

"没你的事儿。"八丸郎拦住伙计。那伙计只好垂头丧气地回去了。

虽然把他带到了三岛町的警备所，但并不是在作案现场抓到的扒手，而且他随身携带的物品中，没有一件可以作为物证。所以没有十足的把握认为他就是三太。

"现在我们要去佐贺调查你的身份，今天已经太晚了，委屈你今天晚上在这里过夜了。"银次这样说道。

"如果这样能解除对我的怀疑，我情愿在这里住上 10 夜。"幸吉讥讽地冷笑着说。

作为一个沿街叫卖的小商人，还真有胆识。

在这个警备所里有个特制的 3 个铺席大小的禁闭室。关进牢房之前，银次对幸吉进行了仔细的搜查。一个能干的扒手，即使用一颗细钉子也可以拨开牢门的锁逃跑。所以对他进行了仔细的搜身，没收了一切携带物品。

八丸郎对幸吉的发髻也进行了检查。

"大人，连一颗钉子也没有。"

"好，把幸吉关进去。"

幸吉弓着腰钻进了铁窗牢房，银次锁好牢门。

在警备所，经常有警备员值班。偏巧今天晚上警备员的一个亲属死了，晚上不能回来，只好由八丸郎代替他在这当看守了。

可是，第二天早晨——

"大人，不好了。"八丸郎惊慌失措地跑到银次家。

"出了什么事情，一大早就把我吵起来？"

"幸吉逃跑了。"

"什么？逃跑了，什么时候？"

"今天早晨我醒来时，牢里就空了。大人，真对不起。"八丸郎道歉似地鞠了一躬。

"好，我去看看。"

赶到三岛町的警所一看，牢房门大开着，锁被打开丢在地上，锁上还插着钥匙。

"八丸郎！这钥匙是怎么回事？"银次从锁上拔出钥匙看着问。这是一把一寸长的钥匙，是照原钥匙另配的一把。

"幸吉那家伙是用另配的一把钥匙开锁逃跑的。"八丸郎说。

"可是，他是从哪儿弄到手的呢？"银次很纳闷。

昨晚上把幸吉关进牢房之前，让他脱光了衣服全身都搜过了，这把另配的钥匙是绝对不会带进去的。况且，银次抓到他时，他根本也没想到会被关进牢房，所以绝不会事先准备好另配的钥匙。

"八丸郎，你保管的那把钥匙在哪儿？"

"在这儿带着哩，昨晚上是把它拴在腰带上才睡下的。"八丸郎从腰里掏出拴着木牌的钥匙给他看。

银次对比着两把钥匙，八丸郎带着的钥匙有二寸长。

"幸吉到底会从哪儿弄到这把钥匙的？"八丸郎也感到莫名其妙。

"喂，这个大碗和筷子是怎么回事？"银次发现了牢房角落里的一个盛面条的大碗和竹筷子问。

"是昨晚给幸吉送饭用的。"

"是谁送的饭？"

"是长寿庵面馆那个伙计……他端来一碗面条，两个饭团，用竹皮儿包着送来的。"

"你难道没检查就给幸吉了吗？这把钥匙可能是在饭团里或面条里藏着带进来的。长寿庵他们是常来这个牢房送饭的。一定是趁看守不注意，偷了牢房钥匙另配的。"

"大人，我还没那么糊涂。送来的两样东西我都是在外面接过来，在交给幸吉之前，我仔细检查过。把饭团弄得粉碎，用筷子搅到面条的碗底儿翻了个遍，根本没发现任何钥匙。"八丸郎肯定地回答说。

"那么，也许是伙计靠近牢房亲手交给他的吧。"

"哪儿的话，根本没让伙计靠近一步。我一直在监视着。"

"除他以外还有什么人来过吗?"

"没有,谁也没来过。"

"你一次也没到外面去过吗?"

"是的,一次也没有……"

"睡前你关好门了吗?"

"是的,不可能从外面进来人把幸吉救出去的。"

"可是,今天早晨你醒来时,幸吉已经逃走了呀……"

"真对不起。"八丸郎耷拉着脑袋感到无地自容的样子。

"如此说来,还是伙计搞得鬼。一定是他趁你不注意把钥匙递给幸吉的。"银次拿着大碗和竹筷子思索了良久。

"原来如此,知道了。还是那个伙计搞的诡计,把钥匙递给幸吉的,八丸郎你去把伙计给我抓来。"

"是,明白。"八丸郎向长寿庵奔去。但伙计和幸吉早就逃之夭夭了。这两个家伙原来是同伙。

八丸郎无可奈何地回到哨棚,将情况告诉了银次。银次连忙和八丸郎来到官府报告了情况,然后派人向四面八方追去。

回到警备所,八丸郎再也忍不住了,他问银次道:"大人,面店伙计究竟是怎样把钥匙送进牢内的?"

"放在这个大碗的碗底上。"银次把大碗翻过来给他看碗底,碗底有一圈圆形的槽口。

"任何烧制品都有底托儿。伙计在盛面条前,把钥匙按进碗底托里。因为盛满了面条你是不会扣过来检查的。而幸吉吃完面条后,待你睡熟后打开牢锁逃跑了。"

八丸郎听毕,恼怒地说道:"这个该死的伙计,抓住了一定要将他碎尸万段。"

声音揭示的真相

台湾朝阳纸业公司是一家鼎鼎有名的印刷公司。

这天晚上董事长张先生接到一个威胁的电话:"你儿子张俊现在

在我手上，限你明天上午准备好 5000 万元，你通知警方也白搭，那全是白费功夫啊……哈哈，要用旧钞，知道吗？明天下午再给你电话。"

不等张先生搭腔，对方就挂了电话。

张俊是国中二年级的学生，是一个纯洁、孝顺的乖孩子。张先生接到电话后，立刻报了警。警方马上就组成了专案小组，全力调查张俊的下落。

伍警官在张家守候，并装置电话录音，准备调查歹徒打电话的来源……

同时，也分派警员彻底调查朝阳公司上下好几十名员工，以及各承包商，还有和张家有来往的亲戚、朋友及顾客，甚至张俊的同学老师都做了最仔细的清查，希望能找出一点线索。如果是仇家报复的话，张俊的性命危在旦夕。

除此之外，近郊的空屋、洞穴以及各种色情场所、酒廊都做了仔细地搜查。

"钱要放在塑胶袋中绑好，再给你电话……"

"等一下……张俊平安吗？"张先生紧张地问。

"你儿子好得很……讲话吧！"

"爸——"电话那端传来张俊的声音。"听到了吗？在没拿到钱之前，他随时有性命的危险！"

"俊儿……俊儿……你有没有受伤啊？"张先生激动地问。

"爸，我很好，他们没有打我……"

"是吗？再忍耐一下，爸爸马上去救你……俊儿……"

普通的绑票事件都害怕警方的介入，歹徒也会偷偷和家属交涉，但是绑架张俊的歹徒却不怕警察，表示有把握得到 5000 万的赎金，这个歹徒来历恐怕不简单。

自从金融危机以来，朝阳公司的业绩就每况愈下，财务运转上也出现了危机，如今要筹足 5000 万元谈何容易？

"不要担心，张俊一定会平安回来的，纵使困难重重，也要准备好赎金，引诱歹徒出现……"伍警官说。

但是几家银行对朝阳公司的营运状况都产生了怀疑，没有人敢放款给张先生。所以伍警官亲自出马向银行的经理说情，终于筹足了 5000 万元。

隔天下午 2 点钟，歹徒又来了电话，为了掩盖其声音，他特地用手帕捂住话筒，所以声音无法清晰。

"钱准备好了吗？"

"准备好了，一毛也不少。"张先生面色凝重地说。

"都是旧钞吗？"

"是的！"

伍警官小心翼翼地用副机在窃听。

对方又把电话切断了，晚上7点钟，电话再度响起……

"张先生，8点整在华美大饭店大厅见……"

伍警官马上命令下属出发，事先做好埋伏，华美大饭店位于50米高的断崖边，以能眺望优美的风景而闻名。

便衣刑警埋伏在草丛树林里，甚至海上也有快艇在防守，伍警官再次嘱咐，在没有将张俊平安救回之前，绝不可轻举妄动！

张先生到达华美大饭店后，歹徒随即又来了电话：

"带着钱到楼顶的展望台，走到突出在海面的边缘上，把钱丢下去，别耍什么花招，你们的一举一动，都在我的监视之中，马上照办，否则别想再见到你儿子……"

张先生直奔电梯到顶楼的展望台上，站在歹徒所指示的位置，下方是波涛汹涌、浪涛起伏的海面，远处若隐若现的灯光，一切都显得阴森恐怖！张先生颤抖地将那包装钱的塑胶袋丢下去，不久就消失了，伍警官跑过来，对张先生轻声地说：

"对不起，我们实在没有办法在这下面布置人手，因为这下面人和船都无法进入，真不知歹徒用什么方法拿走那袋钱。"

海陆上布置了那么多警察。却没有发现任何可疑的人物。张先生回家后不久，张俊果真平安回来了，这也表示歹徒已经得到那5000万元。

张俊告诉伍警官被监禁的情况，同时也做了录音，反复听了几遍，也查不出什么异样。

伍警官仔细分析这件绑票案，一般的歹徒都避免警察插手，可是这个歹徒却不怕……为什么呢？

报纸上大肆渲染警方办事不力，连这种歹徒都无法制服，以后的治安可令人忧虑了。

几天之后，伍警官到朝阳公司再度拜访张先生，看着热闹忙碌却井然有序的办公厅，开口对张先生说：

"外面传言朝阳公司早晚会倒闭，今天一看，似乎全是承包商所传出来的恶意中伤，不是吗？"

张先生摇摇头，苦笑着并不表示意见。

"关于张俊的绑票案……我一直想不透一点，交易的现场我事后又去过一次，将报纸装在塑胶袋中，丢下海里，先是被海浪冲到岩石间碰撞，不到 5 分钟，塑胶袋就破了，报纸散落在海面上，慢慢才沉下去……"伍警官点燃一支烟，继续说道，"歹徒是怎么够得到那些钱呢？"

"不但是黑夜，即使是平时涨潮都无法接近。"张警官又说道。

"说不定歹徒利用高明的方法进入。"张先生淡然地表态。"不可能，那晚我布置了天罗地网，一般人都要严格地检查才准进入饭店，就算歹徒瞒过我们的视线，可是那包钱掉下去后没几分钟就破裂了，又怎么能拿到钱？"伍警官说得有点动怒。

"但是他们确实把俊儿放回来了！"张先生表示。

"不错，那是因为……他们得到了钱。"伍警官喷了一口烟，眼光忽然锐利地盯着张先生。

"你这是什么意思？"

"张先生，这果然是一个天衣无缝的妙计！你将塑胶袋中 5000 万元换成了旧报纸，为了挽救朝阳公司的财物危机，你需要那笔钱，孝顺的张俊为了帮助你，当然愿意参与这件假绑票案，那名歹徒，就是张俊自己吧！"伍警官大声说道。

"你有什么证据说这种话？我可以告你！"张先生面色苍白。

伍警官将整个案情仔细又分析了一遍，得到了监守自盗的结论。这根本就是一件经过周密设计的绑票案，所以歹徒有自信不会留下任何证据，5000 万元表面上做了赎金，其实挽救了朝阳公司的危机，每个月对银行的利息钱照付，所以没有人会起怀疑，如果朝阳公司一旦倒闭，将有许多人会面临失业，所以张先生只好出此下策。

利用华美大饭店特殊的地形，故布疑阵，果然一举成功！

"但是，你却疏忽了一个地方。"伍警官冷笑着表示。

张先生坐在沙发上仔细想，到底什么地方露出马脚了呢？伍警官凑近他说道："歹徒的声音和张俊的声音完全相同。"

"原来如此！"张先生骤然醒悟，但随即叹了一口气就低头不语了。

第三章 真相大白

手帕上的字母

木村是日本一家杂志社的年轻记者。

这天他去某地采访，才下火车住进旅馆，就收到一张莫名其妙的请柬。请柬上说，离此 10 公里的樱花温泉半山宾馆就在今天晚上举行一次别开生面的欢乐晚会，务必请他届时光临，随请柬附上一笔可观的车费。

木村皱了皱眉毛，因为半个月前他曾去过半山宾馆。就在那天深夜，一位名叫美彩的年轻小姐在深夜自 6 楼跳楼自杀了。她住的卧室里留着一封遗书，说她因为身不由己地爱上了一个有妇之夫，怎么也解脱不出来，只好一死了之。她的手里还留着一方手帕，手帕上绣着"m·c"两个字母。只是就在她自杀前的几分钟，她还与她的父母通过长途电话，谈过这件事。她的爹娘听了她的诉说，吓坏了，好说歹说，总算劝得她回心转意，答应他们再不自杀。殊不知电话才搁下，她便又跳了楼。这件事很是蹊跷，木村当时在场，很为那位小姐惋惜。可今天却收到了请柬，而且是莫名其妙的请柬。木村犹豫了半天，还是决定去看看，或许能有什么收获。

于是他叫了一辆出租车，直奔宾馆。

宾馆招待一见这请柬，就很客气地领他进了一间很豪华的房间。

房里已有 4 个人等着，他们也是收到同样一份请柬才来的。这 4 人两男两女。男的一个 50 以上年纪，蓄着两撇八字须，仪表堂堂；另一个三十六七岁，长得瓜头枣脸，贼头贼脑的，不像是个正经人。

女的两个，一个 30 左右年纪，长得清秀绝俗，容光照人；另一个 40 出头，虽说不上是个美人，却也出落得甚是娴雅。

众人左等右等，总不见请柬上署名的"伊豆美枝子"出现。一问侍者，才知道她早付了钱，只说要他们好好儿招待 5 位，其他一概不知。这件事弄得大伙坠入丈二和尚摸不着头脑，愣在那里，不知如何是好。倒是木村沉得住气，他笑嘻嘻地说：

"既来之，则安之。既然有人出钱让我们痛痛快快玩一个晚上，咱们也不必客气。俗语说得好，擦肩而过前世缘，更何况我们还要同聚一整个晚上呢。咱们还是先来个自我介绍吧。我叫木村，在杂志社工作。今天正出差到这儿，有人送请柬给我，我也就上这儿来了，实事上，半月前我已经来过一次了。"

众人见他作了自我介绍，也都静下心来，纷纷报出自己的姓名。

一听大家的姓名，木村马上心里一动，啊，原来这 5 人的名字头两个的拼音，都是"m·c"。由此可见，邀请人并不是漫无目的地乱邀请人，而是有为而来。再一问，半月前在哪里，居然当时都住在半山宾馆里。这更进一步说明，这次聚会的目的，正与此案有关。

木村既猜出了主人的意图，便有点生气，说道："这次我们 5 人，被邀请到这里聚会。不知各位有没有猜到不曾露面的主人的意图？"

众人道："正要请教。"

木村道："说穿了一句话：是与半月前美彩小姐之死有关。据我所见，这姑娘既然生前刚与父母通过长途电话，答应他们再不自杀，不到 1 分钟马上跳楼，于情于理都说不通，可见其中多半有问题；再说她的手上捏着绣有'm·c'字样的手帕，那更说明有问题。不知大家注意到没有，在座我们 5 个，个个名字开头的拼音都是它。而且恰巧的是，半月前我们都曾住在这里。"

此言一出，4 个人大惊失色。大家你看看我，我看看你，一时愣在那里。

那个八字胡首先说道："木村先生，您可别将我这个老头牵在其中。我虽有手帕，可从不用这类娇滴滴的小手绢。"

那个小个儿也开嘴道："我上半山宾馆来纯属偶然，再说我这辈子除了小时候用过那么一块两块，早忘了手帕是什么模样。天下的小姐太太，要出桃色事件也决出不到我的头上来。"

木村笑道："手帕之类的事，总与女人有关，两位男士可以放心。"

此言一出，两个女人马上紧张起来。

那位美丽的年轻小姐涨红了脸，说："木村先生请往下说。"

木村道："美彩小姐的遗书中明明写着，事涉一位有妇之夫。小姐还是单身一个，当然与您无关。"

这样一来，众人的目光就都盯住那位名叫梅春的女人身上了。

她讷讷地说："你……你……你可不许瞎说……"

木村道："只恐怕不是瞎说吧。您之所以上这儿来，原是为跟踪美彩小姐而来，眼看她要自杀，除去您的一块心病；不料在她与父母通过电话后突然要改变主意，于是您情急之下将她推下楼去。而她也在无意中抓去了您的手帕……"

话未说完，梅春已伏案大哭，承认美彩正是她杀的。

木村叫侍者打电话报了警。

木村道："其实这功劳不全在我，是那位邀请者，我估计准是美彩小姐的亲人，他也一定怀疑她不是出于自杀，这才人为地来这么一次聚会。不知他会是谁呢？"

木村回到屋内，发现屋子的床上放着一封信，打开一看，一纸秀丽的字迹映入他的眼帘。

上面写道："木村先生，谢谢你为我妹妹报了仇，当我得知妹妹自杀后，赶到现场。发现那块手绢并不是我妹妹的，可惜警察忽略了这一点。我便自己着手调查此事，发现半月前住在这里的人的名字缩写字母是"m·c"的有5个人，而您就是其中一位，我就邀请你来这里一看。我知道，在被邀的人中肯定会有凶手，而且肯定会有人查出真凶的。"

信上署名伊豆美枝子。

木村将信放进信封内，写下了这个故事。

女鬼的控诉

这是明朝时代的一个案子。

话说城里有个富商，名叫赵运通。这人善于经营，做生意赚了几个钱，置办了不少田地房屋。到了40岁后，已是良田万顷猪牛满栏的大户，生活过得甚是奢侈惬意。

圣人云，饱暖思淫欲。这好日子过久了就想着如何去讨几个漂亮小妾来。一日，他见到宋文仁的老婆有几分姿色，心里就起了歹意。他把宋文仁叫来，跟他说，如果他能将他老婆让给他，他就送他300两银子。有了这些银子，他不但可以再去娶一门亲，而且后半辈子也有吃有喝不用愁了。

宋文仁原是个见钱眼开、见利忘义的小人，马上被他说动了，就回家去说服妻子，劝她改嫁赵运通。他的妻子起先不肯，后转而一想。她的丈夫竟是这样一个薄情龌龊的家伙，实在不值得与他厮守一辈子，就答应与赵运通见面再说。

宋文仁一听高兴得不得了，连忙去买些酒菜来，叫老婆打扮好了，坐在家里等着。他则兴冲冲地去报告，要赵运通上他家去约会。

宋文仁心想："他们两个见了面总要谈谈说说，亲热亲热，我……嘻嘻……我如果夹在中间，岂不是煞风景不识抬举？"这么一想，他就招了几个狐朋狗友溜进了一家小酒馆，喝酒去了。

且说赵运通得到宋文仁的信，不禁心花怒放，连忙换上了一件蜀锦华服，兴冲冲上宋家赴约去了。谁知刚要走，就遇见一个老朋友来访，他只得与他敷衍了一阵，好不容易将他打发走，已是耽误了半个时辰。待他赶到宋文仁家，只见门虚掩着，里面烛火忽明忽暗的。他推开门走了进去，不见有人，叫了一声："有人吗？"不见回答。再定睛细看，只见宋文仁的老婆已倒在地上，边上一大滩血，脖子上连脑袋都不见了。赵运通这一吓可真称得上魂飞魄散、心胆俱裂。他不敢多看，连忙三步并作两步，跑回家里。家里人见他脸色苍白，问他怎么了，他支支吾吾的半天回答不上一句话，只是摇头。

这样心惊胆战地挨了一夜，第二天天才亮，一群公人就来敲门，见了赵运通，不由分说，将他一把锁了，扭送到县衙门里来了。

原来宋文仁喝了半夜的酒，心想他老婆与赵运通要谈也谈得差不多了，就脚高步低地醉醺醺地撞回家去。不料一进屋见到这情景，早吓得酒也醒了，心想赵运通这厮也未免太混蛋了，他老婆若不肯嫁也就算了，干吗要一刀杀死了她？现在，他老婆一死，岂不人财两空。何况人命关天，不去告状，自己岂不是背上嫌疑了。这样一想，就马上上衙门去告了一状。

且说赵运通被带到衙门，大叫冤枉。公人们"嘿嘿"冷笑，从他脚上扒下一双鞋道：

"你说没杀人，那么这鞋底里的血是哪来的？"

赵运通战抖抖地将他如何看上了宋文仁的老婆，宋文仁又如何来通知他去约会，他又如何因为来了个客人耽搁了半个时辰，进宋家时见到人已被杀等情况一一说了。最后说：

"小人要讨她为妾也不急在一时，她若不肯，可以慢慢商量，何况她丈夫已答应让给我，只要我磨上几天多花几个钱，多下点功夫，没有不肯的。就算是她执意不肯嫁给我，我另外花钱去娶一个，也不是一件难事，绝对不用去杀人。杀人者偿命，这一点我清楚，望大人明鉴，替小人作主。"

审讯他的是知府海瑞。他倒不是个昏官。

赵运通虽然凭着自己有几个臭钱有点胡作非为，但是长得肥头大耳，不像是个杀人犯。他派人去他邻居家核实了他的口供，发现前后也对得起来，就决定暂时将他关起来再说。

他又派人去四近调查，看有没有什么异样的情况。不日来报，说本地原有一个姓朱的矮子，是个更夫，不知怎么自打出事以后就不见了他的人影。这人年轻时当过几天兵，平日里极为好色，见了女人犹如狸猫闻了腥臊一般，挪不动窝。海瑞道："看来此案多半与这人有关，抓住了他便有线索。"

海端派了捕头洪九去捉朱矮子。洪九先打听朱矮子亲戚朋友在何处，据认识朱矮子的人说，朱矮子的老婆已带了她的拖油瓶儿子早改嫁他人，除了听他吹牛时说起浙江金华有一个当女佣的姘头外，也不知他还有没有亲戚了。洪九决定到金华去走一趟，临行前，海瑞叫他借宋文仁老婆死时穿的衣服一用，然后如此这般吩咐了几句。洪九便带了几个捕快向金华跑去。

不出所料，朱矮子正躲在金华姘头家。这天傍晚他打了一角酒，买了两个肘子回去，打算美美喝上一顿。正走过一座小树林，忽然"吱吱吱"的几声，前面闪出一个无头女鬼来。淡淡的月光下着实诡秘吓人。看那身衣裳，正是宋文仁老婆生前穿的。只听见她用凄厉的尖声叫道：

"朱矮子，快还我头来！"

朱矮子陡然见了，吓得骨软筋酥，双腿发抖，半天作声不得。

"朱矮子，快还我头来！"这女鬼又飘飘悠悠地向他挪近几步。

朱矮子吓得是心惊胆战，说："别……别缠我……你的头……头在你家旁边豆腐作坊的铺……铺架上！"

话音未落，小树林里一片吆喝，冲出10来个捕快，趁他未弄清是怎么一回事前，已将他掀翻在地，取出绳索，将他缚成了一个大粽子。

原来海瑞了解到朱矮子这人又凶残又迷信，就叫洪九利用宋文仁老婆的衣服，要一个矮个女人化装成无头女鬼，向他讨还脑袋，果然一举成功。

几天后，洪九将朱矮子押到京城，一审之下，朱矮子承认是他杀的人。那天他打更走过宋文仁家，见他家屋门虚掩，屋内红烛高照，宋文仁不在家。见他老婆哭哭啼啼地坐在那里，就进去调戏。不料他老婆大喊大叫起来，朱矮子一怒之下，就一刀杀了她，割下她的头来，顺手又将头丢在她家左边豆腐作坊的铺架上了。

海瑞叫他在供状上画了押，打入死牢关起来。又吩咐洪九去把豆腐作坊店主找来。豆腐作坊店主姓李名茂，是个多嘴多舌的老头，被带进了公堂。海端问他将宋文仁老婆的脑袋搁在哪里了。李茂叩头如捣蒜一般，颤抖道："小……小人该死……小人将它搁在……不不不，小人不敢搁，只将它……不不不，小人要了它一做不来豆腐，二不能当猪头肉吃，不不不，小人只将它挂在李鸿运家门口的树上了……不不不，小人不敢挂得很高……"

海瑞又派洪九带人去李鸿运家。李鸿运是个阴鸷险诈的人。在一家大户人家当账房。他见了洪九很是沉着，说："洪都头，人命关天，可不是说着玩儿的，你说我家门口有颗人头，这话有什么凭证？要是搜不出来你洪都头怎么说？"

洪九喝道："你别来这一套，给我站在一边别动。我洪九向来做事心里有底。告诉你也不打紧，我进你家门之前，先在树上树下细细看过，若是查不到血迹，我也不会上这儿来了。兄弟们，分一半人监视他们全家，不许他们走动，另一半人去院子里泼水！"众捕快一声吆喝，照洪九的话去做了。果然后院子的地上一泼水，"嗤"的一声，水直往一处地方钻。拿锄头一掘，果然挖出一个男人的骷髅头来，不过须发还在。再往旁挖，赫然一个女人的脑袋，正是宋文仁老婆那个。

原来那个男人是李鸿运的仇人，10年前为他所杀。李鸿运将死者的头埋在后院。不料天网恢恢，竟在这个案子中被牵连出来。

替死人

上午10点左右，公寓二楼突然传来一声惨叫。

在一楼看电视的公寓管理员吃了一惊，连忙跑出去看看发生了什么事，一个蒙着脸手里拿着枪的家伙顺着楼梯跑了下来。管理员吓得连忙躲进了自己的房间。

蒙面人跑出公寓后，便钻进停在路旁的汽车里逃跑了。这只是瞬间的事。管理员从惊吓中回过神来，连忙报了警。然后心惊胆战地爬上了二楼。

公寓的住户都上班了，照理哪个房间都不该有人，可从9号房间的门逢里却流出了鲜血，门上还留有二个子弹打穿的洞。

"石川！没事吧，石川！"

管理员敲门喊着，但里面静悄悄地没有人回答。房门从里面反锁着。

正在这时，刑警们驱车赶到，撞破门冲进房间，发现一个男子躺在门边已经死了。此人有1.80米的个子，面部中了两弹。大概是被害人在罪犯叫门要开门前问是谁的时候，隔着房门被开枪打死在门边的。门是木制的，子弹穿透木门击中了被害人的面部。

"死者是石川吗？"刑警看着门上的姓名牌问公寓管理员。

"不，不是。石川是个小个子拳击手，个子比这个人要矮得多。这个男的我头一次见。"

因被害人面部中弹被打得血肉模糊无法辩认是谁，只好取了指纹送回总部检验。令人吃惊的是，死者是侵吞了银行5亿日元而正在被通缉的罪犯西泽三郎。

刑警们立即奔赴拳击训练场。

石川正在训练场上练拳击。他个头不高，只有 1.50 米，是个次轻量级的拳击手。听完刑警讲了案情后，他脸色马上变得苍白起来。

"西泽是你的朋友吗？"刑警问。

"是大学时代的同学，昨天夜里，已经很晚了，他忽然找到我，要求住一个晚上，我就让他住下了。警官，他肯定是被暴力集团杀害的。"

"什么？暴力集团？"

"事情是这样的。在上周比赛时，我曾受到一个暴力团的威胁，要我输给对方，如果故意输掉可以得到 5000 万日元的报酬。可我不干，胜了这场比赛。于是他们便威胁说要干掉我。"石川的话使刑警们大吃一惊。

"这么说是暴力团伙的刺客错把西泽误认为是你而杀了他吗？"

"恐怕是的，这一切实在太不幸了。"石川悲伤的嘟囔着说。

刑警看看比自己矮半头的石川，突然说道："石川你在撒谎，凶手一开始就知道是西泽。西泽是个 1.80 米的高个子，而你只有 1.50 米。如果是错杀了西泽的话，子弹会击中西泽的胸部而不是头部。正因为凶手知道要杀的人是西泽，所以射击点才会是 1.80 米而不是 1.50 米。"顿了顿，刑长又严厉地说道："石川你是凶手同谋，正是你告诉了凶手，西泽躲在你的房间里。你们贪图西泽的 5 亿日元才杀了他，石川你作为杀人同谋被捕了。"说完，便给石川戴上了手铐。

有恐高症的男爵

故事发生在 18 世纪，英国的一位男爵在印度观看了瑜珈功的表演后不禁大为惊叹。他很快就迷上了瑜珈功，并发誓一定要学会这种本领。

男爵花了很多钱在花园里修建了一座练功房，决心独自在里面练功，为了避免受到外界的干扰，他还给自己准备了充足的食物和水。在进练功房之前，男爵板着脸对平日话很多的夫人琳达说："任何人，包括你在内，都不准进来吵我！"

琳达夫人对这种来自东方的瑜珈功一直半信半疑，她曾多次劝阻过男爵练功，但这一回，见丈夫下如此大的决心，她也不敢再说什么了。

7天过去了，男爵没有踏出练功房一步。第8天的时候，琳达开始担心起来。

琳达轻轻敲敲练功房的门，没人回答。她再将耳朵贴到门上听听，里面是死一样寂静。琳达急了，大声叫着男爵的名字，可毫无反应。琳达拿出钥匙打开门，她看见男爵躺在床上，睁着一双恐惧的眼睛，不知在什么时候停止了呼吸。琳达迅速报了警。

时间不长，警察们都赶来了，经警方的法医鉴定男爵是练功时走火入魔，不能动弹以致活活饿死。

"荒唐，纯属无稽之谈！"对任何神秘事情都颇有兴趣的探长爱尔听说这事之后说道。他决定去练功房，为了方便破案，爱尔根本没有通知琳达夫人。

夜深了，爱尔换上便服，悄悄来到男爵的花园。黑暗中，练功房像只怪兽蹲在那儿，爱尔推推门，门没锁。屋里一片漆黑，伸手不见五指，爱尔顺着墙根，小心翼翼地往里挪动。拐了一个弯，到了里屋，里屋就是男爵练功的地方。一缕月光从天窗投射下来，能够让人模糊地把屋里的摆设看个大概清楚。

床依然放在原来的地方，四周没有任何家具。床上的被子零乱地堆在那儿。

爱尔又朝前走了两步，突然，有一个东西把他绊倒在地。爱尔一惊，他不敢发出声音，怕惊动了琳达夫人和邻居们。爱尔坐起身，发现自己是被一小段卷起的地毯绊倒的，他抬头看看天窗，再瞅瞅地毯，注意到一只床腿旁边的地毯毛被压倒一小片，另一条床腿也是如此。

难道床被人搬动过？爱尔百思不得其解。

第二天，爱尔去找到了男爵的私人医生，自报家门后，爱尔问道。："男爵的身体平时还好吗？

医生毫不犹豫地回答道："他平时比一头公牛还壮实！"

"那心理状况呢？"

医生没有回答却面露难色。

爱尔说："你知道吗，我对男爵的死有所怀疑！"

医生叹了口气，说："男爵小时候，亲眼目睹母亲跳楼自杀，所以他不能从高处朝下看，否则就老是联想到那个场景。"

爱尔的眉毛一扬，问道："还有谁知道这个秘密。"

"自然是他的夫人！"

爱尔马上去了警察局，说男爵是被琳达夫人害死的，并且带着警察来到练功房做了个实验。

警察们都弄不懂爱尔葫芦里卖的什么药，看着爱尔爬上屋顶，从天窗垂下了4根带钩子的绳子。

那4只钩子轻轻地挂住了床沿。爱尔用手拽拽，十分牢固，他再一用力，固定绳子的滑轮转了起来。大床被慢慢吊起，停在半空不动了。

站在下面的一个警察大声喊道："爱尔探长，你把床吊起来干什么？"

爱尔说："你们问问琳达夫人就知道了！"

在众人的注视下，琳达夫人面无血色，脸上沁出了细细的汗珠。

过了一会儿，爱尔从屋顶上下来了，平静地对警察说："难道你们还不明白吗？男爵患有严重的恐高症，当他醒来时，发现自己吊在半空，立即受到强烈的刺激，以至于四肢瘫软，不能动弹，他大声呼喊，可谁也听不到，最后只能活活饿死。"

话刚说完，琳达就瘫倒在地，她怎么也想不到这么天衣无缝的谋杀竟被爱尔识破了。

使馆纵火案

炎热的夏天，太阳就像一个巨大的火球，炙烤着非洲大地。在非洲一个小国首都的使馆区内有条僻静的小巷，由于正是中午最热的时候，小巷里一个人也没有。大家都躲在家中避暑。

忽然，某国使馆朝南的窗口。冒起一团红色的火光，接着大火冲天而起。

这下，整个小巷变得"热闹"了，人们用不同的语言大喊："快跑呀，着火啦！"于是，小巷中人头攒动，大家纷纷跑到了外面。

5分钟之后，消防车呼啸而来，消防员拖着水管，冲向了着火的某国使馆，顿时一条条水柱喷向了大火……

大火扑灭了，但为何失火？某国怀疑是该国反对派干的。于是，非洲小国总统下令，一定要调查出失火原因，否则有损两国友好关系，在国际上造成不好影响。调查失火原因的重任落在了首都刑警队长达斯克身上。

达斯克是个做事情一丝不苟、严肃认真的人，他来到了失火现场。经调查，大火是从朝南的厨房窗口烧起的。但厨房用具完好，管道安全，并没受到大火的损伤。

达斯克瞟瞟呆坐在一旁的厨子，厨子是个面相忠厚的胖子。他的肩头被大火烧伤了，上面绕着纱布，正双手死死揪着自己的头发，喃喃自语："不是我放的火，不是我干的。"

达斯克也不相信厨子是纵火犯，因为厨子并没有什么政治背景。刑警队长查了三四天，仍没有线索，急得他团团转。朋友劝他放松放松，达斯克答应了。

晚上，达斯克和朋友到酒店去喝酒，他心情烦躁地喝了一杯又一杯，不管朋友怎么劝他别喝了，他都不听。

"小姐，给我把这瓶酒拿来！"达斯克指着架子上的酒说。

这时，酒店里旋转的霓虹灯，朝酒瓶投来一束光束，酒瓶被照得发出黯蓝色的光辉。

达斯克怔住了。忽然，他使劲敲了敲自己的脑袋，骂道："我真蠢，怎么早没想到呢？"

第二天，刑警队长跑到了另一个朋友家，这个朋友住的房子跟大使馆的房子相象，是在街道北面。达斯克在这朋友家做了一个实验，证实了他的推测。他兴奋地大声喊着："找到了，找到了，失火的原因找到了！"

3天以后，达斯克把报社的几位记者和领事馆负责人、厨子都请到他朋友的屋子里来，说向他们揭示发生火灾的秘密，大家都不相信，但是又很好奇，就都来了。

隔了一会儿，厨子伸手拿窗前的玻璃瓶想倒水喝，达斯克拦住他，说："别动，我请各位到这儿来，就是因为这儿的布置跟使馆内的厨房布置一个样，你们如果乱动的话，会把纵火犯吓跑！"

大家都被他搞得莫名其妙。厨子环视了一下屋子，的确同厨房的布置相差不多。

达斯克说："你们要口渴的话，可以到冰箱里拿汽水喝。"

说完，他看了看手表，"不要着急，再等一会儿，纵火犯就会露面的。"

大家嘴上不说，心里却暗想："达斯克是不是有毛病。"突然，达斯克喊了起来，"看，纵火犯开始活动啦！"

众人瞅瞅四周，没任何变化，不明白他搞什么鬼。

"你们看玻璃瓶，看盘子。"

大家把注意力移向盘子。可是，这有什么好看的？太阳光照着玻璃瓶，透过玻璃瓶和水，将光线射在桌布和盘子上。

桌布在阳光的照耀下，出现了一个很亮的点儿，就像我们拿一个放大镜，放在太阳光底下，下面放一张纸，纸上出现一个亮点一样。

领事馆的负责人说："这有什么看头！"

达斯克给了他一个白眼，"注意！别走神！"

一会儿，那个亮点儿的地方冒起了一点烟，接着出现一点火苗，同时还发出了糊味，桌布很快给烧了一个窟窿。

实验结束后，达斯克笑眯眯地解释道："看到了吧，火灾就是这样发生的。这个玻璃瓶的作用就像凸透镜，它把阳光集中在一个焦点上，使那儿产生了很高的温度。可这位厨子恰好把桌布铺在玻璃瓶底下，谁想到呢？太阳光通过玻璃瓶把桌布点燃了就引起了那场大火。"

众人这下全明白了失火的原因。

遗嘱的要求

一天中午，有个名叫佳森·加里德布的人来拜访私家侦探查尔斯，说有人告诉他只要找齐三个姓加里德布的人就可以获得一笔价值不菲的遗产。他害怕这里面有什么陷阱，所以来请查尔斯帮忙。查尔斯告诉他让说此话的人直接来找他。

不久，一个自称约翰·加里德布的律师来找查尔斯。这人虽然一副英国绅士打扮，但一张口说话，却夹杂着许多地道的美国俚语："那个佳森来过了？这简直是多此一举。不过，这件事的确是十分蹊跷，难怪他不相信，换了我，也会起疑心的。"

查尔斯觉得约翰挺有意思的："你能不能把事情讲得清楚点。"

"好吧。你大概听说过一个叫亚历山大·汉密尔顿·加里德布的富翁。对自己拥有这么稀有的姓他十分得意。他没有什么亲人，对一个朋友的儿子约翰，视为己出。就指定约翰做他的遗嘱执行人。老头的遗嘱，你大概未听说过，他要凑齐三个姓加里德布的人，每人就能获得价值 500 万美元的遗产。后来，大富翁得病死了。约翰为了执行他的遗嘱，从美国跑到英国，只找到佳森一个姓加里德布的，现在只要能再找到一个姓加里德布的人，他们就可分享大笔财产了。现在，我一想到那笔遗产，心里直痒！"

查尔斯点燃一根香烟，香烟从嘴里吐出一个烟圈，他在考虑这个故事的真实性。约翰·加里德布试探地问道："大侦探，你有没有兴趣帮我找一找，我会付你一大笔佣金的！"

查尔斯笑着回答说："试试看吧！"

约翰走后，查尔斯对这件事依旧理不清头绪，他便让助手利生去回访佳森。

佳森是个收藏家。整天呆在家里欣赏自己的收藏，很少出门。他所住房子也像个收藏品，陈旧而庞杂。

他们正说话时，约翰·加里德布律师突然来访，他还带来一张报纸。报纸上有则广告，登广告的人叫爱华德·加里德布。约翰喜出外望地说："瞧，我们终于找到了三个人！"

佳森也很高兴，说："但愿真的能得到这一大笔财产，虽然我不是贪心的人，但这笔钱可以彻底改变我的生活。"

约翰说："那个登广告的人也是英国人，我觉得佳森和他比较容易沟通，而我是美国人，或许他是不会随便相信一个外国人的。查尔斯先生，你说对吗？"查尔斯还在看那则广告，便不置可否地点点头。佳森无可奈何地说："看来，我只好自己去找爱德华·加里德布。"

约翰见佳森答应去找爱德华后，心满意足地告辞了。

查尔斯随后也走了。他去警察局和房产经纪人那里跑了一趟，主要是了解佳森的那所房子以前的住户是干什么的；查尔斯又仔细询问警察局，监狱里最近释放了哪些罪犯。看来，查尔斯已经对什么事起了疑心。

深夜，查尔斯和利生又来到佳森的屋子，此时佳森已经到外地去找爱华德·加里德布了。

利生抬腿就要进房间，查尔斯一把拽住他，压低声音说："别莽撞，佳森不在家，怎么他屋里还亮着灯？"

还未等查尔斯说完话，突然只听"砰""砰"两声枪响，两颗子弹从他们的头顶上呼啸着飞过。

利生连忙拔出枪，朝屋子里还击，双方展开一阵枪战。

查尔斯拐到房后面，从窗子里跳了进去。他提着拐杖，悄悄向屋里的那个人摸过去，然后抵住房间里那个人的腰间，吼道："不许动，把枪扔了。"

这时，利生也冲了进来，他们一看，开枪者不是别人，正是约翰·加里德布律师。

查尔斯冷笑两声，"你能造假钱当真钱花，那我就用拐杖当枪使！"

约翰头一昂，诡辩道："我不明白这话是什么意思？"

利生见约翰满脸不服气，便狠狠给了他一拳，把他击倒在地然后，找到一根绳子，将约翰捆了个结结实实。

查尔斯拍拍身上的灰，说："佳森是个收藏家，地窖里有台生了锈的印钞机，我看你就是冲它来的。"

原来约翰实际上是伊万斯的化名。他编造那个加里德布继承财产的故事，是为了支开佳森好窃取这套印钞机的设备。

事后，查尔斯告诉利生，他开始只认为是一则传奇故事。但当他研究过广告之后，发现其中的许多句式是美国式的，他就怀疑广告是约翰捏造的，后来他又找到了房产经纪人，发现佳森的住房，5年前出租给一个假钞制造者住过。后来这个家伙被抓进了监狱，这个人就是伊万斯。伊万斯刚被释放出狱，想拿回印钞机好东山再起，便编了个遗产故事使得佳森险些上了他的当。

演了十八年戏的大盗

清朝乾隆年间，黄毅在辽宁为官。他明察秋毫，足智多谋，善破疑难杂案，深受百姓信赖：

有一次，当地一个名叫刘山的富豪邀请他去做客。刘家收藏了许多精美字画、珍贵书籍以及无数文物。但是，令黄毅惊奇不能理解的是，刘山言语鄙俗，举止粗野。那些珍贵的书画文物非常凌乱地堆放在家里，甚至任家人随意摆弄，根本不像识宝爱宝之人。

既然不懂得鉴赏和保护，何必收藏那么多的稀世珍品呢？黄毅决心搞清刘山的底细。他经常光顾刘山家，有时也请刘山到府上做客。经过多次接触，他越来越觉得刘山的来历非常可疑。刘山不但毫无艺术素养，而且识字不多，有时连很简单的文章都念不通顺。黄毅还发现刘山的妻子虽然人长的很端庄秀丽，可是每次都面露忧愁。刘山对她每次都是大喊大叫，吹胡子瞪眼睛，异常粗鲁。

这一天，黄毅摆下酒宴，邀请刘山赴宴。刘山自然是兴高采烈，打扮一番后迫不及待地来到黄毅府上。黄毅把他请进屋来，寒暄几句以后，他问刘山："上次在府上看到书房里摆着许多古书，都是稀世罕见的老版本，请问刘兄，那些书籍都是从哪儿搜集来的？"

刘山一听不禁一愣，支吾了半天才搪塞说："是几个老朋友送的。"

黄毅笑着说："看来刘兄也是喜好交友的人。"刘山听了很高兴，翘起二郎腿笑着点点头。黄毅紧接着问："府上悬挂的那副对联非常雅致，寓意深长。不知写对联的人，可是刘兄的什么朋友？"刘山无言以答，脸上现出不安的神色。

黄毅又问："桌子上放着的那些图章，都有名有姓。请问，你和这些人都是什么交情？"刘山面红耳亦，瞠目结舌，非常尴尬。

黄毅一看刘山这副模样，料定刘山不是寻常良民百姓，立即吩咐衙役们把刘山逮了起来。他又派人到刘山家。把刘山的妻子请到官府来。经详细询问，那女人眼泪汪汪地哭了起来，一五一十地叙述了事情的前后经过。

原来，18 年前，辽宁一官员被调往贵州任职，途经鄱阳湖时，遇到了强盗。全家人除一个女儿被抢走外，全都被强盗杀死。官员随身带着的钱财和字画文物古玩等全被强盗抢走。

当时的县官，派人调查了很长时间，虽然抓了几个嫌疑犯，但由于没有确凿人证和物证，这件案子便拖了下来，直到如今仍未结案。

刘山就是 18 年前杀人越货的强盗，他的妻子就是 18 年前被杀官员的女儿。当年刘山杀了她的全家，因见她长得漂亮，便抢了回来，强占为妻。18 年来，她从来没有开心地笑过一次，她永远也忘不了父母的深仇大恨。她本想一死了之，但一想到父母大仇未报，便强忍怒火，忍辱负重，一直等待含冤昭雪这一天的到来。

黄毅听后提审刘山，刘山在人证物证面前，不敢抵赖，只得如实供认了自己的罪行。

大方的窃贼

艾诺先生的祖先是富有的公爵，但艾诺先生的兴趣不是充当社会名流而是当一名私人侦探。他独自经营着一家小小的事务所，生意还不错。这天，他正在事务所中看推理小说，门忽然被推开了，走进一位戴着墨镜的男子。艾诺问：

"有什么我可以为你效劳的吗??"

来人板着面孔面无表情地说："由于某种原因，我的身份不便公开，有点小事想请你办一下。听说你是一位身怀绝技的大侦探……"

听了这番恭维话，艾诺并未感到有什么不顺耳，反而心里有点得意但嘴上还是故作谦虚地说：

"啊，倒也称不上什么身怀绝技，不过，我从来没辜负过委托人的期望，这到是事实。"

说着，艾诺请那位男子落座。那人坐下后，直接了当地说道：

"我是想请你对一个人进行跟踪，严密监视她的一举一动，而且千万不能让她察觉。"

"那很容易！跟踪这件事儿，我干过不止一回两回了，哪一回也没出过岔子，您就交给我吧！"

"那就麻烦你了。"

"不过，您需要重点调查些什么呢？"

"当然不是让你去拍拍照片、调查品行之类的小事。而是要你监视她的一举一动，然后，向我如实汇报。"

艾诺压低了嗓门问道："要跟踪多久呢？"

"一个星期就行！到时我将来这儿取报告。"

"我既不知道您的姓名，又不了解您的身份，这报酬……"

"对不起，失礼了。这些钱先作为定金，不足部分等事情办完以后再一并支付吧！怎么样，无需了解我的身份，你也会同意的吧？"

说着，那男人掏出厚厚一叠纸币。这笔钱远远超过一周工作所应得的报酬，自然不好再说什么。艾诺盯着纸币，说："好吧，愿意为你效劳。那么，跟踪的对象又是谁呢？"

听他这么问，那男人又取出一张照片，放在那叠纸币上。这是一张少女的小照。

第二天，艾诺立即开始了跟踪活动。他在那人提供的少女地址附近暗中监视。没过多久，就看到照片上的那个少女从家中出来。不过，看上去她家并不十分有钱，少女本人也相貌平平。为什么要不惜重金，对她进行跟踪呢？艾诺感到这事有点蹊跷。

少女并未察觉到有人跟踪。她嘴里哼着小曲，满面春风地走着，艾诺悄悄地尾随其后。不久，就来到火车站。少女买了一张车票，登上列车，看样子她是个喜欢旅游的人，跟踪这种人，真可谓轻而易举。少女在一个小站下了车，看样子她要去高原地带。少女来到山上一家小旅店住了下来，看样子她是来游览高原风光的。她一天到晚总是出去写生，从不和任何人交往。艾诺躲在远处，用望远镜监视着她，而她始终只是画画写写而已。三四天过去了，报告书只是重复着一句话"外出写生"根本没有发现少女的行动有丝毫可疑之处。她既不像外国间谍的，也不像是寻找矿源的勘探者，为什么要监视、跟踪她呢？

一周就这样过去了。约定的跟踪期限已到，那个可疑的少女仍然没有什么异常的举动。

眼看跟踪就要结束了，艾诺终于是按捺不住自己的好奇心。他若无其事地走到少女身旁，搭讪着说："您这次旅行好像很愉快休闲呀！"

少女不动声色地答道："是呀，多亏一位好心人的帮助，我才得以享受旅游的乐趣！"

"什么？好心人？你原来没有想到这儿旅行吗？"

"是啊，我现在还是一个学生，是没有钱到这儿旅游的。不过有一天，我在咖啡馆里碰见了一位男子，这次旅行费用全靠他帮助。他对我说，放假了也不出去玩玩，我供给你旅费，你选择自己喜欢的地方去走走吧！"

"他是怎样一个人？"

"他没有告诉我姓名和身份。若说特征么，只记得他戴一副墨镜。正因为这样，才没看清他的相貌。嗯，对了，他还跟我说想要我的一张照片，当时我觉得没法拒绝，就给了他。说不定是用来作广告模特什么的，所以才肯……"

"戴墨镜？"艾诺若有所思："莫非他与我的那位主顾是同一个人？不过，即使如此，仍然令人费解。也许他是个一掷千金的阔佬，偶发善心，既赐予她以旅游之乐，又为我提供了生意？"

不过，很难想象在当今这个尔虞我诈的社会中，竟有这种乐善好施的人。艾诺带着满腹狐疑，回到离开一周的事务所。

"啊！"他不禁掩面长叹了一声。

只见室内一片狼藉。连自信坚固无比的保险柜也空空如也，祖传的宝石不翼而飞，艾诺这才明白，那个男子要他跟踪那少女一周的良苦用心。因为只有这样他才可以悄然无声，从容不迫地撬开保险柜。

这个戴墨镜的混蛋！

其实，世上哪有什么慷慨之士呢？

鹅腹中的钻石

说来也巧。有一天，华生买了一只鹅准备做烤鹅，把鹅杀了以后却发现鹅肚子中竟有一颗晶莹透明的钻石，黄豆一般大，熠熠生辉。华生就把钻石拿给福尔摩斯看。

福尔摩斯一拿到钻石，顿时呆住了。几天前的报纸上登了这样一条消息：清洁工玛丽因有盗窃玛卡夫人宝石的嫌疑，而被拘捕。管家赖特愿意作证。他说，那天，他曾带玛丽到玛卡夫人的卧室去打扫房间，突然楼下电话响了，等他回到卧室，玛丽已经走了，而玛卡夫人装宝石的盒子却被打开了，里面的宝石不翼而飞。当天晚上，警察就逮捕了玛丽，但玛丽拒不承认。庭审时邻居丘莎也出庭作证，说看见玛丽满脸紧张地逃走。

福尔摩斯沉思了一会儿，说："华生，你从哪里买的鹅？我们要去找这个鹅的主人。"

福尔摩斯和华生穿戴好之后，来到了农贸市场，他们去找卖鹅的鹅店，谁知，鹅店老板正和一个瘦小的年轻人争吵。

"快滚，别再烦我了！这里面没有你的鹅！"老板抓了扫把就要冲上去，年轻人吓得扭头就跑。

福尔摩斯指指店老板说："我们不必找他了，现在我们要找的是这个年轻人。"于是，两个人伸手拦住了年轻人。

"我是福尔摩斯，我能预见别人要找的东西。年轻人，你是不是想找一只黑尾白鹅？"

年轻人吓了一跳，声音颤抖地说："你怎么知道！"

福尔摩斯意味深长地一笑："这儿谈话不方便，到我家再谈，哦，顺便问一句。你叫什么名字。"

他踌躇片刻，向两边看了看，说："我叫约翰。"

"你在说谎，当心你的鹅会飞走的！"

年轻人顿时脸红了，慑服着说："我叫赖特！"

这三个人边走边谈，没多久就到了福尔摩斯家中。

回到屋里，福尔摩斯拍拍赖特的肩头，说："赖特先生，你就坐在这张靠近火炉的大椅子上吧！看你直打抖的样子，还真让人以为是受凉了呢！"福尔摩斯边说边递给了赖特一张报纸，"如果我没看错，你就是报纸上所提到的管家吧！"

"是的，先生。"

"你想找的鹅是不是白色而尾巴有条黑条纹的？"

赖特显得有些急不可耐，答道："没错，快把它还给我，我付

10倍的钱给你!"

福尔摩斯耸耸双肩,双手一摊,说,"可惜它死了,它临死前,生了一个小蛋,我已经把它放进我的保险柜了。"福尔摩斯打开保险柜,取出宝石放在桌上。

赖特的眼神立即被"铆"在了上面。

福尔摩斯给自己倒了杯白兰地,往沙发上一靠,然后抿了口白兰地,说:"赖特,说说你的故事吧。不过,不许撒谎,话头就由玛卡夫人的钻石讲起。"

"是丘莎告诉我的。"赖特脸露惊慌。

"我知道,她是玛卡夫人的好友,你们是一伙的。你利用了无辜的玛丽,表面上喊她来打扫房间,暗地里是偷钻石,然后嫁祸于人。"

赖特跪倒在地,抓住福尔摩斯的膝盖,哀声乞求:"饶了我吧!"

福尔摩斯正色说:"你做发财梦的时候,可想到玛丽在替你坐牢。好了,现在还是讲讲钻石怎么到了鹅肚子里的。"

赖特哆哆嗦嗦地说:"可以给我喝一杯白兰地吗?"福尔摩斯点点头。

赖特抓起酒杯,一口把酒灌进了肚子。然后他舔舔嘴唇,说:"玛丽被捕了,我打算等风平浪静之后,再将钻石出手,卖个好价钱,但主要的问题是要先找个藏钻石的地方。"赖特说到这里,掏出手绢擦了擦额头上渗出的汗珠。

"我想到了住在乡下的姐姐奥克琳特,她以养鹅为生,答应送给我一只鹅做圣诞礼物。我就挑了那只黑尾的白鹅,把宝石塞进了鹅的嘴里。嘱咐我姐姐千万不要卖掉。可是我第二天再去的时候,那只鹅被姐姐不小心卖掉了。我去找鹅店老板索要,他却说有人买走了,我以为他知道了鹅肚子里的秘密。"罪犯终于自首了,案子也水落石出了。福尔摩斯长长出了口气,暗想:那位玛丽可以平反了。

怪盗卢班的手段

离伦敦约20公里的爱浦逊赛马场,每年6月的第一个星期三,都要举行盛大的 4 岁马大赛。

爱浦逊赛马场坐落在一片宁静的高原上。在到处是树林的高原上，有一个 19 世纪末建造的别墅。住着茂姆男爵夫妇。一天夜里，有个蒙面强盗潜入室内，把男爵夫妇用绳子捆绑起来关进厕所里，盗走了大量的珠宝。

福尔摩斯接受委托调查这个案件。当他知道案发的前一天怪盗卢班在伦敦滞留的消息后，便猜想一定是他作的案，便马上来到卢班下榻的伦敦饭店走访。

"卢班先生，上周六晚上去过爱蒲逊高原吧？"福尔摩斯说道。

"是去过。怎么了？出什么事了吗？"

"一个蒙面强盗在那天夜里闯进茂姆男爵的别墅，抢走了男爵夫人的珠宝后逃跑了。那个罪犯就是你吧？"

"胡说什么。案件到底是什么时候发生的？"卢班一本正经地反问道。

"罪犯盗走珠宝的时候，用绳子把男爵夫妇绑起来，又把他们关进厕所里。事后男爵看了一眼卧室里的钟刚好是晚上 10 点零 5 分。

"如果是 10 点零 5 分，我有当时不在作案现场的证明。那天夜里我在斯克里车站乘 22 点 16 分的夜班车赶回伦敦。从茂姆男爵的别墅到斯克里车站无论如何 10 分钟是不够的。"

"噢！看来你对男爵的别墅很熟悉呀。"福尔摩斯讽刺他说。

"去年赛马时应邀去住过一夜。"怪盗卢班强打着笑脸说。

茂姆男爵的别墅离斯克里车站有相当远的一段路，步行最快也得 30 分钟，因此，卢班从斯里克车站乘坐 22 点 16 分发的夜班车如果属实，他不在作案现场的证明是成立的。

福尔摩斯侦探已经去过斯克里车站，让车站工作人员看过卢班的照片，证明他没有说谎。那天从斯里克乘车的旅客只有卢班一人，并且他也没有化妆，车站工作人员及列车员都清楚地记得他。

可是福尔摩斯知道卢班是个诡计多端的家伙，不能轻易被他蒙骗过去，他又来到别墅发现男爵有一个马厩里面养了不少马。忽然，他眼睛一亮……福尔摩斯又找到了卢班。

"听着，卢班先生，10 分钟之内是有办法从别墅到斯里克车站的。"

"比如我是搭上一辆马车逃跑的……"

"不。对于你这个惯盗来说,你绝对不会乘别人的马车的。男爵的别墅里倒是有个马厩,并且还有不少马匹,马棚外面还有一辆自行车。"

"接下来你就会说我使用了这两种工具之一。如果那样,我就会把它扔到车站附近的什么地方。你找到那种工具了吗?"卢班理直气壮地反驳着说。

"不,不,不!马也好,自行车也好都没有丢失。可是,马棚的门从里面是推不开的,只有从外面推才能推开。所以,卢班先生,你是骑着马跑到斯里克车站,然后把马放回来,马厩的门从外向里是可以推开的,所以马可以自己走进马厩,没错吗?卢班先生。还是把偷去的珠宝老老实实地给我还回去,否则我要报告警察了。"福尔摩斯威严地说。

失而复得的骨灰盒

在瓦蓝的天空下,一艘豪华的大型游艇正在河上逆流而上,船长站在驾驶室里正用望远镜远眺。这时,大副走进来对他说:"夏尔太太丢了东西,她想同您谈一下。"船长点了一下头走出了驾驶室。

身穿丧服的夏尔太太正站在走道里等他,一见船长,夏尔太太连忙说道:

"船长先生,我带的一只骨灰盒不见了!"

船长听了夏尔太太的话,很不以为然,他笑着对她说:

"太太,先别急,好好想想看。骨灰盒恐怕没有人会偷吧!"

"不,不!"夏尔太太额头冒汗,急切地解释说:"它里边不仅有我父亲的骨灰,而且还有3颗价值30万马克的钻石。"

原来,二次大战前,夏尔太太的父亲科蒙教授,应美国丹佛大学的聘请,前去执教。后来,战争爆发了,他出于对希特勒法西斯政权的不满,就定居在美国。光阴似箭,一晃几十年。开始,他只身在外,后来他的大女儿夏尔太太去美国照料他的日常起居生活。这一年春天,科蒙教授得了重病,卧床不起,弥留之际,他嘱咐女儿务必把他的骨灰带回德国,并把自己多年的积蓄换成钻石作为遗产留给在德国的 3 个女儿。

夏尔太太无比懊丧地对船长说："我怕引人注目，才把钻石放在骨灰盒里，并一直带在身边。我本也认为骨灰盒总不会有人偷的，没想到还是被人盯上了，3 个妹妹还未见到父亲的骨灰，今天却被人偷了。"

船长听罢原委，也很着急便立即对游艇上所有进过夏尔太太舱房的人进行调查，并记录了如下情况：

夏尔太太的女友路丝：9 点左右进舱同夏尔太太聊天。9 点零 5 分，服务员安娜进舱房整理，两人便到甲板上闲聊。

夏尔太太本人：9 点 10 分回舱房取外套，发现服务员安娜正在翻动她的行李。夏尔太太有点生气，便斥责了她几句，两个人争吵了 10 分钟，直到 9 点 20 分。9 点 25 分，路丝又进舱房邀请夏尔太太去甲板上观赏两岸风光，顺便透一下风，夏尔太太因情绪不佳，没有答应。

9 点 30 分服务员离开后，夏尔太太发现骨灰盒已不翼而飞了……

如果夏尔太太陈述的事实是可信的，那么，窃贼肯定是安娜与路丝两个人中间的一个，也可能是同谋。正在为难之际，有个船员跑来向船长报告说：

"隐约看见船尾波浪中有一只紫红色的小木盒。"

船长赶到船尾一看，果然如船员所说。于是，他当机立断，下令返航打捞。此时是 10 点 30 分。到 11 点 45 分终于追上了那只正在河面上顺流而漂的小木盒，立即把它捞了上来。

经夏尔太太辨认，这个小木盒正是他父亲的骨灰盒，可是骨灰盒中的 3 颗钻石却不翼而飞了。

这时，船长又拿出了笔记本，细细地分析刚刚记录下来的情况。

他列了长长的一条公式：设水速为 u，船在静水中的速度为 v，那么船顺流时速度为 u＋v；逆流时船速为 v－u，设扔下骨灰盒的时间为 t，那么可以得出：

（v－u）（10：30－t）＋（11：45－t）u＝（u＋v）（11：45－10：30）得出 t＝9：15。

也就是说，窃贼抛下骨灰盒的时间在 9 点一刻，而此时安娜正同夏尔太太争吵，她不可能作案，那么能作案的人只能是路丝了。

罪犯竟是猫头鹰

当嘉利小姐洗完澡从浴室里出来时,不禁目瞪口呆,原来她刚才放在桌子上的一枚钻石戒指不见了。那是枚价值连成的戒指。嘉利小姐连忙给她的老朋友大侦探方信打了电话。

方信接到电话后便开车赶到嘉利小姐公寓。

他走进嘉利小姐的卧室,发现桌子上放着耳坠、项链、手镯等手饰,便问嘉利小姐:"嘉利,你只丢了一枚戒指吗?""是的,但那只戒指非常值钱,戒面上的钻石是一块5克拉重的大钻石。"

方信仔细地查看了一下房间的每一个角落,可是没有发现什么指纹和脚印。他又回到桌子旁,看见桌子上放了一根火柴,他拿起火柴问嘉利小姐:"这根火柴是你放在桌子上的吗?"嘉利小姐说:"奇怪,我从来不抽烟,家里也没有火柴。"

方信若有所思地把火柴放回原处,然后走到窗前。他问嘉利小姐:"嘉利,你洗澡的时候,卧室里的窗户是开着的吗?"嘉利小姐说:"是开着的。不过小偷是不可能从窗户上爬进来的,因为这是第9层,窗框上还有铁栏杆,门又是锁好的。"

方信没有理会嘉利小姐的话,他转过身来问:"这楼附近有谁家养鸟吗?"嘉利小姐对方信的问题感到莫名其妙,但她看到方信一本正经的神情,就说:"5楼阿悟家有两只鹦鹉,3楼江良家有一只猫头鹰,4楼是一家英国人养了一群鸽子。"

方信看了嘉利小姐一眼,对她说:"你的戒指找到了,就在3楼江良家。现在需要通知警局叫几个人手来。"方信叫通了警局的电话,不一会儿,几个刑警赶来了。

嘉利带着方信他们来到3楼,敲响了江良家的门。不一会儿,江良就哼着小调打开了门。方信拿出证件说:"我是警察局的方信侦探,想到你家里去看看。"江良惊呆了,他没想到会这么快就来敲他的门。江良带着几个刑警走进屋里,警察他们检查一下屋子,很容易地从书桌抽屉里找到了戒指。

方信拿着戒指问嘉利小姐："嘉利，是这只戒指吗？"嘉利小姐接过戒指，高兴地说："就是这一只。"

方信望着痴痴发愣的江良说："你别以为你躲在家里幕后指挥让猫头鹰去偷东西，这样就天衣无缝能瞒过所有的人。"他说着从口袋里掏出那根火柴，"这根很不起眼的火柴就是你的罪证。我察看了失盗现场，发现人根本不可能爬进嘉利的房间，而且在现场也没有发现任何作案的指纹和脚印。正当我找不到线索的时候，是这根火柴给了我提示，因为火柴上留着鸟嘴的咬痕。在鸽子、鹦鹉和猫头鹰之间，我认为是你家的猫头鹰干的，因为只有猫头鹰才能在深夜里看见东西。你怕猫头鹰叫出声响，在训练时便让它咬住火柴。猫头鹰飞进嘉利的房间，看到桌子上闪光的钻戒，便丢下口中的火柴，衔着戒指飞了回来。你根本没有想到，正是这根火柴帮了我的忙。"

江良默默地低下了头。在方信和嘉利小姐敲门之前，他正在书桌前欣赏那枚价值连城的戒指呢！他压根没有想到会有人这么快识破他的盗窃手段。所以，一听见敲门，他随便把戒指放进抽屉里，就跑来开门。结果却被方信抓住了。

赖父告子

一天，河西王家村有一个人拉着儿子到县衙门里来，告儿子忤逆不孝，不养活他，请知县为他作主。

知县大人打量了一下父子二人，看见父亲一脸奸诈的样子，而儿子却忠厚善良寡言少语。知县并不问案，反而问父子两人吃饭没有。二人说还没有吃饭，知县立即吩咐手下人给父子俩每人10两银子，请他们先去吃饭，吃完饭以后再来打官司。

过了晌午，知县重新升堂。他问二人是否吃了饭。父亲抢着回答说："已经吃过了。"知县问他刚才吃了些什么，他笑着说："我先在对面饭店吃了一斤包子，又吃了一盘肚丝，并且喝了二两烧酒。"

知县转身问那个儿子刚才吃了些什么。儿子红着脸低下了头，把手伸出来，刚才给他的银子竟原封不动地放在手里。知县问他为什么不去吃饭，那儿子说："等一会儿打完了官司，给我娘买些吃的带回去。我还赶得上到干活的主人家里吃中午饭。"

知县心里已经明白了事情的真相，他对那个父亲说："刚才我给你们两人每人 10 两银子。你出去以后挑香的拣辣的，吃得美滋滋的，一会儿就把钱花完了。可是你儿子却一个子儿也舍不得花，心里仍惦记着给家里的老娘买吃的！你有这么孝顺的儿子，仍不知足！像你这样乱花钱，别说你儿子，就是有钱的人也供养不起你！"

知县见那父亲有些不好意思，就问父亲为什么要告儿子。原来，这家人家境贫寒，平日里儿子靠替别人做长工打短工过日子。而那父亲有手好闲、经常赌博。他不但不劳动，还不时向儿子要钱花。儿子挣的钱全让他挥霍掉了。今天早晨他又朝儿子要钱，儿子没有钱给他，他便吵闹起来，还拉着儿子到县衙门来告状。

知县弄清真相以后，喝令衙役们把父亲按倒在地，重打 20 大板。吓得父亲魂飞魄散，连连告饶。知县见儿子跪下替父亲求情，便免除了责打，对那父亲说："看在你孝顺儿子的面子上，暂且饶了你。回去以后立刻改掉恶习，和儿子一起共同操劳家务，若再发现你不务正业，定要重重处罚，决不轻饶！"

父亲千恩万谢，和儿子一起回家去了。

诬 陷 总 统

公元 2501 年，人类已跨入高科技时代，随着物质财富不断的积累，人类的健康被越来越重视起来。经过全球大会决议，全球联合总统宣布吸烟是违法行为。

于是，人们都不敢吸烟，特别是公务人员。

但这却让烟草制造商叫苦不迭，为此他们会失去巨额财富。因此他们希望总统赶快下台，于是他们买通了总统副官杰米。这时杰米正望着自己桌子上的小塑料包发呆，里面放着三截烟蒂，他们要杰米把烟蒂放到总统办公室里。

杰米知道，明天就是最好的时机了。《全球日报》的大记者普兰来采访总统，可以栽赃后，借他的手宣传出去。

第二天，杰米故意迟到了。

总统办公室里，总统和情报局局长希尔正在谈话，一旁的《全球日报》记者普兰正用老鹰般的眼睛盯着总统。

杰米走到办公室，忽然停下脚步，微微皱了皱眉头，希尔这个老奸巨滑的家伙怎么来了，万一他看出破绽……杰米心一狠，告诫自己得人钱财为人消灾。他故意吸吸鼻子，说："有奇怪的气味。"

情报局局长希尔摇了摇头。"是吗？我怎么没闻到？"

听到这话的记者普兰也使劲吸了吸鼻子，然后环视了大厅一圈。

"那罐子里装的是什么？"普兰指了指办公桌上的盒子问。

"没什么，没什么。"杰米故意在记者跟前摆出一副紧张的样子。

这时，总统搭腔了，"哦，那是我最喜欢吃的甜豆。杰米，你去把罐子拿来，给记者先生尝尝！"

杰米走到了窗台边，背对着大家，昨天，他已经换了一个空罐子放在那儿了。

杰米挡住众人的视线，抖了抖衣袖，便从衣袖里滚出三个烟蒂，烟头不声不响地掉进了空罐。杰米拿过罐头盒，轻手轻脚地放在了桌子上。

总统像往常一样，将手指头伸进去，就往外掏甜豆。谁知道，总统竟掏出了一个烟头。总统的手僵在了半空中，脸变得有些发白。

杰米大嚷起来："总统，我敢肯定，这是有人想陷害你，在你进来之前有谁来过？"杰米边说边用眼角的余光瞟了瞟记者普兰和情报局局长希尔。

其实，希尔和普兰都明白，在他们来之前，只有总统一个人躺在沙发上休息。

这时普兰站了起来，说："这是最佳的独家报道，总统先生居然违令抽烟。"

杰米说："你敢，看我能轻饶你！"

普兰笑了，说："报道事实是我的职责，我想应该让公众知道总统所做的一切！"

杰米上前揪住了普兰的衣领。

"慢着，慢着！"希尔推开两人，说："让我来看看这到底是怎么回事！"

希尔望着甜豆罐，点点头，说："这是个严重事件。"

他回过头瞅瞅哑口无言的总统，再望望杰米，接着说："没有必要送去科学捡查了，陷害总统的人存不存在还是个问题，就是存在，他肯定消除了所有的痕迹。"

杰米心想：总统肯定会下台的！

"不过，我敢保证总统没有违令。"希尔瞟了瞟杰米，"从现场来看，这的确属于栽赃陷害！"

杰米皱皱眉，明知故问地说道："局长先生，那你说是谁干的呢？"

"就是你！别演戏了，杰米！"

"希尔先生，请你不要乱说。"杰米竭力狡辩。

希尔朝普兰挥挥手，指着甜花生罐，说："记者先生，你瞧瞧，如果总统用罐子放烟头，那他会一边吸烟一边把烟灰弹到罐子里面的，可是，罐子里并没有烟灰，所以说是陷害，我们几个人中间有谁碰过罐子呢？只有杰米。"

杰米一听，瘫倒在地上。

世界经典探案故事全集

SHI JIE JINGDIAN TANANGUSHI QUANJI

SHIJIEJINGDIAN

HENTANTUILIGUSHI

周 治◎主编

世界经典

侦探推理故事

辽海出版社

责任编辑：于文海　陈晓玉　孙德军

图书在版编目（CIP）数据

世界经典探案故事全集/周治主编．—沈阳：辽海出版社，20

（2014.4 重印）

ISBN 978-7-5451-0437-0

Ⅰ．世…　Ⅱ．周…　Ⅲ．故事—作品集—世界　Ⅳ．I14

中国版本图书馆 CIP 数据核字（2009）第 084356 号

世界经典探案故事全集

世界经典侦探推理故事

主编：周治

出　版：辽海出版社		地　址：沈阳市和平区十一纬路 25 号	
印　刷：三河市刚利印务有限公司		字　数：400 千字	
开　本：720mm×960mm　1/16		印　张：33	
版　次：2011 年 1 月第 2 版		印　次：2014 年 4 月第 2 次印刷	
书　号：ISBN 978-7-5451-0437-0		定　价：89.40 元（全 3 册）	

如发现印装质量问题，影响阅读，请与印刷厂联系调换。

前 言

　　探案故事是一种通俗文学体裁，主要描写刑事案件的调查和破案过程。

　　探案故事的模式由 4 部分构成：一是神秘的环境；二是严密的情节，包括介绍侦探、列出犯罪事实及犯罪线索、调查、宣布案件侦破、解释破案和结局；三是人物和人物间关系，主要有 4 类人物：一是受害者，二是罪犯，三是侦探，侦探的朋友，牵涉进罪案的好人；四是特定的故事背景。

　　这 4 部分的次序可以根据需要排列组合，但它们是传统探案故事的结构基础。

　　探案故事从 19 世纪中期开始发展。美国作家埃德加·爱伦·坡被认为是西方探案故事的鼻祖。第一次世界大战和第二次世界大战之间这段时期，称之为西方探案故事的"黄金时代"。仅英美两国，就出现了数以千计的探案故事。当时阅读探案故事已不仅仅是有闲阶级的一种消遣，下层阶级的人也竞相阅读。

　　20 世纪 20 年代末期，美国出现了一种"反传统探案故事"的探案故事，称之为"硬汉派"探案故事。这类作品描写艰苦的环境和打斗场面，在叙述故事和人物刻画上，与传统的侦探作品都有很大的不同。这类作品在一定程度上反映了社会现实。第一次世界大战以后，世界范围的经济萧条对美国打击很深，工人失业，生活贫困，官吏贪污腐化，社会动荡不安。一些优秀的探案故事作家开始反映这种社会现实，提高了探案故事的文学水平。

探案小说从 19 世纪末引入中国以来，也是长盛不衰。80 年代以后，翻译侦探小说大量出版，总数可能达到 2000 部以上。本土侦探小说也有了长足的进步，解放前著名探案作家的作品直到现在仍有再版，当代探案小说的创作每年也有百部之多。

侦破故事不论是民间流传还是真有其事，都代表人们不平则鸣的心声。在侦破故事中，忠诚与奸诈、勇敢与怯弱、正义与邪恶、公理与私刑、智慧与愚昧、文明与落后、真善美与假丑恶，形成了鲜明的对比、激烈的矛盾经过冲突、斗争、较量，一切表现得淋漓尽致，使我们不得不对邪恶产生深深地憎恨，对正义产生不懈地追求。

我们编辑的这套《世界经典探案故事全集》包括《世界经典侦探推理故事》、《世界经典缉拿追捕故事》和《世界经典智破奇案故事》等 3 册，这些作品汇集了古今中外著名的疑案、迷案、奇案、悬案、冤案等近百篇，其故事情节惊险曲折，探案英雄大智大勇，阅读这些侦破故事，不仅可以启迪智慧、增强思维、了解社会、增长知识，还可以学到自我保卫、推理破案的常识，防范日常生活的不测。

本套丛书具有很强的系统性、权威性和完善性，是全方位展示国内外探案作品的经典版本，是青少年读者的良好读物和收藏佳品。

━━ 目 录 ━━

第一章　侦探出动

与神探斗智的狂徒

　　元旦来临了，伦敦警局也沉浸在喜庆之中，正当警员们准备偷闲举杯庆祝的时候，这时报案专线电话响了。警员们顿时收敛了笑容，多少感到有点扫兴，可是没办法，谁叫警察的职责就是破案呢？这次又会是什么样的案子呢？

　　原来，伦敦交易所的沙娜女士被人绑架了，生死未卜，歹徒并未向其家属进行勒索，这一下伦敦警局开始忙碌起来。

　　次日，警察局收到了歹徒寄来的两张纸。第一页纸被命名为"比赛区域"，比赛区域分为两部分：上端是一幅粗制的地图，下端是一个国际象棋棋局，棋局中的几颗棋子是一颗黑色王、一颗黑色后和一颗白色王以及所有的白色卒。另一页纸是"比赛时间表"，提供了几个日期。

　　负责该案的人称神探的基恩探长草草地将两张纸浏览了一遍，闹不明白这是什么意思。这时，办公桌上的电话响了起来。

　　"探长，我寄给你们的东西收到了吧！你可得仔细琢磨琢磨，答案就在里面，有本事就据此破案。"

　　罪犯太嚣张了，竟和神探玩起了智力游戏。探长对着话筒大声喊道："你是谁？沙娜女士现在在哪儿？"

　　听筒里传来了罪犯的狂笑："你别管我是谁！你看懂了图就会明白的。"罪犯说完，就挂上了电话。

　　基恩深知凶手并非开玩笑，必须认真对待。

基恩开始动起来了脑筋。

棋局里的黑色王、黑色后代表什么呢？白色王又是什么含义？

基恩凝神细思。这时，助手说："基恩，你是怎么想的？依我之见，白色王和白色卒就代表警察，就是个总头子和那么多兵的关系；而黑色王、黑色后，必然是指一男一女，男的肯定是打电话给我们的人，女的则有可能是沙娜。"

听完助手的分析，基恩朝椅子上一靠，掏出一根香烟，用火点燃。他认为助手分析的不无道理。

这时，从微微开启的窗户中吹进来一阵寒风。寒风把桌上的两页纸卷了起来，两张纸在风中飘飘悠悠地落在地上。助手赶紧去关窗子。

基恩则弯下腰去拾那两张纸，突然，他的目光像被钉在了纸上。

"你快来看！"

助手把头伸了过来，望着地上的纸，瞅了半天也没瞧出什么名堂。

基恩喃喃自语道："棋局上方的地图按顺时针转动九十度后，就应该能瞧出来，画的是苏格兰、英格兰和爱尔兰。

助手马上明白了，他敬佩地说道："天哪，我怎么没发现！"

基恩拾起那两张图，把画着棋局的那张对着灯光瞅了瞅，然后将这页纸对叠起来。

经过灯光的透视，黑色后的位置正好叠印在爱尔兰的利默里克这个位置上。

基恩露出了微笑，说"罪犯在和我们玩折纸的把戏。如果按你的推论，黑色后是沙娜女士，已经极可能葬身于爱尔兰的利默里克了。"

助手点点头说："如果是这样的，罪犯在第一张纸上就给我们提供了这些情况，那你再看看第二张呢？"第二张纸上的"比赛时间表"仅画了几个日期。基恩抓起笔，找了一张白纸，演算起来。

这一组时间数字中，有一个数字吸引了基恩，就是那个独立的"星期六"没有标出日期。

"星期六？"基恩暗自嘀咕道，"星期六指哪一天呢？"

助手指了指纸上另外一个类似"7"字的独立字符，"这个'7'，会不会是讲礼拜日？"

基恩摇摇头，随手勾下了"7"这个数字。英国人特别忌讳 13 这个数字，认为它不吉利，而在这张"比赛时间表"中，用 13 减去 7，得到六。

基恩恍然大悟："我明白啦，沙娜失踪是在 1 月份，而今年的 1 月 13 日恰好是星期六。13 不吉利，不吉利的就是沙娜的死亡。"基恩研究到此，觉得谜团已经解开了。

基恩同沙娜的家人取得了联系，得知沙娜在一月份同一名业余国际象棋选手去利默里克了。随后，侦破工作势如破竹，尸体、凶器、赃物一一被找出，那个自命不凡的业余国际象棋选手也受到了法律的严惩。

滑雪场凶杀谜案

一天，私人侦探阿良的好友江川来访，江川刚从滑雪场回来，脸晒得黝黑。可教阿良奇怪的是，江川是扛着滑雪杖来的。

"你又去滑雪了，来喝一杯热咖啡吧。"阿良用烧杯煮了咖啡，递给朋友。

"我刚刚从滑雪场乘夜车回来。在滑雪场遇上了一个奇怪的杀人案件。"江川就是要告诉阿良这件事才特意到他这里来的。

"噢！是怎样的案件？"

"一个乘坐索道车的女滑雪者被杀了。赶巧的是，我就坐在她的后面。"

"你亲眼目睹了杀人现场了吗？"

"虽然是在后面，但还隔着一个空车。我坐在她后面第二个位置上。当时，暴风雪很大，看不清楚。只听到那女人啊的一声惨叫，便从索道车上跌落下去。我的索道车一到山顶，马上就报告了工作人员，滑雪下山去找她，可是已经迟了，她满脸是血，已经死了，她的脸好像是用滑雪手杖的尖端刺破的。"说着江川拿出自己的滑雪手杖给他看。尖端磨得很锐利的滑雪手杖冒着寒光。

"那么，你看见凶器了吗？"

"不，尸体上没有，而且四周也没见到。可能是罪犯取走了吧。奇怪的是，当我跑去时，没见任何人接近尸体呀，周围雪地上也没见到有别人的脚印，连滑雪的痕迹也没有。因此，如何使凶器失踪的，真是个谜。"

"被害人前面的座位上有人乘坐吗？"阿良探探身子仔细地问道。

"据索道车管理人员说，她前面的座位是空的，再前面坐着一个男滑雪者。他是一个人。"

"那么，那家伙就是罪犯。"

"可是，阿良，从那个人的座位到被害人的座位之间足有10米的距离呀，而滑雪手杖也只不过1米长，再伸手臂也无法用手杖刺到后面两个座位上的被害人呀。"

"罪犯也可能乘坐下山的索道车，在擦肩而过的时候用手杖刺的呀。"阿良有点武断地说道，江川"扑哧"一下笑了起来。

"你没去过滑雪场吧？"

"因我怕冷，不擅长冬季运动的。"阿良苦笑着。

"滑雪场的索道车，是为了方便人们上山从滑雪场的最顶端滑下来；只要不受伤，谁也不会乘坐下山的索道车的。而且当时，下山的索道根本就没一个人乘坐。"

"那么，只说上山的。嫌疑最大的就是坐在前面两个座位上的那家伙。"

"如果那样，他是怎么用很短的手杖可以刺到被害人呢？怎么想也是不可能的。如果他带上10多米长的滑雪手杖，索道车管理员也会怀疑的呀。而且恐怕他也带不动呀！"江川说。两人光顾说话了，咖啡都凉透了。

阿良拿过江川的滑雪手杖，思考了片刻。

阿良从屋里取出一根绳子系住滑雪手杖，并将另一端缠在自己手上，像投镖一样，投掷出去。然后他对江川说："明白了吗？罪犯就是这样干的，只不过他用的是一根很长的绳子，命中受害人后再拉回，这样凶器就会从被害人尸体上取走。而被害人只有在凶器被拉回后才能从索道车上跌落下去。"

"有可能啊，罪犯是这么干的。不错，真不愧是名侦探，赶紧打电话报告滑雪场的警察吧。"江川再次深深佩服起这位名侦探朋友。

神探被盗贼戏弄

故事发生在本世纪初。墨西哥城里有个叫扎菲尔的侠盗，专偷有钱人，偷的钱全部接济穷苦人，富人只要提到扎菲尔的名字，就又恨又怕，扎菲尔在偷盗时从不伤害人命。

加尼探长这天在马路上散步，一个身影在他的眼前一晃，好像是扎菲尔。加尼加快步伐跟了上去。

在一幢小楼漆黑的楼道里，扎菲尔突然消失了。加尼正四处张望时，忽然一只手枪抵住了他的后腰。

"探长，别紧张！我是扎菲尔，有件事我要麻烦你！"

扎菲尔将探长领到了一间屋子里，然后下了他的枪。

"是这样，"扎菲尔点燃一支雪茄，同时递给探长一支。探长摆摆手，扎菲尔便自顾自地吐出一串烟圈。

"昨晚，有个歌女被杀。罪犯想把物证扔到河里，不想扔到了桥洞下驶出的一条船上，说来也巧，落到了我手里。"

探长便向桌子望去，桌上有个拴着绳子的铁球，还有一小块碎镜片，一个揉烂的食品纸盒和一段鲜艳的红绸巾，很显然这带有血迹的红绸巾被割去了半条。

"探长，我太忙了，实在没精力去查这个案子，交给你吧。不过，我可以提供线索！"

听扎菲尔那口气，完全是上司在下达命令，探长窝了一肚子火，可枪在人家手中，也没办法。

扎菲尔接着说："案发时间为昨晚半夜。凶手是位衣着考究，戴单眼镜，对赛马有兴趣的先生。那食品盒告诉我们，他和死者一块吃过点心，先用刀刺伤了那个歌女，然后用红绸巾勒死了她，另外半条红绸巾肯定还在死者手中。"扎菲尔边说边举起自己手中的另外半条红绸巾，说："我眼前的这半条是罪证，得留好。一个月后，你用另外半条绸巾到这儿找我。哦，对了，那凶手是个左撇子，抓他时可要小心！"

加尼探长回到家，想起刚才的情景，就十分生气。助手跑来找他，告诉他咖啡馆的歌女被杀了，让他去破这个案子。

"活见鬼！"加尼嘟囔着朝现场赶去。

现场死去的年轻女人攥着块绸巾，肩头有刀伤，脸上表情恐怖。

现场情况同没见到此情景的扎菲尔推测的一模一样。这家伙真有些神了，探长暗想。据调查得知，死者生前有一颗祖传的珍贵蓝宝石。凶手可能就是冲这宝石来的。

经过调查，加尼很快将凶手逮捕归案，可是，情况并不很妙。罪犯在律师的帮助下声明案发时自己不在现场，而是在看戏剧，他口袋里有张那场戏剧的票据作证。

加尼傻了。虽抓了凶手，却没证据，那粒蓝宝石呢？指纹呢？对了，指纹肯定留在扎菲尔带走的那半条绸巾上了。

终于熬到了约定的日子，加尼拿着从死者手里取下的半条绸巾，前去会扎菲尔。这次他还有个小小的打算，想抓住扎菲尔，便埋伏好了手下，等信号后立即行动。

楼房里除了几个干活的油漆工外，根本没有扎菲尔的踪迹。莫非不敢来了，探长暗想。不料，一个油漆工冲他打了个招呼。是扎菲尔，他笑嘻嘻地说："你的手下真规矩，都在等你的命令！"

加尼随扎菲尔又进了一个房间，接过扎菲尔递过来的半条红绸巾，两个半条拼起来正好是一条。

"探长，这就是证据。您瞧，这是左手的指印，不然我怎么知道他是左撇子呢？"

扎菲尔讲完这话，显出若无其事的样子。加尼对这个强盗又产生了几分敬意。扎菲尔咧咧嘴说："探长，您那半条让我看看，好吗？只看一会儿，马上就还给您！"

扎菲尔接过探长递过来的红绸巾，仔仔细细欣赏着。那半条红绸巾有个花结，扎菲尔将花结迎向光亮处，眯眼瞅着，像变戏法似的，从花结里掏出了一粒蓝宝石。

探长被这戏法弄呆了，一下明白了扎菲尔安排这次约会的目的。扎菲尔收起蓝宝石，得意地说："探长，您应该想想一个姑娘为什么至死不松开这块红绸巾呢？"探长板起脸，掏出手枪，瞄准了扎菲尔。

扎菲尔哈哈大笑，说："探长，我对来了这么多人都不怕，难道怕你一只手枪吗？实话告诉你吧，我早买通了你的女佣，今天早上，她趁你喝咖啡时偷走了子弹，不信，你试试！"

探长气急败坏地将手枪扔在地上。

扎菲尔给了探长一个飞吻，便冲到窗口，从早已垂到楼下的绳子上溜走了。

又过了 20 分钟，一个油漆工送给加尼探长一张纸条。打开一看，只见上面用铅笔匆匆写着："老朋友，别太轻易相信别人，我告诉您两个秘密：第一，您手枪里的子弹并未丢；第二，您的女佣是个忠实的仆人。

老侦探的招魂术

阿瑟是个老侦探，他曾破过许多大案要案。深受同僚们的敬重。但老阿瑟的脾气十分古怪，破案的方法更怪。

这会儿，老阿瑟又在宣扬自己的"灵魂破案"绝招："最清楚罪犯的当然是受害者本人，哪怕他并没有看见罪犯，他灵魂的眼睛会清楚地看见整个犯罪过程……老阿瑟逢人便讲，同事们听得耳朵都快结茧了。于是，老阿瑟一开口，同事们全都溜得不见人影。

瞅瞅墙上的挂钟。阿瑟开始收拾桌上的物件，准备下班。

这时，办公室的门被推开了，进来一位满面泪痕的中年妇女。她哭着告诉老阿瑟，她的女儿失踪了。

这人是镇上杂货店女老板瓦尔太太。她说，她 6 岁的女儿玛丽早晨 7 点钟出门上学，到现在也没回来。通常女儿 4 点钟就该到家。刚才她去找了玛丽的老师，老师说孩子被叔叔接走了。

"在这个镇上，我们没有亲人，玛丽根本没有叔叔。"瓦尔太太伤心地哭诉。

显然，玛丽被坏人拐走了。

阿瑟详细地问了事情经过后，在胸口划了个十字，说："祈祷吧！让玛丽的灵魂帮助我们抓住罪犯。"

第二天一大早，阿瑟拜访了玛丽的老师。年轻的女教师不安地说道："很抱歉，玛丽一向很乖，我没想到她会背着我和那个人离开。"

"他是什么样的人？"阿瑟追问。

"30来岁，戴顶礼帽，脸瘦得像刀条，他说，他是玛丽的叔叔，要提前带走小侄女。我没有同意。可是下课后，我去办公室取回作业，才发现玛丽不在教室。我追出去，看见那人和玛丽正出校门。"

女教师顿了顿又说："看情形，玛丽和那人很熟，他俩一路好像在说什么。我也就回来了。"

听到这儿，阿瑟眼睛一亮，决定去找瓦尔太太打听一下她平常的熟人，也许他们之中有这么一个瘦男人。

瓦尔太太费劲地想了几分钟，道："我们并没有熟人，倒是刚搬来的艾德来串过几次门。可艾德是个好人，他对玛丽很好，他决不会干这种伤天害理的事。"

阿瑟听了只是笑笑，他径直到房东那里要了房客艾德带有照片的证件，然后拿着它找到玛丽的老师。女教师只看一眼便肯定地断言就是这人带走玛丽。

重大嫌疑人艾德被带到阿瑟跟前，他气恼地大叫："你们凭什么抓我，我又没犯罪。"阿瑟微微摇头道："别激动，先生，灵魂会让你说实话。"

当夜11点，老阿瑟让人把艾德带到警察局的楼顶。他支开看守，要单独审讯。为防止艾德逃跑，阿瑟在楼梯出口上了锁。艾德不知他要干什么，满腹狐疑。

这时，夜风吹过，很冷。空中没有云，月光白惨惨的更是阴森。艾德的腿肚子开始发抖。

"艾德，睡得好吗？"老阿瑟突然发问，"玛丽不会在梦中打扰你吧！"

"玛丽为什么要找我？"艾德疑惑地反问。

"因为是你从学校把她带走？"阿瑟紧追不舍。

"我没干过这种事，也许是玛丽的老师认错了人，世界上长相差不多的人多呢。"

"那你怎么知道是玛丽的老师告诉我的呢？"

"……"艾德立刻哆嗦起来，他后悔情紧之下答错了话。瞟瞟老阿瑟，他正盯着自己。艾德真想给自己一耳光，心里像一团乱麻一般。此刻，屋顶上除了呼呼的风声，什么声音也听不见。突然，艾德隐约听见风里传来了一个女孩幼稚的声音："叔叔，你带我去哪？我怕！"艾德慌忙向四周看去，周围空空荡荡，只有他和眼前的侦探阿瑟。兴许是自己耳朵有毛病，艾德想。

"你怎么啦？"阿瑟目光如炬，剑一样射向艾德。

"是玛丽的声音，……"艾德惊恐得说话也结结巴巴了，"唔，明白了，你用录音机录了冯丽的话来吓我，我才不上你的当呢！"

看着艾德面色发白，阿瑟心中有了底：玛丽一定在他手上，这该死的家伙。"我没有录音机，不信你来搜一搜，我想你肯定是听到玛丽灵魂的声音了。"阿瑟嘲讽地打量着艾德，平淡地对他说。

为了证明没有灵魂，恐惧的艾德扑向阿瑟，把他所有的口袋翻个底朝天，可什么也找不到。阿瑟的确没有录音机。"一定是老家伙模仿玛丽声音。"艾德暗想。他死死盯住阿瑟的唇，只要阿瑟嘴巴轻轻一动，就会被识破。突然，又一声女孩的哭喊传进艾德的耳朵："妈妈，快来救我！"艾德吓得面无人色，他双腿一软，瘫倒在地。

阿瑟的嘴巴纹丝未动，艾德相信是玛丽的灵魂来找他算账的。他不得不交待了罪行。

原来，在和瓦尔太太交往的这些天，见她家里很有钱，便想出拐骗小玛丽借以勒索瓦尔太太的坏点子。

小玛丽获救了。

然而，令艾德意想不到的是"灵魂"的声音并非真是玛丽灵魂在说话，那是老阿瑟在说"腹语"。肚子讲话当然用不着动嘴巴，声音从鼻子和牙缝间传出来，飘飘忽忽不是十分清楚。在无人的漆黑深夜，就成了传说中"灵魂"的声音。

并没有开枪的杀人犯

人体模特立花京子在雕塑家杉下武彦的画室中被人枪杀。警方接到报案立马赶到现场。

眼下她的尸体还躺在画室的沙发上。她是一具线条优美的裸尸，左胸中了一枪，胸部周围全是殷红的血迹。

杉下武彦表情沉痛地向来现场勘查的山田警部述说着案发时的情形。

"今天晚上大约 7 点起，塑像进入了最后阶段。9 点钟左右，我夫人来送咖啡，她见屋里被我吸烟斗弄得乌烟瘴气，便打开换气扇。这时枪响了，正站在规定位置上作着姿势的京子，突然惨叫了一声跌倒。我惊慌地跑上前去一看，见她胸部中弹已经奄奄一息了。

"子弹是从哪个方向射来的？"

"是从那个窗户外面。"杉下走到临院子的窗边，让警部看留在窗帘上的弹孔。窗户上面的墙壁上装着一个换气扇。

"因天气闷热，一直开着窗户，只有把窗帘拉上，因为模特儿裸着身体，怕让外面人看到不好。"

"每晚被害人都是在同一个位置、作同一姿势吗？"

"是的。"

山田警部拉开窗帘，来到外面查看。那儿是个有栏杆的阳台，连着绿草茵茵开阔的院落。

警部发现在离阳台不远处丢着一支手枪，闻了闻枪口，还有少许硝烟味儿。奇怪的是，在板机上系了一根绳子。因院子全是草坪，所以没有留下凶手的足迹。

"枪响的时候，您夫人在哪儿"警部问杉下武彦。

"就站在我身后，正在看着要完工的塑像。当京子被击倒时，妻子迅速跑去关掉电灯，大概是怕亮着灯连我们也会遭枪击吧。我和妻子蹲在地板上，好半天不敢动地方。估计凶手该逃走了，不会再开第二枪了，妻子才起身去照看京子，吩咐我赶快去报警。所以我跑出画室，用卧室的电话报了警。"

"夫人真是个沉着能干的人啊。"

"可她毕竟是个女人呵，警车一到，她大概就安心了，一下子精疲力尽地瘫倒了。现在服了镇静药正在卧室里休息。"

"家里还有其他人吗？"

"没有，就我和我夫人两个人。"

"那么，您和模特儿是否有暧昧关系呢？"警部直截了当地这么一问，杉下武彦一下子面红耳赤，将目光移开。

"果真如此……这下您夫人杀人的原因就清楚了。"

"什么？您是怀疑我夫人是凶手吗？可枪响时她是同我在一块儿的呀。"

"那只是个巧妙的手段而已。阳台的栏杆上检查出的硝烟反应就是最有力的证据。"山田警部说道。

然后山田警部攀上窗台从换气窗的转轴上找到了一截绳子，显然这截绳子同系在手枪板机上的绳子是同一根绳子。

山田警部请杉下武彦叫醒了夫人，他把手枪和绳子放在了她的面前，说道："夫人，立花京子是被你用计杀死的。"

"怎么可能是我，我又没有开枪。"夫人狡辩道。

山田警部冷冷一笑，说："你把手枪绑在阳台窗户上固定好，用绳子拴住板机，另一端拴在换气窗的转轴上，然后你借口换空气打开换气窗的开关。这样换气窗一转动，便拉动了板机射出子弹。"顿了顿，他又说道："正因为你熟悉被害人每晚站的位置，所以固定好枪口并不难，然后你趁你丈夫打电话报警时，剪断绳子将手枪扔到院子里，但你没时间解下板机上的绳子，不是吗？夫人。"

说完，山田警部亮出了手铐。

命案发生在涨潮时

有一天，私人侦探阿良到獭户内海一个小岛上度假。这天晚上吃完饭后，阿良去附近的海边散步。

入夜的海边没有什么人，阿良伴着阵阵的涛声闲庭信步。一轮明月挂在夜海，海面风平浪静，渐渐地海水涨潮了。

"奇怪！那种地方怎么还有船在……"阿良无意中瞥到沙面上有一条小船在起伏不停的潮水中摇荡着。距汀线仅50米左右。

"会不会是夜晚垂钓的呀！"

可船上见不到有什么，也没有手电筒的亮光。再仔细看，船在潮水中并不移动，只是在一个地方漂着，大概是抛锚了。所以阿良也没太在意，恰好，阿良感到有点乏，就找了一块岩石坐了下来。过了一会儿，正当阿良要走时。突然传来很响的水声。

阿良吓了一跳，寻声望去，见那条船翻了，船底露在水面上。波浪在月光下闪动。阿良想跑过去看一看，想马上赶过去搭救，但又打消了念头。要到那块沙滩，必须越过裸露的岩石绕远过去。顺着礁石走，腿脚不利落是很危险的，而且，从翻船的地方既没传来呼救声，也没听到有落水挣扎的扑腾声。所以阿良决定不管了。他随手看了一下表，已经是10点55分了。

"反正船上也没人。"他这样想着，向旅店走去。可不知为什么总放不下心，所以在吃夜宵时把这事对旅店老板说了。可谁都没有在意。

第二天早晨，阿良被一阵敲门声惊醒了，打开门一看，原来是面色慌张的旅店老板。

他说："今天早上我去海上钓鱼，看到你昨天说的那条翻船旁漂着一具年轻男子的尸体就连忙回来报了警……"

这时，有个警察来了，向阿良详细了解昨晚的情况。警察告诉他说尸体解剖现正在进行，结果一出来，警署的刑警也许会来重新听取情况，可能的话，希望他在此滞留半日。

阿良正在度假也没什么需要急着赶回去办的事，又对此案感兴趣，所以就答应留下了。

用过早餐，他去海边查看了一下情况。沙滩上涌动着泛白的海水，仿佛什么事也没发生似的。翻了的小船不见了，大概是警察拖走了。

中午一过，警署一个叫西田的刑警来旅店找阿良。"你说你当时没有看见任何人接近那条船，是吗？"

"是的，没人。如果有人接近小船，在明朗的月夜，露在水面的头也会被看见的。"

"你当时站的地方离船有多远？"

"直线距离大约100米。"

"风平浪静的，船怎么会突然翻了呢？我实在不明白。"

"我也不明白。刑警先生，死者的身份查清了吗？"阿良问道。

"死者叫小森俊夫，是附近一家公司职员。死因是溺死。死亡时间是晚11点左右。"

"这么说当时那条船上有人？"

"是的。可能因为受害人躺在船底，所以你没看见。钓具也有。

尸体解剖结果，胃中含有少量安眠药。但除非是傻瓜，否则决不会吃了安眠药在大半夜钓鱼的，很显然是他杀。凶手一定是用安眠药使受害人昏睡后再弄到船上，又制造翻船事故将其溺死。"西田刑警说。

"嫌疑犯有着落了吗？"

"死者同公司的一个同事有作案动机。他同受害人曾因为一个女子大打出手。但此人有不在现场的证明。"

"什么证明？"

"从船翻前两个小时起，他就在市里的朋友家喝酒一直没离开过。有三个证人，情况属实。"

"也许是同伙潜水过去将船弄翻的。要是潜水我是看不到的。"

"可是，为了干掉情敌，而特意找一个杀手，也是无法想象的。"西田刑警嘴里嘟囔道。

"可不可以这样认为，当昏睡的受害人醒后想起身时，身体摇晃，造成翻船。"

"如果醒后掉到海里，会喊叫或者在水中拼命挣扎吧。你听到喊叫或水声了吗？"

"没有，什么也没……。可是刑警先生，现场的水深有多少？"

"落潮时约5米，涨潮时大概9米吧。"

"那么是从什么时候开始涨潮的？"

"是晚8点10分。此后大约11点钟，船就翻了。"西田刑警看着笔记说。

"船上有锚吗？"

"没有，是只小船，所以没有锚。在打捞尸体时，翻船被水流从你目击到的地方冲到岸边上来。"

"不对呵，翻船前，我看见船是一动不动的泊在那里的。"

"这就怪了，如果有锚的话，就不会被冲到岸上来，那么……"西田刑警歪头沉思着，连叼在嘴上的烟都忘了点了。

"有没有检查过现场的海底？"西田侦探又问道。

"没有，只是将尸体、船桨、鱼竿等漂浮物保存了起来。"

"为慎重起见，请查一下海底，一定会发现可靠的证据，纵然罪犯有不在现场的证明，也是可以起诉的。"阿良充满信心的这么一说，西田刑警一惊。

"这么说你已经知道凶手的作案手段了？"

是的，这是个很狡猾的凶手，不过请先检查一下现场的海底，然后我会说明的。"

经过勘查，从海底发现了一只系了绳子的铁锚，在绳子的另一端系了个铁钩。

西田刑警按照阿良讲的丈量了一下绳子的长度，长约 8 米。

阿良对西田刑警说产："刑警先生，现场海面在落潮时是 5 米，而在海潮时是 9 米。潮起潮落的水位差是 4 米。凶手是事先用钩子钩住了船沿，请注意绳长是 8 米，所以在落潮时铁锚能钩住海底而绳有点松弛，而在涨潮时却将绳子拉直，铁锚不但钩不住海底反而带着船逐渐倾斜，直至船翻。与此同时，在安眠药的作用下，死者不会清醒，也不会挣扎，自然会溺水而死。而钩子也会从船沿脱落沉入海里，这样一来，凶手不到现场也能作案。"

经过阿良的解释，西田刑警顿时明白过来，说道："阿良先生，十分感谢你的帮助，我们这就逮捕凶手。"

新喀里多尼亚人质危机

菲力浦·勒高尔斯上尉是法国反恐怖特种部队的头儿。他身材高大，目光敏锐，会一手漂亮的中国功夫。

这一天，一张加急电报把他召到宪兵总部，面对面沉似水的将军，勒高尔斯明白枪声和搏斗就要降临了。

将军命令："你率领 20 个突击队员，跟随政府领地部长蓬斯赶到新喀里多尼亚解救被当地的民族极端分子扣押的 27 名法国宪兵，今夜 11 点起飞，立刻回去作准备。""是。"勒高尔斯转身下楼，飞身上了吉普车赶回基地。

车上，他翻阅着将军交给他的备忘录和一张新喀里多尼亚的军事作战地图，开始琢磨战略战术和如何去制服这些凶悍的土著人。

危机始于 4 月 22 日拂晓，离新喀里多尼亚岛东北岸不远处的乌韦阿小岛上，万籁俱寂，一片漆黑。丛林边的法国宪兵军营除了一盏瞭望楼上的探照灯外，也是一片宁静，人们正在酣睡之中，半夜接岗的哨兵也困得靠在墙边打盹儿。突然，一阵"呜呜"乱叫的呐喊声打破了沉寂。紧接着30多名彪形大汉冲进兵营。这些人有的手举斧头，有的挥舞着大砍刀，四处乱杀，刚从睡梦中惊醒的法国士兵猝不及防，只能是任人宰割。很快，这些蒙面袭击者打死4名法国宪兵，俘虏27名宪兵，并抢走了大量的枪支弹药，然后他们押着这些法国士兵迅速撤离战场逃入丛林。

消息传出后，法国上下舆论一片哗然，纷纷谴责希拉克政府处理事情不周，导致了这场危机。法国总统紧急约见希拉克总理，责成他立刻着手解决新喀里多尼亚岛的人质危机。此时的希拉克是有苦难言。他深知这些危机的解决需冒很大的风险，本来政府没有必要承担这么大的直接责任，可以由军方出面解决。可是由于总统与希拉克政见不合，总是心存芥蒂。现在总统把处理危机这个烫手的山芋交给了总理，并利用新闻媒介广为传播，如果处理不力，他的政府甚至他的政治生涯很可能就要在一片谴责声中结束。忧虑重重、患得患失之间，他猛然想到了法国反恐怖突击队，于是命令内阁领地部长蓬斯先生和法国驻新喀里多尼亚军队总司令维迈尔将军联合指挥解救人质，由反恐怖突击队队长勒高尔斯上尉负责具体行动。

军用飞机接近了新喀里多尼亚岛的上空，在星罗棋布的群岛中，有一个狭长的海岛，宛如一叶扁舟斜泊在烟波浩渺的太平洋上，这就是新喀里多尼亚。新喀里多尼亚是法国的海外领土。

岛上居民对新喀里多尼亚（以下简称喀岛）的主权及归属问题意见分歧很大。自称卡纳克人的土著居民坚决主张摆脱法国统治，完全独立，建立自己的国家。而法国人后裔则认为岛上的居民构成已发生根本性变化，主张喀岛仍留在法国，反对独立运动。

后来，法国政府公布新的喀岛地位法令，规定由公民投票决定其自治程度。这一法令对在喀岛人口占优势的法裔无疑是有利的，但遭到了卡纳克人强烈反对，并统一抵制了投票。结果在公民投票中，只有59%的公民参加了投票，投票者中有98%的人赞成喀岛继续留在法国。法国政府承认了这一结果，矛盾更加激化。

因此，人们普遍怀疑这次袭击是卡纳克极端分子干的。

维达尔将军向刚下飞机的蓬斯和勒高尔斯简要介绍了两天来侦察的结果，已有足够的证据表明袭击法国军营的行动是卡纳克人干的，他们此举是为了把宪兵作为人质，以要挟法国政府取消地方选举，争取早日就新喀里多尼亚独立问题举行会谈。当地驻军已派人去乌韦阿岛搜索人质的下落，海军则封锁海岸，沿海巡逻。海军航空兵已经集结待命。

维达尔将军和蓬斯部长对人质的解救一筹莫展。乌韦阿岛上林木繁茂，地势崎岖复杂，洞穴岔布，法国搜索部队用了好几天的工夫仍没有发现人质的蛛丝马迹。勒高尔斯认为卡纳克人之所以劫持这些人质是要挟持他们跟法国政府进行谈判，因此他们必要时会主动向法国人发出某种信号。同时，由于搜索部队封锁了各交通要道，卡纳克人只能在少数几个隐蔽点活动，他们无法补充给养，维持不了多久。现在最好是静观其变。果然，4月26日，卡纳克极端分子意外地释放了10名人质，并要求与法国政府进行谈判。这一举动使苦恼的将军大喜过望，因为他们暴露了隐身之所，就为军队提供了攻击目标。

勒高尔斯迅速制定了行动计划，首先就是要进行谈判以拖延时间，麻痹敌人。他们找到了当地卡纳克族3位德高望重的长老充当调解人，与恐怖分子谈判释放人质的条件。随同他们一起去的还有一位名叫迪斯特摩勒的中尉。他是法国喀岛海军特别行动队的队长。他对该岛的地形十分熟悉。勒高尔斯上尉对他说最好是把消息传递给被关押的人质，以便他们有思想准备，配合突击队统一行动。

谁知当谈判代表刚进入丛林不久，立刻被不知从何处钻出来的恐怖分子包围了。结果，他们是见到了恐怖分子的头头阿勒方斯，但中尉被扣为人质，而其他3位长老则被痛打了一顿后带回了阿勒方斯的条件：一要马上撤走法国军队；二要与法国军方最高负责人直接谈判；第三谈判不准故意拖延时间，明天一早就要派代表参加。

维达尔将军和蓬斯当然不可能亲自谈判，但为了人质的安全，必须有人去谈。他们首先安排撤退了包围着恐怖分子营地的法国宪兵。正巧这时当地的一个叫比昂高尼的神职人员说自己曾跟这伙人打过交道，愿意充当谈判代表。勒高尔斯为摸清敌情，熟悉地形地貌，他决定跟随比昂高尼去谈判，化装成他的保镖，带着5名宪兵队员和一名卡纳克人，深入虎穴，冒险与敌人周旋。上午8点，他们下了军用直升飞机，一行8人朝着恐怖分子的山洞走去，走了没多久，忽然从树林中窜出几个手持长枪的卡纳克武装分子包围了他们。为了人质的安全，勒高尔斯他们都装成无能而又顺从的样子，丝毫没有反抗就被关押到山洞里。通过观察他发现这个山洞又大又深，又很潮湿。洞口岩石嶙峋，杂草丛生，隐蔽得很好，而且洞口外是一片开阔地，易守难攻。

勒高尔斯伪装成很乐于帮助卡纳克人。武装分子也乐于利用他来往传递消息，向法军提出各种条件。他们决定释放勒高尔斯回去传达意见，但要求他在 48 小时内必须赶回来，否则就杀死比昂高尼，勒高尔斯一切照办。他匆匆走出洞穴，走了几十分钟后，发出电子信号让维达尔将军立刻派直升飞机来接他。不一会儿，勒高尔斯乘直升飞机赶回了临时指挥部。

经过周密布置，勒高尔斯在向恐怖分子和人质送的食物中夹进了两支手枪和开手铐的钥匙，如果卡纳克人发现，所有的努力就将前功尽弃。

勒高尔斯像往常一样把食品袋背进洞里，由卡纳克人稍微检查一下后放到里面小洞的洞口，然后再由里面的人质自己来取。勒高尔斯同卫兵攀谈了几句，通过密语，告诉里面的人中的突击队员在第二天拂晓 6 点 15 分，法军将有攻击行动，并且在食物中有手枪、钥匙和手表。

5 月 4 日晚 22 时，一支由 74 名突击队员组成的救援部队，在夜幕中匆匆登上军用直升飞机，其中 20 人是勒高尔斯从法国带来的反恐怖突击队的成员，他们头戴绿色贝雷帽，身背各种作战用具，行动矫健如虎，总走在队伍的前列。另外的人是宪兵干预行动队的队员，他们熟悉本地情况，也受过严格丛林作战的训练，身穿迷彩战斗服，手提各种长短枪支，脸上涂着黑白相间的油彩。飞机很快驶到丛林的边缘地带降落，士兵们迅速跳下飞机，分成几个小组，进入这茂密的原始森林。一路上，突击队员们刀砍斧剁，不顾蚊虫叮咬，终于在 5 月 5 日凌晨 5 时 40 分，到达目的地。突击队用大剪刀剪断了劫持人质者当作报警装置的铁丝网和其它装置。随后分散开，排成扇形从东部逼近卡纳克人守卫的第一道前沿阵地。

突击队员在阵地上隐蔽住身体，静静地埋伏下来，等待新的作战命令，突然，天空传来一阵直升飞机的轰鸣声，一批直升飞机如同一批钢铁怪鸟一般疾速掠过树梢，发动机隆隆的急促的轰响掩盖了突击队员前进的脚步声，也吸引了哨兵的注意力。这是事先安排好的一种战术。

突击队员个个如猛虎一般从隐身处跳出来扑向洞口。一个正在放哨的武装分子忽然发现有人扑来，立即打了一梭子弹，一名突击队员迅速卧倒在地，抬手一枪射中了那个哨兵。直升飞机以猛烈的炮火向恐怖分子占据的山洞射击，并投放照明弹，使他们的火力点暴露无遗。

在50米长的椭圆形地带上，卡纳克武装分子占据了9个射击点。他们手持各种自动武器向突击队还击，火力十分凶猛。

经过一段激烈的对射后，突击队的人员已用手榴弹和火焰喷射器逐个消灭了对方的火力点。但卡纳克武装分子始终不肯投降，结果在弹雨下纷纷倒毙。

突击队花了45分钟才全部清除了这块地区的火力点。接着，一架救援直升飞机降落下来，运走伤员。硝烟弥漫的战场顿时一片死寂，这里的战斗虽然停息了，但卡纳克武装分子还占据着地下岩洞的进口，而人质就关押在地下岩洞之内。想到人质的安全，勒高尔斯立刻紧张起来。

被关押在山洞里的人质早已作好里应外合的准备，这天早晨天亮以前，人质们用钥匙把手铐打开，拿起山洞里的石头，准备冲出去。但有经验的突击队员阻止他们冲出去，而把大家隐蔽到山洞的深处，以避免突击队员进攻山洞时被双方的子弹误伤。然后他们自己就隐蔽在离洞口不远处的岩石后面，握着手枪，注视着洞外的动静。

果然不出他们所料，洞外枪声一起，两个卡纳克武装分子持枪走进洞来，谁知刚进洞口，就被埋伏在两旁的突击队员人质各击一枪，送回了老家。

此刻，外面有一名卡纳克武装分子捉住了一名躲在洞外的机动宪兵人质，用枪将他顶住。在这对峙的僵局下，一名神枪手使用一支狙击枪，一个漂亮的点射，击中了那个挟持宪兵的武装分子的头部，救出了人质。突击队随即使用各式武器，集中攻击躲在洞穴中的劫持者，洞里顿时变成一片火海。卡纳克武装分子在瓦斯的浓雾中连连咳嗽，双眼不能视物，被大火烧得焦头烂额。只好放下武器，向法军投降。武装组织的头目阿勒方斯，也被火焰烧伤腿部，但他仍然负隅顽抗，一名突击队员将其击毙。

躲在洞穴深处的人质也被浓烟呛得无法呼吸，他们正向外冲的时候，突然迎面撞上一人，正想射击，才发现是法军突击队员，其他的人质也鱼贯而出。

战斗结束时，清点战场，一共打死和俘虏了24名卡纳克武装分子，缴获大量枪支弹药。而突击队有2人死亡，一人受重伤，2人轻伤，人质全部安全无恙。

枪声刚一结束，立刻有直升飞机降落在山洞前的一小块草地上，机上下来的医生首先把伤员接走，接着，已精疲力竭的突击队员也陆续登机，凯旋而归。

5月6日，希拉克总理发表电视讲话，宣告这次代号为"胜利行动"的营救人质行动取得了胜利。

当突击队离去的时候，勒高尔斯透过飞机的舷窗最后看了一眼新喀里多尼亚，心中不禁感慨万分。

战场上突击队员的英勇作战和卡纳克人的拼命顽抗都令他深深震动。当他看到被打成马蜂窝似的尸体和被烧得皮焦肉烂的卡纳克人时，心中一种罪孽感油然而生。看来，国家利益有时并不一定就等同于正义。

谁偷了魔术刀

这个故事讲的是福尔摩斯小时候的故事。

这一天，小福尔摩斯正和伙伴们踢着足球。

正当他想向对方球门发起进攻时，场外传来一个人的招呼声：

"嘿，福尔摩斯。"

小福尔摩斯转身一看，是捣蛋鬼路比。

路比是个坏学生，他从不好好学习，常常逃课。他每天都在想着各种馊点子，以便欺负比他弱小的学生。好几次，小福尔摩斯因为打抱不平，吃过他不少拳头。

小福尔摩斯硬着头皮走过去，冷冷地问："路比，你又想要什么花招？"

路比却一本正经地说："有件事想请你帮帮忙。"

小福尔摩斯从鼻子里"哼"了一声，心想没准是要我帮他干坏事。也不仔细想想，我怎么能像他那样。

路比亲热地拍着他的肩膀，套近乎道：

"业余侦探先生，我的魔术刀不见了，想请你帮忙找回它。"小福尔摩斯压根不相信他的话。

"我的魔术刀，是一把新买的飞刀，"路比接着说，"我昨天早晨才买的，可刚才维思乘我不注意偷走了它。"

维思是小福尔摩斯的好朋友，他从不拿别人的东西，这一点，小福尔摩斯心里比谁都清楚。况且，他有许多漂亮的飞刀，怎么可能会稀罕路比的呢？

"你说维思偷了你的刀，可得拿出证据来。否则，就是诬陷好人。"

小福尔摩斯想用这番话提醒路比，不要凭空捏造谎言害人。路比并不理会，他笑嘻嘻地说：

"我亲眼看见维思偷了我的刀，还不让我说出来？"

"真的吗？"小福尔摩斯盯着他的眼睛问道。

小福尔摩斯从书上得知，说谎的人眼睛撒不了谎。只要你盯着他的眼睛，他就会因为撒谎而脸红心跳。

路比避开小福尔摩斯的目光，他装作毫不在乎地耸了耸肩，问："你干嘛看我，我脸上有字吗？"

小福尔摩斯并不回答，而是简明地说道："讲讲经过吧，我一定要把这事查个水落石出。"

路比笑了。他装模作样地清清嗓子，说："嗯，嗯……大概 15 分钟前，我看见维思在我们俱乐部附近转来转去，后来我的魔术刀就丢了，我的刀上有紫色图案，还刻了我的名字。维思一看见我，就溜出了大门，边跑边把魔术刀往裤子口袋里藏，裤子是蓝色的。"路比越说越流畅，像背诵课文一样。

"那你当时为什么不追上去，要回你的刀呢？"小福尔摩斯的目光像利剑一样，刺向路比。

"嗯……嗯……我才不想和一个手不能动的人说话呢！"路比有些支支吾吾。

维思上星期跳远时，摔断了左胳膊。

"大侦探，你能帮我拿回魔术刀吗？维思现在正观看棒球赛，你可得尽快行动呀！"说完，路比离开了。

小福尔摩斯骑上自行车，向棒球场驶去。一路上，他怎么也琢磨不透路比刚才的神态，似笑非笑，真是奇怪。来到棒球场，小福尔摩斯看见维思穿了一套运动衫坐在看台上，决定先溜进更衣室，找到那条蓝裤子。

更衣室里一个人也没有，小福尔摩斯在一只衣柜里找到了路比说的蓝裤子。他把手伸进裤子的右口袋，可里面什么也没有。他又去掏左口袋，里面果然有一把镶有紫色图案，并刻着路比名字的魔术刀。

就在这时，门外传来一声大喝："站着别动！"是路比领着校警冲了进来。

"啊哈，是福尔摩斯呀，你竟敢在学校里偷东西！"路比冲上来，一把夺过小福尔摩斯手里的魔术刀，大声对校警说："先生，就是这把魔术刀，它是我的。大约30分钟前，维思去俱乐部玩，乘我不备偷走了它。要不是我们来得早，它又要被福尔摩斯偷走了。"

校警听了路比的话，让他立刻把维思找来。维思被带进更衣室，他承认比赛前去过俱乐部那儿。不过，他只在门外向里望了望。

"胡说！"路比喊道，"我亲眼看见你从俱乐部里出来，边跑边把我的魔术刀塞进裤子的左边口袋里。福尔摩斯，你说这把刀是不是在维思的蓝裤子的左边口袋里找到的？"

小福尔摩斯点点头。

"看来，你们俩合谋来偷这把魔术刀，跟我到办公室去一趟吧！"校警不客气地说道。

"等等，校警先生，维思没有偷这把刀，是路比偷偷塞到他口袋里去的。你没看见维思的左胳膊绑着石膏，不能动弹吗？如果真是他偷的，他只能放在裤子的右边口袋，而不是左口袋。"

校警终于明白过来，他生气地带走了路比。路比不得不交待：一个月前的飞刀赛上，维思赢了他，夺得冠军。为了报复，他想出这么个一石二鸟的坏主意。没想到说错了一个字，就被机智的小福尔摩斯识破了。

冰下冻尸的死亡时间

日本大阪这天夜里，几个年轻人正在玩牌赌博，外边很冷，窗户上被捂了一屋薄薄的雾气。

"着火了！"

突然，外面传来了撕心裂肺的喊叫声。几个人不约而同地往窗外望去，火好像是从后院着上来的，顺着风向，大火似乎要向这里漫延。他们连忙放下手中的牌一同向外奔去。

消防车还没到，现场只有刚才喊着火的那个保安员，手里提着一瓶灭火器正惊惶失措，不知如何是好。赶到现场的几个年轻人不由分说，找来了几瓶灭火器勇敢地扑向大火。扑打了一阵子，火势却仍然控制不住。

"快取防火水来，附近就有！"

"哎呀，一着急都忘了，这么冷的天也许水都冻上了！"

"管它呢，去看看再说。"几个年青人一道跑向装有防火水的水槽，打开水槽盖子用火机一照，水果真冻上了。这本在预料之中，但谁也没料到冰下竟有一个人，一个年轻少女一丝不挂地沉睡在下面。其中的一个人果断地破开冰将尸体抱了出来，她似乎是被掐死后投到水中去的，已生息全无。此时 3 个人的耳中传来了消防车的笛声，由远而近仿佛是从另一个世界传来的一样。

被人称为最佳搭档的大阪地区检察院的冈村检察官和当地警署的金田警部，此次又联手办案。

"金田君，这种怪案可一向是你感兴趣的案子，一定很热心吧！"

"您说哪儿去了，冈村先生，我可是对什么案子都热心的呀。从作案的机会看，凶手是住这幢公寓的人无疑，而且肯定是甲田和大和中的某一个人。"

"可两人被证实在推定的作案时间内都在玩牌。"

"是的，但两人在玩牌中间都各出去过一次，甲田是着火前一小时，大和是着火前 15 分钟。据二人自己说，虽然外面天气很冷，但屋里暖风机开得很大很热，到外面去换了换空气，很快就回来了。这一点其他在场的人可以做证。尽管如此，我觉得将少女杀死再扒去衣服扔到水槽中，有10分钟的时间就够了。"

"两人都有作案动机吗？"

"是的，两人都是被害人所在酒吧的常客，甲田是死者现在的男友，大和是死者原来的男友，而大和目前正在同其上司的女儿谈恋爱，说不定被死者握有什么把柄受到敲诈因此而杀人灭口。"

"嗯，凶手应该是大和。假如凶手在行凶杀人时，在放火的定时装置上做了什么手脚的话，那么着火前一小时出去过的甲田就不是凶手。在现场是否发现了有可在一小时后着火的定时装置？"

"这么说检察官先生，你认为是凶手放的火吗？"

"一着起火来，人肯定是手忙脚乱，不知如何是好，可想起用防火水的以及破冰将尸体抱出的恐怕都是大和吧。你不觉得这分明是想让人尽快发现尸体吗？你身上带着火柴吗？"

金田东掏西摸地从上身口袋中翻出一盒火柴递给冈村。冈村点上一支烟，若有所思地想了一会儿。然后将过滤嘴去掉，再将烟无火一端插上一根火柴夹在火柴盒里，眼看着烟一点儿一点儿变成了灰，大约15分钟后，"哧"地一声火柴着了起来，接着引燃了火柴盒，尽管是放在了烟灰缸的中央，可腾起的火苗窜了好高，连做试验的冈村也慌了神，金田见状赶紧浇了一杯水，将火熄灭。

"真危险，险些在检察官办公室引起火灾。"

"这样你就该清楚了吧，火灾现场肯定会留下类似这种火柴的灰烬的。"

"可是有一点我没弄明白，假如大和是凶手的话，当他将尸体扔入水槽时水会砸开冰面，而此后15分钟尸体怎么就被封入冰下了呢？扔入尸体后不可能很快就结冰。如果法庭上被律师抓到这一点可是站不住脚的呀！"

"放心吧，至于作案手段，在开庭前肯定会拿给你有力的证据。"

开庭的日子终于到了。

大和的辩护律师果然死揪这一点不放，在作案时间上与冈村检查官较真儿，冈村检查官胸有成竹，传唤了他的好友岗原教授出庭，并经法庭同意，当庭做了个简单实验。这在日本，本是小学生都做过的冷却实验，为了更有说服力，特意请岗原教授亲自来做。

岗原将盛在烧杯中的水慢慢冷却，当水温达到0℃时仍不结冰；当水温降至 -2℃时，岗原教授振动了一下烧杯，庭上的人都可以看见水面开始慢慢结冰。

冈村检查官看了一眼被告大和，大和眼中闪过一丝恐慌，他走上前去拿起烧杯解释道："处于冷却状态下的水是极不稳定的，哪怕有轻微地震动，也会很快冻结起来。在冬天，防火水常处于冷却状态，被告将死者杀害后，在水尚未结冰的时候将尸体扔下。而扒光死者的衣服，其用意是使尸体加速冷却，以混淆死亡时间，且审查尸体时难以辨认身份，又不用担心衣服没有被完全浸透而露出破绽。"

说到这，冈村停顿下来，他向法官要求再做一个实验，法官同意了，冈村便演示了一遍用火柴做导火索的实验。然后说道："被告用这种方法纵火，然后想法引起别人对防火水的注意，以便发现尸体。自己抢先破冰抱尸无非是害怕别人对刚刚冻结的冰面的薄厚产生怀疑。总之这是一起事前有预谋，精心策划地谋杀。"

说完，冈村看了一眼法官，法官点点头说道："休庭，下午将宣布判决结果。"

下午开庭了，经过双方答辩，法官站起身来宣判道："大和谋杀罪成立，被判死刑。"听到宣判结果，冈村检察官会心地笑了。

胸 上 的 刀 伤

昨天夜里，广州城里发生了一起凶杀案。死者是个赌棍，惨死在自己的家里。

案子报到施公那里，他因为另有公事缠身，便派周、吴两个缉捕先去查看现场。

死者家本是中等人家，却被那赌棍输得精光，连老婆也押给了别人，只有老母亲跟他一起活受罪。

周、吴两个缉捕来到现场，首先检查死者的身体，发现死者的致命伤在右边肋骨上，刀口有一寸长。从现场的情况判断，死者生前跟凶手搏斗过。

周缉捕问在身旁落泪的死者的老母："你夜里没听到什么声音吗？"

"没有。我的耳朵有些聋。"

"你儿子近来一直在家里吗？"

"他怎么会一直在家里呢！"老母亲伤心地说，"他有好几天没回家啦。昨天半夜回来，乐得合不拢嘴，说赢了很多钱，能把媳妇赎回来了。我把他臭骂了一顿，他就没趣地上床睡了。不曾想今天一早却见他……哎，真作孽哪！我的命怎么这样苦呢！"吴缉捕问道："他赢的钱呢？"

"钱？"老母亲这才想到钱，"是啊，钱呢？"

两个缉捕帮助老母亲，把屋里翻了个底朝天，哪还有什么钱！这就是说，这是一起谋财杀人案。

那么谁是凶手呢？

两个缉捕同时都想到了死者的赌友。周缉捕补充一句："当然也不排除从哪个从赌徒口里得知死者赢了钱的人。"

吴缉捕点头说："正是。"

于是，他俩决定先找到死者的赌友，逐个查问。

当夜同死者赌博的是姓冯、姓陈，姓褚的3个人，还有姓卫和姓苗的两个人看热闹。姓苗的就是赢了死者妻子的人。他来迟了，只好在一旁看热闹。

苗某是最值得怀疑的。据其他几个赌徒说，死者曾拿钱向他赎老婆，他横竖不肯，两个人差一点打了起来。很可能是他怕赢来的老婆被赎回去，便下了毒手。

然而，苗某除了对凶杀案表示惊讶外，一句话也不肯多说。周、吴两个缉捕真想揍苗某一顿。但是，当他俩想到施大人平时对待审问对象的态度时，气便消了一半。施大人很少动刑，他总是以理服人。两个缉捕你看看我，我看看你，觉得也没什么理由把人抓起来，就决定放了苗某，继续进行探察。

两天过去了，一点收获也没有。可这时，施公偏偏有急事外出了，两个缉捕着急起来。周缉捕说："施大人在就好啦。"

吴缉捕也说："就是。怎么偏偏在这个节骨眼上他就外出了呢！"

施公到任才一年左右，就破了许多案子。其中有些案子，以前拖了好几年，谁都认为是死案，可到了他手里就破了。因此，广州城里上上下下，没有一个不佩服他的。

现在，两个缉捕查不下去了，就不住地朝施公的府上跑，盼他早点回来。

正在这个时候，那个苗某投案自首来了。

苗某说，他是担心死者向他讨老婆，就对他下毒手。死者那白花花的银子又让他眼红。所以，他当夜就去行凶。

吴缉捕听了气得拳头捏得格格响。他怒吼道："你上次为什么不说？"

周缉捕比较冷静，记起施公教他们重证据的道理，就问道："你是用什么杀人的？"

"是…是用大刀。"

"大刀在哪里？"

"在家里。"

"走，陪我们取来。"

于是，两个缉捕一前一后，押着苗某取大刀去了。

在苗某家里，果然有一把大刀，足有一尺多长，锃光瓦亮，刀锋犀利，吹毛即断。现在获取了杀人凶器，两个缉捕又想到被盗的钱，问道："钱呢？"

苗某从柜子里取出钱来。

现在，人赃俱在，两个缉捕心里才踏实，把苗某打入死牢。

过了两天，听说施公回来了，他俩便马上去报告。

施公听过后，叫把凶器拿来看。他看完凶器后，微笑着问道："你们说死者的伤口只有一寸长？"

两个人异口同声地回答："是的。"

"你们错了，这不是杀人凶器！"

"啊？"两个人大眼瞪小眼，闹不清施公怎么会这样判断。

施公解释说："凶手在行凶时，必然万分紧张，会用尽力气的。你们想想看，一把一尺多长的利刀，怎么只刺了一寸长的伤口呢？"

两个人恍然大悟。

吴缉捕怒道："该死的狡徒，我叫他交出真正的凶器来！"

"且慢，你们把他带来，让我看看。"

两个人丈二和尚摸不着头脑。施大人说要看，就抓来给他看。

于是把苗某押了过来。

施公命苗某道："你给我用左手写几个字。"

苗某说："我不会用左手写字。"

"你写写看。"

苗某握起毛笔，连自己的名字也写不像。

这时施公厉声说道："姓苗的，你好大胆，竟敢蒙骗本官！你根本不是真正的凶手！"

苗某却说："大人，我正是凶手，罪该万死！"

两个缉捕更加糊涂，今天施公是怎么了呢？苗某用左手写几个字，就断定苗某不是真正的凶手，奇怪！奇怪极了！

施公冷笑着说："好好好，你愿意当替死鬼，那就到死牢里去吧！"

他命两人把苗某重新关进死牢里。等两个人回来，他关照说："你们把那几个赌徒传来。"

不久他俩就把几个人传来了。

施公笑着说："本官请你们吃顿便饭，借机会向你们了解一下那个受害人的情况。"

不一会儿，饭菜就上来了。施公边吃边东拉西扯，不入正题。两个缉捕不由得发了急，提醒道："大人，你不是请他们谈案子的事吗？"

施公放下碗筷说："真正的凶手已经找到，还谈什么案子呀？"

"什么？"

"你把那个用左手使筷子的给我拿下！"

两个人二话不说立马扑上去就把左撇子冯某扭住。

冯某大叫冤枉，施公不由分说地叫关进死牢，又叫两人去冯某家里搜查，掘地三尺，果然发现了有血腥味的凶器。

原来冯某对苗某有救命之恩。苗某一直管冯某叫再生父母，因为听说冯某有被抓起来杀头的危险，他便甘愿当替死鬼了。

事后，两个缉捕不解地去向施公请教，施公说："你们办事还是缺少'仔细'两字。认真一想就会发现问题：从死者右肋的伤口看，罪犯肯定是个左撇子。"说完，他让周缉捕摆个姿势，叫吴缉捕用手试试，果然不错。

两个人心服口服地说："施公，你又使我们聪明一些了。"

绝非凶手才知道

这是一个天气很好的星期日，这天中午，在明和公寓的506室，发现了一具穿着睡衣躺在床上的女尸，是被领带勒死的。

发现尸体的是公寓的管理员。当时他来要房租，按了门铃没有回音，拧了拧门把手，门没有锁。便走进屋，发现了尸体。

检查结果，死亡还不到2个小时，没有被强暴的迹象，也没发现屋内被翻动过。

"被害人叫水泽久美子？"山田警部看着门牌上的名字问管理员。

"不，她叫长岛荣子，是3个月前和水泽住在一起的。"

"职业是？"

"两人都是银座酒吧的女招待。"

"房间的主人水泽久美子现在哪里？"

"这个，不清楚。"管理员回答说。

"水泽小姐在美容院做发型呢。"门外看热闹的女邻居说。那女人的发型很漂亮。

"哪家美容院？"

"车站前叫濑知的小店。我是30分钟前才回来的。对了，当时，还碰上一个戴墨镜的男人从这里走出去。"

"你看见他是从这个房间出去的吗？"

"不，是在电梯旁边和我打了个照面。慌慌张张的样子，也没乘电梯，好像见不得人似地把脸扭过去，从楼梯匆匆跑下去的。"

"是什么样的男人？"

"身高1.7左右，瘦瘦的，留着长鬓角，看上去不三不四的样子。"那女人爽快地回答。

"警部！请让我去那家美容院了解一下情况。"年轻的木村刑警请求说。

"你知道那家店吗？"

"知道。那是我姐姐开的店。"

"是嘛，那正好，你马上去问问。"

木村推开濑知美容院的门走了进去。

"您来了……哟！是弟弟啊。今天休息吗？"姐姐高兴地笑着。她正在给一位中年妇女剪发。

小而整洁的店里，还有另外一位顾客，正戴着烘干器坐在另一把椅子上看杂志。烘干器马达的声音很大，在"嗡嗡"作响。

"不，我正在当班。有位水泽久美子小姐来过吗？"

"水泽小姐……"

姐姐的视线向正戴烘干帽的客人扫了一眼。

"出了什么事情？"姐姐小声问道。

"和她同住一起的一个女人被杀了。"

"什么？是那位长岛小姐？"吃惊的不仅是姐姐，那位中年妇女好像也很吃惊似的，回头看着木村刑警。

水泽久美子似乎什么也没听见，依旧专心致致地看手里的周刊杂志。

"姐姐，你和长岛荣子很熟吗？"

"是我的老顾客呀。到底是怎么被害的？"

"是被人勒死的。"

"勒死的啊，真可怕。"那位中年妇女吓得浑身发抖。

姐姐走到水泽久美子身旁，切断烘干帽的电源，摘下帽子。

"水泽小姐，对不起，我弟弟有事找你问问。"

"是夫人的弟弟吗？"

"他是刑警，听说长岛小姐被杀了。"

"什么？荣子她……"

久美子下意识地站了起来，这才看见站在背后的木村刑警。她头上还卷着发卷儿。

"荣子被杀了，是真的吗？"她问。

"刚才在你的房间里发现的。"

"真让人不敢相信，我来这儿的时候她还在睡觉呀。"

"你什么时候来这里的？"

"一个小时前，对吗？夫人。"

"是的，是那个时候。"姐姐也那么说。

"也许是那个家伙干的……"久美子想说什么，马上又闭上

丽寄来的一封信。信上，她悲痛地讲叙了

惨事。

名看守钟楼的小修女在打扫钟楼时发现，凉台

也是本院的修女，她是玛丽最亲密的朋友。她的左

的针状物刺破，除此以外全身没有一处伤痕。

索菲娅就是被那刺进她眼里的针状物夺走了生命，可是，

不到凶器。

察认为，索菲娅是自杀身亡。她用毒针刺破自己眼睛，然后

出来，把它扔进了凉台下面的河水里。

"我们到达时，钟楼是上了闩的。这恐怕是索菲娅怕大风把门吹开，从里面关上的。所以，凶手决不可能进入钟楼。凉台是在钟楼的第 4 层，朝南，离地面有 17 米。下面是条河，离对岸也有 60 米。并且这几天晚上连续刮大风，凶手不可能从河的对岸把毒针射中索菲娅的眼睛。很多人都认为索菲娅是自杀，可这根本不可能，索菲娅是个活泼开朗的人，她决不会自杀的……"

玛丽在信中显得十分痛苦。伽利略决定到修道院看望她，帮她把好朋友的死因弄明白，那样，玛丽也许会好过些。

第二天，伽利略来到了修道院。

玛丽见爸爸来了，高兴极了。她顾不上让伽利略休息片刻，就带着他来到后院。

"爸爸，快看，那就是钟楼。您看见 4 楼的凉台了吗？"

顺着玛丽手指的方向，伽利略见到那座高耸的建筑物。

他目测了凉台的高度和河的宽度后，断定凶手决不可能从河的对岸射出毒针，正中索菲娅的左眼。

"那姑娘半夜里跑到塔上都干些什么？"伽利略嘀咕道。

"爸爸，您忘了吗？我以前告诉过您，索菲娅也对天文感兴趣。她几乎天天晚上都要背着院长和大伙跑到钟楼眺望星星和月亮。我也曾陪她到凉台上看夜空，很清楚，那些星星仿佛伸手便能摘下来。"

玛丽娅的话使伽利略为那热爱天文的姑娘深深叹息了一声。

"索菲娅在观看星空的时候，用不用望远镜？"

34

玛丽娅看着

"索菲娅

"她家

起原因。

　　环

不冲

皇帝一模一样。"

于是，张之洞当即密电北京。

北京回电说："皇宫中没有人出走，光绪帝还在瀛台。"

张之洞一听，不禁大怒，派了许多兵士到旅店将"假皇上"提拿到总督府审问。

在大刑拷打下，万福终于招供了假扮皇上骗取钱财的阴谋。

窃听器里面的脚步声

故事发生在日本。

一天，上午10点钟横滨机械公司要召开一次会议，讨论新产品的开发问题。会上，由本公司产品开发部的经理作详细的阐述。

9点55分时，人高马大，已经谢了顶的董事长，趾高气昂，一阵风似的走进了会议室。他一边走一边接受众人的问候，不知怎么回事，他脚下一滑，只听"砰"的一声，结结实实地摔到地上。他仰面躺在地上，痛得龇牙咧嘴，只哼哼，半天不能动弹。突然他一脸惊恐，仿佛看见了定时炸弹似的，指着会议桌的背面，连声喊道："快，快看，这是什么？"

秘书弯下腰去，桌下赫然一只瓶盖大小的塑料盒。

旁边一人喊道："哎呀，好像是一个窃听器。"

董事长边揉着膝盖边说："会议照开。雪子，你立即报案，务必查出公司里出了吃里扒外的人，真是混蛋！"

秘书雪子马上报了案。

负责此案的是一名叫大岛珍子刑警，年约30，面容姣好。如果没有这身警服在身，说什么也不像干这一行的。

珍子首先研究这只微型窃听器，发现它性能先进，操作方便。

她倒回磁带一听，发现是9点45分按下的开关。因为近来工业间谍多如牛毛，会议室更是禁止公司以外的人出入的地方。这只窃听器很可能就是本公司职员安上的。

一查，公司内这15分中离开岗位的职员，只有3个人。珍子就将她们一一请来了。

第一个是个 50 岁上下的瘦女士。她抹着淡妆，一脸不高兴的样子走了进来。

她一进门就将一包药和一张药单啪的一声撂在桌子上，说道："能当间谍也不在这里吃这口苦饭了。刑警女士，请你看清楚了，这 15 分钟里，我是在买感冒药，这是医生开的药单和药。"

珍子向她一点头，道："多有打扰，抱歉了。"

说着，她迅速地朝她的鞋子扫了一眼，这位瘦女士穿的是一双中跟皮鞋。

第二位进来的是娇娇滴滴的小姐，姿色出众，只是打扮得俗里俗气。

她一进门便娇滴滴他说："刑警小姐，这类麻烦事您可千万别牵上我。我是干正经事才离开岗位的——我献血去了。"

珍子道："很抱歉，请出示献血证。"

这小姐嘟着她那张小嘴，说："医生检查了一下我的身体，说我贫血，不给抽。"

"你请便吧。"珍子早已注意到这位小姐高达 6 寸的皮鞋了。

第三个进来的是典型的公司女职员。她叫芳泽美子，略事打扮，但很有些风采。

她回答说："我是去底楼打了一个私人电话，当时我们办公室里电话正忙。"

珍子见她穿着一双运动鞋，问道："对不起，请问一声，贵公司规定上班一律要穿皮鞋，你为什么穿着运动鞋？"

这女人脸色一变道："这个……这是我上班乘地铁时不小心扭了一下脚，穿不得皮鞋，才改穿运动鞋的。"

"是吗？这么说来是路上买的？"

"是的，我只好在路上买了一双。"

"那么那双换下来的鞋呢？"

"这……这难道与这案子有关？"

"对，有关。因为这只微型窃听器正是你安上去的。"

这女人听，柳眉倒竖，说道："你说话可要负责呀。不然，我会向法庭起诉你的？"

珍子正色道："你先不要激动，让我们一起来听一听这 15 分钟

的小孩，经过旅馆后面的那条通往马车房的小胡同时，他看到平常在地上放着的那个梯子竖了起来，架在三楼的一个窗子上，那个窗子是敞开着的。这个孩子走过之后，曾经回头看了看。他看到有个人不慌不忙、大模大样地走了下来。这孩子以为他是在旅馆里干活的工匠，所以他也没特别去注意这个人，只是觉得这时上工未免太早了些。他好像记得那个人是个红脸大汉，身穿一件棕色的长外衣。他杀人之后，肯定还在房里呆过一会儿。因为我发现脸盆的水中有血，显然凶手洗过手；床单上也有血迹，可见他杀人之后还从容地擦过凶器。"

我听到凶手的身形面貌与福尔摩斯推断很吻合，就瞥了他一眼，并没有发现他有一丝得意的样子。

福尔摩斯问道："你在屋里没发现一点有助于破案的线索吗？"

"没发现。斯坦节逊身上带着瑞伯的钱包，一切开支都由他掌管，这钱包平常就是他带着的。钱包里有现款八十多镑，可见凶手杀人不是冲钱来的。死者身上没有文件或日记本，只有一份一个月前发自克利夫兰城的电报。电文是'J·H. 现在欧洲'，这份电文没有署名。"

福尔摩斯问道："没什么别的东西了？"

"没什么重要的东西了。床头还有一本小说，看来是死者睡前读的，床边的一把椅子上有他的烟斗。桌上还有一杯水。窗台上有个盛药膏的木匣，有两粒药丸像在里头。"

福尔摩斯猛地立起，高兴得眉飞色舞地说："这是最后一环了，我的论断现在总算完整了。"

两个侦探都惊奇地看着他。

福尔摩斯很自信地说："案子的每个环节我都弄清楚了，当然，还有些细节有待补充。但，从瑞伯和斯坦节逊在火车站分手起，直到斯坦节逊的被杀，这其间的所有主要环节，我都了如指掌，如同亲眼所见一般。我要把我的看法证明给你们看。雷斯垂德，那两粒药丸带来了吗？"

"带来了，"雷斯垂德说着，拿出了一只白色的小匣子，"药丸、钱包、电报都拿来了，我本想把它们放在警察局里比较稳妥的地方的，但因为急着到这里来，就都带在身上。不过，我认为这些东西都不重要。"

"请拿给我吧。"福尔摩斯对雷斯垂德说完后转向我,"喂,医生,这是平常的药丸吗?"

这些药丸的确不平常。它们又小又圆,灰珍珠般,迎着亮光看去,简直是透明的。我说:"从它的轻和透明这两个特点来看,我想它能在水中溶解。"

"正是这样,"福尔摩斯回答说,"请你下楼把那条可怜的狗抱上来好吗?那条狗一直病着,房东太太昨天还请你把它弄死,免得让它活受罪呢。"

我下去把狗抱上来了。这条狗呼吸困难,两眼呆滞,活不长久了。我在地毯上放了一块垫子,把狗放到上面。

"我现在把一粒药切成两半,"福尔摩斯说着,拿出小刀把药丸切开了,"这半粒放回盒里以备后用,这半粒我把它放在水杯里。大家请看,我们这位医生的话是对的,它溶了。"

"这真有意思,"雷斯垂德有些生气地说,他以为福尔摩斯在捉弄他,"但这和斯坦节逊的死又有什么关系呢?"

"耐心点吧,我的朋友!很快你就会明白它是很有关系的了。现在我给它加上些牛奶,然后把它摆在狗的面前,狗会把它舔光的。"

他说着就把杯里头的液体倒到盘子里,刚放到狗面前,狗便三下两下就把它舔了个干净。福尔摩斯的认真态度让我们深信不疑了,我们都静静地坐着,仔细盯着那条狗,看它有什么反应。但结果,一切正常,它依然躺在垫子上,很困难地呼吸着。显然,那半粒药丸对它既没什么好处,也没什么坏的影响。

福尔摩斯老早就把表掏出来看了,时间慢慢地过去了,可狗毫无反应,他开始懊恼、失望起来。他咬紧嘴唇,用手指敲着桌子,非常的焦急。看见他这个样子,我也不由替他难过起来。而那两个官方侦探却一脸讥讽的微笑,他们因福尔摩斯受到挫折而感到很高兴。

"这不可能!"福尔摩斯大声地说,一面站了起来,很烦躁地踱着步,"这不可能仅仅是由于巧合。我一直怀疑瑞伯是被某种药丸毒死的,现在,这种药丸在那斯坦节逊死后真的发现了。但它为什么连一条狗都毒不死呢?我相信,我的推论绝没差错,绝对没有!但那可怜的狗竟没一点反应。啊,我知道了!我知道了!"福尔摩斯高兴地叫着,把另外一粒药拿出来,切成两半,把半粒溶在水里后兑上牛奶,

事情发生得太快了，我一时还没反应过来。但在那一瞬间，福尔摩斯脸上那胜利的表情，他那宏亮的声音和马车夫眼看着自己被闪亮的手铐耍魔术似地铐住时那种茫然、凶蛮的面容，我至今还记忆犹新、历历在目。当时，我们木头人般呆了一两秒钟之久。此后，马车夫怒吼了一声，挣脱了福尔摩斯，冲向窗子，把窗框和玻璃撞得粉碎。就在马车夫快要跳出去的时候，葛莱森、雷斯垂德和福尔摩斯就像猎狗似地一齐冲了过去，把他给揪了回来。一场激烈的打斗开始了。这个人凶猛极了，就像疯了一样，我们四个人一再被他击退。在跳窗时，他的脸和手给割破了，血一直流个不停，但他仍然顽强地和我们打斗着。直到雷斯垂德卡住了他的脖子，他喘不过气时，他才明白再怎么挣扎都没用了。但，尽管这样，我们还是有点担心，直到把他的手脚都捆好后，我们才站起身不停地喘气。

"他的马车在下面，"福尔摩斯说，"就用他自己的马车把他送到警察局去吧。好了，先生们，这个小小的有些出奇的案子到这里总算告一段落了，现在你们有问题尽管提吧，我会给你们一个满意的答复的。"

第二章　蛛丝马迹

物证指出的真凶

"阿良，我现在接手的这个案子要请你助我一臂之力哟。"某日当律师的一个朋友来到私人侦探阿良的住处。

"又是什么案子让你这么头痛？"

"就是上个月 15 日晚，女画家长岛美和子在自己的画室被杀的那个案子。"

"是那个案件，我在报纸上看过了。不是说罪犯已经被逮捕了吗？好像是被害人的外甥。"

"他叫长岛正彦，28 岁，未婚，是某公司职员。因被害人只有两个亲戚，所以，如果她死了，正彦可以获得一半长岛美和子的遗产。警方认为杀人动机是为了获得遗产。"

"另一半遗产归谁？"阿良一边记着笔记一边问道。

"是被害人的侄女，叫黑田顺子，是一个普通的家庭主妇，与正彦是堂姐弟，两个人住在一起。"

"那么，黑田顺子不也同样有杀人动机吗？是不是因为正彦有什么不利的证据才被逮捕了呢？"

"凶手在院子里留下了脚印，那脚印与正彦的鞋完全一致。警方因此而逮捕了他。"律师皱着眉头说。

"肯定是他的脚印吗？"

"被逮捕时，他正好穿着那双鞋，所以不会错。正彦说是在 3 个月前买的，每天都穿着。但是，他有不在作案现场的证明。因此，

"什么？是真的吗？那么，凶手是谁？"

"是他堂姐黑田顺子，或者是她与其丈夫合谋，企图将正彦当成杀人罪犯而独占婶母的遗产。"

"可是，那脚印是怎么回事？"

"当正彦3个月前买一双新鞋的时候，黑田顺子也买了一双完全相同的鞋。并且，每天在他上班之前，轮换着将这两双鞋摆到门口。可能正彦对穿戴并不是十分仔细。"

"是不关心吧，一般男的对此都不会很在乎的。"

"所以将两双鞋替换着给他穿，他却毫无察觉。这样，就产生了磨损状况几乎相同的两双鞋。于是，黑田顺子趁正彦住在恋人公寓的那天夜里，带着那双鞋去婶母家，杀人之后，故意将鞋印留在院子里。第二天早晨，又趁正彦回去换衬衫之机，迅速将鞋换了过来。被蒙在鼓里的正彦穿上已成了物证的这双鞋去上班而遭到逮捕。黑田顺子在正彦上班后，将另一双鞋处理好后再去婶母家，装作偶然发现尸体的样子报告给警察。"

阿良说明了事情真相后，律师对此仍不感放心。

"可是，你的推理有何证据？你能证明黑田顺子买过同样的一双鞋吗？"

"很遗憾。正彦买鞋的那家商店，总是顾客盈门，店员中没有人能记得黑田顺子买过同样鞋。也许她是在其他店里买的，或者是丈夫替她去买的，也未可知。"

"如果没有证据，再好的推理也只不过是个假设而已。"

"不，证据确凿。"

"在哪儿？"

"在检察当局保管着。你在法庭上能借我瞧一下就为参考物证，请你出示此物。"说着阿良便脱下自己
律师的桌子上。

"你是说这双鞋？"律师指着阿良放在桌子

"没错。"阿良肯定地点了点头。"它可
找到的证据。"

说完阿良对律师解释了原因，律师

几天后在法庭上，阿良作为一个

只听律师说道："阿良是一个

委托人正彦几乎相同，这双鞋是阿良模仿正彦的走路姿势，根据正彦提供的走路路线，每天步行相同的距离，可是鞋府的磨损程度只有现在法庭上物证的一半。换句话说，正彦这双鞋只穿了40天，在80天内，有人背地里替换着让正彦穿两双鞋。因此，留在院子里的脚印并不是正彦留下的，而是另有他人。"

最终法庭宣布正彦无罪释放。警方也决定对长岛美和子被杀一案再次立案调查。

握在死者手里的点心

法国数学家罗伯今年已经40多岁了，却一直过着单身贵族的生活。在念完博士后，他就一直致力于数学方面的研究，以至无暇顾及个人生活。

这天，他参加了一个数学成果颁奖大会，他的一项研究获得大奖，光奖金就一万法郎。

罗伯揣着钱兴冲冲地赶回了公寓，这些钱够他生活很长时间了。罗伯掏出钥匙，刚准备开门，就听见身后有轻微的脚步声。回头瞅瞅，却没有一个人影。罗伯笑了笑，自言自语道，"人要是有了钱，就喜欢疑神疑鬼。"

进了房间，把钱放进保险柜，罗伯倒了杯香槟，慢慢品味着成功之后的喜悦。

这时，门铃响了。进来的是公寓的看门人。

他一见罗伯，便高高举起手中的一盒点心，说："亲爱的数学家，祝贺你拿了奖，这盒点心是我祝贺的礼物！"

罗伯接过点心，道了谢，看门人便告辞回楼下值班室去了。

当天晚饭后，看门人打着手电，按惯例开始了对公寓的巡视。他叼着烟，来到二楼，见到214号房间——罗伯的处所房门虚掩，便想偷偷溜进去跟他开个玩笑。

他刚走到门口，竟吓得目瞪口呆，半天也讲不出一句话。

罗伯先生躺在地上，鲜血映红了绿色的地毯，他瞪着恐怖的眼

"歌星徐莉娟……"他喘着气。

"大清早别开玩笑，有什么事快点说!"警察以为是什么人在恶作剧，不耐烦地问道。

"歌星徐莉娟……"

"她怎么了?"

"她死了"

炎炎夏日快要过去了，警察们心想可以轻松休息几天，没想到又发生了这件事。赶到出事现场，已经是8点多钟，正如青年所言，徐莉娟被人用胸罩勒死在床上，衣服被剥光散落在一旁……

严警官立刻派人联络徐莉娟住在附近的朋友，包括住在二里外的作曲家胡啸天和在餐厅里当侍者的尤小清以及吉他手彭汉文，他们两个人都住在餐厅的宿舍里。

严警官之所以和胡啸天联络，是因为他平时很照顾徐莉娟，大家都知道，这栋别墅是他特地为徐莉娟买的。

胡啸天是这里的老住户，当初只是为了避暑。这几年，因为操劳过度，身体不太好，为了养病，待在这里的时间也较长。他患的是心脏病，常常觉得胸口疼痛，原来心脏瓣膜有了异常的现象，他的主治医师担心他随时有发病的危险。

胡啸天骑着自行车匆忙地赶来。他头发凌乱、眼睛通红、目光呆滞，似乎是睡眠不足，而且气喘吁吁……让人觉得他实在病得很严重。

不久，尤小清和彭汉文也乘出租车赶到，他们没有理会严警官，经直冲向躺在床上的死者。

"不要碰任何东西!"严警官大叫。接着告诉那名青年可以回去了。

验尸人员来到现场，勘验死者身上各个部分，没有被强暴的迹象，看起来只是单纯的绞杀事件。

在警察的询问下，胡啸天慢慢地说:

"昨天晚上，莉娟在餐厅表演完后，我、小清和汉文及她4人在这里聚会!"

"是啊! 我们恣意地胡闹、喝酒和聊天!"

"酒和菜都很丰盛，炉火也很旺，好像在过圣诞节!"

尤小清和彭汉文也跟着应和。

"后来……我先回去了，因为身体不太舒服，那时已经过了12点。"胡啸天说完，轻轻咳嗽了一声。

"你是坐车回去的吗？"警官又问。

"不，我是骑自行车回去的，车子已经开了好几年了，修理之后电瓶的电仍然不够，所以就没有开来！"

"你的身体不好，骑自行车不会觉得太累吗？"严警官奇怪地问。

"不会，因为我慢慢地骑，但是当我骑到屋子前方不远的地方，回头一看，却发现……"

"看到什么？"

"小清和汉文对莉娟无礼……我因为身体不好，无力阻止，只好先回家休息！"

顿时，小清和汉文都脸色惨白地站起来盯着他。

这时严警察忽然问道：

"胡先生，晚上的夜风是不是很冷？"

"当然，我酒量又不好，冷得直发抖！"

"好了，胡先生您可以先走了。"

胡啸天紧抓严警官的手，悲伤地说："严警官请你一定查出真凶为莉娟报仇。"严警官点点头，目送胡啸天远去，却陷入沉思之中。

下午，严警官带着几个人来到胡啸天家。

"胡先生，突来拜访实在冒昧，但是……能不能借你的车钥匙一用？"

"当然可以。"胡啸天将车钥匙交给严警官。

严警官开了车门，看看车表上的数字，再按按喇叭，由于电力不足，响音并不洪亮，引擎只能"嗖，嗖"地出声，无法发动。

"唉，还是无法发动，车表上的距离和修车厂的登记一样，这辆车果然不能动！"严警官松了一口气，他本来一直怀疑胡啸天，凶手或许不是他。

"胡先生，你昨晚回来是不是马上就睡觉了？"

"不，我昨晚失眠！"

"哦，这样啊，住在前面的林教授说，昨天很晚了还看到你屋里的灯亮着，不久，就听到车子的声音，胡先生，你是否也听到了呢？"

"对！我也听到了，但是……"

逮捕丁氏，郑奇必定不再露面，逃之夭夭。现在郑奇又下落不明，怎么引蛇出洞呢？施公左思右想，想出了一条妙计。

这天，县城里街头贴出告示：斗殴杀人犯王玉明于×月×日砍头示众。

行刑的那天，刑场四周围观的人里三层外三层密密麻麻围了一圈，议论纷纷，年老的在告诫年轻的：

"遇事切不可气盛，一拳一脚打出人命来可不值。"

"人生在世，冤家是宜解不宜结。"

午时3刻，刽子手手起刀落，王玉明身首搬家。

当夜，天色刚暗，郑仁家里闪进一个黑影。那黑影正是郑奇，他耳闻王玉明已经开斩，他与丁氏嫁祸于人的阴谋已经得逞，满以为两人可作长久夫妻了，就迫不及待地来见丁氏。不料他前脚刚踏进门槛，后脚几名公差便破门而入，将郑奇生擒活捉。

原来刑场开斩的并非王玉明，而是一名死囚。施公将他冒名顶替，作为诱饵，引郑奇这条毒蛇出洞。

大堂上，郑奇和丁氏供认对通奸谋命，嫁祸于人的阴谋供认不讳。王玉明得以平反，当场开释。

施公明察秋毫，为民洗冤，再次在广州城内传诵开来。

印花上的毒药

摩菲警探接手了件很棘手的案子。一富家幼子被绑架，虽然付了大笔赎金，可人质却没有生还。显然罪犯一开始就没打算归还人质，早已将碍手碍脚的幼儿杀掉，而且残忍地将其碎尸。从这一点看，罪犯肯定是熟悉被害人家内情者无疑。经侦查，常出入被害人家的会计事务所会计师坎纳里森被列为嫌疑对象。这家事务所在案发前一直生意萧条，门庭冷落。最近却突然火爆起来，这不能不令人觉得蹊跷。

摩菲与其同僚走进了坎纳里森会计事务所，见坎纳里森正一张张地用舌头舔着印花在往文件上贴。

"坎纳里森先生，实在对不起，打扰您了！"摩菲警长说道。

"哦，又是为那桩绑架案吧？"

坎纳里森一副不情愿的样子，将两人让到待客厅坐下。

"我的合伙人赫雷斯刚好出去了，所以我就不请两位用咖啡了，很抱歉。我因为身体不好，医生禁止我喝咖啡，只能喝水，无论走到哪儿也总是药不离身啊。"

完全是一付冷冰冰、拒人于千里之外的面孔，但摩菲却装作若无其事地说道："不，不必客气。"

"要是有个女事务员就好了，可直到前一阵子经营情况很糟，一直未顾得上……"

"您是说已经摆脱了困境，那么是怎么筹到钱的呢？"

"嗯？不，钱是到处……"

"请您说得具体些。"

"一定要说得那么具体吗？"

摩菲端正了一下坐姿，"坎纳里森先生，您的血型是 A 型吧？"

"正如您说的，也许因为我同赫雷斯都是 A 型血，很多人都觉得不可思议，这是不是……"坎纳里森想岔开话题。

摩菲打断坎纳里森的话，直接了当地说道："我们从被送到被害人家的恐吓信的邮票背面验出了您的指纹，上面留有 A 型血的唾液，您有舔邮票贴东西的习惯吧？"

"咦，您连这……"

"还是让我来问您吧。您的钱是怎么弄到的？"

"实际上……说起来你们恐怕不相信，是我捡的。那是绑架案发生数日后的一天，刚好就是那边椅子的一旁，有一个什么人遗忘的包，里面装的是现金。"坎纳里森不安地说道。

"您告诉赫雷斯了吗？"

"没有。我想大概会有人来问的，便保存了起来。但始终没见有人来问，于是……啊，你也知道我急需钱。我对赫雷斯说钱是我张罗来的，因为前一段时间他干得很棒，所以我也不想落后……"

坎纳里森战战兢兢，以为自己会被逮捕，但摩菲他们并无什么确凿证据，便起身告退了。

这是个失误。坎纳里森当日晚便服毒自杀了。抽屉里发现了盛毒药用的小瓶，但没有发现遗书。

摩菲后悔不迭。他急忙走到解剖室，同担任坎纳里森尸体解剖的法医攀谈起来。谈着谈着，法医突然想起来了："对了，坎纳里森是非分泌型体质。"

"糟了！坎纳里森不是绑架罪犯，他是被罪犯所杀，而又被伪装成自杀的。"

摩菲猛然醒悟道。

"到底是怎么回事，摩菲？"

同僚问道。

"坎纳里森的会计事务所的经营状况一旦好转，肯定还有一个受益者，就是合伙人赫雷斯。而且，若将绑架罪的罪名转嫁给坎纳里森再伪装其自杀，那么事务所就会悄然落到赫雷斯一个人的手里。"

"可是，断定坎纳里森不是绑架罪犯的证据是什么？而且，坎纳里森很可能是畏罪自杀？"

昨日与摩菲同去的同僚提出疑问。

"证据是有的，而且是不能唾弃的证据。"摩菲不慌不忙地说道。"坎纳里森是非分泌型体质，也就是说在他的唾液里不分泌血液型物质。说白了，邮票上验出的 A 血型唾液不是坎纳里森的，那么只有可能是赫雷斯的。他虽然知道坎纳里森和他一样都是 A 型血，却不知其中有异，于是他搞到坎纳里森碰过的邮票，再由自己添后贴到恐吓信上。"

"那坎纳里森为什么要自杀呢？"同僚不解地问道。

"你还记得咱们昨天见坎纳里森的情况吗？"摩菲说道。"坎纳里森有用舌头舔印花的习惯，赫雷斯事先完全可以在印花上抹上毒药，这样坎纳里森就会在不知不觉中中毒，然后赫雷斯再伪装成坎纳里森畏罪自杀的样子，以转移视线，这个混蛋可真够狡猾的。"

摩菲说完，又补充道："不过他是不会逃脱法律的制裁的。"

大雪不能遮盖的线索

这是一幢庞大而古老的宅院，只住着一位老太太。老太太的女儿和女婿在一次空难中遇难，所以只有她的外孙和她住在一起。宅院占地广阔，如果要卖至少值几千万元，但是老太太却没有这样的打算。她对每天来打扫屋子的周婶说，她死后要将这块地捐给市政府改建为公园，目前正准备办手续。但是惟一的条件，就是希望能把她安葬在公园视野最好的地方！

她的外孙韦佳是一个利欲熏心而又花花心肠的人，老太太并不打算留任何钱给他。

但是无论祖孙的感情再怎么不好，终归是自己惟一的亲人，所以也不至于把他扫地出门，而让他住在宅子里一间独立的小屋里。

此时正值寒冬。

这一天的下午就开始飘雪，晚上成了一片银白的世界，到7点钟时，积雪已有厚厚的一层。

8点钟时，周婶收拾好东西和老太太聊了一阵。此时窗外雪停了，天空中一轮明月皎洁地照着大地。

周婶拉开窗帘的一角，赏心悦目地欣赏这美丽的银色之夜。

宅内，韦佳住的小屋已经熄灯了。

"咦，老太太……"周婶对正坐在电毯里看电视的老太太说："少爷好像已经睡了。"

"是吗？"老太太回答，"他最近好像感冒了，要不今天才不会这么早睡。"

"最近感冒又流行起来，老太太要多注意身体喔！"

"啊，你也要注意一下。"

"那么，我明天再来吧。晚安！"

"早点回去吧，晚安！"

第二天早上，当周婶进入客厅时看到老太太俯在电毯上，电视还开着。

"老太太，你怎么了？"

她跑过去一看。

"啊！"她大叫起来。

周婶面色发青，跌坐在地上。

只见老太太脖子上绕着一根线，两眼翻白微吐着舌头，已经死了很久。

衣橱、桌子的抽屉被翻得乱七八糟。凶手像是在找什么值钱的东西。

好半天，周婶才鼓足了勇气爬到电话边，报了警。

王警长及几名警官立刻就赶来了。

调查的结果，认为老太太是被勒死的，死亡时间是昨晚 11 点至 12 点。

令王警长奇怪的是，现场的桌子抽屉虽明显被人翻过，但似乎并没有丢失什么贵重东西。可见凶手的目不是为财而是要致她于死地，所以从背后将她勒死！

老太太每晚临睡前有必须锁门的习惯，但是案发当日门并没有锁，所以凶手可以自由出入。

奇怪的是现场并无脚印。屋外积雪很深，庭院的围墙很高，形成一个密封的屋子。大院里只有周婶的脚印，除此之外，没有其他可疑的足迹（路上只有她一人来回的脚印）。

让人不解的是，凶手在大门和屋门之间如何来回？那儿并无树木，也无电线杆，如果要用吊绳索的方式实在不可能。除非凶手长了翅膀飞了进来。目前，最有作案嫌疑的人是韦佳。

根据周婶的证言得知，祖孙感情不和，老太太想把地捐给市政府，但手续还未办妥，如果此刻老太太去世，财产就全归外孙韦佳所有。但是他最近感冒发烧，昏昏欲睡，连小屋也未踏出一步！

小屋四周像是铺了白色毛毯，一点瑕疵也没有，很明显的，韦佳并未踏出房门一步。

根据以上的调查结果，警方束手无策，案情顿时陷入一片诡异！

王警官来到小屋前，发现小屋外有一个奇怪的东西，那是小孩玩的高跷，如果是韦佳用它作为行走工具呢？可雪中并没有留下高跷的痕迹。

那么，高跷到底是不是作案的工具呢？

就算踩着高跷，也应该会留下脚印。

高跷绑在脚上，也不能飞啊……

难道高跷和命案无关？

王警官摇摇头，正要往老太太的屋方向走去，他忽然眼睛一亮，这是什么？他弯下腰捡起一小团棉花。而且每走几步就能看见一小团棉花，一直走到老太太屋前。王警官握着棉花团想了一想，忽然他若有所悟地点了点头便再次回到小屋，站在韦佳的床边。

也许是天冷的关系，韦佳把被子拉得很高，连头都盖住了，枕边放着药和茶杯。

王警官突然掀起被子，抓住薄如绢纸的睡衣。"你干什么？我在睡觉啊！"觉得寒冷的韦佳无礼地大叫。

"我以杀害自己外婆的罪名逮捕你，装病只是你的诡计之一，你老实承认吧！"

"你有什么证据？别胡说八道。"

"证据？"王警官冷笑道："这就是证据。"

说着王警官从地上拾起一副高跷，并从兜里掏出那团棉花。

"哈哈……"韦佳不禁狂笑起来，"警官先生，我外婆可是被人勒死的……"

"不错，是被你勒死的。"王警官打断韦佳的话头，说道："昨天夜里，你踩着高跷来到你外婆的屋子里，将她勒死后，又照原路返回，边走边把睡衣里的棉絮塞在高跷留下的印子里，所以乍一看上去，在你屋子附近并没有什么脚印，但如果把棉团拿走，一切就很明白了。"

接着，王警官又威严地命令道："现在请你穿好衣服，跟我到警局走一趟。"

韦佳的脸白了……

纸扇的线索

唐朝某日，细雨蒙蒙，润物如酥。夜幕笼罩着长安城。忽然，从沉沉黑夜中刺出一道闪光，只听见从一间民宅里传出一个女人的凄厉地叫声。人们寻声赶去，只见这家房门大开，屋子里一片黑漆。点灯一照，人们不由得吓了一大跳：地上赫然躺着一具血淋淋的女尸。

死者是这家媳妇贺氏，年约 28 岁。因丈夫范小山常年在外贩卖毛笔，所以家中只剩下她一人独守空房。今夜因何被杀？凶手到底是谁？有人清醒过来，慌忙报知知府大人。经过现场查看，差役在门后小院中发现一把小扇，报与知府大人。知府大人细细看了看小扇，只见上面题诗一首，字迹清晰秀美。下有一行小字，写的是"蕙卿吴兄指正"。落款是"王晟"。这条重要线索立刻牵动了知府的注意力。可是王晟是谁？问遍差役却无人知晓。扇子主人吴蕙卿这个名字大家都十分耳熟。他是长安城有名的富家子弟。此人平日里行为放荡，举止轻狂。所以知府便认定是吴蕙卿杀人无疑。

于是，知府命人逮捕了吴蕙卿。几次审问，他都拒不承认。那知府大怒，严刑拷打，可怜吴蕙卿熬不过板子屈打成招，招认了杀人的罪名。吴蕙卿料到自己必被处死，便嘱咐他的妻子将家中所有的钱财，都用来救济社会上孤独无靠的人。凡是到他门前念上1000遍"阿弥陀佛"的，就赠送他一条棉裤。念一万遍的，赠给他一件棉袄。于是，一时间乞丐满门，念佛的声音传到十几里以外。因而吴家很快变得贫困不堪，只有靠不断变卖田产来支撑门户。吴蕙卿暗地里在狱中贿赂监狱看守，帮他购买毒药，准备一死。

一天夜里，吴蕙卿梦见神人对他说："你不要死，自有贤人来救你。"他被惊醒之后，很久不能入睡。刚一闭上眼睛，神人又出现在面前，耳边还是这句话。他感到其中定有些奥妙，便不想寻死了。

过了不久，狄仁杰担任了长安知府。一天，他正在衙中审阅判过的案件，当看到吴蕙卿的杀人案卷时，引起了他的思索。他向左右问道：

"吴蕙卿杀人有什么确凿的证据？"左右告之有扇为证，便拿出在现场拾到的那把扇子。狄仁杰接过扇子仔细看了一遍，然后问道：

"王晟是什么人？"

堂下都说不知道。他又把案件审理的全部记录细细看了一遍，立刻下令为吴蕙卿去掉死囚犯的刑具，把他从死牢转移到一座库房里。范小山闻之不服上堂争辩。狄仁杰怒问道：

"你是想随便杀一个人了事呢，还是想找出原凶报杀妻之仇呢？"

大家怀疑狄仁杰偏袒吴蕙卿，但都不敢讲话。只见狄仁杰又发出一支传讯犯人的竹签，立刻拘捕了南门外杏花酒楼的老板。老板十分恐慌，他不知自己犯了什么罪，战战兢兢地跪在堂前。狄仁杰问道：

"在你酒楼墙壁上有城内李秀的题诗。我来问你，这李秀是什么人？他是什么时候到你酒楼里来的？"

老板回答说：

"去年秋天，有3位秀才在本店喝酒，醉后在墙上题了一首诗，但不知他们住在哪里？谁叫李秀，小人也不知道。"

狄仁杰立刻派差役拘捕李秀。几天后，把李秀押到府衙。狄仁杰一拍惊堂木，怒气冲冲地喝道。

"李秀，你身为秀才，为什么要蓄意杀人？"

李秀一听十分惊诧，连连叩头说：

"大人，万万没有此事。"

狄仁杰把扇子扔到堂下，叫李秀自己去看。并质问道：

"这诗明明是你所写，为什么假冒王晟之名？"

李秀仔细看完诗扇，回答说：

"大人，此诗确实是小人所作，但这字实在不是小人所写。"狄仁杰说：

"能知道你这首诗的，必然是你的朋友，你仔细看看，是你哪个朋友写的？"李秀又拿起扇子细细看了一会儿，回答说：

"大人，看笔迹好像是王佐写的。那天他也在酒楼同我一起喝酒。"

于是，狄仁杰立即派差役逮捕了王佐。捉到之后，狄仁杰又像审问李秀一样，将王佐从头到尾细细审问了一遍。王佐当即供出一条新的线索，他说：

"这字是城内皮货商人张成求我写的。他说王晟是他的表哥。"

听到这里，狄仁杰不由得心头一动："凶手就是张成！"立刻将张成押到，升堂一审，在人证物证面前，他只好低头认罪。于是，这起强奸未遂杀人案，到此终于真相大白。

原来，3月前的一天，张成到巷内找人，偶然看见贺氏。见她容貌俊美，举止风流，不由垂涎三尺。有心上前挑逗，又怕女子不从。回家之后，心生一计：不如借吴蜚卿轻薄之名，达到占有美女贺氏的目的。于是，他买了一把小扇，求王佐在扇上题诗一首。再用后面的一行落款，造成扇主人是吴蜚卿的假相。一切准备妥当，张成暗想，带着这把小扇去找贺氏，如果勾搭成了，就自报真名；如果不成，就冒充吴蜚卿。当时他并未打算杀害贺氏。主意拿定之后，再寻一个阴雨连绵的夜晚，他带着小扇，翻墙进入范家。贺氏刚刚睡下，听到声音立刻爬起来。因为丈夫经常不在家，所以她身边准备了一把短刀以便防身。听到声音，她带着短刀去开门。开门后见不是丈夫，又见张成不怀好意，便用左手抓住张成的衣服，右手操刀自卫。张成见此情况，心里害怕，连忙伸手夺刀。贺氏一边死死抓住张成不放，一边大声呼救。张成见势不好，更加慌乱，拼命夺过短刀，一刀杀了贺氏。然后，扔掉扇子匆匆逃走。

如今，这个夜闯民宅的杀人凶手终于落网了！屈打成招，一朝昭雪。长安百姓，无不称赞狄大人的英明。这时，吴蜚卿才悟出梦中神人所说的。然而，人们始终不解狄仁杰破案的奥妙。后来，有一位士绅找个机会向狄仁杰请教此事。狄仁杰笑了笑，说：

"这件冤案很容易弄清。仔细查阅原来的审讯记录，可以看到贺氏被杀的时间是4月上旬。那天夜里阴雨连绵，天气还有些寒冷，根本用不着扇子。何况他是偷偷摸摸来做歹事，又怎能在紧张匆忙的时刻，反倒带上这种东西来自找麻烦呢？可见，杀人凶手是想用这把扇子嫁祸于人，这是其一。扇子上的书画题款，一般上款只题名字，不写姓。而这把扇子，连名带姓全部题在上边，这分明是有意转移视线，以假乱真，这是其二。我来长安那天，曾在南门外杏花酒楼避雨，偶然看见了墙上的题诗。这次见扇面上的题诗与酒楼上的诗十分相似，所以我猜想此事与李秀有关，这是其三。果然，顺藤摸瓜找到了原凶。"

门铃上的指纹

10年前，我就要同经理的女儿结婚了，这一晚我来到她父母为我们买的新房里，并在这里过夜。

夜里12点左右，大门的门铃响了。这么晚了谁还会来呢？我觉得奇怪，打开门一看，站在门外的是被自己甩了有3个月的女招待美江子。

"房子不错啊，怪不得把我甩了。"美江子讥讽地说。

"咱们已经分手了，说这些还有什么用？如果你是来敲诈我的，就请回吧！"

"你……那好吧，还是让我直接跟你的未婚妻说去吧！"

让她这么一威胁，我害怕了。如果让未婚妻知道了我和她的关系就糟了。无奈，我只好将美江子让到卧室。

"好啦，有什么话说吧。"

"我肚子里怀上了你的孩子。"

"哼！你少来了，还不知道你怀得谁的野种？"

"你要认为我是撒谎可别后悔呀。同你分手后，我觉得身体不舒服，就去看了医生，结果还是怀孕了。"

"那你快给我打掉，钱我来出。"

"那哪儿行啊，我还要好好生下来，到你结婚时，好送你个可爱的小宝贝作为礼物哩。"

"喂！你是成心想不让我结婚吧！"

一时间，我的全身都震怒了。我抓起桌子上的铜花瓶，朝美江子的头狠命地砸了过去。

当一切都平静下来时，我傻眼了，但转而又冷静下来，开始考虑善后对策。

我将她的尸体用电梯运到地下停车场，放到我的车上扔到了郊外的公园。回到家后，我又将卧室仔细地清扫了一遍，生怕漏掉一根毛发什么的。桌子和椅子上都留有她的指纹，我用毛巾将它擦去，就连大门的门把手也擦了擦，带有血迹的花瓶也用水冲洗干净后放到柜橱里藏了起来。这样，就不会留下任何她来过这儿的证据了。

一切收拾停当之后，天都快亮了。不知道是害怕还是兴奋，怎么也睡不着，于是我吃了安眠药睡了。

药力发挥了作用，等我醒来时已是第二天下午了。

我正想煮一杯咖啡喝，大门那儿传来了敲门声。我想没按门铃急着敲门，肯定是谁有急事。打开门一看，门外站着两个警察，其中一人从口袋中掏出证件给我看了看。另外一个人的胳膊上戴着"鉴定"的腕章。

据说美江子的尸体一大早就被发现了，在她的挎包中找到了写着这儿公寓的住址和我名字的东西。

"昨晚，美江子来过这儿吗？"刑警问道。

"没有，我同她3个月前就分手了，此后一次也没见过。"我矢口否认。"你是在说谎，我们已经拿到了美江子来过这儿的证据。刚才，我们在敲门前已经检查过了。"

"什么！证据在哪？"

"你看，就是这儿。"鉴定员站在门外用手指了指。我一看大吃一惊。

原来是门铃。

昨晚美江子是按门铃进来的，我一时疏忽忘记擦掉了。

最终，我失去了经理的女儿。法院判我终身监禁，如今，已是第 10 个年头了。

死者手中的头发

有一天早上，在一栋高级公寓里面，名时装模特苏珊被人勒死在自己家中的寝室里。

尸体是苏珊的经济人发现的。

这天，苏珊的经济人来与苏珊谈拍广告的事，看到苏珊的房间大门没有上锁关牢，就进去，却发现苏珊已经死了。

警方推断，死亡时间为前晚 9 时至 11 时。

负责该案的马克侦探来到现场。

他发现死者紧握着右手，打开她的手一看，指头上绕着几根头发，是卷曲的金发。

此时，有一位清洁女工来打扫房间。

"这可能是犯人的头发。被害人被勒死之前，拼命抵抗，从犯人头上拔下来的。苏珊的仇人当中，有没有金色卷发者呢？"

马克询问打扫女工。

"会不会是室内设计师马奇，他住在同公寓的 9 楼，他曾向苏珊小姐求婚而被苏珊小姐拒绝了，昨天苏珊小姐告诉我，马奇晚上要来找她，不会是他杀了苏珊小姐吧？"

打扫女工答道。马克立刻登上九楼马奇的住家。

应声出来开门的，的确是一位金色卷发的英俊青年。他的头发刚被修剪过。

马克把整件事的原委告诉他，接着询问他昨晚9时至11时的不在场证明。马奇看来很吃惊，他回答道：

"我一直待在自己的房间里看录影带。由于我一个人居住，所以没有证人。但请相信我，我所说的句句是实言。"

"你的头发是什么时候剪短的？"

"昨天上午我的私人理发师剪的。和此事件有关吗？"

"因为被害人手上握着几根犯人的金发。为求慎重，可不可以请你取下一根头发做比对。

"没问题！只要能证明我清白，多拔几根也没关系。"

马奇忍住疼痛，拔了两三根头发。

马克从口袋里拿出倍率极大的放大镜，把马奇的头发与缠绕在被害人手中的金发比对一番。

细心观察之后，他说：

"嗯！完全一样的金发。但请放心，你并不是犯人！"

马克立即下了断言。

马奇不禁愕然。

"可是，为什么苏珊手上握着我的头发？真不可思议！"

"你和苏珊相处得怎么样？"

马奇露出了笑容："苏珊和我很要好，我们常在一起。"

"有没有讨厌或恨她的人最近来过你这里？"

"应该没有吧！"马奇回答：

"最近什么人来过？"

正说着，他突然想到：

"对了，打扫女工！她每个星期的星期2、星期5来帮我打扫，洗衣服。昨天早上她也过来打扫了。"

"就是在苏珊家帮忙的人？"

"是的，而且，她在打扫之后，也许是我神经过敏吧——似乎总是会顺手牵羊，带些咖啡豆或威士忌回家。"

"原来如此！谜题解开了，打扫女工就是犯人。也许苏珊发现她偷窃东西，她一怒之下便杀死苏珊，然后嫁祸给你。"

那么马克的证据是什么呢？

原来，马克仔细观察了马奇的头发，发现苏珊右手握的头发与马奇头上取下的头发发尖形状不同。因为马奇的头发刚被剪过，角度呈现水平，而苏珊所握的头发发梢是圆形的，马克因此推论，绕在死者手上的头发是剪发前的头发，打扫女工为了嫁祸给马奇，在昨天早上打扫时，偷偷捡了几根马奇的头发，绕在苏珊的手上。

马克立刻逮捕了打扫女工，经审问，打扫女工承认是她杀了苏珊。

门口前的烟蒂

这天傍晚，精神病专家弗洛伊德边沉思边散步，由于太过于专心，没有留意周围的环境竟迷了路。正不知所措时，遇上了匆匆走来的维也纳警察局的普利尔警长。

"博士，您到哪去？""我在散步，可我找不到回家的路了。"弗洛伊德摸着他那犹太人特有的大胡须，苦笑着说。

"这倒是个好机会。我正要去您府上拜访您哩。又有一个案件正想请教博士助我一臂之力。作为回报，我送你回家。"普利尔警长不无幽默地说道。

普利尔警长曾在一起情杀案中请博士对嫌疑犯做了精神分析，并从中受到启发，逮捕了罪犯。从那以后，警长就非常钦佩博士的这门新科学。

"这次是什么案件？"

"5 天前，在郊区的一所房子里，一个漂亮的夫人被杀害了。作案时间在下午 1 点半到 2 点这段时间里。"

"对不起，警长如果您有香烟请给我来一支，出门时我忘了带烟了。"

"没有雪茄，只有香烟，要是可以就请吧。"博士吸烟很厉害，一支是不够的。

普利尔警长殷勤地将一包烟递给他。弗洛伊德赶紧点燃一支，有滋有味地吸起来。

两人肩并肩边走边说。

"被害人的丈夫是维也纳交响乐团的钢琴演奏家，案发时他正在布尔格剧场的音乐会上演奏，所以有不在作案现场的充分证明。眼下找到了两名嫌疑犯，但又没有确凿证据，无法确定哪个是真凶。"

"现场没留下罪犯的遗留物吗?"

"只有一支烟蒂，扔在门外地上，是支只吸过一两口的很长的烟蒂，牌子与现在博士吸的一样。"听他这么一说。弗洛伊德下意识地从嘴里拔出吸着的香烟，仔细地看了好一阵子。

"下午 1 点钟左右，邮递员路过时，目击到被害人正在房前打扫院子。因此，扔在房门前外面的烟蒂一定是在那之后罪犯丢掉的，并用脚踩灭。"

"嫌疑犯都吸烟吗?"

"是的，而且两个人都喜欢吸同样牌子的香烟，所以无法确定哪一个是真正的凶手。其中一个是被害人年轻的情夫——音乐学校的学生。被害人在丈夫外出巡回演出不在家期间，一个人生活感到很寂寞，所以与那个学生关系很密切。据说在其丈夫外出期间她还曾把年轻的情夫带到家里住过。如果用术语解释这种青年男子迷上比自己大的女人的情形，就称作'男孩亲母反父的倾向'"。

普利尔警长显得很在行的样子，弗洛伊德笑了一下，问:

"那个学生有杀人动机吗?"

"最近听说被害人知道那个学生和别的女人有了婚约一事，所以非常忌妒，竟闹到了那个学生的未婚妻家里。"

"那么，另一个嫌疑犯是谁?"

"是一个常在那一带兜售生意的缝纫机推销员。他的惯用手法是，当发现哪家只有一个女人在家时，就厚着脸皮找上门，花言巧语诱惑对方。"

"会不会是用这种手段向被害人求爱碰了一鼻子灰，一怒之下下了毒手呢?"

"可是，很遗憾，还是没有足够的证据。所以，才想让博士明天去警察局使用催眠术审问一下两个嫌疑犯。"

"可是，警长，我治疗神经衰弱患者的催眠术，只有在取得患者信任后才有效，如果嫌疑犯对我抱有敌意而精神紧张，催眠术是不起作用的。"

"不行吗? 那可怎么办?"

"没什么可犯愁的，我看不必使用精神分析，也会知道谁是罪犯的，证据不是很充分吗？"

"你说什么？"

"你不防从一个人的习惯上去分析一下。"弗洛伊德启发似地对警长说道。

"一个人的习惯……"警长点了一根烟。沉思片刻，他忽然说道："你是说那个推销员吗？"

弗洛伊德欣然一笑。

"对，就是那个家伙。"警长充满信心地说道："如果罪犯是那个学生，他会叼着烟满不在乎地走进情人的家，而推销员出于职业习惯，会把烟扔掉的，因为叼着烟很不礼貌，所以，杀人凶手便是他了，太谢谢你了博士。"

普利尔警长撇下迷了路的弗洛伊德，跳上刚好开过来的出租车，匆忙向警察局赶去。而这时弗洛伊德博士才记起警长答应要送他回家的。

头发里的砒霜

英国有一位名叫约翰的教授去瑞典的一家研究院。他是一位科学家，专长是放射性化学。

有一天周末，研究院组织了一次小型的联欢会，在院工作的外国专家都在受邀之列。

说是联欢会，不过是工作人员凑在一起放松一下。跳舞唱歌，吃喝谈笑，一切随便。在座的美国专家萨森与法国教授洛里争论激烈。约翰在一旁听得津津有味，只是并不插嘴。

两人所争的可以说是一个百年之谜——拿破仑是如何死的？这位曾在欧洲大陆叱咤风云的法兰西皇帝，到最后由于战败，被流放到大海中央的圣赫勒拿岛上去了，在那里他悲惨地度过了他生命最后的6个年头。他原是个身体健壮、精力旺盛的汉子，可是到了岛上，身体状况渐渐恶化，食欲不振，浑身浮肿，还经常地呕吐咳血。

萨森说："对于他的死因，我认为很明显是食物中毒。我学过几天医，以上症状是食物中毒，肠胃受刺激引起的。所以我认为，拿破仑之死，实际上是谋害。当时的掌权者，生怕他东山再起，又害怕公开杀害会激起公愤，就买通在他身旁的人，比如像厨师、侍从之类在他每天吃的食物中下点微毒，日积月累，就要了他的一条命。"

洛里是个作风随便而又狂妄自大的人。他撇撇嘴，不屑一顾地说：

"萨森先生，干我们这一行的，最忌的是人云亦云。别人沸沸扬扬在说，拿破仑是死于砒霜，你就拾人牙慧在这儿卖弄，其实他们也只是胡乱猜测信口开河而已。本人是个医生，才不信这些小道消息呢！"

萨森见他说话这么无礼，心中有气，也不客气地说：

"依你之见呢？你从不人云亦云，能拿出一个独立见解来吗？"

"用不着什么独立见解，只要普通常识就足够了。他只是由于心力交瘁，水土不服，生了一场大病，再加上缺医少药，就翘辫子了。"

萨森道："这点普通常识很正确。只是他临终前对医生说，说他头痛、手指尖痛、脚趾尖痛，这又如何解释呢？这可是典型的砒霜中毒呀！"

洛里道："要说病倒不能说没有。但他的胃痛、呕吐、喘不过气实际上是是胃癌的征兆。但这也不足为奇，因为他老爹就是死于胃癌的，这个有案可查。癌症会遗传，这原也属于普通常识。"

两人就这样唇枪舌箭地争个不休。

约翰虽然一言不发，私下里还是同意萨森的意见的，他倒也没有什么独立见解，只是心里瞧不起洛里的为人，不知不觉中站到他的对立面去了。

洛里为了几个钱，就和一个年纪比他大 15 岁的寡妇结婚。不久，这个寡妇得了一种怪病，一病不起。谁知妻子还在床上，他又勾搭上了轻浮放荡的泰勒小姐。真是斯文扫地，令人作呕。这一聚会后 3 天，消息传来，洛里的夫人病死了。

丧礼后第二天，萨森跑来找约翰，说他到手了一束拿破仑的头发，请他秘密地为他做一次放射性化验。

约翰与他的关系不错，就抽了一个休息日为他化验了。结果令人吃惊，头发中含有微量的砒霜！

这可是一个不大不小的发现。研究所里轰动了，大家一致要求约翰将这一化验结果向大伙讲一讲。

这天下午，研究所的会议室里挤满了人。

约翰宣布了拿破仑头发的化验结果，说从中含有微量砒霜。话未说完，洛里咯咯笑出声来：

"好大的新闻！拿破仑的头发！请问约翰先生，你是怎么认定它就是拿破仑的头发的？兴许它还不是人的头发呢？"

约翰的脸涨红了。他讷讷地说："这……这话有点道理，我也觉得它不像是 19 世纪的东西……"

这时，萨森突然站了起来，说："头发是我请他化验的。洛里先生说得对，头发确实不是拿破仑的，而是泰勒小姐给我的，她说她是从洛里先生刚死的夫人那里剪下来的……"

话未说完，洛里脸色刷地白了。他一下跳了起来，向门外疯狂地跑了出去。

第二天，有人来说，洛里在家中服毒自杀，用的正是砒霜。

衣上的烛油

唐朝有个人称王百万的，住在长安郊外。他家离都城很远。由于这一带交通不便，地处偏僻，经常有强盗在这里出没。

王百万家财万贯，为人豪爽，经常宴请宾客，往往到很晚才散筵席。

有一天，王百万又请来了许多客人。席间，大伙儿有说有笑，开怀畅饮。王百万心里高兴，多喝了几杯，结果喝得酩酊大醉。

客人离开后。他再也撑不住，由侍妾芳姐扶他到房里去休息。一倒上床，他便呼呼睡去。

芳姐服侍他睡好了，又指挥仆人收拾残席，把家里打扫干净。

他们刚要睡下，忽然冲进 10 多个强盗。他们个个手持大刀杀气腾腾。

　　强盗们把仆人全部捆绑起来，推到地上，为首的一个向仆人们喝问："快说，金银财宝藏在哪里？"

　　仆人们吓坏了，浑身哆嗦着，不敢吱声。

　　"要是不说，"那个头子咬着牙说，"本大王就要了你们的小命！"

　　他顺手拉过一个女仆"喀嚓"一刀砍倒在地。仆人们"啊"地一声叫了起来，其中一个小声说道："财物都由芳姐保管，小的们不知道。"

　　这时芳姐从藏身地方走了出来，喊道："我就是芳姐，要钱要财找我来吧！"

　　"好，只要你乖乖地把钱财交出来，本大王就放过你们。"

　　"大王放心，小女子哪敢骗你们。"芳姐面不改色地说："不过，我家主人刚刚睡熟，你们千万不要惊动他。"

　　"这是为啥？"强盗头子问。

　　"你们不是要钱财吗？钱财到手不就行了？再说，你们已经杀了一个人了。"

　　强盗头子听了，歪着头想了想，说："好，就听你的。不过，话要说回来，你要是骗了我们，我就立刻把你们都杀了！"

　　强盗们押着芳姐，芳姐点燃了一支酒席桌上的大红蜡烛，领着强盗进了西厢房。

　　芳姐一一指着柜子说："这个柜子装的是金银器具，那个柜子装的是绫罗绸缎，还有个柜子装的是衣服锦被。"说完，她把钥匙交给强盗头子。

　　强盗头子打开柜子一看，一点儿都不假，满柜子都是好东西。

　　强盗们一拥而上，一抢而空，匆匆逃走了。

　　强盗们刚走，王百万就醒了。芳姐连忙走进房里，把强盗抢劫的经过一五一十全都说给他听。

　　王百万一听，大发雷霆怒叱道："你这个贱人，我是白疼了你一场。强盗们来了，你竟然把他们带到西厢房，把值钱的东西拱手让人。""老爷息怒，"芳姐说，"他们10多个大汉个个拿着刀，我们这些人拼得过吗？况且他们已经杀了一个仆人，要是不把东西给他们，不单单是贱妾，只怕连老爷、太太、公子、小姐的性命都难保。"

王百万听她这么一说，怒气略消。

"再说，要是不给他们，他们也会翻箱倒柜，到处寻找。放在西厢房的东西，他们一定会找到。他们能杀人，难道不会放火？要是把他们弄恼了，放火烧了房子，损失就更大了。"

听到这里，王百万的怒气已经消去。

"他们抢东西时，贱妾做下了手脚。奴家以照明为名，趁他们不注意，在他们的衣服背后都滴上了红蜡烛油。他们得手以后，必然会到城内寻欢作乐，只要找到衣服背后有红烛油痕迹的就是强盗！"

王百万听了大喜，开玩笑地向她施了一礼，说："在下向芳姐儿赔个不是。"

芳姐连忙让在一边，说："哼，别骂人就行了，现在又来灌什么迷魂汤！你还不去干正经事，让衙门派差人去找强盗！"

于是，王百万星夜派家人骑马向城内报案，长安知府一听立马严密部署，第二天，让差人们乔装打扮，凡是发现背上有红烛油迹的，立即抓起来。

差人们到街市上寻找，果然不久后就抓住了六七个这样的人。

无须多审，这些人就招供了。差人们辗转追捕，10多个强盗全部落网。抢去的东西也被追回，几乎没有什么损失。

芳姐临危不惧、机智沉着地应对强盗，实在是令人敬佩。

小偷的骗术

明朝年间，太原有个大户人家办喜事。新郎是他家的大公子，所以是大操大办，搞得特别的隆重。屋里屋外满是红绸红字红灯笼，客人们纷纷道喜，仆役们进进出出，一片喜气，煞是热闹。

这时外地来了一个小偷。他见这家大办喜事，屋里乱纷纷的到处是人，谁也不见得都认识谁，就混了进去。别的屋子里坐满了人，唯独新房里静悄悄的。小偷闪进门去，一头钻到床底下藏了起来，打算夜深人静的时候再爬出来大捞一把。

不料这户人家穷得就剩钱了，请帖发得多也发得远，远远近近四大姨、八大姑的全来了。看架势得吃喝个3天2夜才会散场。小偷儿次想出来，不是房里有人，就是房外有人，总是找不到机会。大晚上的也能听到行酒劝菜声。他独自一个呆在床下，屎尿憋着不说，光是饿也饿死了。最后心想，要死也得做个饱死鬼，就硬着头皮钻了出来。

两个喜娘见新房里突然冒出一个陌生人来，吃了一惊，大叫起来。屋里有的是人手，众人一拥而上，把小偷绑了个五花大麻、结结实实，扭送到县衙门来了。

谁知这小偷天生是个能说会道的人，虽然饿得两眼冒金花、双腿无力，脑子倒还清楚，见了县令辩白道：

"大老爷明鉴，这件事实在冤枉了小人。小人是一个赤脚郎中，日常是给新娘治病的。因为新娘做姑娘时有个暗疾，时不时要发，平日又羞于启口，所以她吩咐让小人常去看她。今天小人想悄悄儿去问声新娘，要不要药，众人却错拿小人当贼抓来了。"

原来他藏在床底下没事儿，竖起耳朵偷听新郎与新娘讲的情话。新娘曾提到有个暗疾，他灵机一动，编了个谎话在公堂上耍起混来了。

县令将新娘的父母叫来问，都说确有暗疾，但不曾求医，更不认识这个赤脚郎中。

小偷道："这是姑娘害羞，偷偷找小人医的病，不曾说与爹娘知道，也难怪他们不知道这事。"

县令没法，只好叫新娘出来与他对质。

那大户老爷听了这话，老大的为难。他是太原有头有脸的大户人家，儿媳妇才过门就让她到公堂上抛头露面，甚是犯忌，再加上张口闭口要说自己的这"暗疾"那"暗疾"的，如何叫她说得出口？

他急忙忙赶到县令那里，再三求情道："求大人高抬贵手，另想法子。若是让老朽的儿媳到公堂上去出乖现丑，叫她以后怎么见人？"

大户人家在当地都是有钱有势的豪绅，县令本来就与他们有来往。

县令一时落不下这个脸，故而左右为难，独自一个在天井里来来回回地踱着方步。他突然抬头，见师爷正在圆洞门外，启齿轻笑，心里一动，上前道："罗师爷有什么锦囊妙计没有？何不教本官一招？"

罗师爷见县令问他，上前一步道："大人，这事说难办其实也容易。大人只需如此这般就可以了。"

县令一拍师爷的肩膀道："罗师爷说的果然是条好计，就这么办。你去找人吧。一切费用从账房里支吧！"

第二天，县令又将小偷提来，道："你说你是新娘出嫁前的郎中，你敢与她对质吗？"

小偷知道新娘害羞，哪里敢与他在公堂上对质，只要几句话塞在她前头，还怕她敢开口讲话，他大着胆子道："这有什么不敢的？"

县令道："来人，去将后堂的新娘传来！"

不一会儿，只见后堂走出一个娇怯怯的女人来，一身红衣，明艳照人。她低着头，朝县令拜了拜，侧身站在一旁。

那小偷抢在头里道："姑娘，你害死我了！你自己患有隐疾，连爹妈都不敢告诉，只说给我听，是我几帖偏方救了你。临大喜前几天，你来找我说，怕好日子里有个万一，要我跟来。如今你的夫家拿我当作小偷，将我扭送到这里来了。姑娘肯不肯救我，就你一句话。若是你怕羞不讲，我讲出你的隐疾如何如何，大庭广众之中多有不便！"

他以为这样一威胁，不怕这个新娘敢撕破脸。不料他才说完，公堂上已是一片哄笑。

县令一拍桌子，喝道："大胆刁民！你连新娘的人都不认识，还敢胡说八道，左右给我打！"

小偷这才知道中计。事实俱在，他只好承认自己是个小偷！

原来罗师爷已经料到小偷之所以胆敢冒充是新娘带来的郎中，必然是偷听到了一些新娘与新郎之间的枕边话，未必亲眼见过新娘的面。所以，他请一个妓女打扮起来，冒充新娘来与他对质，小偷一定会上当。这样，既可以免得新娘出丑，又能够让小偷无法抵赖。真是一条一举两得的好计。

郁金香花里的证据

一天中午刚过，私人侦探萨姆逊开车去郊区，路经老朋友霍尔曼的家，发现在霍尔曼家门前停了一辆警车。萨姆逊停了车，向霍尔曼家走去，恰好这时门打开了，是霍尔曼送两个警察出来。他冲萨姆逊点了点头，示意他进去。送完警察回来后，霍尔曼说：

"喂，萨姆逊先生，你来晚了一步。刑警勘查了现场刚走。本想让你这位名侦探也一同来勘查一下的。"

"勘查什么现场？"

"进来了溜门贼。抽烟吗？"

"噢，不，谢谢，到底是怎么一回事？"

霍尔曼点了一根烟然后介绍道：

"昨天早晨，一个亲戚家出了点事，我和妻子便一道出门了。今天下午，我自己先回家看看，一进门发现屋里乱七八糟的。肯定家里没人时进来了溜门贼，是从那个窗户进来的。"霍尔曼指着面向院子的窗户。只见那扇窗户的玻璃被刀割开了一个圆圆的洞。罪犯是撬开锁进来的。

"那么，什么东西被盗了？"

"没什么值钱东西，是照相机及妻子的宝石之类的东西。除珍珠项链外都是些仿造品。哈哈哈……"

"现场勘查中，刑警们发现了什么线索没有？"

"没有，空手而归。罪犯连一个指纹、半个鞋印也没留下，一定是个溜门老手干的。要说证据，只有五六颗珍珠丢在院子里了。"

"是被盗的那条珍珠项链上的珍珠吗？"

"是的。那条项链的线本来是断的。可能是罪犯盗走时装进衣服口袋里，而口袋有洞漏出来的吧。"

霍尔曼领着萨姆逊来到正值夕阳照射的院子里。院子的花坛里正开着红、白、黄各种颜色的郁金香。

"喂！霍尔曼，这花中间也落了一颗珍珠哩。"萨姆逊发现一株黄色郁金香的花瓣中间有一颗白色珍珠。

"在哪里？"霍尔曼也凑过来看那颗珍珠。

"这花是什么时候开的？"

"大概是前天。黄色郁金香总是最先开花，我记得很清楚。"霍尔曼答着，并小心翼翼地从花瓣中间轻轻地把珍珠取出。幽默地道："看来这贼发不了财了。"

这天晚上，霍尔曼亲手做饭。两人正吃着牛排时，刑警来了电话，并且把破案情况通报给霍尔曼，说是已经抓到了两名嫌疑犯，目前正在审讯。

两个嫌疑犯中有一个叫汉斯的青年。昨天中午过后，有人看见他从霍尔曼家的院子里出来。另一个是叫法尔克的男子。他昨天夜里10点钟左右跑到霍尔曼家窥视现场，被偶尔路过的巡警发现。

"这两个人中肯定有一个是罪犯。但作案时间是白天还是夜里，还没有拿到可靠的证据。"刑警在电话里说。

"是警察来的电话，说是抓到了两个疑犯正在审讯当中。"

"警察是怎么说的。"

霍尔曼便重复了一遍刚才听到的话。

萨姆萨说道："这样的话，那么罪犯就是汉斯了，咱们可以用郁金香作证。"

霍尔曼来了兴趣，跑到院子里。

在院子里的郁金香随着天色的变暗已经合上了花瓣。

霍尔曼恍然大悟，说："珍珠能掉在花瓣上，说明作案时间是白天，对，汉斯就是罪犯。"他跑回屋里对萨姆逊说："你说得对，罪犯是汉斯，真不愧是名探侦。我这就告诉警察。"

惯盗留下的脚印

几天前，私人侦探团五郎来到 X 岛度假。X 岛是有名的避寒胜地。不巧，今年因受异常寒流的袭击，气温骤然下降，早晚寒冷异常，甚至到了零下。令团侦探多少有点失望。

就在这寒冷的一天晌午过后，来了一个电话：

"团先生，出事了！求您赶快到我别墅来一趟！"慌里慌张打来电话的是团侦探的朋友画家中原千枝子。团侦探来之前曾与她联系过，还去她的别墅做过客。

"到底出了什么事？"

"有小偷溜进我家了。这两天我外出旅行写生，刚才回到家一看，屋里被翻得乱七八糟的。"

"那，丢了什么东西了吗？"

"不是什么值钱的东西，项链、耳环什么的全是仿制品，照相机也是便宜货……可我是个单身呀，如果连内衣也都给盗走了，想起来心身上直发毛！"

"好吧，我马上就去。"

对破门撬锁这类事，照理是无需私人侦探去理会的，可千枝子从大学时代起就是团五朗的好友，她有事相求，岂能拒绝。所以，团侦探马上开车赶去。

她的别墅坐落在环湖半周的杂木林中。这是一座砖瓦结构的古式别墅，从去年秋天起，她就一头扎进这儿的画室，画湖的四季风景。

团侦探到达时，她正焦急地等在门口。

"这儿，留有罪犯的脚印。"她边说边将团侦探领到东侧的院子里。

太阳已经偏西了，院子被别墅的阴影遮住，地面非常潮湿，因此罪犯的脚印清晰可见。这是一个鞋底为锯齿花纹的高腰胶鞋的脚印。可见，罪犯就是由此进来，打碎厨房的玻璃门溜进室内的。

"向警察报案了吗？"

"不，还没有。因为没有什么值钱的东西被盗，所以没报警。

"照理还是应向警察报告一声，如果是破门撬锁的惯犯，警方档案中可以查出来的。我同这儿的警察署长是老相识，由我来同他说一声。"团侦探用画室里的电话向警方报了案，待当地警察赶来后，便回旅馆去了。

就在当天晚上，警察署长给旅馆打来电话，告诉团侦探已找到了两名嫌疑犯。

"怎么？找到两个？"团侦探感到掠讶。

据署长说，一个叫黑木利也，昨天夜里 11 点钟，巡逻警察曾见他出现在现场附近。另一个叫小村明彦，今天上午 11 点 30 分前后，同样在现场附近，附近别墅的管理员发现此人行迹可疑。

"这两个人被人看见时，都穿着高腰胶鞋吗？"团侦探问署长。

"不，目击人也说不准，但搜查过他们的住宅，并没有发现胶鞋。大概是被处理掉了。"

"那么，以什么证据将他们扣留？"

"虽然尚未发现被盗的物品，但两人都是专门在别墅破门撬锁的惯盗，手脚都不干净，近来别墅区失窃案可能多半与他们有关。"署长充满自信，非常乐观。

"那么，黑木利也从今晨天不亮到中午过后这段时间有不在现场的证明吗？"

"黑木从深夜 1 点到中午过后这段时间确实有不在现场的证明。他在朋友家里打了一通宵的麻将，早晨 8 点左右同朋友一块儿上的班。"

"果真如此……"

"可是，团先生，在这以前有人看见他在现场附近出现过，所以他的不在现场的证明是没有任何意义的。"

"可这两个人之中，哪个是真正的罪犯，就凭这些证据就足够了。

"你是说……"

"罪犯是小村明彦。"

"可我还不明白？"

"昨天夜里是晴天，气温很低，如果鞋印是半夜潜入室内作案留下的，会因霜冻变得不清楚，而现场鞋印非常清晰，这说明是天亮霜融后作的案。"

"我明白了，谢谢你，团侦探。"

"你太客气了，好了，再见！"团侦探放下电话得意地笑了。

博物馆橱窗上的圆洞

波克尔博物馆被盗了。

格林警长赶到现场时，却见灯光闪烁，门口已围了很多人，有警察，有记者，一个穿工作服的年轻人正拽着位警察神情激动，手舞足蹈地讲着什么。

那位警察见了格林警长，便向他介绍了这位年轻人。年轻人叫汤姆，是这个博物馆的工作人员之一，昨天夜里正好轮到他值夜班。钻石丢失之后，就是他第一个发现的，也是他打电话向警察局报的案。

格林警长握了握汤姆的手，说："多谢你报案，我想先看看现场，麻烦你等一等，过一会儿，我再找你谈。"

这时，天空已经大亮，格林警长命令警察们守好，不要让记者弄乱了现场。

格林警长进了博物馆，走到橱窗前。橱窗里的那颗大钻石不见了，而留在橱窗上面的是一个边缘很光滑的圆洞，看起来小偷一定是从那个洞伸进手去，将钻石偷走的。橱窗前的地面上有一片碎玻璃碴子。很显然，这是小偷挖玻璃的时候掉在地上摔碎的。格林警长捡起一块碎玻璃仔细地看着。这时，站在一旁的馆长愁眉苦脸地说："警长，您无论如何也得帮我找回钻石，馆里所有的展品加在一起，都不如那块价值高，那可是我一辈子的心血！"格林警长点点头安慰了几句，然后在馆里转了一圈，便去找汤姆。

汤姆正坐在一个房间里抽着烟，他一见警长，又情绪高涨起来。

"警长，我有重要线索向你报告！"

还没等警长说话，汤姆便迫不及待、滔滔不绝地讲了起来。

"昨天夜里，不，应该是今天凌晨，当时我睡得正香，突然被玻璃打碎的声音惊醒，我以为是刮风了，就去关窗子，但窗子玻璃都好好的。我不放心，就打开店门，出去检查橱窗的玻璃。我心里有种不祥的预感，后来我踩到了地上的那堆玻璃碎碴，没想到……"

格林警长认真地听着，忽然，他打断汤姆的话，问道："你记着当时的时间了吗？"

"幸亏我看了看手表，我听到玻璃被打碎的时间，我想……不，我敢肯定是 5 点 10 分到 5 点 30 分。"

"可是我们接到你的电话时已经是差 4 分钟 6 点了，这半个钟头，你干了什么？"

"那颗最大的钻石不见了时，我当时就蒙了。后来，我才慢慢地清醒了一些，我觉得那个小偷可能还没跑远。我就去追，我老是看见前面一个黑影，但怎么也追不上，后来，黑影就跳上一辆车跑了。"

"你能否说得更详细一点？"

汤姆四下瞅瞅，疑神疑鬼的，他压低嗓子说："警长，我怀疑一个人，但不知道能不能讲？"格林警长点点头。

"两个星期前，有个人来看展览。大阴天的，还戴着副墨镜，他戴着墨镜看了半天那颗钻石，肯定有所企图。"

汤姆说到这里，突然变得激动起来，从椅子上跳了起来。格林警长向汤姆压压手，示意他坐下，又接着问道：

"你能描述一下那个人的特征吗？"

"中等个儿，30 来岁，一脸络腮胡子，刀条脸，厚嘴唇，对了，嘴唇下还有颗小指甲盖那么大的痣……"

汤姆就像说故事一般，对答如流。

"够啦，根据你所说的这些情况，我已经弄清楚罪犯是谁了。非常感谢你为我们提供了这么多有用的线索。

汤姆挠挠头，说："那，探长，我先走了！"

格林警长却一把拉住汤姆，'咔'的一声把他铐住了。说道："汤姆，别装了，快交出钻石！"

汤姆吓得一激灵，嬉皮笑脸地说："我怎么可能是小偷呢？"

格林警长只是冷笑一声，并没说话。

汤姆顿时气急败坏地吼道："格林，你凭什么抓我，我要告你诬陷！"

格林警长平静地掏出一根烟，点上说道：

"如果那个黑影想偷走钻石的话，只能站在外面用玻璃刀割玻璃，然后将玻璃轻轻推掉，推掉的玻璃毫无疑问地会落在玻璃橱窗里面，但现场情况恰恰相反。玻璃是掉在橱窗外面，可确定那颗钻石一定是从橱窗里偷走，然后被人从里面割了一块玻璃，只有你才能打开橱窗。"

汤姆听完警长的解释后，再也不像刚才那般"精神"，垂头丧气地瘫到在沙发上。

修道院公学绑架案

在贝克街福尔摩斯居住的房子里，有很多非比寻常的人物从这里进进出出、来来往往，但是最让福尔摩斯和我难忘的是教育学者桑尔尼克夫特·霍克斯坦布尔的第一次来访。桑尔尼克夫特·霍克斯坦布尔在伦敦教育界非常有名气，是个受人尊敬的著名教育学者。那天他的来访简直就是雷厉风行，我和福尔摩斯还没有来得及做好迎接他的准备，他就急匆匆地踏进了房间里。他长得十分威严，他给我们的第一印象是性格坚毅。当他走到桌子旁边的时候突然身子一晃就昏倒在地上了。我们都为他这一行为大吃了一惊。

我们赶忙奔到霍克斯坦布尔的身边，小心翼翼地把他扶了起来，让他坐到沙发上，福尔摩斯飞快地拿了一个枕头垫在他的头下，我慌忙地找来白兰地凑到了他的嘴边。我们看清了他此时此刻脸色的恐怖程度。因为劳累，他的整张脸都爬满了深深的皱纹，眼睛深陷在眼窝里，浓浓的忧郁缠绕在双眼四周，胡须粗长，乱七八糟地生长。满身都散发着风尘仆仆的气息。蓬头垢面就是霍克斯坦布尔给我们的第一印象。

福尔摩斯问道："华生，他怎么了？"

我伸出右手摸到了他的右手腕，我全神贯注地为他诊脉。我对福尔摩斯说："他显然是太劳累了，他的精力都快消磨完了，可怜的人！"

福尔摩斯从霍克斯坦布尔先生的口袋里掏出一张火车票，说道："瞧，从英格兰北部的麦克尔顿到伦敦的往返火车票。你看时间，很显然，他出来得挺早。"

霍克斯坦布尔在沙发上躺了一会儿，脸色渐渐好转了起来。他的眼睛也慢慢睁开了，一脸倦色地望着我们。

"对不起，真的很抱歉，福尔摩斯先生，我差不多有一天一夜没有吃东西了，时间非常紧急，我再也不敢耽误一分一秒。喔，我希望你能为我准备一点填饱肚子的东西，面包、蛋糕之类的都可以。让你见笑了，我的肚子现在饿得很。非常感激你对我的热情招待。尊敬的福尔摩斯先生，我之所以这样十万火急地赶来见你，是希望你能够和我一同回去，我的这个案子非常需要你的帮助。"

"别急，你先休息吧！"

"不，不，福尔摩斯先生，你别担心我，我现在好多了，谢谢你对我的关心。真的，我希望你能够和我乘坐下一趟火车到麦克尔顿去。"

福尔摩斯没有答应他的请求。

福尔摩斯告诉他："我的朋友华生医生会告诉你我们现在很忙。我根本抽不出时间去干别的事情。要知道我手头里有两件大案正等着我处理呢。如果不是非常非常重大的案件，我是不会跟你走的。"

霍克斯坦布尔一听这话就着急了，他忍不住大声说道："霍尔德黄瑞斯公爵的独生爱子被劫案不重大吗？"

"谁？霍尔德黄瑞斯公爵，他不是前任内务大臣吗？"

"不错，就是他。关于这个案子我们想尽了千般办法不让它流传到外界，但最终还是泄露了出来，难道你到现在都还不知道吗？"

福尔摩斯赶忙从文件柜里取出一份黄皮文件。他翻开一看，忍不住读出声来："'霍尔德黄瑞斯，第7世公爵、嘉德勋爵、内务大臣，'官衔挺大的嘛！他在内阁中资格挺老的。1888年和爱斯·查理·爱波多尔爵士女儿结婚。从1900年开始担任哈莱姆郡的郡长。他是老萨尔特尔勋爵的继承人和独生子。拥有30万英亩土地。在兰开夏和威尔士有房地产。居住地：卡尔顿住宅区，哈莱姆郡，霍尔德黄瑞斯府邸。他为国家做的贡献挺大的，不愧为国家的功勋人物！"

"霍尔德黄瑞斯公爵不仅有权有势，而且也很有钱。他有多少英镑，我们都猜不出，反正多得不可想象。关于这个案子，公爵大人亲口对我说，只要能够告诉他，他的独生爱子被劫持到什么地方了，他马上会奖给告诉他消息的人5000英镑，能够告诉他，是谁劫持了他的独生爱子，另外奖赏 1000 英镑。"

福尔摩斯插科打诨着说道："华生，这个报酬可不低啊！我们似乎好久没有到贝克街大酒店喝酒了，看来有希望了，我们不妨陪霍克斯坦布尔先生走一趟吧！报酬归报酬，事情归事情。霍克斯坦布尔先生，告诉我到底是怎么一回事，我希望你能够心平气和地详细说出案件的有关事情。你报案的时间似乎迟了 3 天，我从你的胡子上可以看出来，你的胡子此时此刻很糟糕。"

霍克斯坦布尔吃了几块三明治又喝了两杯牛奶，精神开始焕发起来。他的嘴唇再也不像刚见面时那么干涩了，一切都开始好转起来。

"我首先要从我的修道院公学说起，它是一所预备学校，我是创建人也是校长。我写过一本教育专著，在伦敦教育界我也算得上小有名气的人。修道院公学的教学成绩一直都很好。我不是吹牛，在英国，我这所修道院公学是最出色的预备学校。我这里招收的学员都是一些贵族王室子弟，他们都相信我的能力。也就是在前不久吧，霍尔德黄瑞斯公爵和他的一等秘书王尔德先生亲自把公爵的独生爱子继承人，10 岁的萨尔德尔勋爵交我管教。这是一件多么令人高兴的事啊，但是这就是我悲惨命运的开始，出人意料的事情发生了。

"5 月 1 日萨尔勋爵来上学了。正值夏季学期的开始。萨尔德尔在学校里表现得很好，团结同学，尊敬师长，人缘极好，很多人都很喜欢他。他离不开在学校认识的伙伴们。我不想在背后谈论他家里的事情，这样很不道德，但是为了便于你破案，我必须为你提供我所知道的情况和线索。萨尔德尔并不喜欢他的家，因为公爵和公爵夫人分居了，公爵夫人居住在法国南部。关于这件事很多人都知道。萨尔德尔非常爱他的母亲，自从他心爱的母亲离开后，他一直都不快乐，公爵只好把他送到我这所学校里来。很快，他就舍不得离开我们了。

"最后一次看到他是在 5 月 13 日夜晚。他的房间在二楼，是个里间，要走过另一间有两个孩子住的较大的房间才能到达。住在较大房间的两个孩子后来告诉我，他们没有察觉到出事那天晚上萨尔德尔房间有什么动静。可以肯定，萨尔德尔没有从这儿走出来。他的窗户是开着的，窗上有一棵粗大的常春藤连到地面。

"第二天，也就是星期二上午 7 点整，我们发现他不见了，他的床有睡过的痕迹。临走前，他穿戴整齐，他穿的那套衣服就是我们的校服，黑色伊顿上衣和深灰色的裤子。没有痕迹说明有人进过屋子，如果有喊叫和厮打的声音一定听得到，要知道，住在他隔壁房间的两个孩子一向都很警惕。

"那两个孩子跑来告诉我说萨尔德尔不见了，而且连德语教师黑底格也不见了。黑底格的房间在二楼最后一个房间，他的窗户和萨尔德尔的窗户方向是一致的。黑底格的床铺也睡过，但是他显然是匆匆忙忙离开的，因为地板上胡乱散落着衬衣和袜子。他是顺着常春藤下去的，在草地上有他的清晰足痕，他往常放在草地旁小棚子的自行车在那天晚上也一同不见了。

"黑底格来到我创办的这所学校已经有两年了，他以前的工作评语很好，可是他是一个性格内向的人，师生们都不大喜欢他。我们都不知道黑底格到哪里去了，我们也不敢胡乱判断黑底格劫持了萨尔德尔勋爵。我们不敢轻视这件事情，便马上把这个消息告诉了公爵。我们多么希望能够在霍尔德黄瑞斯府邸看到可爱的萨尔德尔勋爵了，我们是多么希望我们这样给公爵大人报信是多此一举，虚惊一场啊！但是事与愿违，听到这个消息后，公爵大人陷入了痛苦忧愁的深渊。我为这件事差不多快要滴尽最后一滴血了，福尔摩斯先生，我真心希望你能帮助我！"

歇洛克·福尔摩斯全神贯注地听完了这位不幸校长的叙述，马上陷入了沉思中。他的整张脸顿时没有表情，他在沉思的时候都是这样的，这已经成了他的习惯。很显然他已经十分关注这件事情，他取出了他的工作笔记本记下了几件重要的线索。

福尔摩斯十分严肃且庄重地说道："你应该在案发当时马上就来找我，才不至于让案情发展到这种艰难的地步。你的观察能力并不强，你错过了常春藤和草地上的线索。"

"很抱歉，先生，我也不想这样，这是霍尔德黄瑞斯公爵的意思，他不愿让外人知道这件事，他不想把这件事情弄得让全世界的人都知道。"

"警方那方面的进展如何？"

"很糟糕，警方的调查让公爵大人失望极了。有人向他们提供了一条线索，说在附近的火车站上看到过一个孩子和一个青年人搭乘早班火车离开了。警方立即派人追踪，但是调查的结果是，他们和这起案件没有一点瓜葛。我的心情糟糕极了，我匆匆忙忙搭早班火车来找你。"

"是不是在追踪这条虚假线索的时候，当地的调查十分地放松？"

"是的，先生。"

"太可惜了，白白浪费了最好调查的案发头3天的时光。"

"我不能否认这是我的不明智之举。"

"我不能再耽误下去了。这个案件引起了我极大的兴趣，我希望你能够再向我提供一些线索，这个孩子跟德语教师黑底格关系怎么样？"

"黑底格不知道萨尔德尔的情况。"

"萨尔德尔是他的学生吗？"

"不是，我听别人说，萨尔德尔从来就没有和黑底格说过一句话。"

"真不可思议。萨尔德尔有自行车吗？"

"没有。"

"另外还丢了一辆自行车吗？"

"没有。"

"一定没丢吗？"

"是的。"

"照你这么说，黑底格不是在深夜时分劫持萨尔德尔骑车出走的，对吧？"

"我想是这样的。"

"那么你认为是怎么一回事？"

"这辆自行车很可能是个幌子。自行车极有可能藏到某个地方去了，然后两个人徒步走掉。"

"也有可能是这样的，但是拿自行车作幌子似乎不可能，你觉得呢？棚子里还有别的自行车吗？"

"还有几辆。"

"如果他想让人知道他们是骑车出走的话，他应该还会再藏起一辆。对吧？"

"是的。"

"我也这样认为。虽然用藏起一辆自行车作幌子的说法解释不通，但是我可以从这辆自行车的去向开始调查。我不想问的是，萨尔德尔失踪的前一天有人来看过他吗?"

"没有。"

"他收到过什么信没有?"

"有一封。"

"是谁寄来的?"

"公爵大人。"

"你经常拆看他的信?"

"不。"

"那么,你怎么知道是公爵寄来的呢?"

"信封上有他家的家徽,笔迹是公爵特有的刚劲笔迹。"

"什么时候收到这封信的?"

"出事的前一天。"

"他收到过法国寄来的信吗?"

"从来没有。"

"我这样问的目的你早就知道了,我的意思就是说萨尔德尔不是被劫走,就是自愿出走。如果他是自愿出走的话,那么他受外界唆使的可能性极大。也就是他是在别人的唆使下才出走的。如果没有人来看他,教唆一定来自信中,所以我要弄清楚是谁和他通信。"

"这个我可帮不了你。因为我只知道公爵大人和他通过信。"

"公爵是在萨尔德尔失踪那天给他写信的。那么他们的父子关系很亲近吗?"

"公爵从来没有和谁亲近过。他整天想的是怎样处理国家大事,一般的情感,他根本不看重,不过公爵大人非常喜爱萨尔德尔勋爵。"

"萨尔德尔对他母亲的感情一定很深吧?"

"是的。"

"萨尔德尔曾经这样说过吗?"

"没有。"

"公爵大人呢?"

"哎,他更没有。"

"你是怎么知道的呢?"

"公爵大人的秘书詹姆斯·王尔德先生曾经和我私下谈过。"

"我现在知道了。公爵写给萨尔德尔的那封信找到没有?"

"没有，他把信带走了。福尔摩斯先生，我们应该出发了。"

"你再等一会儿，我先去一个地方，马上就回来。霍克斯坦布尔先生，假如你要往学校打电报，你最好再督促一下您周围的人们继续调查关注这起案子，一刻都不能放松。我会在你的学校附近悄悄地做点工作，或许痕迹尚未完全消失，我们不会让你白跑这一趟的。"

我们用最快的速度来到了霍克斯坦布尔先生创办的修道院公学。学校四周的环境很好，一阵拂人的微风吹走了我们一路的疲劳。这个时候，天已经黑了。在霍克斯坦布尔家客厅里的桌上放着一张名片，管家轻声在霍克斯坦布尔先生耳朵里说了几句，主人的脸色立刻洋溢出激动的神情。

霍克斯坦布尔对我们说："公爵大人来到了这里，我和王尔德先生在书房，我要把你们介绍给他。"

对于霍尔德黄瑞斯公爵我早已经是久仰大名、如雷贯耳了。他是一个身材魁梧、器宇轩昂的人。华丽的服饰将他的贵族气质衬托得恰到好处，他的鼻子有些弯长，嘴唇微薄，他的脸庞比较清瘦，脸色惨白得吓人，典型的山羊胡须又长又稀，有几根被风吹到了背肩上去了，他没有拨弄归位。这就是霍尔德黄瑞斯公爵给我们的第一印象，样子有点冷酷。站在他身边的是一个年轻人，我料到他就是公爵的私人秘书王尔德了。他长得没有公爵魁梧，但看上去非常机警，他那双深蓝的眼睛给人的感觉就是他非常感伤。

霍尔德黄瑞斯身边的一等秘书王尔德先生对霍克斯坦布尔博士说道："博士，你这样自作主张私自去请歇洛克·福尔摩斯来接手这个案子，你跟公爵大人说了没有，有没有得到公爵大人的允许，你的行动简直就是太出人意料了。"

"但是你应该看到警方对这件案子已经束手无策了。"

"公爵大人既然让警方调查过这个案子，这就说明警方的办案能力很令公爵大人满意。"

"但是王尔德先生，你不觉得你的看法太——"

"霍克斯坦布尔博士，这里面的情节难道连你也忘了吗？公爵大人的意思是尽量避免外界的舆论，你这是故意要捅篓子吗？"

王尔德咄咄逼人，霍克斯坦布尔博士愤愤不平地说道："这好办得很。福尔摩斯先生明天早上就可以乘早班火车回伦敦。"

福尔摩斯知道博士在生王尔德的气，于是便说道："这样太难为博士了。这里的环境优美，我倒有心情作一次愉快的旅行，不过住宿方面，就随便由博士安排了。"

霍克斯坦布尔先生左右为难了起来，他不知道该让福尔摩斯留下还是送福尔摩斯回伦敦，他的脸色立刻尴尬了起来，这时公爵解了他的围，他说："霍克斯坦布尔博士，的确你应该事先跟我打个招呼，也让我有一个准备，既然你现在请来了福尔摩斯先生，那么我们就请他帮忙吧。福尔摩斯先生如果不介意的话，我倒希望你能够和你这位一直形影不离的同事到霍尔德黄瑞斯府做客，怎么样？"

"非常感激公爵大人的盛情邀请。留在案发现场可能更有利于我破案。"

"既然这样，好吧，福尔摩斯先生。你想了解什么情况，只要我们知道的，会如实相告的。"

福尔摩斯说："我想我还是有机会到贵府拜访你的。我现在想问你的是，你想到过你儿子为什么失踪吗？"

"没有，先生。"

"很抱歉，我无法避免提起使你痛苦的事。你认为这件事情和公爵夫人有关系吗？"

他想了一会儿，才说："我想不会。"

"好的。这样劫持孩子的原因就可以下定论了，这是一起恶性绑架案。你有没有遇到向你勒索金钱这方面的事情呢？"

"没有，先生。"

"案发那天你曾经给你儿子写过一封信。"

"不是在案发那天，是案发前一天。"

"嗯。他在案发那天收到你写的信，是这样吗？"

"不错。"

"你在信中有没有写什么令他情绪变坏的话语？"

"没有，先生，我没有那样写。"

"信是你亲自发的吗？"

公爵正要回答，这时王尔德插话说："公爵从来不自己寄信。那信是我寄出去的，怎么，有问题吗？"

"你敢肯定你亲自寄了信？"

"这不是废话吗？"

"那一天公爵写了多少封信?"

"30 封左右吧,我的书信往来是大量的。难道和这次案子有关吗?"公爵问道。

"其中还是有一定关系。"

公爵继续说:"我早让警方把注意力转到了法国南部。虽然我相信我夫人不会唆使孩子做出这样荒诞的举措,可是这孩子十分自负,有那个德语教师在一旁添风加火,他极有可能跑到我夫人那里去。霍克斯坦布尔博士,再见,我们该回霍尔德黄瑞斯府了。"

福尔摩斯还想问霍尔德黄瑞斯公爵一些问题,但是公爵却在这个时候提出要回自己府邸,很显然,他不想谈到他的家庭私事,他也不想让人知道有关于他的隐秘私事。他一直在掩饰他的过去,福尔摩斯没有继续强人所难。

霍尔德黄瑞斯公爵和他的秘书王尔德离开修道院后,福尔摩斯马不停蹄地开始调查案发现场。

我们一丝不苟地深入调查了萨尔德尔的单人房间,没有调查出什么可疑线索。这令我们深信,萨尔德尔一定是从窗户出走的。黑底格的房间和财物没有为我们提供更多的线索。他窗前的常春藤被折断了,毫无疑问,黑底格是从这条常春藤爬到地面上的,在草地上有他清晰的脚痕,他是在夜晚逃走的。

福尔摩斯一个人在外面调查,直到 11 点半才回到霍克斯坦布尔博士为我们提供的房间,我不知道他从什么地方搞到了一张这个地区的行政地图。他把地图铺开在床上,蜡烛就放在地图中心处。他让我和他仔细地观察这张行政地图。

他对我说:"我对这个案子已经很感兴趣了。从案情来看,地图上有些地点是值得关注的。我们现在是从头开始工作了。我们要破获这起绑架案,一定绕不过也避免不了要接触那些奇怪的地形。"

"来,我们来瞧瞧吧。修道院公学是这块颜色较深的地方,我在这个地方画上一个圆圈。这是一条大路。它是东西向的,经过学校门口。学校的东西两面一英里内没有小路。假设他们是从大路出走的话,那么只有这一条路了。"

"不错。"

"我们的运气不错,我掌握了在出事那天晚上他们没有走过这条路的情况。在我画圆圈的这个地方,有一个乡村警察从 12 点到 6 点都在站岗。这里是东面的第一个交叉路口，这个站岗的警察告诉我，他一直没有离开过他的岗位，他非常肯定地对我说，不管是大人还是小孩，只要是经过这条路他就能够看见。我相信他。东边这一方面没事了，来，我们瞧瞧西边。这里有一个旅店，店名是'红牛'，老板娘得了病。她派仆人去梅克尔顿镇请医生，可是医生出诊看另一个病人去了，要到第二天上午才能过来。旅店的人并不知道医生什么时候会来，所以旅店的人整个晚上都很留心，他们一直在等待医生的到来，并且一直有个人守望着大路，他们都敢肯定没人从他们守望的大路上走过。现在西边也没事，这样可以看出，他们根本就没有走大路。"

我出其不备地问他："那么自行车呢？"我一直都没有忘记自行车。

"别忙，我们会谈到自行车的，让我们推理下去吧：假设他们没有从大路上走掉，那么一定是穿过乡村向学校的北面或者南边去了。这样会有两种不同的情况发生。从地图上我们能够看出，学校的南面是一大片田野，因为中间有石墙拦开，所以自行车不可能从这里骑过，不是不可能，而是根本就骑不过，我们不用考虑南边了。现在只剩下北面了。这里有一片小树林，叫'萧岗'，再远一点有一大片起伏的荒野，地名叫下吉尔荒原。荒原前后长 10 英里，地势渐渐陡峭。霍尔德黄瑞斯府在这片荒野的一边，从大路走有 10 英里，从荒野田地走只有 6 英里。那里是一块非常荒凉的平原，平原上有几户农家，走到柴斯特菲尔德大路之前什么也看不见了。北面有一个教堂，几户农家和一座旅店。再往远处去，山变陡了，我们应该在北面寻找。"

我又问了一次："我们不应该疏忽自行车，对不对？"

福尔摩斯有点生气地说道："我不疏忽任何一条线索，哪怕它只有一根缝衣针那么细小。一个好的自行车手不一定非要在大路上才能骑车。荒原密布着很多交叉小路，月光明亮。咦，谁来了？"

我们的门被敲得非常急，紧接着霍克斯坦布尔博士走了进来，他兴冲冲地拿着一个打板球时才戴的帽子，帽顶上有白色的 V 形花纹。

他冲着我们欢呼："哈，哈，又发现了一条线索！感谢上帝！萨尔德尔勋爵的出走路径我已经知道了。这是他的帽子。"

"在什么地方找到的?"

"在吉卜赛人的大篷车上,他们在这片荒原曾经住过一宿。他们是星期二才走的。今天警方追上了他们,对他们进行了严格的检查,找出了这个帽子。"

"他们是怎样解释的呢?"

"他们支支吾吾地说不出一个所以然来,他们说是星期二早上在荒原上捡到的。这伙混蛋,他们一定知道萨尔德尔在哪里!警方认为他们与此案有关,全部都抓到警察局审问去了。"

博士走后,福尔摩斯对我说:"这条消息不赖,它让我们更加坚信只有在下吉尔荒原这一块地方才能找出答案。警方除了抓走那些吉卜赛人外,的确没有丝毫进展。华生,你看,有一条水道横穿这块荒原。地图上已经标出来了,有的地方水道变宽成为沼泽,尤其在霍尔德黄瑞斯府邸和学校之间的一片地区。这几天的天气都十分干燥,到别处去找痕迹是徒劳的,但是在这一带,极有可能找到留下的痕迹,好了,今天的调查研究就到这里,明天一大早我们一起出去再找找新线索。"

第二天,天还没有全亮的时候,我第一眼就看到了福尔摩斯高瘦的身子站在我的床边。他的皮鞋有露水,很明显,他早就出去了。

福尔摩斯对我说:"我一起来就到那片窗前的草地和自行车棚以及'萧岗'检查了一下。华生,今天我们可要忙得很了。"

福尔摩斯的兴致和脸色都不错,眉头也不再紧锁了,一脸的惬意,烟斗啪哒啪哒地喷出了烟雾,那个神情再也不是愁眉苦脸的福尔摩斯了。看到他那样,我的心情顿时也拨云见雾般好了起来,因为这几天心里实在是太压抑了,福尔摩斯比我更压抑,他一向是个有办法的人。

但是事情并不像我想象得那么简单,刚刚开始我们就遇到了困难。我们信心百倍地走过了覆有泥炭的黄褐色的荒原,然后又穿过数不清楚的坑洼小路,最后来到一片宽阔的绿色沼泽上,沼泽的前面不远就是霍尔德黄瑞斯府邸了。假设是福尔摩斯经常的推理途径,他首先假设萨尔德尔回家了,他一定会经过这儿,经过这儿就一定会留下痕迹,但事实上地上并没有留下任何人的足迹。福尔摩斯的眉头又开始紧锁了,出现在我们面前的是羊群的蹄痕,在一二英里以外的一片地方有牛的蹄印。除此之外,再也没有任何线索了。

福尔摩斯仍然很沉得住气，他看看前面广阔的荒原，说道："我们到前面去瞧瞧吧，或许会发现新的线索。看，快看！这是什么？"我们的前方有一条很狭隘的黑油油小道。在小道的中间是湿润的泥土，小道上清晰地留下了自行车的轨迹。我忍不住呼叫："哈！找到了，找到自行车的轨迹了。"可是福尔摩斯却大摇其头，他满脸困惑。

他说："虽然是自行车的轨迹，但却不是那辆自行车的轨迹。我非常熟悉车胎的轨迹，这种轨迹是邓禄普牌自行车的车胎，外胎是加厚的。修道院公学的数学教师爱维林告诉我，德语老师黑底格的车胎是帕默牌的，这不是黑底格的自行车走过的痕迹。"

"难道这是萨尔德尔的？"

"只要我们能够证明萨尔德尔有自行车，我们就不排除这种可能。但是我们做不到这一点。你瞧，这辆自行车的轨迹说明骑车人是从学校方向骑过来的。"

"或许是往学校去的？"

"不是这样的，华生。轨迹这么深，那一定是承担重量的后轮压出来的。这里有几道后轮的轨迹和前轮的交叉痕迹，前轮的轨迹压得不深，因此被埋住了，这足以证明是从学校来的。关于这条线索我们先记到脑子里去吧，我们不妨再回头去看一看。"

我们重新走了回来，大概走了几百米，来到一块沼泽地，自行车的轨迹就不见了。我们在小道上继续走，来到了一处有泉水滴答作响的地方。这里又有自行车的轨迹，但是差点被牛蹄的痕迹抹掉了。再往前走就没有痕迹了。那条小道一直通向学校后面的那片小树林，也就是那个叫"萧岗"的地方，车子一定是从小树林里出来的。我们在这里停住了调查的脚步，陷入了沉思之中。

良久，福尔摩斯才开口说道："我想这个罪犯是一个很机灵的家伙，他一定是把自行车的外胎换了，给别人制造一连串的假象。看来这个家伙是一个颇有心计的人。我们先把这个问题暂时放在这里吧，我们的注意力不应该离开那片湿地，我们有很多地方还没有查看过呢！"

事情发展得越来越有利于我们的调查了，我们坚持不懈地在那片湿地上继续观察，在湿地的低洼处出现了一条坑洼的小路。在小路上，福尔摩斯终于发现了帕默轮胎的痕迹。这个发现令我们的精神陡然振作起来。福尔摩斯一脸喜色，笑道："错不了了，华生，这一定是黑底格的自行车轨迹。"

"这下可好了，福尔摩斯。"我也十分高兴。

"这仅仅是刚刚开始，来吧，不要破坏这个重大线索，我们跟着轨迹走吧，会有新发现的。"

我们沿着轨迹前进，前方是一块块的小湿地，自行车的踪迹清晰可见。

福尔摩斯分析："很明显，黑底格一定是骑得很快，这里的轨迹能够说明这个问题，前后轮胎压下的轨迹一样深，这就说明黑底格把全身重量都压在了车把上，他的确骑得很猛很急。啊！他的自行车摔倒了。"

在自行车留下的痕迹上，有宽大、形状不规则的痕迹延伸了几米远。紧接着是几个脚印，接着轮胎的轨迹又出现了。

我在一旁告诉他："车是向一边滑倒的。"

福尔摩斯从地上捡起了一束压坏了的金雀花给我看，花上溅满了紫红色的污点，我大吃一惊，在小道的青草上也溅满了已经凝结的血污。

福尔摩斯说："华生，闪开！不要把脚印留在上面！据我推测，他受伤后摔倒了，挣扎着站起来后，又继续骑车，但是我们没有发现有另一辆自行车的痕迹。牛蹄印在另一边的小路上。他被公牛抵死了？不，不可能！这儿根本就没有牛蹄印。华生，我们还要顺着血迹和自行车的轮印继续追查下去，我们一定能抓住这个人。"

我们继续追踪，突然，看见潮湿而光滑的小道上有一条突然拐了弯的轮迹。我搜索着，然后看到有件金属制品在密密的荆豆丛中闪着光。我们从里面拉出一辆自行车，轮胎是帕默牌的，脚蹬子有一只弯了，车前部全都是血迹，让人感到害怕。有一只鞋从矮树丛的另一边露出来，我们拨开树丛，看到那个惨遭毒手的骑车人躺在那儿。他一脸络腮胡子，戴着眼镜，只是有一个镜片不知哪去了。他是因为头颅骨被击碎后才死亡的。身受重伤后还能骑这么远，这不是一般人能做到的。他穿着鞋，但没穿袜子，上衣敞开着露出一件睡觉穿的衬衣。不用问，死者肯定是那个德语教师黑底格。

福尔摩斯小心翼翼地把尸体翻转了一下，仔细地检查了一遍，什么也没有发现。他皱起眉头，沉思了片刻。看来这具尸体并没有帮助我们发现些什么。

他终于说话了："华生，我也不知道下一步该干些什么，我想我们要抓紧时间继续调查，我们用的时间太长了。另外，我们应该赶紧通知警察发现了尸体。并且还要保护这具尸体。"

"我可以帮你通知警察。"

"可是你得留下来帮我，瞧！那边有个挖泥煤的人。把他叫来，让他去通知警察。"

我把挖泥煤的人领过来，福尔摩斯给霍克斯塔布尔博士写了张便条，交给那个挖泥煤的人，他马上出发了。

福尔摩斯说："华生，今天上午我们发现了两条线索。一是发现死者和死者安装着帕默牌轮胎的自行车。第二是发现安装着邓绿普牌加厚轮胎的自行车。在展开调查之前，我们好好想想，我们该怎样利用已经掌握的情况，尽快把案件调查清楚。首先我希望你明白这一点——孩子并没有受到强迫。他跳出窗户后，一个人或许是和另外一个人一起走的。这一点可以肯定。"

我赞成他的看法。

"那么，我们谈谈那个遇难的德语教师。这个孩子是穿好衣服跑掉的。所以说明他事先知道要干什么，但这个德语教师连袜子都没穿就走了，他一定是遇到了紧急情况。"

"事情肯定是这样的。"

"他为什么急着出去呢？因为他在卧室里看到这个孩子跑掉了，所以他想把孩子追回来。他骑上他的自行车去追赶孩子，不幸的是，在追赶的路上遭遇不测。"

"好像是这样的。"

"现在继续设想一下当时发生的事情：他遇害的地方离学校有5英里，他不是中枪后死的，而是被击碎头颅而死。这个杀手一定强壮有力。这一点就足以证明一定有另外一个人和孩子在一起。一个善于骑自行车的人追了5英里才追上他们，说明他们跑得很快。我们在凶杀现场只发现了几个牛蹄印。其余什么痕迹都没有。另外我探查了现场，发现30码之内根本没有路。看来另外一个骑自行车的人与此案无关，更何况那里也没发现什么。"

"福尔摩斯，你的假设根本不能成立。"我喊道。

他说："对，你说得很对。事情不可能像我刚才说的那样，所以有些地方我分析错了，这一点你也发现了。但是究竟错在哪里了？"

"可能是摔了一跤，然后碰碎了颅骨。"

"在长满草的湿地上，能发生这种事吗？"

"我没有更好的解释方法。"

"别泄气，我们处理过比这复杂得多的难题，这个案子不算什么。现在关键是，我们要充分利用我们已经了解的情况。那辆装有帕默车胎的自行车或许能让我们发现一些新情况。"

我们沿着自行车留下的痕迹，向前走了一大截路。荒原也逐渐陡了起来。山坡上到处长满了长长的石南草，我们又越过一个水渠。痕迹没有让我们发现新的情况。在邓绿普轮胎痕迹消失的地方，一条路横在了我们面前。一头通向几英里外的霍尔黄瑞斯府邸，另一头通向隐隐约约能看到的村庄。这正是地图标出的柴斯特菲尔德大路。

我们来到一家外表又脏又乱的旅店，店门的招牌上画着一条蓄劲待发的公牛。福尔摩斯突然呻吟了一声，为了防止摔倒，他扶住了我的肩膀。他的脚以前也扭伤过，但是我一直找不到好的治疗方法。门口蹲着一个皮肤黝黑，嘴里叼着一支黑色泥烟斗的中年人。福尔摩斯艰难地跳到他面前。

福尔摩斯说："你好，卢宾·黑斯先生。"

这个乡巴佬抬起头，那双狡猾的眼睛里流露出怀疑，反问道："你是干什么的，你怎么会知道我的名字？"

"你的名字在招牌上写着嘛。一看你就像店老板。你店里有没有马车这类的交通工具？"

"没有。"

"我的脚疼得不能沾地。"

"那就不要沾。"

"可是我没法走路啊。"

"那你就单脚蹦着走。"

卢宾·黑斯先生的态度很恶劣，但福尔摩斯却一点也不生气。

他说："朋友，帮帮忙，我行动确实很困难。不管用什么方法，只要能往前赶路就行。"

不尽情理的店主说："我为什么要帮你呢？"

"我有急事要办。我愿意花一镑金币，租你的自行车用一下。"

店主人一听说给钱，便来了兴趣。

"你要去什么地方？"

"霍尔德黄瑞斯府。"

店主人看看我们沾满泥土的衣服，然后用一种嘲讽的口吻说："你们大概是公爵的手下吧。"

此时此刻的福尔摩斯一副宽厚的老实模样。

"他很乐意接待我们。"

"为什么？"

"因为我们给他带来一个好消息，是有关他失踪的儿子的消息。"

店主人显得有些吃惊。

"好消息？你们找到他儿子了吗？"

"有人在利物浦看到过他。警察随时都可能找到他。"

店主人长满胡须的面孔上表情由阴沉变得温和了。

他说："我没有理由像别人那样祝福他。因为我曾为他赶过马车，他对我不好。把我解雇时，连句像样的话都没有。但是我听说小公爵有了下落。我也替他高兴。你们去公爵府送消息，我可以帮助你们。"

福尔摩斯说："我们要先填饱肚子，然后你把自行车借给我们。"

"我没有自行车。"

福尔摩斯掏出一镑金币。

"我确实没有自行车，不过，我可以借给你们两匹马。"

福尔摩斯说："行，等我们吃完饭再找您借马。"

当厨房里只剩下我们两个人的时候，福尔摩斯扭伤的脚突然奇迹般的好了。由于一天没吃饭，吃这顿饭的时间长了一些。福尔摩斯不知又在思考什么，他在屋里来回踱着步，并不时望着窗外发呆。窗户对面是一个又脏又乱的院子。有座铁炉摆放在院子的角落里，有个肮脏的小孩正在炉边干活。马厩在另一边。福尔摩斯从窗边走回来坐到椅子上，突然，他跳了起来，嘴里喊道：

"天啊！这回我搞清楚是怎么回事了！是的，一定如此。华生，你今天看到过牛蹄印吗？"

"看见过，确实有一些。"

"在什么地方？"

"喔，湿地上，小路上，还有黑底格遇难的附近都有牛蹄印。"

"确实如此，华生，你在荒原上看见牛了吗？"

"在我的记忆里，没有看见过牛。"

"华生，整个荒原上没有一条牛，但是我们却看到那么多牛蹄印，真是不可思议。"

"是的，确实有些想不通。"

"华生，你仔细再想想，在小路上你见过牛蹄印吗？"

"看到过，这点我可以肯定。"

"你能记起牛蹄印的形状吗？"他把面包屑排列成—:::::——"有时是这样的。"—:．:．:．——"偶而是这样。"—∴∴——"你能记清这些形状吗？"

"不，我做不到这一点。"

"但是我可以。我保证牛蹄印就是这些形状。但是我们只能在有时间的情况下才能回去验证一下。很可惜，我当时没下结论，太轻率了。"

"你得出了什么结论？"

"一头能走、能跑、能飞驰的怪牛，你相信吗？华生，我敢肯定，一个乡村客店老板制造不出如此高明的骗局。这个问题似乎可以解决了，但是那个孩子还在铁炉边。我们悄悄过去，看看能发现些什么。"

马棚看样子快要塌了，里面有两匹鬃毛又脏又乱的马。福尔摩斯抬起其中一匹马的前蹄看了一下，哈哈大笑，然后对我说："华生，你瞧，马掌是旧的，掌钉却是刚钉上去的。这个案子的确有意思，我们去铁炉那边看看。"

那个孩子看到我们走过来，装作没看见，继续在干活。福尔摩斯的眼睛来回扫视着地上的烂木头和铁块。忽然传来一阵脚步声，原来是店老板赶来了。他眉头紧皱，目露凶光，黝黑的面孔，由于恼怒变成了紫色。他气势汹汹地朝我们走来，手里拿着一根包着铁头的木棍，我看见他这个架式，不由得想掏枪。

"你们这两个该死的侦探！在这儿搞什么鬼？"他对我们喊道。

福尔摩斯冷冷地回敬道："卢宾·黑斯先生，你大概有什么见不得人的事吧。"

店主人努力克制着自己的情绪，假装出来的笑容，使他的脸更加可怕。

他说:"您可以在这儿搜查,但是必须得经过我同意后才行。我不想再看见你们,请马上付账离开。"

福尔摩斯说:"黑斯先生,我们只不过想借用一下你的马,并没有什么恶意。我看路不太远,我们还是走着去吧。"

"从左边那条路走,到公爵府大约有2英里。"他凶狠地盯着我们,直到我们走出他的客店。

我们一转弯就停了下来,因为店主人看不到我们了。

福尔摩斯说:"我觉得越来越冷,我们不能离开这个旅店。还是孩子们说得对,旅店里比较暖和些。"

我说:"我相信卢宾·黑斯知道事情的真相。他是我所见过的最坏的恶棍。"

"嘿,他在你眼里就这么坏吗?那两匹马,那个铁炉,还有这个'红牛'店都很有意思。我们还是仔细地观察观察吧。"

我们背后是一个长长的斜山坡,大块的灰色石灰石零星地分布在上面。我们往山上走去,我无意中看见一个骑自行车的人从霍尔黄瑞斯府方向飞驰而来。

福尔摩斯边按我的肩膀边说:"蹲下,华生。"

我们还没来得及蹲下,那个人已经从我们面前骑过去了。透过飞扬的尘土,我在他过去的一瞬间看到一张激动的面孔——苍白的脸上,每一条皱纹都露出惊惧,嘴张着,眼睛盯着前方的路。我们终于看清了那人,是王尔德。

"华生,公爵的秘书有什么好看的。"

我们绕过一块块石头,不一会儿来到一处可以观察旅店的地方。门边靠着王尔德的自行车。旅店里静悄悄的,看不见任何人。天快黑了,我们在朦胧中看到旅店的马棚里挂着两盏汽灯。不一会儿传来嗒嗒的马蹄声。马蹄声沿着柴斯特菲尔德大路的方向急促地响起,很快就听不见了。

福尔摩斯低声说:"'红牛'旅店确实有不可告人的秘密。"

"酒吧间在另一个地方。"

"是的,这是人们常说的私人住所。王尔德先生这么晚了在那个黑窝里干什么?他和谁在约会?华生,要想把这件事查得更清楚点的话,我们得冒次险。"

我们两个悄悄地下了山坡,沿着大路,猫着腰来到旅店门前。

自行车依然靠在墙边。福尔摩斯划了根火柴去照自行车后轮，当他看清后轮是加厚的邓绿普牌轮胎时，他轻轻地笑了。我们头顶上的窗户亮着灯。

"华生，我得看看窗户里有什么。不过，我得站在你的肩膀上才能看到。"

我弯下腰，用手扶住墙，他踩在我的肩膀上，但是他没等站直就下来了。

他说："华生，咱们已经工作了很长时间。我们能得到的情报差不多都弄到手了。我们尽量早点动身，因为去学校要走很远的路。"

一路上，他很少开口讲话。到了学校门口却转身往麦克尔顿车站走去。他在那里发了几封电报。然后又返回学校，去安慰霍克斯塔布尔博士。那位教师的死亡令博士很悲伤。他到我屋里来时，仍像早晨出发时精力那么充沛。他说："亲爱的华生，一切都顺利，明天晚上之前我保证能解决这个神秘的案件。"

第二天早上 11 点钟，福尔摩斯和我已经到了霍尔德黄瑞斯府。仆人领着我们经过伊丽莎白式的门厅，走进公爵的书房。在这里，我们又见到了王尔德先生——文雅而有礼貌，但他掩饰不住昨天夜里的极度恐慌。他诡秘的眼睛和颤抖的笑容告诉了我们这点。

"你们是来见公爵的吧？很抱歉，不幸的打击使公爵的身体一直不舒服。昨天下午霍克斯塔布尔博士给我们拍来电报，告诉了我们您发现的情况。"

"王尔德先生，我有急事要见公爵。"

"但是公爵还没起床。"

"那我到卧室去拜见他。"

福尔摩斯向这位秘书坚决地表明见不着公爵他是不会走的。

"好吧，福尔摩斯先生，您在这里等着，我去请公爵。"

当这位高贵的贵族出现时，我们已经等了一个多小时。我觉得他突然老了许多。面色死灰，步履蹒跚。和我们打过招呼后，一脸庄严地坐在书桌旁，苍白的胡须垂在桌上。

但是福尔摩斯却盯着站在公爵椅子边上的秘书。

"公爵，为了我们谈话方便，我想请王尔德先生出去。"

王尔德恶狠狠地盯着福尔摩斯，脸色越发苍白了。

"公爵您要是愿意……"

"是的，是的，你最好照福尔摩斯先生的话去做。"公爵不耐烦地打断他然后又说，"福尔摩斯先生，有何贵干。"

福尔摩斯等秘书退出去把门关好后，才说："公爵，是这么回事，霍克斯塔布博士对我和华生大夫承诺：找到小公爵后可以得到一笔赏金，我想从您嘴里得到证实。"

"是有这么回事，福尔摩斯先生。"

"谁要能确切地说出小公爵的下落，他会得到5000英镑。"

"是这样。"

"要是说出绑架小公爵人的名字，可以另外再得1000英镑。"

"对。"

"这一项要求包括绑架您儿子的人和那些同谋，是吗？"

公爵显得很不耐烦，连声说道："是的，是的，歇洛克·福尔摩斯先生，你要是把这些事情都做到了，就能拿到那笔可观的赏金。"

福尔摩斯一向收费很低，看到他贪婪地搓着两只手，我感到非常惊奇。

他说："公爵，我想您的支票本就带在身上吧。如果我得到一张6000英镑的支票时，我会很高兴。最好您到城乡银行牛津街支行把钱存进去。那是我的开户行。"

公爵直挺挺地坐在椅子上，面目严峻，冷冷地看着福尔摩斯。

"福尔摩斯先生，你不是在开玩笑吧，我没有白给人钱的习惯。"

"公爵，我是认真的，没有开玩笑的意思。"

"那么，你是什么意思呢？"

"再明白不过了，我可以得到这笔报酬。我知道你儿子的下落，而且还知道是谁绑架了他。"

公爵的苍白胡须在惨白的面孔下愈发白得怕人。

他呼吸急促地说："他在什么地方？"

"或者这么说吧，他在离您花园大门两英里的'红牛'旅店里。"

公爵无力地靠住椅子。

"你要控告谁？"

歇洛克·福尔摩斯接下来的回答令人吃惊。他快步走向公爵，并按住了他的肩膀。

他说："公爵，我就控告您，现在麻烦你给我开张支票！"

公爵当时的表现令我永远难忘。他两手紧握着，从椅子上跳起来，好像突然陷入了绝境，然后，他费了很大劲，才控制住自己的情绪。他坐下来，用两手捂着脸，好久没有说话。

他终于开口了，手仍然捂着脸："您都知道了吗？"

"我看见昨天晚上您和他们在一起。"

"除了你们俩，其他人知道吗？"

"我没对任何人讲过。"

公爵颤抖着打开支票本，无可奈何地拿起钢笔。

"福尔摩斯先生，我说话算话。我给你开支票，尽管情况对我不利。当初答应付给报酬的时候，我没有想到事情会是这样的结局。福尔摩斯先生，你和你的朋友做事都很小心，是吗？"

"您的话我有些弄不明白。"

"福尔摩斯先生，我说明白一点吧。如果只有你们两个知道这件事，我希望你们不要张扬出去，我应该付给你们一万二千镑，对吗？"

福尔摩斯摇着头笑了笑。

"公爵，事情不能这么简单就了结吧，要考虑一下德语教师的死亡问题。"

"王尔德毫不知情，你不能让他受到牵连。德语教师是被那个凶残的恶棍杀死的。"

"公爵，我是这样认为的。当一个人犯下罪行时，而又引起另外一个罪行的发生，这个人在道义上也有责任。"

"福尔摩斯先生，从道义上讲，应该是这样的。但从法律的角度考虑，对一个不在凶杀现场的人，是没有理由受到法律制裁的。更何况他非常痛恨凶杀。王尔德一得到消息便对我什么都说了。他很悔恨和杀人犯有交往。出事后，他们就绝交了。喔，福尔摩斯先生，你一定得帮帮他！一定要挽救他！你听见了没有！"公爵控制不住自己的情绪，脸上也抽搐起来，两只拳头挥动着，在屋里走来走去。过了很长时间他才冷静下来，踱到书桌旁坐下后说："你对任何人都没讲此事，便直接来了这里，我很赞赏你这样做。至少现在我们可以商量对付流言的办法了。"

福尔摩斯说："是的，公爵，我们只有彼此坦诚，才能做到这一点。我尽可能的帮助你，但是我必须详细了解情况。我知道您说的王尔德先生，不是杀人犯。"

"杀人犯已经逃掉了。"

歇洛克·福尔摩斯微笑了一下。

"公爵，我想您如果听过我的名声，就不会对我隐瞒事情的真相。昨天晚上 11 点钟，警方根据我提供的消息逮捕了卢宾·黑斯先生。今天早晨我离开学校之前，收到了当地警长的电报。"

公爵仰了一下身，然后惊奇地看着福尔摩斯。

他说："你好像很有本事。卢宾·黑斯被捕了？听到这个消息，我很高兴，但愿对詹姆士的命运没有影响。"

"您的秘书？"

"不，先生，是我的儿子。"

这种坦率的回答令福尔摩斯吃了一惊。

"坦白地说，这些情况我一点都不了解，请公爵说得详细些。"

"我可以都告诉你。我同意你的看法，对无可挽回的局面，不管我多么痛苦，只有说出事情的真相，才是最好的解救办法。詹姆士的无能和强烈的嫉妒心，把我逼上了绝路。福尔摩斯先生，我年轻时，我和一位姑娘以一生只有一次的热情相爱着。我向她求婚，结果她以婚姻会妨碍我的前途为由，拒绝了。如果她还在人世的话，我绝不会和别人结婚。但是，她死了，留下了这个孩子，我担负起抚养孩子的责任。我不能告诉别人我们之间的父子关系。我使他接受了最好的教育。他长大后，我把他留在身边。我没想到，由于我的疏忽，他知道了实情，从此他滥用我给他的权力，并在他力所能及的范围内，公开我和他的关系。把他留在身边，造成了我婚姻的不幸。他一直憎恨萨尔特尔。在这样的情形下，我仍把詹姆士留在身边，你一定会问我为什么这样做。因为从他身上我看到了他母亲的影子。为了他的母亲，我没完没了地受着折磨。詹姆士使我回想起他母亲所有的可爱之处。因为这点我不能让他走。我很担心他会伤害阿瑟，也就是萨尔特尔。为了安全起见，我把他送到了霍克斯塔布尔博士的学校。

"黑斯是我的佃户，而詹姆士是收租人。正因为如此，他们之间有了来往。黑斯是个恶棍，詹姆士喜欢结交下流朋友。因此，他们关系很密切。在黑斯的帮助下，詹姆士劫持了萨尔特尔。出事的前一天，詹姆士打开了我写给萨尔特尔的信，并以公爵夫人的名义在里面塞了张便条。要萨尔特尔在学校附近的小林子'萧岗'见他。这样，萨尔特尔便来了。我刚才告诉你的情况，都是詹姆士亲自向我供认的，那天傍晚，他骑着自行车去小林子中会见萨尔特尔。他对萨尔特尔说，他母亲在荒原上等着见他，只要半夜到小林子去，便会有人骑马带他去见母亲。可怜的萨尔特尔上当了。萨尔特尔到了那后，黑斯在等着他，并特意为他准备了一匹小马。他们一同出发了。詹姆士昨天才听说，当天晚上有人在追赶萨尔特尔他们。当时，黑斯用棍子袭击了追他的人，并把他打死了。然后，黑斯把萨尔特尔劫持到他的旅店，把他关在楼上，由黑斯太太照管。黑斯太太虽然很善良，但是行动受到了她凶残丈夫的限制。

"福尔摩斯先生，这就是两天前，我第一次见到你之前的情况。我当时知道的并不比你多，你一定会问詹姆士为什么这样做。因为詹姆士对我的继承人，有许多无法解释和难以想象的憎恨。在他眼里，只有他才应该继承我的全部财产，并且怨恨使他得不到继承权的法律。他急切地要求我公开我们之间的父子关系，以获得继承权。他使用各种手段阻止萨尔特尔成为我的继承人，要我在遗嘱里写明他是我惟一的合法继承人。我永远不愿意招来警察处置他，这点他很清楚。他绑架了萨尔特尔，想要挟我，按照他的意图去做，结果没有成功，因为事情很快败露了。

"你发现了黑底格的尸体使他罪恶的计划毁灭了。詹姆士得知这个消息，大为惊恐。昨天下午我们坐在这间书房里，霍克斯塔布尔博士拍了封电报。电报的内容使詹姆士显得极为忧伤和激动，这使我的怀疑变成了肯定。于是我责备了他的所作所为。他向我坦白了一切。为了给他的同谋保住性命的机会，他哀求我把这个秘密再保守3天。我总是对他让步，他马上赶到旅店通知黑斯出逃。并给了他一笔钱。由于白天去旅店会引起人们的猜测，好不容易等到天黑了，我急忙去看我亲爱的儿子——萨尔德尔。是遵守诺言呢，还是违背我的意愿？我左右为难，最后我决定让孩子在那里再呆3天。由黑斯太太照顾他的生活。如果向警察报告孩子的下落，警察肯定会追查凶手是谁，杀人犯被捕后肯定会连累詹姆士。福尔摩斯先生，我按照您的要求，把事情的真相全部告诉了您。您是否也会和我一样信守诺言呢？"

福尔摩斯说："我能做到这点，公爵，我必须提醒您，对罪犯做出让步，帮助凶手出逃，王尔德资助杀人犯逃跑的钱是您给的。所有这些都将使您在法律面前非常不利。"

公爵先生默认了福尔摩斯的说法。

"这的确是一件严重的事情。在我看来，你迁就大儿子而把小儿子留在危险的地方，这种做法，更应当受到指责。"

"他们郑重地对我承诺……"

"您怎么能相信这些人的话！您敢肯定小公爵不会再次被绑架吗？为了对您犯罪的长子做出让步却把自己无辜的幼子置身于虎口。我为小公爵感到不平。"

高傲的霍尔德黄瑞斯公爵受到这样的指责，心里很不舒服。他拉长了脸想要发火，但是他的过错使他没有开口。

"我可以帮您，但是你必须先答应让您的仆人遵照我的命令去做件事。"

福尔摩斯对仆人说："公爵命令你立刻驾车去'红牛'旅店把萨尔特尔勋爵接回家。这件事你很乐意做吧？"

仆人兴高采烈地走出去后，福尔摩斯说："既然我们掌握了主动，有些事就可既往不咎。只要凶手得到惩罚，我没有理由四处张扬这件事。至于黑斯，他是死有余辜，我不想为他做些什么。公爵您可以做到让他保持沉默，这样对你对他都有好处。警方认为，他是为了钱才绑架这个孩子的。如果黑斯只向警方供认了这些，那么，我不会帮助他们了解事情真相。公爵，如果詹姆士·王尔德先生再留在你身边，会给您惹很大的麻烦。这是我对您的忠告。"

"福尔摩斯先生，我清楚这一点。我们已经谈好，他将到澳大利亚独自生活，永远不再回来。"

"公爵，既然您说过您婚后的不幸，是由詹姆士引起的。那么詹姆士离开后，为了萨尔德尔，为了您的家庭，我建议您应当和公爵夫人重新开始生活。"

福尔摩斯站起来说："这件事情可以结束了，我们在短暂的时间里得知了这么多事情的真相，确实值得庆幸。我还希望弄明白一件小事。黑斯给马钉上冒充牛的蹄迹的铁掌，是不是从王尔德那里学来的？"

公爵显得非常惊奇，站着考虑了一会儿，然后把我们带进一间布置得像博物馆的大房子里。他领我们走到坐落在角落里的玻璃柜前，让我们看上面的铭文。

"此铁掌从霍尔德黄瑞斯府邸的护城壕中挖出。铁掌底部呈连趾形状，供马使用。用来迷惑敌人。大概属于中世纪霍尔德黄瑞斯家庭经常征伐的男爵所有。"

福尔摩斯打开柜子摸了一下铁掌，他的手指留下一层薄薄的新鲜泥土。

"谢谢您，这个铁掌是我在英格兰北部看到的第二件有意思的东西。"

"那第一件有意思的东西是什么呢？"

福尔摩斯小心地把支票折起放到笔记本里。他非常爱惜地拍了一下笔记本说："我是个穷人。"然后把笔记本放进他贴胸的口袋里。

米尔沃顿

尽管这件事情已经过去了很长时间，但是现在让我说出来，仍然有些提心吊胆，在过去那漫长的岁月里，我不能透露一点有关这件事的内容。现在主人公已不在人世了，在不至于对任何人的名声有影响的前提下，我才能有所保留地进行讲述。这件事是我和歇洛克·福尔摩斯先生所办案件中最奇怪的。假如我隐去部分内容，请读者多多谅解。

福尔摩斯和我在冬季的一个夜晚出去散心。大约 6 点钟左右才回来。福尔摩斯打开灯看到桌上放着一张名片。他拿起看了一眼，哼了一声，随手把它扔在地上，并且踩了一脚。我过去拾起来念道：

查尔斯·奥格斯特斯·米尔沃顿

阿倍尔多塔
韩姆斯德区

代理人

"他是什么人？"我问：

"流氓，伦敦最大的流氓。"福尔摩斯边说边把腿放在壁炉前。"名片背后还写着什么？"

我翻到背面，念道：

"6点半来拜访——C. A. M."

"他马上就要到了。华生，当你看到蛇那吓人的眼和邪恶的扁脸时，你一定会有种说不清的恶心，并且会远远地离开它，对吧？米尔沃顿在我眼里就是这种阴险的毒物。我与50多个杀人犯交锋过，其中最坏的罪犯给我的感觉，也没他那样令我感到可恶。但由于工作关系，我又不得不约他到这来。"

"我倒要见识一下，看他到底有多么可恶。"

"别急，华生，听我慢慢对你说。他诈骗的方法和手段堪称一绝。有很多人在帮他，尤其是那些被他知道隐私的女人更是不得不违心地帮他，甚至上帝也帮他。这个人笑里藏刀，他一而再、再而三地敲诈她们，直至榨干她们的油。凭这个家伙的能耐，在其他行业中也能发达。大伙都晓得，他乐意花大价钱收买有钱有权人的信件，这是他诈骗的手段。权贵们的男女仆人和混迹于上层社会的流氓，为了得到钱都向他提供信件。一些妇女的感情和信任常常给了这些无耻的流氓。他出手很大方。我曾听说他为买一张只有几个字的纸条而付给那个仆人700英镑，结果他拆散了一个贵族家庭。只要社会上有什么风吹草动，米尔沃顿都会知道。在这个城市的许多人都怕他在某一天会敲诈到自己头上。他之所以无法无天，为所欲为，是因为他有钱和独特的诈骗手段。有时他像一个贪婪的赌徒，选择最佳时机，将手里的牌打出去。我说过，他是伦敦最大的流氓。一个喝醉酒打老婆撒气的暴徒怎能和他相提并论呢？他带着罪恶的计划，有条不紊地进行敲诈，目的只有一个——挣钱。"

我从没见到福尔摩斯谈论一个人时，带有这么强烈的厌恶之情。

"应该把这个流氓推上法庭受审。"我说。

"他虽然触犯了法律，但那些把名声看得比什么都重要的女人，是不会控告他的，因此，他现在仍然逍遥法外。假如他敲诈了一个无辜的人，我们一定不会坐视不管。我们要用一些特殊的办法来对付他，因为他很狡猾。"

"你把他约到我们这儿来是什么意思？"

"因为一个无辜的人受到了敲诈。她叫意娃·布来克维尔，是一位贵族小姐，在城里颇有名气，这个漂亮的女孩子在3个月前才进入社交圈子，两个星期后她将和德温考伯爵完婚。这个流氓不知从谁手里买了几封信——那是写给一个年轻的穷乡绅的。这封信本来没什么大不了，但这个恶棍一插手，就足以破坏这场幸福的婚姻。这个流氓扬言，如果不拿出一大笔钱给他，那么他会把这封信交给她的未婚夫。她求我做她的代理人，去和米尔沃顿谈条件。"

大街上响起马车的声音。我向窗外看去，一辆豪华的双驾马车刚好停在楼下。那对栗色骏马的皮毛在灯光下显得油光光的。车门开了，一个穿着黑色羊皮大衣的人下了车，他身材不高但很粗壮。一分钟后他站到我们屋里。

查尔斯·奥格斯特斯·米尔沃顿大约50岁出头，皮肤保养得很好，由于身材的缘故，脑袋显得比较大，金边眼镜后面的两只小眼睛发着狡黠的光，假装仁慈的脸上堆满假笑。他的声音也给人一种虚假的感觉。他走到福尔摩斯面前，伸出一只胖手，嘴里还念叨：第一次来没见到我们，他表示很遗憾。福尔摩斯冷冷地看着他，没有去握那只胖手。米尔沃顿尴尬地笑了笑，然后脱下皮大衣，仔细地叠好，放在椅背上，坐了下来。

他指着我问："这位先生是谁？谈话方便吗？"

"这是我的朋友和同事——华生医生。"

"那就好，福尔摩斯先生。我是为您的当事人考虑，我不想让太多人知道这件事。"

"我已经和华生医生谈过了。"

"那么我们就谈条件。您作为意娃小姐的代理人，是不是想告诉我她已经同意了？"

"同意什么？"

"用7000英镑买回我手里的信。"

"可以用其他方法解决吗？"

"亲爱的先生，我很不喜欢和别人讨价还价。我强调一下，假如14号前我拿不到钱，那么18日的婚礼将会泡汤。"他得意地挤出一丝令人作呕的微笑。

福尔摩斯沉思了一会儿，说：

"你不要高兴得太早了，我已经了解这些信写了什么。意娃小姐会接受我的建议——向他未婚夫坦白过去发生的事，来求得未婚夫的谅解。"

米尔沃顿哈哈大笑。

他说："看样子，您根本不了解伯爵。"

福尔摩斯流露出困惑的表情，看来他确实不了解伯爵。

他问："这些能危害到意娃小姐什么呢？"

米尔沃顿答道："这些信对意娃女士很不利，她信的内容，让人非常爱看，我相信，德温考伯爵看了信后会很不舒服。既然咱们意见不一致，再谈下去也没多大作用。这只是一笔生意。如果你认为这些信到了伯爵手里对意娃女士并没有多大影响，那么花钱从我手里买信，就是傻瓜干的事。"说完，他拿起衣服准备告辞。

福尔摩斯气得恨不得打他一顿，脸色也很难看。

他说："别着急走，这个问题确实微妙，我们不能让谣言中伤意娃小姐。"

米尔沃顿又坐回了原处。

他自言自语地说："你只能照我说的去做，这是意料之中的事。"

福尔摩斯对他说："2000英镑就可以使意娃女士倾家荡产，这点我可以做证。她没有办法给你那么多钱，希望你能按照我说的数目把信卖给我，你从她身上确实诈取不了更多的钱。"

米尔沃顿嘴角露出略带讥讽的笑容。

他说："意娃女士的家产底细我也很清楚，一个女子的亲友为她出力的最佳时机是什么时候？是结婚。送给新娘一件贵重的礼物，他们也许会考虑一番。但是买这些能给他们带来更多欢乐的信，他们是会答应的。"

福尔摩斯说："那倒未必。"

米尔沃顿从大衣里拿出一本厚厚的东西，说："看呀，多么可怜的人！请你们往这儿看，如果这些小姐们再不拿钱出来，我只能对她们说抱歉。"他又举起一封印有家徽的便条，对我们说："如果她不肯将她的钞票分给我一点，那么这封信就会被她丈夫看到。不过，明天早上之前你们是不会知道她的名字的。你们知道贵族麦尔兹女士和中尉多尔金为什么取消婚礼吗？就因为那位女士不肯拿出解决问题的1200英镑，多可惜呀，一对才子佳人，就这样散伙了。我真没想到你对当事人的前途和荣誉不闻不问，漠不关心，居然和我讨价还价，你太令我失望了。"

福尔摩斯说："她确实拿不出那么多钱，鸡飞蛋打的下场对谁都不好，我劝你最好还是接受我的建议。"

"福尔摩斯先生，你又错了，现在我手头有八九件事，到了收钱的时候，假如她们知道意娃女士得付这么高价钱收回信的时候，我敢肯定，她们会主动找我和谈的，您明白我在说什么吗？"

福尔摩斯忽地站起来，对我说："华生，快把门关住，别让他跑了！先生，我倒要看看你本子里有什么秘密。"

米尔沃顿以极快的速度窜到了墙边，背靠着墙。

他从上衣口袋里面掏出一把手枪，对我们说："亲爱的福尔摩斯先生，我早就想到你会动手的，像你这样的代理人我常遇到。但这对你们有什么好处？坦白地说，我早就做好了防备。你们不要逼我动手。另外，我不会将所有的信件都带在身上，只有傻瓜才这么做。先生们，我还得到韩姆斯德区去拜访另外两个人，再见。"说完他走过来拿起大衣，用枪指着我们倒退着走到门口，我准备拿椅子砸这个流氓，福尔摩斯制止了我。米尔沃顿站在门口，不无讽刺地给我们鞠了个躬，然后关上门，离开了这里。

福尔摩斯将手插在裤袋里，下巴垂在胸前，坐在火边一动不动，眼睛呆呆地看着火光。整整有半个小时，他一句话也没有说。他站了起来，看样子像拿定了什么主意。然后走进了卧室，过了一会儿从卧室里走出一位青年工人，留着一把山羊胡子，显得十分俏皮。他在灯边点着烟斗后得意地对我说："华生，我这身打扮不错吧，我出去一趟，一会儿回来。"接着他就走了，我清楚，他找查尔斯·奥格斯特斯较量去了，这场较量会用这么特殊的方法进行，实在出乎我的意料。

福尔摩斯就凭着这身打扮，在韩姆斯德区调查了好些天，但我不知道他到底在干些什么。他终于在一个刮着狂风、下着大雨的夜晚回来了。他恢复了以前的模样，坐在火前，冲我得意地笑着说：

"华生，你看我像快要结婚的样子吗？"

"不像，你怎么会快要结婚了？"

"说出来，你会替我高兴的，我已经订婚了。"

"亲爱的朋友，我祝——"

"未婚妻是米尔沃顿的女仆。"

"真不可思议，怎么回事，福尔摩斯？"

"华生，我为了得到情报才这样做的。"

"有点过分了吧？"

"不过分，我只能这么做，在女仆的眼里，我是一个名叫埃斯柯特的管道工。每天晚上我都和她出去约会。从她嘴里我得到了我所需要的情报。现在，时机已经成熟，我对米尔沃顿家是了如指掌。"

"福尔摩斯，你的未婚妻怎么办呢？"

他无奈地苦笑了一下。

"亲爱的华生，我别无选择，这就像赌博，你必须出好每一张牌。不过还好，我的情敌会在适当的时候取代我的。多么美妙的天气呀！"

"美妙？你喜欢这种鬼天气？"

"这种天气非常适合于我工作，华生，今晚我去米尔沃顿家。"

他慢慢地说出这句话，口气非常坚定。去米尔沃顿家？多么可怕的决定。一旦行动失败，那将会带来不可想象的恶果——被捕、饱受折磨、上法庭，然后身败名裂。

我大声警告他："上帝呀！你想过失手后的后果吗？"

"亲爱的华生，后果我已经考虑过了。我是经过深思熟虑后才做的这个决定，这也是没有办法的办法，我这样做是伸张正义。虽然触犯了法律，但我想你会同意的。我只是想拿走并毁掉那些害人的东西。"

我迅速地考虑了一下。

我说："我们这次行动是正义之举。因为我们只是去拿回那些害人的东西。"

"既然是正义的，那么我得考虑一下我的安全问题。如果我把自己的安全置之度外，竭尽全力去帮助一个女士，那样我才算一个真正的绅士。"

"但你将引起别人的误会。"

"是的，我承认这点。但这事确实危险，我们只有把这些信件拿回来，才能制止这个恶魔无休止的敲诈。这个意娃小姐很可怜，即没有钱，又没有可信赖的亲友。今晚，我们必须拿回这些信件，既则明天这个恶魔会使意娃女士身败名裂的。我现在是孤注一掷了，这是我和米尔沃顿之间的生死较量。你已经看到，第一次交锋我输了，但是知耻而后勇，这次交锋我会赢的。"

我说："我们是不得已而为之。我们什么时候出发？"

"你可以不去。"

我说："我们是同生死、共甘苦的朋友，我既然做出了决定就不会改变。假如你不同意我和你一块去，那么我就去告发你。"

"在那里你插不上手的。"

"先别那么肯定，谁也不知道究竟会发生什么事。不管怎么说，我去定了。自尊和声誉人人都有。"

福尔摩斯看起来有些烦躁，在眉头舒展开的时候，搂着我的肩膀说："那好吧，我亲爱的朋友，你就和我一块去吧。我们在一起生活了好几年，假如咱们一块死了，说明咱俩有缘分。华生，实话对你说，我一直想犯一次特别有意义的罪。现在，我的愿望可以实现了。瞧！"他拿出一个干净的皮套子，里面装着些发亮的工具，"这是质量最棒的盗窃工具。有镀锋镍的撬棍，镶金刚石的玻璃刀，开锁用的万能钥匙，还有用来照亮的灯。有了这些顺手的工具，我们一定能成功。你有走路不发出响声的鞋吗？"

"我有双胶底鞋。"

"太好了！有面罩吗？"

"我可以用黑布加工两个。"

"太好了，你简直是个天才。现在，你开始做面罩吧。现在是9点半，时间还早，我们先吃点东西吧，11点我们必须到达车尔赤住宅区，然后再步行15分钟到阿倍尔多塔，半夜之前我们就可以动手了。如果顺利的话，我们2点之前就能拿着信回来。"

福尔摩斯和我身着晚礼服，看样子像两个戏迷正往家赶。在牛津街我们拦住一辆双轮马车，把我们拉到韩姆斯德区。抵达后，付了车钱。由于风很大，很冷，我们披上了外套，沿着荒地边往前走。

福尔摩斯说："这次行动一定要小心，书房的保险柜里锁着我们想要的东西，他卧室的前边就是书房。不过，这家伙睡得跟猪一样死。我的未婚妻阿格萨说，主人叫不醒，一直成为仆人们的笑谈。他有个白天不离开书房的忠实秘书。这是我们选择晚上动手的原因。还有一条不停地走来走去的恶狗。最近两晚我到深夜才离开阿格萨，她锁住了狗，以便我能利索地走掉。这就是那栋大房子，我们在这儿把面罩戴好，这儿一点灯光都没有，人们大概都睡了，一切都顺利。"

我俩戴着黑色面具，仿佛成了伦敦城里最好斗的人。我们悄无声息地接近了那栋大房子。房子有好几个窗子和门，在另一边还有一个带瓦顶的阳台。

福尔摩斯低声说："卧室在那边，这扇门正对着书房。这儿虽然容易下手，但门上加了锁，打开它肯定会惊动别人的。来，到这边来，这有间花房，门正对着客厅。"

福尔摩斯把门弄开后，我们轻轻地走了进去，并把门关好，现在我们已经成了非法入侵他人住宅的罪犯。温暖的空气夹杂着花草的浓香扑鼻而来，令我们有些窒息。在黑夜中，他抓住我的手，快速地穿过一些灌木。福尔摩斯在黑暗中能够分辨物体，这是他长期锻炼的结果。他领着我又进了一扇门，我觉得我们进了一个大房间，房间里有股雪茄烟味，这说明抽烟的人刚离开不久。他摸索着穿过家具，又进了一扇门。之后，顺手关好门，我的手触摸到墙上挂着的上衣，我知道现在的位置是在过道里。我们穿过通道后，福尔摩斯打开了右边的那扇门，这时有样东西扑向我们，我吓坏了，但当我认定那是猫时，就突然想笑。在这个房间里也有一股浓烈的烟草味，而且房里还点着火。福尔摩斯和我蹑手蹑脚的走了进去，把门又轻轻关好。这时我们已经站到了米尔沃顿的书房中间，卧室就在对面。

火光很亮，把屋里的东西都照得很清楚，这时没有了开灯的必要，即使比较安全的话。壁炉边挂着的厚窗帘挡住了我们在外面见到的那个凸窗。通往阳台的门在壁炉另一侧。屋里有张书桌，后面有把被火光照得发着亮光的红色皮转椅。书桌对面是个书柜，上面摆着一尊半身大理石雕像。在书柜和墙的中间，发现了我们要找的东西——一只高高的绿色保险柜，柜门被火光照得闪闪发亮。福尔摩斯走过去，看了看，紧接着又溜到卧室门旁，直到确认听不到任何声音才又走回来。这时，我突然发觉通向外面的门是条很好的退路，我检查那门时发现既没有上闩又没有上锁，我高兴坏了，及时告诉了福尔摩斯，他对我的行动不理解，而他的反应也出乎我的意料。

他在我耳边轻轻地说："我们得抓紧时间，你这样做不好。"

"那我该干什么？"

"站在门边放哨，有人来，就把门闩上，那样我们可以从来路撤退。如果那条通道上有人来时，我们事情已经办完了，就可以从这个门出去；事情没有办完我们就躲在窗帘后面，懂吗？"

站在门边的时候，觉得刚才的恐惧感没有了，随之而来的是一种庄严的感觉，这是在我们捍卫法律尊严时没有的。虽然今天我们触犯了法律，但我们是为了帮助其他人才这么做的，我们把这次行动当成了一项神圣的使命，这使得我们富有骑士精神。正因为如此，我们这次行动才显得伟大而有趣。我丝毫没有犯罪的感觉。福尔摩斯打开他的工具袋，冷静地、准确而又熟练地选择他所需要的工具。如同一个医生在做一项复杂的外科手术。福尔摩斯怀着巨大的喜悦，在解剖着那只吞噬了许多女人名声的绿色怪物。我站在门边警惕的盯着其他两个门，生怕有人突然闯进来。福尔摩斯集中精力做他的工作，时而拿起撬棍，时而放下万能钥匙，动作非常娴熟。绿门被拨开时，嗒的响了一声，借着火光，我看见许多被火漆封着的纸包放在里面，纸包上还有字。福尔摩斯拿起一包，借着火光仔细观看，但却看不清，只好拧亮他带来的灯。我们不敢打开电灯，因为米尔沃顿的卧室就在对面。福尔摩斯突然停了下来，像是听见了什么动静，他迅速地关上柜门，收拾起工具，拿起大衣，然后奔向凸窗的窗帘。并示意我也过去。

这时，我听见门"砰"地一声开了，随后就响起沉重的脚步声，有人正向我们走来。脚步声到了屋外的走道上就停了下来，这时，有人打开了电灯，随后门又咣的一声关住了，我们闻到了一股辛辣的烟味。有人在离我们几码远的地方，不断地走来走去。最后他停止了走动，我们听见椅子被重物压的嘎吱声，紧接着又传来钥匙在锁中的啪嗒声和沙沙的纸张声。

我轻轻地分开我面前的窗帘向外偷看。福尔摩斯在往外偷看的时候，压住了我的肩膀。米尔沃顿离我们太近了，甚至伸出手就可摸到他。我们没有想到他刚才不在卧室里，而在吸烟室或者台球室吸烟，因为我们没有发现那儿有窗户。首先映入眼帘的是一颗长着几根稀疏花白头发的硕大脑袋。头顶秃了一块，在灯光下放着亮光。他把自己埋在红皮椅子里，两条短腿搁在桌子上，嘴里还叼着一支雪茄烟。他身着红色军服式的吸烟服，领子是黑绒的。看来他不准备马上离开这里。

我觉得我的手被福尔摩斯重重地握了一下，好像在说，要保持镇静不要惊慌。我不知道他是否有把握度过这道难关。米尔沃顿可能随时发现保险柜的门被人撬开过。我心里暗想，如果他发现柜子被打开过，我就冲出去，用大衣捂住他的头，并按着他，接下来让福尔摩斯去收拾他。但是他低着头慢慢地翻动着文件。这时我猜想他看完文件抽完烟，就会睡觉去。但是米尔沃顿的动作引起了我们的兴趣。

米尔沃顿在不停地看表，他站起来又坐下，样子显得十分不耐烦。这时阳台上传来微弱的声音，我没想到这么晚了，还会有人来。米尔沃顿精神一振，放下他手里的文件，很端正地坐在椅子上，紧接着响起了轻轻地叩门声。

他站起来打开门对敲门者说："你怎么迟到了半个小时？"语气中流露出不满。我们现在才明白他为什么深夜不去休息，而且还没锁门。我听到一阵衣服细微的摩擦声。米尔沃顿的脸转向我们时，我们已经合住了窗帘。听到他坐到椅子上的声音，我又轻轻地把窗帘拉开条缝，往外观看。他还叼着雪茄，一位瘦瘦的妇女站在他的对面。她戴着黑色布巾，下巴处系着斗篷，皮肤在明亮的灯光下显得有点黑。她情绪激动，浑身颤动着，呼吸也有些急促。

米尔沃顿说："亲爱的，为了等你，我到现在还没有睡。你就不能在别的时间来吗？我希望这次你不会令我失望。"

那位妇女摇摇头。

"不能就不能吧，伯爵夫人很难缠，你终于有机会和她一争高低了。恭喜你。你为什么激动？对了，你快要胜利了。现在谈我们的事吧。"说完，他从书桌抽屉里拿出一个笔记本，"你准备卖包括伯爵夫人达尔伯在内的 5 封信吧？只要是好货，我是乐意出大价钱的。啊！怎么是你？"

这位妇女默默地揭开面纱，并解开了斗篷。出现在我们面前的是一副绝美的面孔，一双闪亮的眼睛发着坚定的光芒，薄薄的嘴唇上带着可怕的微笑。

她开口了："是我，一个被你毁了一生的女人。"

米尔沃顿笑了，声音里充满了恐慌。他说："你真不开窍，你为什么要逼我那样做呢？我不愿让我的利益受到损害，但是人活着都不容易，你该让我如何是好呢？你完全可以付清那笔钱，但是你没那样做。"

"因此，你为了钱，把信给了我丈夫。这封信使他对我失望了，他伤心得快要死了。你明白吗？他非常高尚，现在我都不配为他系鞋带。昨天夜里，我在这儿向你下跪，希望你能良心发现，但是你却无动于衷。你抖什么，害怕了吗？没想到我会来找你吧，昨天晚上，你教会了我如何面对一个无耻的流氓。查尔斯·米尔沃顿，还有话要说吗?"

他站了起来，极力掩饰自己的恐慌，对她说:"你不要吓唬我，仆人们只要听见我大声说话，就会进来抓住你，在我发火之前，你最好马上离开，我会原谅你的莽撞行为。"

这位妇女把手放在胸前，像是在祈祷，薄薄的嘴唇上，挂着将要杀人的微笑。

"我不会让你去把别人搞得身败名裂，也不会再让你拆散别的幸福的家庭。我要干掉你这条毒蛇，你这恶棍、流氓、狗，吃我一枪，一枪，再一枪!"

她手里拿着只小手枪，发着寒光，复仇的子弹一颗又一颗射进米尔沃顿的胸口，枪口离胸口很近，只有两英尺。他向后倒去，手里还紧紧抓着文件。他摇摇晃晃，试图站起来，但是他又中了一枪，这次他彻底倒了下去。我听见他喊了一句"你打死我了。"然后就没动静了。这个妇女看看他，在他脸上狠劲踹了几脚，直到确认他真的死了。这位妇女——正义的复仇者，这才转身离开。

当时我们干涉的话，也救不了他。当这位妇女向米尔沃顿开枪时，我想冲出去，但福尔摩斯拽住了我的手。我明白福尔摩斯的意思:这事与我们无关，正义战胜了邪恶，不要忘了我们的目的和责任。那位妇女前脚刚离开书房，福尔摩斯后脚就迈到另一扇门前，并转动了一下门锁的钥匙。这时传来急匆匆的脚步声和嘈杂的说话声，看来，房里的人全被惊醒了。福尔摩斯沉着地走向保险柜，双手把一捆捆信件扔进了壁炉，直到扔完为止。这时有人敲门并转动把手。福尔摩斯迅速回头看了一眼，看见那封预告米尔沃顿死期的信，还在桌子上并沾满了血迹。福尔摩斯把它也扔进了壁炉。他拔出通向外面那扇门的钥匙，我们跑了出去，在外面又把门闩住。他说:"从这边走，我们翻墙离开。"

我回头一看，这栋大房子灯光通明，前门开着，花园里闹哄哄的，一个个人影正沿着小道追去。警报传得如此之快，出乎我的意料。当我们走到阳台时有个人发现了我们，边喊边追过来。福尔摩斯对这儿很熟，我跟着他飞快穿过树林，追我们的人也是气喘吁吁。一座6英尺高的墙挡住了我们的路，福尔摩斯一下就翻过去。当我翻的时候，我的脚被人抓住了，我顺势踹了他一脚，翻过墙头后，脸朝下摔在树丛中，福尔摩斯把我扶起来，然后我们一起飞速地穿过韩姆斯德荒地。

我们一口气跑出足有两英里，直到听见后面没有追逐者的脚步声了，这才放下心来，我们安全了。

我已经把这次具有特殊意义的伟大事件记录下来。第二天上午，我们吃完早饭后正在抽烟，这时仆人把满面严肃的伦敦警察厅的雷斯垂德探长领了进来。

"早上好，福尔摩斯先生，请问，你现在有空吗？"他问道。

"就是再忙也得接待你呀。"

"如果您有空的话，我想请您帮助我们调查一个非常奇特的案子，时间是昨天晚上，地点是韩姆斯德区。"

福尔摩斯说："啊！这是一起什么性质的案子？"

"谋杀——一起让人吃惊的谋杀案。你一向热衷于对这类案件的侦破，怎么样，去阿倍尔多塔帮帮忙吧。说句实话，这个米尔沃顿确实是个恶棍，我们监视他有一段日子了。还了解他用高价收买一些信件，来进行敲诈。凶手没有拿走一点值钱的东西，只是烧了一些信件，由此推断，凶手可能是有地位的人。他们的目的只是防止那些信件对无辜的人造成伤害。"

"他们？做案的不止一个？"福尔摩斯问。

"是的，罪犯有两个，其中一个差点被当场捕获。我们采集了他们的脚印，向目击者了解了他们的长相，我们一定能抓住他们。第一个人身手敏捷跑得很快，第二个人被花匠抓住后，经过一番厮打后也逃跑了，这个人身体强壮，中等身材，方下巴，粗脖子，有络腮胡，还带着黑色面具。"

歇洛克·福尔摩斯说："描述得不够细致，你不会认为华生是凶手吧。"

雷斯垂德用一种玩笑的口吻说："我确实在描述华生。"

福尔摩斯说："雷斯垂德，恐怕我爱莫能助，在我眼里，米尔沃顿是个最最危险的恶棍。他钻了法律的空子，使他没有受到应有的惩罚。因此，从某种意义上讲，复仇是在所难免的。不要再浪费口舌了，我十分同情那些可怜的女人，而米尔沃顿是死有余辜。这是我不协助侦破案件的原因。"

福尔摩斯好像忘记了那起他曾亲眼目睹的杀人案件，一上午只字未提。我看见他在那儿发呆，仿佛在努力回想着什么事。我们正在吃午饭时，他突然站起来对我大声说："天啊！华生，我终于想起来了，快戴上帽子和我一起去！"我们跑出贝克街，到了牛津街。接着又往前走，快到摄政街广场时，我看见路左边的商店橱窗里，挂满了社会名流和美女的大幅照片。福尔摩斯紧盯着其中的一张，我顺着他的目光看去。看到一位身着盛装的、庄严的皇家女子头戴高高的镶钻石的冕状头饰。我仔细看着那略带弯曲的鼻子，浓浓的眉毛，端正的小嘴和那刚毅的下巴。当我读到这位妇女的丈夫——一位伟大的政治家和那古老而高贵的名衔时，我惊呆了。福尔摩斯和我对视了一下，当我们转身离开时，他放一个手指在嘴唇前，示意我对此事一定要保持缄默。

世界经典探案故事全集
SHIJIEJINGDIANTANANGUSHIQUANJI

SHIJIEJINGDIAN
JINAZHUIBUGUSHI

周 治◎主编

世界经典
缉拿追捕故事

辽海出版社

责任编辑：于文海　陈晓玉　孙德军

图书在版编目（CIP）数据

世界经典探案故事全集/周治主编 .—沈阳：辽海出版社，2011.1
（2014.4 重印）

ISBN 978-7-5451-0437-0

Ⅰ. 世…　Ⅱ. 周…　Ⅲ. 故事—作品集—世界　Ⅳ. I14

中国版本图书馆 CIP 数据核字 （2009） 第 084356 号

世界经典探案故事全集

世界经典缉拿追捕故事

主编：周治

出　版：辽海出版社	地　址：沈阳市和平区十一纬路25号
印　刷：三河市刚利印务有限公司	字　数：400千字
开　本：720mm×960mm　1/16	印　张：33
版　次：2011年1月第2版	印　次：2014年4月第2次印刷
书　号：ISBN 978-7-5451-0437-0	定　价：89.40 元（全3册）

前　言

探案故事是一种通俗文学体裁，主要描写刑事案件的调查和破案过程。

探案故事的模式由 4 部分构成：一是神秘的环境；二是严密的情节，包括介绍侦探、列出犯罪事实及犯罪线索、调查、宣布案件侦破、解释破案和结局；三是人物和人物间关系，主要有 4 类人物：一是受害者，二是罪犯，三是侦探，侦探的朋友，牵涉进罪案的好人；四是特定的故事背景。

这 4 部分的次序可以根据需要排列组合，但它们是传统探案故事的结构基础。

探案故事从 19 世纪中期开始发展。美国作家埃德加·爱伦·坡被认为是西方探案故事的鼻祖。第一次世界大战和第二次世界大战之间这段时期，称之为西方探案故事的"黄金时代"。仅英美两国，就出现了数以千计的探案故事。当时阅读探案故事已不仅仅是有闲阶级的一种消遣，下层阶级的人也竞相阅读。

20 世纪 20 年代末期，美国出现了一种"反传统探案故事"的探案故事，称之为"硬汉派"探案故事。这类作品描写艰苦的环境和打斗场面，在叙述故事和人物刻画上，与传统的侦探作品都有很大的不同。这类作品在一定程度上反映了社会现实。第一次世界大战以后，世界范围的经济萧条对美国打击很深，工人失业，生活贫

1

困，官吏贪污腐化，社会动荡不安。一些优秀的探案故事作家开始反映这种社会现实，提高了探案故事的文学水平。

探案小说从 19 世纪末引入中国以来，也是长盛不衰。80 年代以后，翻译侦探小说大量出版，总数可能达到 2000 部以上。本土侦探小说也有了长足的进步，解放前著名探案作家的作品直到现在仍有再版，当代探案小说的创作每年也有百部之多。

侦破故事不论是民间流传还是真有其事，都代表人们不平则鸣的心声。在侦破故事中，忠诚与奸诈、勇敢与怯弱、正义与邪恶、公理与私刑、智慧与愚昧、文明与落后、真善美与假丑恶，形成了鲜明的对比、激烈的矛盾经过冲突、斗争、较量，一切表现得淋漓尽致，使我们不得不对邪恶产生深深地憎恨，对正义产生不懈地追求。

我们编辑的这套《世界经典探案故事全集》包括《世界经典侦探推理故事》、《世界经典缉拿追捕故事》和《世界经典智破奇案故事》等 3 册，这些作品汇集了古今中外著名的疑案、迷案、奇案、悬案、冤案等近百篇，其故事情节惊险曲折，探案英雄大智大勇，阅读这些侦破故事，不仅可以启迪智慧、增强思维、了解社会、增长知识，还可以学到自我保卫、推理破案的常识，防范日常生活的不测。

本套丛书具有很强的系统性、权威性和完善性，是全方位展示国内外探案作品的经典版本，是青少年读者的良好读物和收藏佳品。

─目　录─

第一章　扑朔迷离

古坟里的谋杀

我叫木村，是一个推理小说作家。初夏的时候，我特地到日本做了一趟三河西部之旅。

那儿有德川家康的铜像和许多名胜古迹，他的盛名，真是历久不衰啊！但令我感兴趣的并不是这些东西，而是一些古老的传说。

三河下游为扇状地形，自古以来一直是人们生活的地方。河流沿岸有不少原始遗迹和古坟分布在那儿。

天气十分的炎热，皮肤被太阳晒得发黑，回东京的那天早上，我在郊外的火车站碰到中村先生，正好他也来度假。单线的月台在铁轨的一边，下车的旅客纷纷由站台左手边的检票口出入，因为车站上人并不很多，所以我一眼就看见中村站在那儿。

中村是一位木匠，50多岁，瘦瘦高高的，他因为喜欢我的作品，所以彼此成为笔友。

正在施工的铁路旁，有许多贝壳。沿着山坡走上去，在建筑物的墙角边，也发现不少。车站两旁装了两个展览用的橱窗，里面摆饰着各种贝类化石和蚌类模型。

无名古坟长81米，是一个前方后圆的坟墓，往下俯瞰，是一大片的稻田，绿油油的真是漂亮！铁路为一字形，火车经过时带来一阵噪音，犹如从地平线上冒出一只怪兽，吞噬整个平原。

虽然无名古坟离车站不远，但这段路却是相当难走，我知道中村因为喝酒过多，肝脏不太好，天气又这么热，所以想慢慢地走。

"木村先生，快点走啦！"他却急急催促我走在前面。

在主坟顶上立着一根天神社址石柱，旁边是另一座古坟——秋叶神社殿。

最后是另一座古坟，爬上33阶楼梯后有个浅间神社，因为年久失修，已经倾塌了一半，为了避免游客掉下去，在两旁都用石栅栏特地围了起来。

"哦，每一个古坟差不多都有一间神社，已经很久了吧！"

"这些古坟都是战国末期建立的，有一个有趣的传说。"

"什么传说？"

"秘密杀人事件……等下一再告诉你！"

我们回到中村的度假小屋，换了轻便的衣服，又尝了中村太太亲手做的料理。刚走了三四公里，非常口渴，现在能一口接一口地喝着啤酒，觉得特别过瘾。

"这一带是德川家康的地区，当年他在今川义元底下当人质的时候，这一地区的人被课重税，有许多人都三餐不济，只好告诉今川义元收成不好，暗中私藏了许多稻米。税务局后来发现了这件事，就派人来调查。但是因为官员工作量有限，村中又藏着许多眼线，所以什么也查不出来。"

"那么秘密杀人事件是怎么回事呢？"

中村举起酒杯和我互干了。

"有一年，税务局派了一个叫庵原的官员来，他是征税天才，拿走了村里的许多粮食，就在那年，村里几个老人和小孩饿死了！"

"下一年也是这样吗？"

"是的，不仅如此，庵原还要一直待下去。他预定傍晚到达此地，第二天开始严厉检查税务。在岗崎附近，一些激愤的村民不堪重税而拿刀杀了那些来征税的官员。"

"庵原也被杀了吗？"

中村点点头，继续说道：

"在那年春天，一个叫伍平的年轻人跟着庵原来到这里，他们决定以浅间神社为宿舍，于是叫村人来打扫。另外，又在石阶前设立哨卫，古坟之前又布置了一些机关，并将其他路封锁，所以要去神社，只有这条路可走！"

"警戒这么严啊！"

"除此之外，还派了十几名警卫来巡查。"

"后来如何了呢？"

"村人为了息事宁人，便派几名男女去哨站接待，年轻的女人们便逃到外地去避难。"

"年轻的男人呢？"

"都被派到外地打猎去了。"

"血气旺的男人都不在村里啦！"

中村喝了一口啤酒说：

"庵原到达时将近傍晚，伍平带着他走上石阶，经过哨站时，看到几名年轻人正扛着一头大猪走过来，还有一些人拿着野鸟以及美酒！"

"干什么呢？是不是要慰劳那些人？"

"对，这时哨兵拦住了那些人。"

"庵原呢？"

"进社殿去了，伍平下来问明了来意，就叫他们把猪扛上去了。"

"然后呢？"

"伍平把大猪摆在门口，向庵原报告，但是社殿内并无人应声，伍平好奇，进去一看，却发现庵原倒在阴暗的社殿里。"

"被人刺杀了吗？"

"没错，因为室内太暗，伍平就把他抬出来，这时才发现一把尖刀，从背后刺穿了他的胸膛！"

"背后？"

"是的。"

"这把刀是谁的？"

"不知道，因为刀子并无特征。"

"我想起刚才看到的浅间神社，非常狭小阴暗。"

"伍平立刻进入社殿内搜查，但里面空无一人。"

"社殿的构造如何？"

"大门为左右推开的木门，两侧墙壁上是固定好的格子窗，凶手不可能从那儿进来。"

"伍平一定会认为凶手趁他在社殿前时杀了庵原，然后又没法逃过哨兵的视线，所以立刻下令全面搜查。"

中村点点头，替我倒了一杯啤酒。

"里面为什么那么黑呢？"

"因为正值傍晚，况且光线又不足。"

"我想屋子里需要灯火，在灯火还未点亮之前，庵原一进去就被人杀了。"

"对不起，我遗漏了一点——在庵原和伍平往石阶上走时，有一名妇女手上拿着烛火，走过伍平身旁，进入社殿，然后和那些扛猪的年轻人一起往下走。"

"因为大家对女人没有戒心，所以凶手一定是她，趁机杀了庵原。"

"当时伍平也想过这一点，但是女人身上并未沾上任何血迹，而社殿里血迹斑斑！"

"会不会有秘道？"

"地上并无机关！"

"难道她在伍平进来之前换好了衣服？"

"不，她下了石阶之后，就到哨兵房去帮忙。"

"那不就表示没有嫌疑了吗？"

"对。"

"伍平后来到底有没有抓到凶手呢？"

"不知道，因为庵原死在神社里大家惟恐触怒神明，所以都吓得四下逃跑了，听到庵原被杀的消息，其他征税官都很害怕，所以在清缴税务时也没有那么严格，倒是伍平，听说受了相当重的处罚！"

我拿出一根烟来点。

中村无法忍受杯中没有啤酒，所以又替我倒了一杯酒。

"我把我的推理告诉你，不合理的地方请你告诉我。"

"你说吧！"

"由伤口来看，庵原绝对是被刺身亡的。因为刀是从背后刺出的。"

"没错！"

"伍平在台阶时有从背后杀死庵原的机会，但他必须躲开哨兵及其他人的注意。特别是那个提灯的女人，如果他提着灯进去一看见尸体，一定会大喊大叫引起哨兵的注意。"

"所以说凶手不是伍平！"

"是的，同时那个女人身上没有沾上血迹，况且从庵原被刺的情形看，那完全是一个女人的力量所不能办到的，而村子里的年轻人都是在尸体发现后才进来的。"

"那么不就没有其他可怀疑的人了吗？"

"有，而且那个女人是他的同犯。"

"此话怎讲？"

"那个人应该是村子里的仆役，他趁打扫社殿之机，事先躲进里面，等庵原进去之后，从背后刺穿他的心脏，趁尸体被抬出去，外面一片混乱之际，再逃走，因此没有人看见他身上的血迹。

"如果果真如此，那么提灯的女人在走进社殿时会看见庵原倒在地上，可见这是一起有计划的刺杀，否则女人提灯进去时，就会破坏凶手的行动。

"说得对极了。"

中村又举杯和我干了。

"如果行刺不成，是要被处死的，所以那女人一定和凶手的关系很密切。也许那个女人是凶手的母亲，要死也要和孩子死在一块。"

"不仅如此，大猪的村民也应该都是他们的同谋。如果他们太早出现在石阶那边，恐怕庵原早就会看见而失去兴趣。如果出现得太晚，庵原已经进入了神殿，伍平也会随之进入。那样，凶手就要杀掉两个人，显然是不可能的。"

"对呀！"

我随手拿起中村的一个泥偶摆弄了一会儿。然后看看手表，已经下午3点多了，就和中村告别。临走的时候，中村的女儿恰好回来了。那是个长着大大的眼睛的女孩。她冲我行了个礼后，便跑进屋去了……

象牙盒里的阴谋

一大早，福尔摩斯的房东急匆匆来找华生，说：

"华生先生，可怜的福尔摩斯先生病了，又不准我请医生。你去看看他吧！"

华生立刻带上药箱，心急火燎地来到福尔摩斯的寓所。

福尔摩斯病得很厉害，两颊通红，嘴唇上结了层厚厚的黑皮，不停地咳嗽着。

看见华生，他虚弱地伸出手连连摇手，让人尽量离他远些。

"福尔摩斯先生，你怎么了？"华生焦急地问道。

福尔摩斯用沙哑而急促的嗓音说道："华生，我得了从苏门答腊来的热病，很容易传染。"接着他又有气无力地说："伦敦有一位医学博士，叫史密斯，柯弗顿·史密斯，是热带病的权威，你去把他请来。"

华生连忙转身向门口走去。

"华生！"福尔摩斯喘着粗气，喊道："不，现在你不能走，6点时，你再走。"

华生觉得，由于疾病的痛苦，福尔摩斯的脾气变得非常古怪。他不安地在屋里踱来踱去。这时，他看见柜子上放了只精致的象牙盒，便伸手取来。刚想打开看看里面装了什么，就听福尔摩斯大声吼叫起来："华生放下，别动那盒子！"

华生吓得赶忙松了手。他真为老朋友的粗暴无礼感到吃惊。要知道，福尔摩斯一向是个温文尔雅的绅士，可现在……。

6点钟到了。福尔摩斯让华生点上蜡烛，把壁炉旁的信和报纸放到床边的床头柜上，用夹子小心翼翼地把象牙盒夹起来放在报纸堆上。他才准许华生去找史密斯。临走前，还再三嘱咐："记住，你必须赶在史密斯之前先回来！"

史密斯是苏门答腊的著名医生，现在住在伦敦。他在苏门答腊时，发现了一种奇怪的疾病，经过研究，他找出了治疗方法取得了很好的效果。

华生来到史密斯的住处，却被保镖挡在门外。华生一急便不顾一切冲了进去。

这时，史密斯走了出来，问道："你是谁？为什么私闯我的住宅？"

"对不起，"华生说，"我的朋友，福尔摩斯……"

史密斯一听福尔摩斯的名字，犹如触电了一般，立刻问道："你从他那里来？"

"是的。"

"怎么样？他还好吗？"

"他病得厉害。他说只有你能治他的病，就让我来请你。"

听到这里，史密斯的脸上现出一丝不易察觉的笑容。

"他已经病了很长时间了，我见到他时，他已经有点神志不清了，你一定得救救他呀！"华生急切地恳求着这位热病专家。

"这么一说，情况倒是十分严重了。华生先生，我马上跟你去。"

华生记起福尔摩斯先前说过的话，便说："对不起，我还有急事要办，得先走一步。你知道福尔摩斯住哪吗？"

"噢！我知道福尔摩斯的地址，过一会儿就到。"史密斯回答道。

华生匆匆赶回福尔摩斯的公寓，把事情的经过一字不落地告诉了福尔摩斯。

"好极了，华生。"福尔摩斯虚弱地点点头。

终于，门外传来了史密斯的敲门声。福尔摩斯忽然坐了起来，苍白的脸上显得异常严肃。

"他来了，快，华生，躲到柜子后头，切记不论发生什么事，千万别出声。"

史密斯推门走进了房间。

室内鸦雀无声，只听到福尔摩斯沉重的喘息声。

"福尔摩斯！"史密斯走近床前喊了起来，"听见我说话吗？福尔摩斯。"

福尔摩斯睁开眼睛，用几乎听不见的声音说："你来了，史密斯先生。"

史密斯笑了："你知道你得了什么病吗？"

福尔摩斯轻声回答："你的侄儿维克就是得此病死的，是你为了谋取他的财产而让他感染了这种病。"

史密斯奸笑道："太晚了，福尔摩斯先生，你就要死了，没有时间让你公布此事，真遗憾！"

福尔摩斯禁不住痛苦得呻吟起来。他怒视着史密斯，愤怒地骂道："你决不会有什么好下场！"

史密斯说："瞧你这副可怜样，连自己怎么死的都弄不清吧！

"是那只放在邮包里面的象牙盒，我打开它时，被里面的弹簧刺破了手指头。盒子就放在桌上。"福尔摩斯说着已气喘吁吁了。

"完全正确。现在我要带走它，这样，再也没人能知道你的死因了。"

史密斯得意地说道："你会像维克那样痛苦地死去，是我杀了他，而同样地我也杀了你，看来大侦探也不过如此！"

"是吗，史密斯先生？"福尔摩斯猛地从床上坐起来，一点也不像垂危的病人。

史密斯发觉自己上了当，慌忙要逃。这时，已经明白原委的华生从柜子后面一跃而起，同福尔摩斯一道制服了史密斯。原来，前些日子福尔摩斯接受了一起案子。原本身体健康的维克忽然得了一种怪病，跑遍了伦敦所有的医生都治不好，最后只好痛苦地死去。福尔摩斯在调查中发现死者唯一的亲人史密斯是个医学专家，在维克死后，继承了大笔的遗产，就开始怀疑他。就在这时，他收到了一个匿名的包裹，谨慎的他带上皮手套打开了盒子，这才免受其害。于是，福尔摩斯将计就计，对外佯称病危，诱使史密斯讲出了真相。没想到戏演得太过逼真了，连华生也被蒙了一把。

恐怖的哨音

雨季就要来临了，洛特医生找来工匠，吩咐将他的房屋彻底修整一下，免得日后漏雨。

两天前，洛特的继女海伦住的房间开始修缮，她不得不暂时搬进房中央那间空屋住下。那里原先住着海伦的姐姐朱利。两年前的一个深夜，她奇怪地惨死在房间里。睡在朱利的床上，海伦感到十分害怕。姐姐死时的情景仿佛历历在目：那是个风雨交加的夜晚。她在睡梦中听到姐姐凄厉的叫声，一下子从床上跳下来，冲向过道。就在她开启房门时，听到一声轻轻的，就像姐姐以前对她说过的那样的口哨声。借着楼道的灯光，她看见朱利脸色灰白，靠在床边的身体慢慢软了下去。"海伦，是带斑点的……"话没说完，朱利便永远地闭上了眼睛。警察局曾派人来调查，结果却不了了之。没人能告诉她朱利的死因。

想着这些，海伦不禁哭了。夜深了，她刚有些睡意，突然听到一阵口哨声。她吓得跳下床来，拧亮灯，但什么也没发现。她清楚地记得，朱利死的那晚，这种恐怖的哨音也出现过。她再也不敢睡了，独自坐在椅子上直到日出。

第二天一大早，海伦见洛特进城出诊，便偷偷来到福尔摩斯的住处，告诉他两年前朱利离奇的死亡和夜里奇怪的哨声。福尔摩斯听后，一口答应帮她查出真相。

下午2点，福尔摩斯和华生来到海伦的住处。穿过过道，他俩走进了朱利生前的卧室，就是海伦现在住的这间。只见房间里布置得很简朴，除了一张并不十分宽大的罩着白色床罩的床，一张梳妆台、一把椅子，还有墙角那带抽屉的橱柜，别无他物。福尔摩斯前前后后巡视一番，最后，目光落在床边悬挂的一根粗粗的铝质拉铃绳上。"这铃绳通向什么地方？"他问海伦，海伦并不知道，她说是在两年前装上的，从未用过。福尔摩斯顺着墙壁瞅着，末了，他猛地一拽铃绳，这才发现没有接上线，绳子是系在通气孔钩子上的。令他奇怪的是通气孔不朝室外，竟通往隔壁房间。

隔壁是洛特的房间。福尔摩斯和华生发现，隔壁房间的陈设也极其简单。床、桌子、椅子、书架、铁保险柜，仅此而已。福尔摩斯在房间里绕了一圈，最后，走到保险柜前，拿起上面放的一只盛奶用的浅碟，问洛特医生是否养猫。海伦说，继父只养了一只狒狒。这时，华生从床头翻出一根不大的打狗鞭子。鞭子是卷着的，还打成活结，盘成一个圈。拿在手上，福尔摩斯陷入了沉思。最后，他告诉海伦，"我和华生将在朱利房里呆上一宿。现在，我们要走了，免得洛特回来发现我们。等他睡后，你在你原先的房间点一盏灯，然后，呆在那里哪也别去。灯亮了，我们立刻就来。"

海伦不明白他们要干什么，但还是答应了。

夜深了，福尔摩斯和华生躲在海伦窗下的草丛里焦急地等待着。大约11点，海伦点亮了灯，这是进屋的信号。福尔摩斯和华生脱了鞋，悄声无息地上了楼，钻进朱利的卧室。

福尔摩斯让华生把枪准备好，他自己却拿上一根又细又长的藤鞭，坐在床沿上。

教堂的钟声缓缓地敲了12下，华生有些瞌睡了。突然，黑暗中，从通气孔那个方向闪现出一道瞬间即逝的光亮。这些并没逃过福尔摩斯的眼睛。随后，他又闻到一股煮牛奶的气味，还听到有什么东西轻轻挪动的声音。接着，一切又恢复了沉寂，可那气味越来越浓。过半小时左右，福尔摩斯的耳边响起一种非常柔和、轻缓的声音，伴随着一阵"嘶嘶"的响声。福尔摩斯从床上猛地跳起来，点亮蜡烛，用那根藤鞭猛烈地抽打悬在面前的那根铃绳。响声惊醒了华生，他看见福尔摩斯在拼命抽打悬绳，脸上神情是那样恐惧。

过了一会，福尔摩斯停下手，抬头望着墙上的通气孔。紧接着，一声凄厉的尖叫声从隔壁房间传来，仿佛要将黑夜刺破。

福尔摩斯和华生迅速从房里冲出，去敲洛特医生的房门。里面却是死一般的寂静。海伦闻声也赶过来，她随手转动了门把手，进入房内。眼前的景象把所有人都惊呆了：桌上放着一盏遮光灯，一道亮光照在柜门半开的铁保险柜上，桌子旁坐着她的继父洛特，只见他仰着脑袋，一双暗淡的眼睛僵直地盯着天花板的角落，额上绕着一条带有褐色斑点的黄带子，带子紧紧地缠住他的头。突然，黄带子动了起来，从他的头发中间昂然钻出一条又粗又短、长着钻石型脑袋的毒蛇。

福尔摩斯告诉海伦，朱利就是被它咬死的，而真正的凶手是蛇的主人——洛特医生。

海伦听到的口哨声，是洛特召蛇回保险箱的口哨声。保险箱上放的那碟牛奶，就是他训练蛇的诱饵。他会在适合的时候，把蛇送进通气孔，蛇就会顺着铃绳子爬到床上，咬床上的人。当福尔摩斯听到有"嘶嘶"的声音时，知道全猜得没错，便拼命抽打绳子。结果，把蛇从通气孔赶了回去。蛇被打怒了，反扑过去不分青红皂白狠狠地咬了它的主人一口。

华生问福尔摩斯："洛特医生为什么要害死他的两个继女？"

"十有八九为了他妻子留给两个女儿的那笔可观的遗产。"福尔摩斯不无感慨地答道。

风流作曲家之死

中川洋一郎是个红的透紫的作曲家，同时又是一个十足的花花大少。据说他写的流行歌曲，有许多首是在床上风流之后在女人的肚皮上挥笔写成的。

每当他从刚成名的新歌手中物色到有几分姿色的女性，便说："我想送你一首绝美的曲子，不过在写之前，我需要捕捉你的情感。"就这样花言巧语地将其哄骗上床。当然，也有些是女歌手为了得到能走红的歌曲而主动献上自己的肉体的。

随意玩弄女性终有恶报。3月27日上午，人们在中川的公寓里发现了他的尸体。他是被用尖刀刺中腹部而死的。

被害时间是26日夜里10点左右。似乎是在听立体声音乐时遭到袭击的。他俯卧在地上，右手里攥着一张CD唱片，这是一张贝多芬的第三交响曲。他大概是想留下凶手的线索，在断气之前拼力从音响机旁边的唱片中选出了一盘。

因未发现贵重物品被盗，所以被认为是仇杀或情杀。通过对与被害人有关的人员进行调查，查出以下三人有犯罪的嫌疑：

若月绿

因唱了中川作曲的《不合季节的花》而成名，曾与中川同居，后因流产损伤了身体而结束了歌星的生涯。与此同时被中川抛弃，沦为酒吧的女招待。她的沦落完全是因中川逼迫堕胎而造成的，所以非常痛恨中川。

山本英雄

本来是中川的学生，也曾为中川代编过曲子。后因唱片的版税分配不均而发生争吵，与中川分道扬镳。又因他在艺术周刊上发表揭露中川放荡生活的报导而遭中川的报复，被赶出唱片界，沦为酒吧的常客，每天晚上喝得酩酊大醉，扬言要干掉中川。

井上茂

他的妹妹一心想当流行歌星，因而受到中川的诱骗，结果连一首好歌也没得到就被抛弃，因此而自杀。井上发誓要替妹妹报仇雪恨，干掉中川。

以上三个人，都具备杀人动机，而且都没有当时不在作案现场的证明。但是，除了被害人手里抓着的一张唱片外，再没有其他有力的物证，所以警察本部一时还难以断定三人之中谁是凶手。

正在为难之际，一位喜欢古典音乐的年轻刑警为破另外一件案子来找本部时，无意中看到了嫌疑犯名单，便得意地指着一个人名

11

说："这不很明显吗？凶手就是山本英雄。"

"为什么是他？"

"中川手里抓的那张唱片是贝多芬的第三交响曲，也叫《英雄交响曲》，这不就是暗示杀他的人是山本英雄吗？"

"哼，原来如此，中川洋一真是个老狐狸。"

"偏偏 3 月 26 日被害，真是个奇妙的巧合。这一天是贝多芬的祭日。贝多芬逝世于 1827 年 3 月 26 日。"年轻的刑警对如此之凑巧颇有感触。

会叫的长颈鹿

乔治是一个善于观察年青有为的警探。这天他刚刚度假结束正驾着小轿车奔驰在圣弗朗希斯科郊外的大道上。时值立春夕阳西下，微风拂面，乔治不禁有点心旷神怡。轿车拐过一个弯道后，在明亮的前车灯的照耀下，他突然发现有个男人正从路边的树林里蹿出来，要横穿马路。乔治急忙紧急刹车，由于惯性，他的头撞在了车窗上，顿时鼓起了大包。汽车带着刺耳的声音，朝前滑出了几米。乔治恨不得冲上去，踢他两脚，他嘴里骂骂咧咧地喊道："你小子不要命啦！"

那人坐在地上，目光痴呆，好像被撞伤了。

乔治吓了一跳，推开车门，跳了下去，他伸手推推那家伙，问："撞伤了没有？"

这个男人似乎没有听到乔治的问话，他直勾勾地看着前方，双手撑地站了起来。

乔治又问了一句："撞伤没有？"

这个男人突然一把攥紧乔治的胳膊，含糊不清地说："杀人啦！杀人啦！"

乔治一时没听明白，这个人突然一搡乔治，大喊起来：

"快去！快去打电话报案！公园里有人被杀啦！"

真倒霉，刚休完假就碰到凶杀案。乔治无可奈何地耸耸肩。

"唉，真的吗？不用报警了，我就是警察，叫乔治，"乔治一边说，一边拿出自己的证件。"你叫什么名字？"

"查理。"

"查理先生，你能带我到现场去看看吗？"乔治说完话，就在地上捡起根木棒，交给他，然后揽着查理朝前走去。

大约距公路200米的地方，有一个穿夹克的的男子倒在血泊中。

乔治弯下腰仔细地检查着，他发现这人已经死了，显然是被从后面射出的子弹击中了头部。

一旁的查理一脸恐惧的样子，牙齿颤抖着说："天哪！"

乔治将死者翻了个身，指着死者问查理："你认识这个人吗？"

查理把头摇成了拨浪鼓。

"你可以同我讲讲当时的情况吗？"

查理喘了口气，顿了一下才讲道："刚才，我在路边散步时，一辆车从我身边擦过。"

乔治感到有些奇怪，这段路在郊区，前不着村，后不着店的，谁会跑到这儿散步呢？于是，乔治打断了查理的话，问道："是什么样的车子？"

"是……是辆轿车，好像是黑的，不，是蓝色。"

"到底是什么颜色？"

查理垂下头，嘀咕着："我太害怕了，记不清它的颜色，反正车上有很厚的灰尘。"

可笑，乔治觉得这家伙有些自相矛盾。连车的颜色都认不准，倒还能记得上面有很厚的灰尘。

"那车速度很慢，它开过我身旁后打开了车的后灯，这时正好公园里的长颈鹿在附近，也许受了车灯的惊吓，就叫了几声，还在公园里狂奔了一阵，然后突然倒在地上。于是，我想过去看个究竟，却被这个死人绊倒了。"查理指着死尸说。

乔治走过去看了看，一颗子弹击穿了长颈鹿的脖子，长颈鹿躺在那儿，四肢抽搐。这时，查理突然话多了起来，而且语无伦次好像在为自己证明什么。

"我猜想凶手连打了两枪，第一枪没有打中目标，却击伤了长颈鹿，这家伙的枪法太不准了。"

乔治意味深长地笑了。

"咱们走吧，必须向警局汇报，喊一些人来检查现场。"

于是，两个人来到了乔治的车子跟前。乔治猛地掏出手铐，"咋嚓"一声，将查理铐在了车门上。查理大惊失色，用皮鞋猛踢车门，吼道："乔治，你为什么铐我？我又不是凶手，又不是嫌疑犯！"

乔治点燃一只香烟，吐了个烟圈喷在了查理脸上。

"你不是凶手，至少也是嫌疑犯！我长这么大，也没听说长颈鹿会叫，可你却说听见了长颈鹿的叫声，你这不是在撒谎吗？"

随后，乔治抓起了车子里的对讲机。

"我是警探乔治，弗朗希斯科公园边发生一起凶杀案，现已抓获一名嫌疑犯，请速派人来勘察现场……"

杯上留下的指纹

11 月的一天，犯罪学专家久我京介正在家中写作。

"犯罪现场搜寻证据中，最重要且起决定性作用的证据就是指纹。"久我京介在《现场中的线索》中写道。

"一枚人人皆有的指纹，何以能成为铁证如山的证据呢？这是因为指纹有这样的特性：

首先指纹是终生不变的，其次具有相同指纹的可能性是极低的。

这两个特性使得指纹成为识别一个人最可靠的证据。据推算，在 640 亿个指纹中只有一对相同的指纹。如果现在世界人口有 46 亿，那么指纹数是 460 亿，所以人口不到 1.4 倍以上，就不会有指纹相同的人。而且有人认为此推算并不准确，所以在将来即便人口增加了，出现相同指纹的可能性还是很小。"

写到这儿时，门铃响了，久我搁下笔开门一看，见小川警部垂头丧气地站在门外。

"打扰你工作了！"

"哪里，只要是你，我随时恭候，谁教你我朋友一场呢！请进！"久我将小川引进屋里。

"看你怎么一副无精打采的样子，是不是又碰到什么棘手的案件了？"

"让你说对了。正是为此想向你讨教呢。"小川警部疲惫不堪地坐到沙发上苦笑着说。每当侦查遇到困难时，小川就会跑到老朋友久我京介这儿来请教。

"先喝上一杯，提提精神。来点加冰威士忌怎么样？久我从厨房的冰箱中拿来冰块，放进了两个杯子中，然后倒了点威士忌，并将一杯递给小川。

"啊，谢谢！"小川边说边端起杯子。

"你说说看，这次是什么案子？"久我出于犯罪学家的好奇心马上开始询问道。

"就是文艺周刊记者在新宿公寓被杀的那件案子。"

"喔，是那件……"久我突然想起几天前曾在报纸上看到过报道。

文艺周刊记者青木一郎（34 岁）的尸体于星期一中午在新宿的家中被发现。因其房门没锁，来找他的同事进入房间后发现了他的尸体。死者倒在沙发上，头部被击，当场死亡。现场没有发现凶器。屋内电灯开着，写字台的抽屉被翻过。因受害人是一人独居，所以不清楚有什么东西被盗。茶几上放着一个空玻璃杯子，杯子里盛有未喝完的威士忌。从杯子内侧验出有酒精成份。经检测，杯子外侧沾有受害人的指纹和唾液。

以上是报纸报道的梗概。

"小川，对于你来说，这还不至于是令你头疼的那种复杂的案子吧。"久我说道。

"开始我也这样认为，可现场没留下任何凶手的蛛丝马迹，而且发现尸体又晚，死亡时间只能推出在星期六晚 7 点至 11 点，虽然有了嫌疑犯，却没有什么可靠的证据。"小川说完后，将酒中冰块放在嘴里咯吱咯吱地嚼了。

"这么说已经有了嫌疑对象？"

"有两个人，一个是广告名星西泽正彦。"

"就是拍新车商业广告的那位明星吧，究竟出于什么动机？"

"被杀的青木是个爱敲竹杠的。他一旦有了出名人士的丑闻，就以在周刊上发表相威胁而索要财物。"

"那么，西泽也被敲过竹杠吗？"

15

"今年春天，似乎出过这样一件事：他请来采访的青木坐他的车出去兜风时，因打错了方向盘，使车开进了路旁的沟里开不出来了。青木开玩笑似地将现场拍了下来。然而入秋后，当西泽在拍新型车的宣传广告时，青木就拿出那张照片进行敲诈。一旦如此拙劣的驾驶技术照片被发表，公司认为对新型车宣传不利，西泽正彦就会被从宣传广告上撤下来，而西泽将失去拍广告的酬金。

"你认为案发当夜他去了青木那儿吗？"

"据西泽说青木要西泽用 100 万元买那张照片的底片，他就在当夜 9 点左右去过青木的公寓。"

"对于现场茶几上有一个留有受害人指纹和唾液的杯子，对此西泽怎么说？"久我连珠炮似地追问说。

"西泽说青木用两个杯子做的加冰威士忌，其中一杯递给西泽，与咱们正在喝的是一样的，小川边说边晃动着杯里的酒。

"可西泽只喝了一半，而青木又加了两杯，两个人一边喝一边讨价还价。"

"这么说留在现场的杯子是当时青木用过的。可西泽用过的杯子找到了没有？"

"没有。厨房被收拾得井井有条。对于一个单身汉来说，青木似乎是少有的爱干净者。据他的朋友说，即便他一个人做饭，吃完后马上就刷洗碗筷，收拾干净。"

"这么说，假如西泽是凶手，那么他自己喝过的杯子会洗刷干净后藏起来，或是放进口袋里拿走。"

"如果他真的是凶手，大概会这样干的。西泽他最终交了 100 万元，拿了底片后马上就走了。证据是他给我看了底片，条件是不向舆论界发表。"

"那么现场有这 100 万元吗？"

"不，并没有 100 万元。所以值得怀疑的是，西泽没有付钱，而恼羞成怒杀了青木，然后翻了写字台的抽屉，拿走了底片。"小川警部说道。

"另一名嫌疑对象是谁？"

"摇滚歌手北原。他是因桃色丑闻被青木敲了竹杠。据说他当日夜 9 点左右去送过 50 万日元。"

"什么？那时间不是同西泽正彦冲突了吗？"

"是的，但北原说他去的时候，青木一个人正在看电视，并没有刚刚才来过客人的迹象。总之，北原交了钱马上走了。"

"可那50万元现场不是也没有吗？"

"是的。可能他没交钱而杀了青木，也可能是西泽杀了青木后，将钱连同照片底片一起拿走了。"

"北原来时，受害人也拿出加冰威士忌酒了吗？"

"没有。据北原说他正在戒酒而谢绝了，而青木就自己倒了一杯没加冰的威士忌，一个人喝了起来。他似乎也有这么个习惯：一旦敲竹杠得手并拿到钱，就故意在对方眼前举杯庆祝，是个十足的不要脸的小人。"小川说。

"的确是个有趣的案子啊。两名嫌疑犯在时间上完全相同。谁是凶手呢？因为都受了青木的敲诈，害怕受到警方的怀疑，因而在时间上说谎。"

"无独有偶，两人编造的时间竟完全相同。"久我完全被这一离奇的案件吸引住了。他沉思了一会儿说道："小川，留在现场的杯子沾有受害人的指纹吗？"

"受害人的指纹清晰可辨，尸体检验的结果也证实其胃肠中残留有酒精成份，所以受害人确实是用那个杯子喝的酒。对此，无论是西泽还是北原都说了真话，但他所喝的威士忌是西泽所说的加冰威士忌呢，还是北原所说的那种纯威士忌呢，这就不好说了。因此，这还不能作为断定谁是凶手的决定性证据。"

"哪里话，小川，不是已有充分的证据了嘛！"久我干脆地说。

"什么？这么说你已经知道凶手是谁了。"小川警部吃了一惊。

久我一边用手转着还剩有加冰威士忌酒的杯子，一边说："凶手即便在撒谎时也不是100%的说谎。凶手只是在对自己不利的事情上说谎，而对那以外的事情却说真话，这是为了防止露出破绽被人识破。"

"这我明白。"

"凶手也许在现场的时间上也说了谎，但只是在受害人喝的是加冰威士忌或纯威士忌酒上说的是真话，这正是他的失误之处。只要这样推理下去，谁是凶手就不言而明了。"

"可我还是不明白。"

"那么小川，我提醒你一句，现在是11月份，公寓里已供应暖气，这没错吧!"

"这没错，我们去时感觉相当暖和，可这和案子有什么关系?"

"暖和的夜晚喝加冰威士忌，那杯子会怎样呢?你回味过来了吧?来，警部，我们再来一杯怎么样?喝了冰镇的加冰威士忌脑袋会清醒的，案子也就马上会破的啊。"久我京介边笑边往警部的杯子里加冰块，倒满威士忌。

小川警部拿起杯子喝了起来。

"喔，原来如此，我明白了，我竟疏忽了这点。"他放下杯子不由自主地喊着，好半天目不转睛地看着自己的手，稍后，当他的目光同京介碰到一块儿时，他说:"连这么简单的事我都没注意，真不好意思呀。"

"哪里，哪里，这是因为你平常很少喝加冰威士忌呀!"久我笑呵呵地说道。

回到警局后，小川要求局长立刻逮捕北原，说他就是凶手。并向局长解释道，在温暖的房子里喝加冰威士忌由于温差的缘故，杯子表面会挂满水珠，这样就不会在杯子表面留下清楚的指纹，只有喝纯酒，温差不大才会留下清楚的指纹，北原在喝纯威士忌这一点上讲了实话，证明了他就是凶手。

果然，在审讯了北原以后，得知是他杀了青木。

无懈可击的犯罪手段

卡洛浦大使在自己的别墅里举办了一次小型宴会。阿诺探长因破获上次使馆被盗一案与卡洛浦大使结为朋友，所以这次也应邀出席了。正当人们喝着香槟，聊得兴致勃勃的时候，卡洛浦大使拿着照相机走到著名电影演员哈丽小姐面前:"哈丽小姐，照张相留作今天的纪念吧!"

"啊，可以，去哪儿照呀?"

"去那边松树下，行吗?"卡洛浦大使彬彬有礼地问道。于是，卡洛浦大使和哈丽小姐走进院子，让她站到了松树下。哈丽小姐很随意地摆了一个姿势，"请不要动，好，要照了。"说完就要按动快门。就在这一刹那，来到台阶上的大使夫人失手将酒杯掉在了地上。就在听到酒杯落地摔碎的同时，人们听到了一声枪响，哈丽小姐应声倒下，子弹穿透了她的胸部，当即死亡。客人们纷纷指着二楼的窗口嚷道："是从二楼发出的枪声。"阿诺探长出于本能，让大家呆着别动，然后他几步跑上二楼，发现在二楼的书房里，大使的长子麦克正不知所措地坐在那里，麦克眼睛蒙着绷带，是两周前猎枪出事故而造成双目失明的。

麦克听见有人进屋连忙问道：

"谁？"

"我是探长阿诺。"阿诺仔细地看着大使的书房。

窗子开着，书房的桌子上放着一支手枪和一把老虎钳子。

"是你用这支手枪打的吧？"阿诺探长问道。

"岂有此理！我眼睛根本看不见东西。没错我可以用手枪，可以扣动扳机，可又如何瞄准呢？"

"那是谁开的枪？"

"不知道，我只是在沙发上躺着的时候，感觉到好像有人走过来，我以为是佣人上来了，也没在意，然后那人打开窗户。接着就听见枪声，估计是那个人开的枪。"

"这个铁钳是干什么用的呢？"

"铁钳？那东西放在那里大概有一段时间了。"麦克说道。

客人和佣人们在枪响的时候全在一楼，谁也没见到有人上楼。那么罪犯还应是麦克。然而，他双目失明，怎么能瞄准楼下院子里的哈丽小姐呢？况且只一枪就结果了哈丽小姐，简直是不可能的事。

不一会儿，刑警来到现场，开始进行严密的勘察。

这时，阿诺探长把卡洛浦大使叫到另一房间，悄悄地对他说："大使先生，罪犯就是你和夫人，还有长子麦克三人吧？真是一个绝妙的圈套啊，配合默契，无懈可击啊。可是，为什么要杀掉哈丽小姐呢？"

卡洛浦大使一听十分生气，但他毕竟是个外交家，他很快就镇定下来，用外交辞令说道："阿诺探长，我们是好朋友，但我不明白你在说些什么？"

阿诺探长见卡洛浦大使不承认也不恼。在他眼里，卡洛浦大使是一个忠于职实，对两国交往至关重要的一个人，可阿诺很快也记起了自己的职责。

他平静地对大使说道："卡洛浦，我想你们是事先用铁钳把手枪固定在二楼书房窗边的桌子上，枪口瞄准院子里的大松树下。只要哈丽小姐一站到松树下，枪就会对准她。为此，你故意装着照相的样子，让哈丽小姐站在松树下，这时你的夫人故意将酒杯摔到地上，作为暗号，麦克一听到暗号就扣动板机。尽管麦克看不见哈丽，但由于手枪是事先固定的，只要扣动板机就行了，然后，麦克把手枪从铁钳上卸下来放到桌上，我说的对吗？卡洛浦。"

卡洛浦大使见阿诺探长说出了真相，无可奈何地对他说道："我告诉你真相，但请你不要讲出去，我可以付一笔保密费，我不想杀哈丽小姐，可她是一个双料间谍。敌国指示要干掉她，所以我只好出此下策，希望你能够明白我的苦衷。"

阿诺探长点了一根烟，狠狠地吸了一口，最后他对大使说道："对不起，卡洛浦，你有你的职责，而我有我的信条，作为一个警察，我的信条就是破案。"话音刚落，阿诺探长拿出了手铐。

会捉贼的钞票

有道是"人为财死，鸟为食亡。"有很多人为了发财，常会不择手段，铤而走险。这天中午，一个中年汉子突然冲进纽约市的一家银行。

"趴下，统统给我趴下！"中年汉子端着机枪，大声吆喝道。

当时，银行的大厅里只有为数不多的几个顾客和营业员。他们一看，就知道遇到了劫匪。在这种情况下最好按劫匪说的办，否则性命难保。

这个劫匪头上戴着一个头套，头套上只露出两只眼睛，谁也无法看清他的长相。

劫匪"砰"地一声关死了大门，然后他一只手举着枪对着趴在地上的人，另一只手迅速从腰间拔出匕首，割断了报警线。

"谁要敢动,我就打死谁!"劫匪取出一只大旅行包,扔到了柜台上,"把保险柜打开,把现金给我装进去!"

被枪指着的那个戴金丝眼镜的胖子是经理,可他连连摆手说道:"我不是管事的,我没有开保险柜的钥匙。"

劫匪冷笑两声,"我都观察几天了,你是经理,你有保险柜的钥匙,你再给我玩花招,就是这个下场。"

劫匪的枪口转向了花瓶,只听"扑扑"几声,一串子弹将花瓶打了个粉碎,原来劫匪的枪上装了消音器。

经理战战兢兢地接过旅行包,突然,他操起板凳拼命砸向了劫匪。

劫匪一闪躲过,抬手一枪,子弹击中了经理的胳膊。经理惨叫着跌倒在地。

"就你这个熊样,还想当英雄!"劫匪狂笑不止,"还有没有不要命的?"

有了经理的榜样,趴在地上的人更老实了。

劫匪指指旁边的女职员,吼道:"你!把他口袋里的钥匙拿出来,打开保险柜,快!快一点。"

劫匪恶狠狠冲进柜台,踹了女职员一脚。

女职员哆嗦着打开了保险柜,把里面的钱塞进了大旅行包。

"还有没有钱?"劫匪并不知足。

女职员望着头顶上黑洞洞的枪口,连牙齿都打起了寒颤。她连滚带爬地冲到柜台边,拉开了柜台的抽屉,取出两叠钞票。劫匪不由分说抢过钞票,随手塞进了上衣的口袋。抢完银行的钞票,劫匪的注意力又集中到了顾客身上。他看中了一个老太婆脖子上的金项链,便一把拽了下来。

"还有,把戒指脱下来。"

劫匪用机枪捅了一下老太婆的脑门,老太婆竟吓得晕倒在地。

抢完所有的东西后,劫匪高兴地掂掂肩头旅行包的重量,心满意足地打开门冲了出去。

看着劫匪逃走了,几个女职员赶紧围到经理身旁。

"别管我,赶快报警!"经理声嘶力竭地喊道。

一个女职员慌忙按响了警铃。

劫匪冲到街道上,拉开停在路口车子的车门,先将旅行包扔了进去，然后才一屁股坐进了驾驶室。

"真想不到，发财这么简单！这回，我可成了富翁，可以周游世界啦！"劫匪的嘴都笑得合不拢了，他一把扯下头套，扔在了一旁，迅速将汽车发动了起来。

听到警铃，警察正以最快的速度赶往现场。

冲到门外的女职员指着劫匪的轿车，对警察喊道："快开枪，就是那辆红色的轿车，他要逃了！"

可是街头的行人很多，警察怕误伤了行人，只好朝天鸣枪，示意匪徒停下车。

"哼哼，想抓我，没门！"劫匪狞笑着说了一句，然后，他一踩油门，小轿车便冲出了停车道。

抢劫犯将车开得飞快，突然，意想不到的事发生了。

轿车里竟发出了刺耳的爆炸声，顿时，车子里浓烟滚滚。

劫匪根本搞不清发生了什么事，他不知道上衣口袋里为什么会喷出一股浓烟，随着一股强大的气浪，一堆红色浆状液体溅了他一脸。在这短短的瞬间，车子失控了，一头撞到电线杆上。

劫匪提起大旅行包打开车门持枪夺路而逃，还没走出几步，一群全副武装的警察把他包围住了。

劫匪连忙把枪扔了，跪在地上，大喊道："别开枪！我投降！"

这时，银行女职员挤了进来，说："你做梦也没料到吧，我给你的钞票，里夹有最新的科技产品——防匪炸弹，5分钟左右它会自动地爆炸，然后在你身上留下红色标志！"

听完这话，劫匪呆若木鸡。

押金车消失谜案

埃及发生了一件离奇的盗窃案，被偷走的不是文物也不是宝石，而是一车厢的黄金。叫人奇怪的是，被盗的押金车是挂在一列经过严密布置，有武装警卫的专列上。而且专列挂了8列车厢，被盗的车厢挂在了第4节，连车厢带黄金一并消失，而警卫人员却一点也没察觉，这样棘手的案件，不能不让负责该案件的哈德、加利塔和丽玛头痛。

经几天的仔细研究和实地勘察，他们认为可以肯定的是，专列车开动前被调了位置，挂到了车尾。而且可能的调换地点是在苏德发市。因为那里的线路正在检修，罪犯完全可以在那儿铺设旁轨而不被旁人怀疑。于是他们决定将苏德发市作为重点调查对象。

这一天，三个年轻人以旅游者的身份来到了苏德发市的郊外的一个小山岗旁，这里正好有一个小小的弯道，铁道附近零乱地堆着一些枕木，还有一大堆翻出的新土，三个人在这里开始侦察工作。

突然，走在前面的加利塔惊叫了一声："小心，有蛇！"

丽玛眼尖，早看清楚了那是条死蛇。她拉了加利塔一把，说："别怕，蛇要是活的不早就扑过来咬你了！"

哈德弯腰拾起蛇，凝神细看：这条蛇只有上半截，但决不是当地山民打死的，因为它的头部有一颗小小的弹丸，肯定是手枪子弹留下的。

三个人议论了一番，确定盗贼来过这里，正巧遇上了这条蛇，便开枪打死了它，为了小心起见，又把它扔到的草丛里。可是，却又被狐狸拖了出来。

强盗要偷车厢，他们就必须以某种合法身份来到这里或附近住下。

他们决定进行更仔细地搜查。最后，他们终于发现了一个可疑的山洞。山洞口被许多大石块堵住了。

哈德把耳朵伏在大石块边，认真地听着。他听见里面似乎有人的喘气声，再听听，石块上好像还有嘀嘀嗒嗒的响声。细心的丽玛发现石缝中有一块泥团，她轻轻打碎，里头竟是一枚定时炸弹。爆炸的时间定在明天9时整。

三个人连忙拆除了炸弹，又想办法通知了当地警察将堵在山洞的石块搬开，只见山洞深处蜷缩着10来个人。他们都是检修铁路的民工。

经过了解，这些民工原来是被在附近作业过的文物考察队绑架的。

哈德立刻向警察总局发报，请他们查明附近地区的旅馆里，有没有住过文物考察队的人。半小时后，总局回电，相邻的乌哥苏尔市的旅馆里住着 20 人组成的一个大型文物考察队，据说还有几辆大卡车。

三个人立即赶赴旅店，找到总经理，得知文物考察队队员正在宴会厅里，举行庆功晚会。趁此机会，他们在旅馆工作人员协助下，搜查了文物考察队队员的房间。正在这时，他们身后响起了一阵"哈哈哈"的笑声。三个彪形大汉仿佛从地里冒了出来，他们端着手枪站在门口，其中一个戴墨镜的家伙冷笑着用枪口点点哈德："就凭你们三个，还想抓我们？都举起手来，快！要不，我开枪了！"

那个旅馆服务员吓得浑身颤抖，连声说："没我的事，没我的事！"说完，他就想溜。一个强盗狠狠地用枪托把他砸晕在地。

哈德却一点不慌张，从容不迫地说："别来这一套，我们的人早把旅馆包围了。嘿，警长！我们在这里！"

三个强盗一听，都愣住了，情不自禁地回过头去朝后看。说时迟，那时快，哈德一个箭步冲上前，把门"砰"地关上了。三个强盗果然听信了哈德的话，慌忙找他们的同伙去了。

哈德救醒了服务员，让他赶快去给警察局报案。

强盗们在头子的指挥下，控制了整个旅馆的出处，并将旅馆里的人控为人质，还切断了所有的电源。他们企图把三个年轻人干掉，好尽快逃跑。整个旅馆里顿时枪声四起。有两个匪徒从楼下爬上阳台，并不时向哈德他们射击。

丽玛用一根绳子套在窗台扶手的栅栏上，然后，将绳于系在腰间，朝阳台荡过去，出其不意地出现在两个强盗的后面，抬手两枪。两个强盗的后脑袋开了花，糊里糊涂地死了。

哈德和加利塔则正推动屋里的沙发，堵住大门，而自己隐在拐角朝妄想冲进来的强盗射击。只要能多拖延一分钟，就能等到警察来，捉获所有的歹徒。

20 分钟后，楼下响起了警车的鸣叫声。这回，警察真的把大楼包围了，经过一番激战，将所有的强盗俘获并救到了人质。

原来，装黄金的火车中途停靠时，被盗窃集团安排的内线将中间的车厢放到了最后一节。可惜的是，黄金虽然追回来了，但那节车厢被强盗引到一个绝壁，推进了万丈深渊之中，永远失踪了。

诚实的 "受害人"

　　每过一段时间，银行都要销毁一批旧币，这些旧币有的缺边少角，有的陈旧不堪，实在不方便流通。这些事情都要由银行派专门人员送到指定地点。

　　彼尔先生就是专门负责这件事的，但这一天，彼尔出了大事，他押运的车厢中的钱袋被人抢走了，里面装着约300万元的旧钱。

　　警察局得到报案后，立即派出了最精明强干的警长雷尼。雷尼在的这个城市中，可谓众人皆知，他抓获的罪犯没有1000，也有500，大家都称赞他有一双鹰一样的眼睛。

　　雷尼接到命令后，立刻带着助手赶到现场。

　　因为查案的需要，这节车厢已经停在铁路的一个拐角。

　　丢失钱袋的彼尔先生正倒背着双手，在车厢前走来走去，如果抓不到强盗，找不回钱币，那麻烦可就大了。彼尔看见身穿警服的雷尼，满脸愁云地迎了上去。

　　雷尼并不着急要彼尔介绍案情，而是打开火车车厢的门，开始了现场检查。

　　经过仔细检查，雷尼发现在靠近车门的地方有两支只抽了一半就扔掉的烟头，他弯下腰用镊子小心翼翼地夹起烟头，放进了随身所带的塑料袋里，准备回去化验。

　　进了车厢，里面乱七八糟的，好像有人在这儿打斗过，没有什么可疑的地方。检查完现场，雷尼除下白手套，径直朝彼尔走去。彼尔正抱着头蹲在地上。雷尼刚才就注意到他的头发蓬乱，脸上有一道血痕，衣服也烂了，非常狼狈。彼尔一抬头，看见了警长雷尼，他慌忙站起身，向警长讲述了事情经过："我和以往一样，单独一个人坐在一节豪华车厢中。昨天上午7点30分，上司交给我300万元的旧钱，吩咐我把它们送到指定地点，我就把钱袋放在小桌子下面，这样便于看管。

　　"都怪我太疏忽大意。"彼尔边说边懊悔地用拳头捶自己的脑袋，

"大约 11 点 15 分左右，我正准备着下一站要搬下去的东西，忽然听见有人敲门，我就去开门了。虽然按规定，不许给任何人开门，但我以为是乘务员，想到这儿，我觉得我真该死！"

"那么你还记不记得是怎么样的敲门声呢？"

"先是轻轻地敲了几下，然后又是重重地敲了几下，我就去开门了。"

"那么你到底有没有看清楚敲门的是什么人？"雷尼警长深深吸了口香烟，问道。

"我不知道，他们有两个人，都罩着面具，只露着两只眼睛。我还来不及辨认，他们就冲着我的脸狠狠一拳。哦，对了，这两家伙都带着黑手套。"

站在一旁的助手，快速地记录着彼尔的话。警长雷尼只是两个胳膊抱在一块，默默地听着，想象着当时的情景。

"就一拳，我就被打晕了。那个大个儿胖子一言不发，掏出一块破布堵住了我的嘴，另一个小矮子从腰间摸出绳子，把我捆了起来。我想喊，喊不出，想跟他们拼了，但又动不了，只好眼睁睁地看着他们把钱袋扔给车厢下面接应的同伙……"

雷尼突然指了指彼尔的脸，打断彼尔的话问道："你脸上的口子是怎么回事？"

"是大胖子打我的时候，指头上的戒指划的，那戒指上面还镶着一块蓝宝石。"

"你讲得非常清楚！"雷尼从口袋里拿出香烟，递给彼尔，说，"来，抽支烟再谈！"

彼尔直摆手，"对不起，我不会！"

"你不会抽烟？那车厢里怎么会有两个烟头呢？"

"是那两个强盗的，他们进门时嘴里各叼着一根香烟。"

雷尼脸上露出了怀疑的神色。彼尔忙争辩道，"我不骗你，是我亲眼看到的！"

雷尼"扑哧"一下笑了，他说："你真是个老实人，大概是第一次干这种事吧，连撒谎都不会。我问你，前面你说他们都戴着面具，戴面具的人从哪儿能抽烟？还有，你看见他们都戴着手套，但你怎么又能看清手套里的戒指？好了，回警局再说吧！"

彼尔一听这话，立刻大哭起来。

蜡 像 捉 贼

美国纽约，有一枚价值 10 万美元的钻石被盗走了。

私家侦探摩根负责追回钻石，据他调查知道窃贼是摩尔和拳击手西尔，但对于这一切，他却没有确凿的证据。

中午，摩根正在休息，仆人忽然进来报告，说有一个叫摩尔的客人来访。摩尔？摩根冷笑两声，他叫仆人先把摩尔领进客厅，一个钟头后再把警察带来。

半分钟后，摩尔进来了，他关上门，环视了一圈屋子，他发现窗前安乐椅上方的头和睡衣领子时，大吃一惊。

接着摩尔咬紧牙齿，面露凶光，举起手杖，准备一拐杖砸下去。

"不要打坏它，摩尔。"摩根的声音出现了。

摩尔的手一抖，拐杖落在地上。

"这个玩意儿不错。"摩根从卧室走了出来，将安乐椅转了一圈，"瞧，这是一位英国雕塑家为我做的蜡人，同我一模一样呢！"

摩尔拾起了地上的拐杖。

"我不管什么蜡人，我来是想跟你谈一谈。"

"我们之间仿佛没什么共同语言。"

摩尔满脸怒容："昨天一个老头子，今天一个老太婆。摩根，你可真会化装，我问你，你凭什么要跟踪我。"

摩根给自己倒了杯酒，抿了一口。

"摩尔，你不是个好演员，别装蒜了。你应该知道我的职责是什么。"

摩尔冷笑两声："你以为我会告诉你钻石在哪儿？别做梦了。"

摩根从抽屉里取出一本厚厚的日记本，扔给了摩尔。"这里面记录了你犯罪的资料。"摩根吸了一口烟，慢条斯理地说，"我找过钻石加工商艾奇，他已经告诉警方你找过他，但他不肯为你分割。摩尔，你的事已经败露了。"

摩尔的青筋暴涨，浑身冒汗。

"所以，我只要把本子交到警察手上，你就得做20年牢。摩尔，那可是20年牢呀。你尝过坐牢的滋味吗？那真是另一番滋味！"

摩尔沉默无语。

"摩尔，我知道你和同伙西尔一块来的。要不要请他进来，一块儿商量商量。"

摩尔攥着拐杖，目光中充满了敌意。

摩根拍拍睡衣口袋，口袋里有一个鼓鼓的东西。

"摩尔，如果你们不老实点，我口袋里的枪可不是吃素的。"

摩尔叹了口气，便趴在窗口喊起了西尔的名字。片刻功夫，西尔也进了屋。摩根根本不正眼看西尔，只是丢下了一句话。

"你们好好谈，谈好了再喊我，我在卧室拉小提琴。"

说完，摩根退出房间，带上了门。

摩根刚带上门，西尔就迫不及待地问道："你刚才怎么不杀了他，现在动手还来得及。"

西尔边说边检查着房间，他看到帘子后的蜡像时，叫了起来："这蜡像做的太像真人了！"

"别管这些，我们的时间有限。我刚才是想杀了他，但这家伙有枪，如果打起来，等于暴露了我们的身份，警察听见枪声，肯定会跑过来。"

"你是不是有什么对策？"

摩尔拍拍后脑勺，思索了一会儿。

"我们只能跟他拼命了。其实钻石就在我的口袋里，今晚就将它送出美国，在星期天以前可以在古巴把它切成4块。"

"哦。"

"西尔，你先带着钻石走，我告诉摩根一个假的藏钻石地点，等他发现上当的时候，我们已经到了古巴。"

西尔焦急地说："你快把钻石拿出来，先给我看看。"

"看什么看，等到了古巴，你打算怎么弄就怎么弄。"西尔取出了装宝石的袋子。

突然，摩根的蜡像跳了起来，一把抢过宝石。

摩根一手拿着宝石，另一只手用枪顶住摩尔。

两个盗贼下了一大跳，不知所措，好半天，才结结巴巴地说："蜡……蜡像，怎么变活了！"

摩根把钻石收好，说："你们太马虎了，我的卧室还有一个门直通这帘子后面，我让留声机帮助演奏小提琴，然后我就装成蜡人坐在那儿了。你们根本没想到吧！"

西尔听完这话，气急败坏地扑了过来。

"西尔，举起手来。"说时迟，那时快，警察已经赶到了。

西尔一见，无可奈何地举起了双手。

泥菩萨讲话

五代后晋时期，太原冠氏县的华村，有一座尼姑庵。拜神求佛的人络绎不绝。

这庙早年宏大雄伟，香火旺盛，也着实风光过一阵子。不过到后晋的时候，战火纷乱，民不聊声，于是便破落下来，到处是荒草颓垣，残破不堪。寺里就剩几个没能耐的尼姑没走，其余早另觅高枝或还俗回家了。别说没有了进香人，就是孤魂野鬼也少来光顾。

一个夏天的午后，几个农夫在尼姑庵附近割稻子。蓦地，天乌云滚滚，狂风大作，一时间飞沙走石，天昏地暗，铜钱般大小的雨点劈里啪啦地洒落下来。吓得这几个农家汉子丢下农活，一溜烟逃进这破尼姑庵里来躲雨。

只见大雄宝殿正中不知何时平添了一尊高大的菩萨像。

众人席地坐下，其中两个就坐在菩萨对面。

忽然响起一个低沉的女人的声音："哪里来的无知野夫，见了本座也不跪拜敬礼！"

众人一怔，四下一看，怪了，一个女子也没有。这声音又响起："吾乃南海观音，还不礼拜致敬？"

众人这才听清，原来还是这尊高高大大的菩萨在说话。这一惊不小，直吓得几个农夫战战兢兢，瘫在地上，不敢作声。其中一个胆子大一点的连忙跪倒磕头道："菩萨就饶过我们这一回。我们实在不是有意冒犯。"

这菩萨道："你们这些愚昧农夫，实在可恶，近年来一直不来进香，刚才的风雨正是本座唤来的，以示小惩。若再敢无礼，本座可要施展法术，大加惩罚了。"

众农夫一齐跪倒，叩头犹如捣蒜一般，连声说"再不敢了"。

如此的怪事，立刻不胫而走。

不到 3 天时间，四面八方的村庄城镇，都传得沸沸扬扬，引得各地百姓赶集似地赶来求神拜佛，烧香许愿，布施财物。不出一年，庵也修了，香火也旺了。真是风风光光，一派大家寺院景象。只是弄得当地百姓都不安心生产，早晚只知道烧香拜佛，连官府的话也不听了。

这尊菩萨还时不时地说上几句，只是不常开口。说的话也时灵时不灵。

这事引得一些皇亲国戚也来凑热闹，终于惊动了官府。

当时后晋是石敬塘掌权。他觉得这事古怪，就派了手下尚谦去处理这事。尚谦心里也没有底，先让捕头张格去看看。

张格是个书生模样的年轻人，英俊潇洒风流倜傥。他随即脱下公服，换上了儒服，轻摇折扇，随着众香客，慢慢儿踱进庵来。

这时的尼姑庵已不能与一年前的那个模样同日而语。不仅金碧辉煌、屋宇连绵，且里里外外干干净净，花木扶疏，非常的雅静。

张格谈吐文雅，出手大方，极得周围人的好感，不仅香客个个喜欢他，就连庵里的尼姑也多与他相熟。

他稍一打听，便打听到。一年前，这寺里仅留下了 8 个老迈无用的尼姑，有一顿没一顿的，难以为继。这时，来了两个云游尼姑，一个叫慧明，一个叫了尘。也不知是哪里募来的钱，塑起了这尊菩萨。谁知，南海观音附在这菩萨像上面，灵验异常。从此，这尼姑庵便香火兴旺，善男信女如云一般。因此，让慧明当上了方丈，让了尘当上了知客。

张格假装对这菩萨信仰异常，时不时去烧香捐钱，与庵里尼姑个个都厮混熟了，还时常送点小东西。他还找机会与方丈和知客谈过几次话，谙熟了她俩的声音。

这天，这尊会说话的菩萨又开口了。

张格跪着恭恭敬敬听了，蓦地心里一动，便有了主意，立即回去作了报告。

3 天后，尚谦和属下官员浩浩荡荡上这庵里来。因为是大官亲来上香，所以全庵尼姑一齐跪拜迎接。尚大人则一边好言抚慰，一边慢腾腾地上香祈福，进行了足有一个多时辰。

正当大家集中在大雄宝殿时，这尊菩萨突然说话了：

"你们这群骗取钱财、扰乱民心的贼尼姑，还不快跪下受惩！"

话音未落，一大群公差从庵外一拥而入，将为首的慧明和了尘两个尼姑首先拿下。

只听见"嘭嘭"两声，这尊菩萨的脑袋四分五裂，落了下来。捕头张格手提铁锤从中爬了出来。

至此，这一大骗局已经被戳穿了。

原来，张格在听熟了了尘的说话声音后，蓦地发觉这菩萨说话口音与她十分相似。他便四处寻找进入菩萨肚里的暗道，果然在方丈卧房里找到了入口处。然后他请尚廉出面将这些尼姑叫入殿内，当场戳破了这帮尼姑的骗局。

诈骗凶杀案中案

西汉末年的时候，河北有个叫张平的，是个孤寡老头。他只身一人来到山东郓州，开荒种地，已有两年。从家乡经常来看望他的，只有一个远房侄儿张胜，别无他人。张胜每年来二三次，渐渐地与周围邻居也都混熟了。

有一天，邻居们觉得很长时间没见张平，便结伴来找张平聊天。来到屋前喊了几声也没人应声。上去一推门，门虚掩着。大伙儿走进去一看，顿时惊呆了。张平尸体横躺在床上，被人割掉了头，血淋淋一片。大家一看张平被杀，顿时大乱，不知该如何是好。倒是有位年纪大的提议说："人已经死了几天，凶手早就跑了，告官也没有用，反而惹上一身麻烦，不如把他埋了也算积了点德。"于是大家凑了点钱，把张平葬了。

过了几天，张胜来看叔叔张平。见房门紧锁，便找到乡邻打听他叔叔去那了。邻居们怕他难过，就骗他说："你叔叔得急病死了，我们已经把他安葬了。"张胜一听，嚎啕大哭，泪如雨下。在大家的劝慰下，张胜又买了些纸钱，亲自到坟墓上祭奠了一番。

第二天，张胜告别乡亲们就回去了。过了半个月，他又来了，带了点钱，办了一桌酒席，邀请当日为张平操办丧事的邻居们。邻居们见张胜知恩图报倒也高兴，却不愿让他破费，因为大家伙都是穷苦人家，何必花这个钱。可是张胜执意邀请，大家只好赴宴。张胜首先感谢大家安葬叔叔的大恩大德，表示将没齿难忘。接着鼻子一酸，眼泪花花地说："我叔父孤身一人在外多年，如今死在郓州，孤魂野鬼的也没家人扫奠，我想把叔父的尸骨移回家乡安葬，好能有人烧点纸钱，洒点薄酒，还请各位多多帮忙。"

从郓州回张胜的家乡要走近千里山路，大伙儿本想劝说不要移葬，但看张胜满脸的坚定，只得帮忙把棺材挖了出来。张胜又问众人："不知我叔父临死时穿的是什么衣服？我得亲眼看看，若是不行的话，我就给叔父做一套新衣服。免得回去以后，长辈们骂我不孝。"

大家一看张胜要开棺，心想坏了，如果张胜看到他叔父是被人杀死的，那可就麻烦了。大家纷纷劝说张胜，但张胜执意要开棺检视不可。大家没有办法，只得打开棺材顶盖。

张胜一看叔父的头不在棺里，顿时"哇"地一声哭倒在地。乡邻们觉得瞒不住了，便据实相告。张胜却不相信，非要告官不可。邻居们心想，事情已过去许多天了，凶手是绝对查不到的，在场的众人怕是有口也说不清。邻居们想息事宁人，都愿意凑点钱给张胜，求他别告官府。谁知张胜坐地起价开口就要50两银子，众人哪里凑得出来，不得已，只好让张胜告到县里。

县令叫邻居们来问了半天也问不出结果，一怒之下，大刑伺候。众人受刑不过，被迫招供合谋杀死了张平，县令要他们交出张平的首级，众人却又交不出来。没有首级便没法结案，此案只好拖了下来。

没过多久，原县官离任，新调来一位姓杜的县令。杜县令翻阅往日案卷，觉得此案疑点很多，便决定重新提审。他问众邻居："你们怎么知道死者是张平呢？"大伙回答说："我们当时都见死者身上穿的衣服是张平的，就以为是张平。"杜县令又问："除衣服以外，你们是否还发现了其他特征？"大伙回答说："没有。"

问到这，县令把脸一沉，"啪"地一拍惊堂木，怒喝道："现在已经查出眉目，凶手就在堂下，今天若是再不交代，必死无疑！"接着，杜知县朝张胜喝斥道："大胆刁民，竟敢欺骗本官，欺诈乡里，你一向家贫如洗，哪里有钱请乡邻吃酒？而且还要移葬你叔父！你事先已经知道棺材里盛的是无头尸，你才坚持要开棺，以便敲诈乡邻们钱财。若不从实招来，大刑伺候！"

衙役们答应了一声就要动手，张胜吓得磕头如捣蒜，连声说："小的交代，小的交代！"

原来，那一天张胜来看望他叔叔张平，傍晚来到郓州家后刚吃完饭躺下，外面就下起了瓢泼大雨。一个外地男人路过这里，进来避雨。张胜看见来人囊中颇有钱财，顿时心生歹念，就和张平一起杀了他，并把他的头割下来埋在院里，扒下他的衣服，换上张平的衣服，然后和张平连夜逃走。

过了几天，张胜装着来看望叔父，实际上是来探看动静。当他得知乡邻们已将尸体当作张平安葬后，便回去与张平商量，以移葬为名，坚持要开棺看人，以便再次讹诈钱财。不想，弄巧成拙，败露了阴谋。

婆媳的名声官司

清朝的时候，太原有一户人家，只有婆媳两个寡妇。在那时要求女子三贞五烈。女子守节算是一种美德，而她们婆媳一同守节，在当地更是为人所称道。

忽然有一天，婆婆到官府告状，控告儿媳与人通奸，败坏了她家的名声。知县也久闻她们婆媳二人一同守节，很是敬仰，今个儿却没想到婆婆来告儿媳通奸。便将婆婆传上堂来，问道：

"你状告你的儿媳与人通奸，可有什么证据吗？知道那奸夫是谁吗？"

"回大人，那奸夫总是半夜三更偷偷溜来，天刚亮就跑了，我实在看不清是谁。不过，大人只要审问一下我家儿媳，自会清楚。"婆婆答道。

知县随即传来了媳妇，媳妇看见自己的婆婆站在堂上，似乎还不知道是怎么回事，低声问道：

"婆母，您在这里做什么？"

婆婆转过头去，根本不理她，只听堂上知县"啪"地一声一拍惊堂木，喝道：

"那奸夫是谁？还不赶快从实招来！"

媳妇听罢一惊，目瞪口呆，没有作声。知县大怒，又猛拍惊堂木，正欲喝令左右动刑，只见那媳妇扭头看了看婆婆，犹豫了一下，然后说道：

"回禀大人，那奸夫是东巷的狗子，与婆母私通已有数月，民女不敢隐瞒。"

知县听了顿觉蹊跷，那婆婆在旁却不禁叫嚷道：

"好你个小淫妇、小骚货，竟然反咬一口！"

知县一皱眉头连忙喝道："肃静！公堂之上，不得放肆！"

然而再审媳妇，她仍然一口咬定那狗子是婆婆的奸夫，与自己无关。知县只好命人速去将狗子提来。不多时，差役将狗子带到。知县见他那副贼眉鼠眼的样子，料定他不是个好东西，便对他大声喝道：

"狗子，你可知罪吗？"

"小民不知大人指的是什么。"狗子答道。

"大胆！你这刁民，你与她们婆媳二人哪个私通？还不从实招来！"

"大人冤枉啊！我可是清清白白的呀！肯定是她们婆媳不和，拿我来胡言诽谤！"狗子狡辩道。

"一个县中有几万人，为什么单单冤枉你呢？必是你自己没有说老实话！来人啊，先打他20大板！"

话音刚落，差役便手执板子，走上前来将狗子按倒在地，不等打到20大板，那狗子便连声求饶道：

"我说，我说！我见她们家媳妇长得颇有几分姿色，家中又无男人，便起了淫心。不想那小寡妇也正有此意，便勾搭上了。"

知县听罢满意地点了点头，又命人给那媳妇上刑，逼她招供。然而她打死也不肯承认与那个无赖狗子有奸情。知县无奈，只好判决将她赶回娘家了事。

于是，媳妇被赶回娘家，不仅周围的邻居指责笑话她，就连自己的兄弟也常常给她白眼看，觉得她丢人现眼。媳妇不甘示弱，又上诉到知府衙门。谁知知府那里的审讯结果也同在知县那里一样。

媳妇一怒之下，竟一头向衙门里的柱子上撞去，撞得头破血流，吓得知府不敢结案。

恰巧，有个淄川县人叫孙柳，进士出身，正在太原境内甘县任知县，平素被公认为断案的能人。于是，知府便将此案发交孙柳审理。

孙知县拿到案卷后，反复研究，认真思量了良久，然后才命人将人犯提来。待人犯已到，他只略略审讯了一番，当然又是和以前完全相同的结果，然后就把他们都收入监牢中。一切安排就绪后，孙知县命令差役们准备好许多砖头、石块、刀子和锥子之类，供下次审讯时使用。差役们都觉得很奇怪，不明白孙知县为什么放着现成的各种刑具不用，单单要选择这些不属于刑具的乱七八糟的东西来断案。然而既然知县有令，也就只好遵命行事了。

第二天，孙知县升堂。差役们将孙知县要的"刑具"都已准备停当，都放在大堂之上。于是，孙知县传令将案犯带来，又一一大致地审问了一下，然后对那婆媳二人说道：

"这件事也不必非搞得水落石出不可。你们婆媳二人贞洁的美名也是远近闻名的，通奸的妇人虽还不能确定，但奸夫已肯定是这个狗子。无论是你们二人中的哪个与他私通，本官都以为是一时被坏人引诱，误入歧途罢了。因此，罪责其实都在这个无赖小人身上，是他害得你们吃了这样的官司，坏了名声。现在，堂上石块、刀子之类都有，本县作主你们可以拿了去打他！"

婆媳二人听了，都迟疑着不肯下手。孙知县知道她们是怕打出人命，便说：

"不用担心，打死了有本县做主！"

于是，婆婆和媳妇都捡了石头去砸那个无赖，疼得狗子嗷嗷直叫。过了片刻，孙知县又火上浇油地说：

"这里还有刀子，用刀子砍他！"

等到婆媳二人拿了刀要砍狗子时，孙知县却制止住她们，大喝一声道：

"我知道谁是淫妇了！来人，给我刑具伺候！"说罢，孙知县用手指了指婆婆。

婆婆仍然不肯认罪，大喊大叫。孙知县端坐在堂上，威严地说：

"我让你们用石头、砖块打那无赖时，你还不算太犹豫。但也只是净挑些小石子去打他的臀部和腿部无关要害处，作作样子。而你的儿媳则拼命捡最大块的石头，恨不能立刻把他砸死，可见她早已对这无赖恨之入骨，恨他白白糟蹋了自己的名声。后来我令你们用刀子去刺他时，你的儿媳立刻拿起刀子直奔那无赖的胸膛。而你却迟迟疑疑，拿了刀子半天也不肯下手。这些已足以表明你与这无赖私通，却还反咬一口！"

一番话说得那婆婆无地自容，垂头丧气。不时地还能听见从地上传来狗子哼哼唧唧的呻吟声。

原来，婆婆虽然已是半老徐娘，然而风韵犹存，长年守寡，终于耐不住寂寞，暗中和狗子勾勾搭搭。媳妇自然看不过去，可怎样劝说都无济于事，就悄悄在院门、后窗和墙头等处加以监视，破坏婆婆的私情。婆婆恼羞成怒，几次找借口要将媳妇赶回娘家，然而媳妇却从不听她摆布，闹得两个人经常为此事而争吵。婆婆想，这样经常吵闹，不仅妨碍了自己的好事，时间长了，弄不好还要把事情张扬出去，丢自己的老脸。于是，有一夜，她便和狗子商量好了计策，想以此达到将媳妇赶出家门的目的。一旦扫除了这块绊脚石，两个人日后就可以为所欲为。每每想到这里，他们都暗自为自己的"妙计"而得意洋洋。不想，这"天衣无缝"的阴谋却在孙知县的手中破产了。

被焚汽车里留下的证据

秘密谍报人员 X 开着车在上坡的急转弯处停下来，关掉灯，引擎就那样开着。手表的夜光针正好指着夜里 1 点钟。再过 5 分钟，军司令部联络官将去 K 基地送新的导弹配置命令，汽车将从这里通过。为了盗取这一秘密文件，X 在半月前潜入该国。

这条公路是通往位于山上的 K 基地的专用道路，所以夜间很少有车通过。不久，在夜雾弥漫的前方黑暗处有灯光出现，正向此靠近。就在车渐渐开近，距离只有十几米时，X打开车灯，突然迎上去，挡住了对方的去路。对方措手不及，急忙转动方向盘紧急刹车，但没有刹住，车撞破防护栏，翻下20来米深的山谷中了。原想汽车受到这一冲击会引燃汽油着火的，但车子翻了两三下，撞到了岩山上停了下来。

X将车藏在道旁的草丛中，然后拿出事先准备好的装汽油的容器下到山谷。联络官扑在方向盘上已经死了。一个黑色的皮革包从打碎了的车窗中掉出来。X从联络官的身上找到钥匙，打开皮包，用高感度红外线照相机将导弹配置计划的机密文件拍了下来。然后按原样将文件放回包中扔到车里，再将容器中的汽油浇到车子上，用打火机点燃。火一下子烧了起来，瞬间，车子被熊熊烈火包围了。

X拿着空汽油容器回到公路上，迅速开车离去。

第二天，X在电视新闻中看到那车被完全烧毁，尸体和皮包也都被烧成灰烬时便放心了。人们一定认为是司机在驾车时打盹儿将车翻到山底，而引燃汽油燃烧造成车祸的。

X将拍下的机密文件的胶卷送往本国情报部后，很快就收到了本部的秘密命令。命令的内容是：敌方已对那起事故起了疑心，开始秘密调查，速归国。

如果敌方发现那起交通事故是人为所致，必定更改导弹配置计划，那么已经到手的胶卷也就没用了。

"我干得很谨慎，不会留下马脚的。"X不由得自言自语道。

那份机密文件X只是拍了照，拍完后又原样放回皮包中，即使皮包中的文件没有被完全烧毁，也不会引起对方怀疑的。

X反省了那天深夜的行动，确信从头到尾都没有出现疏漏和失误，就连阻挡汽车前行时的汽车轮胎印也都去得一干二净，况且行动时又无其他车通过现场，自然不会有目击者。那么到底是留下了什么证据而引起对方的怀疑呢，他百思不得其解。

事后，另一个间谍从敌国带回了关于那次"事故"的绝密调查资料，原来，汽车的油料表在冲撞中会停止转动，经检查，X的汽车油料表指针接近"0"处，也就是说油箱里几乎没有汽油了。而车体和尸体在油箱汽油不多的情况下却被烧成灰烬，这不能不使敌国起疑心，显然X浇上汽油点火是个错误的决定。

孤 身 骑 车 人

从 1894 年到 1901 年底，福尔摩斯都比较忙。我可以肯定地说，这 8 年里，由官方查办的疑难案件每一宗他都帮过忙，另外在几百宗私人案件的侦破中他也帮了很大的忙。这其中有复杂的案子，也有特别的案子。多年的侦探成绩突出得令人惊叹，不过也有个别无法预料的错误，我将这些案子很细致地记录下来，其中许多案子我也参与了。所以，您可以想到，我要将这些复杂的案件说出来，真的很费事。那么我只有依照我原来的办法，选取那些结果有趣又出人意料的案子而不选择那些作案手段凶狠残忍的案子。因此，我马上就把维奥莱特·史密斯小姐即查林顿孤身骑车人那个案子讲给大家听，这件案子到最后，让人很感意外，竟然成了悲剧。当然，这件事不会给我那早已闻名天下的朋友的能力和智慧造成什么负面影响。这件事也有其与众不同的地方，它和我收集的那些案件实录并不一样。

我翻看了我 1895 年的记录，我们是在 4 月 23 日认识奥莱特·史密斯的。当时，福尔摩斯对于她的到来感到很不高兴，因为他那时正在专心地办理一宗很复杂的疑难案件，而且这宗案子和很出名的烟草大王约翰·文森特·哈登所受的奇怪伤害有关。福尔摩斯向来注意精细准确和做事专心，最厌烦在他忙于工作时有人打扰他。但是他向来性格不固执，再加上这位来访者美貌与智慧并存，让人不能将她的求助拒绝。他多次重申他没有时间，但这根本不起任何作用。对于这位诚心诚意来访的姑娘福尔摩斯必须听完她的苦处，她才肯罢休。福尔摩斯无计可施，只好笑着说"请坐"，并让她说出她的烦心事。

"我想这事和你的健康没有关系，"福尔摩斯眼睛敏捷锐利，对她说，"你很喜欢骑车，精力一定很充沛。"

她很惊讶，紧接着看着自己的双脚，我看到了她鞋底的一边磨出了毛，显然是被自行车的脚蹬子磨的。

"我的确常骑车，先生，我今天到此就和这事有关。"

福尔摩斯将姑娘一只脱下手套的手拿起来非常仔细地打量了一番。

"我想你不会介意的，我是例行公事。"说着他将姑娘的手放下了，"我差点错认为你是打字员，你一定是搞音乐的。华生，你有没有留心这两种职业都有勺形指端？只是她的脸上有种风采。"他让她将脸慢慢向亮处转去，"这种风采打字员不具备，这位女士也许钢琴弹得不错。"

"是的，我是教音乐的，福尔摩斯先生。"

"看你的脸色，我想你在乡下教音乐吧。"

"的确，先生，在法罕姆不远的萨里边界。"

"那个地方很漂亮，不禁让人想起了很多有意思的事，华生，你还记得我们在那附近抓住那个造假币的阿奇·斯坦福德吗？那么，维奥莱特小姐，你在那里遇到什么麻烦事吗？"

这位姑娘很详细、平静地向我们诉说了这件奇异的事情：

"福尔摩斯先生，我爸爸已经去世了，他叫詹姆士·史密斯，原来在老帝国剧院做过乐队指挥。我还有个叔叔，除了这个叔叔、我以及我母亲在这世上外，我就没有亲人了。他叫拉尔夫·史密斯，在25年前就去了南非，长期以来毫无音讯。父亲死后，我们生活得贫苦，但是突然一天有人说《泰晤士报》上有一个寻人启事正在寻找我们的下落。你能想到吗？我们是多么兴奋，因为我们想一定有人留下了一笔遗产给我们。很快我们就和报上那位登了名字的律师联系上了，同时还认识了两位从南非探亲回来的先生，卡卢塞斯和伍德利。他们自称和我叔叔是朋友，他们对我说我叔叔几个月前在约翰内斯堡去世了，临终时希望他们找到我们并帮助我们。我们大惑不解，拉尔夫叔叔活着的时候不曾关心我们，怎么死后却又要找人照顾我们呢？卡卢塞斯先生说那是因为我叔叔听说我爸爸死了，觉得应该照顾我们。"

"对不起，请问是在什么时候见的面？"

"去年12月，大约4个月前。"

"请继续说下去。"

"我感觉那个伍德利让人烦得不得了，这个年轻人很差劲，没有修养，长着一双很胖的脸，有红胡子，头发很多梳在额头两侧，并且还向我挤眉弄眼。我非常厌烦他，我想西利尔一定不想我和这样的人认识。"

"噢，西利尔是他的名字！"福尔摩斯笑道。

美丽的姑娘笑了笑，红着脸说："是的，福尔摩斯先生，西利尔·莫顿。我们打算今年夏末结婚，他是电气工程师。噢，我怎么讲起他了呢？我要说的是可恶的伍德利先生，不过年纪偏大的卡卢塞斯先生让人喜欢，尽管他皮肤看上去发黄，脸却刮得很干净。他沉默寡言，不过他行为很有礼貌，待人谦和，他询问了一下我们的情况，知道我们并不富裕，就说想让我去教他独生女儿音乐。他女儿刚10岁，我说我不想和我母亲分开，他说我可以每个周末回来看她，还许诺一年可以给我100镑的丰厚报酬。因此我就答应了，我来到距法罕姆约6英里的契尔顿农庄。他夫人已经过世，有一位叫迪克逊太太的女管家帮他照顾这个家。她年纪大，办事稳重、诚实，让人敬佩。他的孩子也很讨人喜欢。卡卢塞斯先生为人和蔼，也懂音乐，晚上我们在一起很高兴。每到周末我都回去。

"因为伍德利先生的到来使我原本快乐的生活变得不快乐，他才到这里一个星期，但是我感觉有3个月之长。他很霸道，尤其是对我更加无礼。他用各种方法说爱我，并自吹自擂说他自己多么富有，假如我能嫁给他，那么我就会得到伦敦最有价值的钻石。最后，因为我对他始终不予理睬，在一天晚饭后，他将我一把抱住，他非常有力，还说假如我不吻他，他就不放开我。正好卡卢塞斯从外面回来，就将他拽开了，为此他们吵起来了，伍德利动手将卡卢塞斯打倒了，脸上还出了个口子，这样伍德利就走了。第二天卡卢塞斯向我道歉，并说不会再让我受此侮辱，自从那以后，我就再没和伍德利先生见面。

"福尔摩斯先生，我下面就要说到我今天来的本意。每星期六下午我都会骑车去法罕姆车站，坐12点22分的火车去城里。契尔顿农庄向外通的路很偏僻，大约有一英里的路特别荒凉，一侧是查林顿石南的灌木丛，另一侧则是查林顿庄园外圈的树林。没有比这更荒凉的路了，在这条路上，是很难见到马车或农民的。两周前，我像往常一样经过时，不经意地往后望了一眼，却看见在离我200码的地方有人也骑车子行着。他看起来像个中年男人，留着黑黑的短胡子。到法罕姆时，我回头一看那人已不在后面，因此我没在意。

但是福尔摩斯先生，就在我周一返回来时，我又在同一段路看见了那个人，你能想到我有多么惊疑，以后的周六周一都一样，他仍旧跟着我，这使我特别吃惊。他总是保持着一段距离，也不和我交谈，但这的确让人不解。我将此事和卡卢塞斯先生说了，他看起来很在乎我说的事，还告诉我说他已经预订了一匹马和一辆很轻便的马车，这样我就不会一个人走那段路了。

"按照原来的计划，马和轻便马车在这个星期是应该送来的。但是结果却令我失望，我没办法只好又骑车去车站了。事情发生在今天早晨，我又像平时一样骑车到查林顿石南灌木地带，我特地往后面看了一眼，那个家伙又出现在那里。他一直跟在我的后面，我一时之间看不清楚他的脸，我敢说他不是我认识的人，他身上套着一身黑衣服，头上还戴着一顶布帽子。我惟一看清楚的是他脸上那黑色的胡子。我不再担心这个人会做出什么样的举措，我下定决心要弄明白他是谁，他到底想干什么。我放慢车速，他也跟着放慢了车速。后来我索性停了下来，没想到他也停了下来。我突然灵机一动，我看到路边有一个拐弯的地方，于是我就猛骑进了拐弯处，我停下来等他也骑进拐弯处。但他一直没有骑过来。我重新骑了回去，向转弯处张望。他却不见了，连他的踪影也没有发现。要知道，这地方没有岔路，他不可能溜走。"

福尔摩斯端坐了一下身子然后微笑着说："这件事倒是有点趣味。从你转弯到你发现他不见了相隔多长时间？"

"大概有两三分钟吧。"

"可以肯定的是他没有时间按原路回去。你是说那里没有岔路吗？"

"是的。"

"这很简单，他肯定从路旁的小路走了。"

"应该不是从石南灌木地带这一边，要不然我能够看到他的。"

"我们不难推测出他的去向，他一定是朝查林顿庄园那一边去了，要知道查林顿庄园就在道路的不远处。还有其他情况吗？"

"就这些吧，感谢你，尊敬的福尔摩斯，要不是你的指导，我真不知道该怎么办才好。真的非常感激你。"

福尔摩斯没有对她这一番话表态，他沉默了一下。

"和你订了婚的那位先生现在在什么地方？"他沉默了一会儿才

说出这句话。

"他现在在肯尼迪的米德兰电气公司工作。"

"这是不是他给你的一个惊喜呢?"

"我非常了解他,就算他给我一个惊喜,但我还是能认出他来的。"

"还有其他人追求你吗?"

"在我认识西利尔之前有过几个。"

"后来呢?"

"那个该死的伍德利也算一个吗?"

"再也没有了吗?"

她美丽的脸庞立刻显出了为难之色来了。

"是谁呢?"福尔摩斯不放过任何可疑之处。

"可能是我自作多情吧,我感觉到我的雇主卡卢塞斯先生好像挺喜欢我的。我在他家教他的女儿,他也在一旁,我有时还给他弹伴奏。虽然他没有向我表白,但我还是能够感觉到的。"

"嘿!"福尔摩斯正儿八经地问,"他以什么为生?"

"他并不缺钱花。"

"他有四轮马车或者马匹吗?"

"没有,但他好像很有钱。他每个礼拜都会进城两三次,他十分关注南非的黄金股票。"

"史密斯小姐,我希望你一有新情况就通知我。我现在忙得很,但我不会疏忽你的案子的。以后,你如果要采取什么新的行动一定要事先告诉我,好吧,就到这里吧,祝你好运。"

"史密斯小姐这样年轻貌美当然不乏追求者,"史密斯小姐走后,福尔摩斯又啪哒啪哒地抽起烟斗来了,他的话也多了起来,"这个追求者有点怪了,什么地方都可以追求,但他偏偏选择在偏僻的乡间道路上追求,此案还真有点的味道。"

"你念念不忘的是那个总在同一个地方出现的人,对不对?"

"不错,摆在我们面前必须解决的问题是要查清楚谁租用了查林顿庄园。但是,卡卢塞斯和伍德利到底是什么关系呢?为什么他们都迫不及待地查找拉尔夫·史密斯的亲属?令人不可思议的是,卡卢塞斯宁肯出高价雇佣史密斯,但不愿买一匹马。要知道,他家到车站的距离是6英里,华生,你难道觉得它不奇怪吗?"

"你应该去那些地方好好瞧瞧。"

"我最近忙得厉害，你又不是不知道。这可能是一个毫不起眼的恶作剧，我不会为这件事情耽误我的其它大事情。你别误会，我不是自私。事情还没有发展到那个程度，你星期一早一点到法罕姆，你隐蔽的地方最好选择在查林顿石南地带，小心谨慎，千万别乱了阵脚。查出是谁租用了查林顿庄园，立刻回来告诉我，就这样吧，也祝你好运。"

史密斯小姐早就告诉了我们，她星期一坐 9 点 50 分从滑铁卢车站开出的火车去乡下。于是，我用最快的速度搭上了 9 点 13 分的火车。在法罕姆车站，我不费吹灰之力就问明了查林顿庄园石南地带。查林顿庄园石南地带就是史密斯小姐经常遇险的地方，道路的一边是开阔的石南灌木地带，另一边是古紫杉树树篱环绕着的一座花园。花园里面有参天大树。花园里有一条石头铺成的大道，石头上爬满了苔藓。大门两侧的石柱顶上有着斑驳的纹章图案。树篱边有好几个出口，有小路穿过。站在道上看不清里面的建筑物，四周的环境显得十分沉闷、颓废。

石南地带上开满了一丛丛黄色的金雀花，开得很鲜艳。我就在一丛灌木丛后隐蔽了起来。我所处的这个环境不错，位置也不错，能看到庄园的大门，也能看到两边长长的一段路。我刚隐蔽好，大道上就出现了一个骑自行车的人朝我来的方向骑去。骑车人一袭黑衣，脸上留着黑胡子。他到了查林顿庄园的尽头就跳下车来，把车推进树篱的一个出口，就不见了。

过了一会儿，史密斯小姐骑着自行车从火车站回来了。她骑到查林顿树篱时四下张望了一下，然后继续前进。又过了一会儿，那个黑衣人从藏身处推着车出来了，骑上自行车去追史密斯小姐。史密斯小姐轻松地骑着自行车在广阔的原野上行驶着。而那个黑衣男人却压着腰板伏在车把上，别扭地骑着车子。这时，史密斯小姐回头看了他一眼，有意识地放慢了车速，黑衣男人也放慢了速度，她停了下来，他也停了下来，他们只隔着 200 码远的距离。史密斯小姐突然骑着骑着就转过了车头，朝着黑衣男人猛冲了过来，但是那个黑衣男人反应也极快，飞快地掉头走了。史密斯小姐没有追下去，她重新回头继续骑车前进，不再理睬那个追随者。追随者也转过身来，仍然保持原来的距离，直到转过弯从我的视线中消失。我一直呆在藏身处没有动，过了一会儿那个黑衣男人又回来了。这次他神态轻松，他在庄园的大门口下了车。他在树丛中站了几分钟，举起双手，在胸前折腾了几下，接着他又骑上车从我身边经过，顺着马车大道往庄园深处骑去。我立刻穿过石南灌木地带，透过树林看了过去。我隐隐约约可以看到远处古老的灰色建筑和高耸入云的烟囱，只是那条马车道穿过一片浓密的灌木丛，我再也看不到那个黑衣男人的去向。

但是，我认为自己今天这一上午过得挺好的，收获不少，掌握了一些实际存在的情况。我心满意足地走到了法罕姆。我在法罕姆没有得到任何有关查林顿庄园的情况，我反而被人介绍到一家大公司去了。我后来又从当地一个房地产经纪人那里得知了查林顿庄园的一点情况。那个人告诉我，查林顿一个月前就租了出去，租它的是一个非常有钱的老先生，他叫威廉逊。我再也没有从那个人口中探听到半点有关威廉逊先生的情况，那个人不肯再说下去。

回到贝克街，时间已经是晚上了，我兴致勃勃地向福尔摩斯述说了我这一天的经历，我以为我的辛苦和收获能够换来福尔摩斯的嘉许和赞扬，没想到他却给了我一脸怒色，他非常气愤地说："华生，你不应该选择那个地方藏身。藏得那么远，你能够看到什么呢？最好的位置是树篱后面，藏在那里就很方便了，要看清谁都非常容易。你为我提供的情报价值并不高。史密斯小姐说她不认识那个人，但我敢说她一定认识，不仅认识而且还很熟。这是有事实可以证明的，那个人不敢靠近她，为的是避免让她看清他的真实面貌。你说他弯腰压伏在自行车把上，这就更加说明他是刻意要掩饰自己的真实身份，你瞧你，都干了些什么！"

我忍不住冲着他喊了起来："你要我怎么做！"

"你不应该错过那间离查林顿最近的酒店。酒店里什么人都有，既然什么人都有，那么不管什么事情都会有人议论，你能够打听到更多的情况。你说租用查林顿庄园的是一个叫威廉逊的老先生，我可是一点印象都没有啊，一大把年纪的人，绝不可能在史密斯小姐急速反追之下身手敏捷地逃脱。你也不要太悲观了，你的确做了一些实实在在的事情，因为事实摆在眼前，你此行证明了史密斯小姐所言不虚；黑衣人和庄园有某种联系；查林顿庄园早在一个月前，被威廉逊租用了。是不是这样？下一步，我们一起再去调查那些我们还不清楚的线索吧，华生，我们可是好搭档啊！"福尔摩斯脾气就这么古怪，我没有责怪他。

第二天一大早，我们收到了史密斯小姐一封来信，她在信中也提到了我那天所看到的事情，但这封来信最重要的地方却在附言中：

尊敬的福尔斯先生，你一定会为我保密的。我此时此刻的心情跟卡卢塞斯向我求婚而被我婉言拒绝的心情一样难受。卡卢塞斯先生的绅士风度让我深信他对我的爱慕是真心的。我不得不将我跟西利尔订婚的事实告诉了他，他心平气和地接受了我的拒绝。

"漂亮的史密斯小姐也有苦恼的事情了。"福尔摩斯重新将信折叠好，沉思了一会儿，又说，"这个案子并不是我们想象的那么简单。事情还会戏剧性地发展下去。乡村的风景一直浮现在我的眼前。我有机会欣赏查林顿庄园周围的风景了，我现在就动身。"

我绝对想象不出这次福尔摩斯的查林顿庄园之行是如此滑稽。他很晚才回到贝克街，晚上回来的福尔摩斯跟下午出去的福尔摩斯大不一样，这表现在外表上——此时此刻的福尔摩斯脸上是伤痕累累。那副鼻青脸肿的难堪样子，让我实在忍不住大笑。他也笑了起来。

"你知道的，华生，我一直少于锻炼，今天这一趟算是作了一次永难忘怀的纪念性锻炼吧。我的拳术还能够勉强自卫，如果我的拳击力量再强一点，我恐怕就不会是现在这一副模样。"

我边笑边问他到底遇到了什么事。

福尔摩斯仍然笑着说："我去了那个我曾提醒你注意的乡村酒店，在那里作了一次暗访。在酒吧间里，多嘴的酒店老板回答了我一直想知道的问题。威廉逊是个白发白须的老头子，庄园里还有几个仆人跟他住在一起。有谣言说他曾经当过牧师，好像现在他还保留着牧师的职位。但是他自从住进查林顿庄园后发生在他身上的两件事情，让我觉得他不像牧师。我特地查询过一个跟他有关的牧师机构，得到的结果是，以前是有一个叫威廉逊的牧师，但是曾做过不道德的事情。我还从酒店老板口中得知，查林顿庄园每个周末都会有一个聚会，赴会的人都是一些不三不四的家伙。有一个长着红胡子的名叫伍德利的家伙是每周必到的人。我们刚谈到他，他就走了进来，原来他在外面偷听我们说话已经有很长一段时间了，我们的谈话他差不多全听到了。他一进来就气势汹汹地问我是谁？想干

45

什么？有什么企图？他劈头盖脸地在我面前胡说八道了一通，冷不防，他就一拳打在了我的脸上，结果是他受的伤比我还重——我的拳头也不是吃素的。很抱歉，我这次调查成绩并不比你上次好。"

在星期四的一大早，我们又收到了史密斯小姐的来信。信中内容：

尊敬的福尔摩斯先生，我要告诉你的是，我要辞掉卡卢塞斯先生给我的工作。虽然他给我的报酬十分诱人，但是我还是决定要辞掉这份工作。我再也忍受不了这个令我十分难堪的环境。我星期六一回到伦敦就再也不会回去了。卡卢塞斯先生现在准备了一辆马车，但是对于我来说，它是多余的，我再也不会经过那条偏僻危险的小路了。我感谢卡卢塞斯先生对我的特殊照顾。关于我离开的具体原因，和卡卢塞斯先生制造的难堪处境有关，更和那个令人作呕的伍德利先生有关。他的外貌原来就长得十分丑陋，现在让我细看更加丑陋了，丑陋得令我恶心。我并不是特意要咒他，他给我的印象就是这样的。他好像出了车祸，一身都缠上了纱布。他那个丑陋的样子是我从窗户上看到的，幸运的是，我没有和他见面。他进了庄园，马上就跟卡卢塞斯先生谈了起来，过了很久，卡卢塞斯一脸恼怒地走出房间。伍德利一定住在附近，他不住在卡卢塞斯先生家里。我今天早上又在灌木丛中看到了他阴险的身影。一看到他那丑陋阴险的外表我就想作呕。卡卢塞斯先生怎么会和这种人来往呢？谢天谢地，这个星期六就是我告别这些苦恼事情的大好日子。

"从这封信中我看到了史密斯小姐的危险，这是个潜在的危险，史密斯小姐直到现在都还没有意识到这一点。我们不能眼睁睁地看到一个善良纯真的姑娘遭遇危险。史密斯小姐肯定会在这个星期六遇到大麻烦。我们不能再让这件事情朝着危险的方向发展了。星期六再忙我们也要抽出时间去保护史密斯小姐。"福尔摩斯非常激动地说完了这一席话。

事实上，我一直没有把这件事情当成一个不容忽视的案子，要不是福尔摩斯的提醒，我还会认为它只是一件荒诞、古怪的奇事而已。我认为总是跟随史密斯小姐的那个黑衣男人并不是一个非常恐怖阴险的歹徒，要知道，他骑车尾随史密斯小姐总是保持着一段若即若离的距离，史密斯小姐返身相追的时候，他又匆忙而逃的事实就可以证明这一点。至于那个混蛋伍德利我就很难揣测他的行为了，骑车的黑衣男人的真实身份到底是什么，他到底要对史密斯小姐干什么？我从福尔摩斯那一脸冷峻的神情和他把手枪放进口袋的动作就可以看出这个案件一定隐伏着暴力倾向。

大雨清洗着黎明前的黑暗，阳光普照的时候，天空万里无云，清新的空气缠绕着这个明媚的早晨。乡村的早晨给了我们一个惊喜。我们在宽阔、多沙石的乡村道路上走着，贪婪地呼吸着新鲜的空气，倾听着林中的鸟声，闻着路旁的花香。查林顿庄园离我们越来越近了，它掩藏在古老的橡树林里。事实上，庄园的历史比老橡树更加古老。福尔摩斯手指前方，前方是一条长长的道路，这条道路在石南灌木丛和树林之间延伸。在前方有一个黑点正在向我们靠近。福尔摩斯和我几乎同时看出了是一辆单马马车在向我们这个方向靠近。福尔摩斯担心地说了一句："我还多准备了半个小时的时间，如果那是她的马车，那她肯定是在赶最早的火车了。我们必须快点，要不然她很快就会经过查林顿。"

当我们走到大路上来的时候，那辆马车已经没有了踪影，我们坚信它已经过去了，很可能是刚刚过去不久。我们急步奔向前方去追那辆马车。福尔摩斯的速度在我的意料之外。我早被他抛到后面了，我搞不懂一向不锻炼的福尔摩斯脚力怎么这样出奇地好。突然，他在我前面100米的地方停了下来。正在这个时候，弯路上闪现出一辆空马车，猛急地朝我们冲了过来。拉车的马狂奔而来，缰绳长长地拖到了地上。

"我们来迟了，我们来迟了！"当我不停地喘着疲劳的大气奔到福尔摩斯的身边时，他后悔地喊道，"我太愚蠢了，竟然没有料到她会坐早一点的火车！这绝对是劫持，华生，是劫持！拦住马车！好，看看我还能弥补多少损失？"

我们拦住了马车，跳了上去。福尔摩斯扬鞭勒马，用力一提，那匹拉车的大马竟然被福尔摩斯提起了前蹄，他猛力向前一甩，把马车方向掉转过来，向它来时的方向狂奔而去。马车把我们带到了庄园和石南灌木丛之间的路段上。我扯住福尔摩斯的手说道："不错，就是他！"这时，在我们的对面，一个骑车人正向我们冲过来，他把全身的重量都压到车把上，弓着身子，拼命地踩着自行车，速度快得出乎我们的意料。他突然抬起那张胡子拉喳的脸，看到我们向他驶来，便从车上跳了下来。他的脸色苍白，眼睛却射出逼人的光芒。他瞪着我们和马车，一脸惊讶之色。

"听到没有，你们给我停下来！快从车上下来！听到我的命令没有？这马车怎么会在你们的手上？"他首先把自行车挡在大路中间，接着掏出了一把手枪，"该死的，我的子弹可是没有长眼睛的啊！想死吗？"

福尔摩斯将缰绳丢给我，飞快地从马车上跳了下来。

"真是幸会！维奥莱特·史密斯小姐在哪里？"福尔摩斯直奔主题。

"你问我，我还要问你们呢。马车都在你们的手上，除了你们还有谁知道她的下落呢！"那个人气愤地反问。

"马车是我们在路上拦住的，我们乘上这辆马车是要去救史密斯小姐。"

"天呐！事情到了这个地步，我还有什么办法能挽救她呢？"他悲痛欲绝了起来，"一定是他们干的，该死的伍德利和那个混蛋牧师！你们快点啊！不要再耽误一分一秒了。她现在危险得很！"

他紧握着那把手枪，急冲冲地奔向树篱的一个出口，福尔摩斯也掏出了手枪。我安排好马车后，也紧跟而至。

"看他们是从这里逃走的，"他指着一条坑坑洼洼的小道上的一行杂乱足迹说，"别慌！什么人在那里？"

我们顺着他的手指方向看过去，只见一个十七八岁的年轻人被五花大绑地捆在灌木丛旁，他的额前有一道吓人的裂缝血污，他双眼紧闭，嘴巴张开着。我赶忙看了他的伤势，他已经昏过去了，裂缝还没有伤到脑颅骨。那个黑胡子男人惊呼道："他是马车夫彼特，他是给史密斯小姐赶车的。这两个混蛋连无辜的马车夫都不放过。我们赶快去找史密斯小姐吧。一个无辜的人他们都下如此毒手，那么史密斯小姐就不知道要怎样遭受他们的折磨了。"说完，他带头向前边曲折的小道狂追了过去，我们看到前面不远有一座庄园，那就是查林顿庄园。福尔摩斯突然在庄园前的灌木丛前止住了脚步。他说道："他们没有逃到庄园的房子里。左边有他们的脚印，啊！就在那桂树丛旁边。"就在这个时候，前面茂密的绿色灌木丛中传来了女人的尖叫声，这是一种惊恐万状的大叫，只叫了一声，便没有再叫起了，紧接着是一阵窒息的咯咯声。

"在这里！这里！他们都在滚球场，"黑胡子男人疯狂地叫了起来，"这些该死的家伙，我不会放过他们的！"

黑胡子带着我们冲进了一块古树环绕的林间绿草地。草地北边的一棵大橡树前站立着三个人。其中有史密斯小姐。她的嘴被一块白布堵塞住了，低着头，眼看就要昏倒在地上。她对面站着一个满脸长满红胡子的年轻人，样子十分丑陋恐怖，他的身材高大，正得意忘形地扬着马鞭在向史密斯小姐示威。中间站立着一个白发白须的老头子，一身牧师的打扮，他正把祈祷书合上，很明显他在为红胡子年轻人主持婚礼仪式，仪式刚刚结束。他在一旁奸笑着向红胡子男人祝福。

"他们这算什么婚礼呀！"我气愤地说道。

黑胡子男人带着我们疯狂地朝他们扑去。

我们奔跑的声音实在是太猛太急了，红胡子男人和那个老牧师都惊讶地朝我们望过来。这时，我看见老牧师露出了嘲笑，他向我们颇具讽刺性地低了一下头，然后嘻皮笑脸地望着我们。红胡子男人更是目中无人，竟然用马鞭指着我们放肆地大笑。

"你别把自己搞得太神秘了，我们可没有你那么虚伪，为什么不扔掉你脸上的假胡子以真面目示人呢？伪君子卡卢塞斯先生，你看到这个场景是不是很痛苦呢？"

我们这时才知道我们身边的黑胡子男人是乔装打扮过的卡卢塞斯。卡卢塞斯扯下了他脸上的假胡子，他的真实面目是一张刮得干干净净的浅黄色长脸。他迅速把枪口对准了红胡子男人，红胡子男人大怒，扬着马鞭冲向了卡卢塞斯。卡卢塞斯冷笑道："谢谢你的记忆和眼力，伍德利，你这个该死的家伙。我没少警告过你，你竟敢侮辱史密斯小姐。你很不幸运。"

"不幸运的人是你，史密斯小姐和我已经举行了婚礼了！"

"你真该死！上帝！"

卡卢塞斯扣动了扳机，一颗愤怒的子弹打进了伍德利的胸口，伍德利的胸前鲜血立刻迸溅而出，他魁梧的身躯倒了在地上。老牧师威廉逊怪骂了一句，突然他的手上多了一把左轮手枪，他正准备向卡卢塞斯瞄准，可福尔摩斯拔枪的速度比他的速度更快。

福尔摩斯严肃地说道："举起手来，别乱动！扔掉你手中的枪！华生，你把枪收起来！卡卢塞斯你也把枪给我。对，就这样，我们都不希望有人像红胡子先生那样倒在地上不起来了。"

"你是什么人？"

"歇洛克·福尔摩斯，很抱歉，这是一个令人讨厌的名字。"

"噢，真没有想到啊！"

"我这个名字的确有点臭名远扬的味道，威廉逊先生你暂时忍一忍吧，等下警察来了，你就舒服多了。嗨！对，我是在叫你！"福尔摩斯看到林间空地上有一个吓得缩住了身子的马夫，他冲着马夫喊了一声，"你马上骑快马把我这张条子送到法罕姆去，交给警察局的警长，让他赶快来吧。"

我不得不佩服福尔摩斯在危难之时，箭在弦上之际力挽狂澜的能力。威廉逊和卡卢塞斯在福尔摩斯面前不得不显现出他们稍逊一筹的一面。形势渐渐好转，伍德利被威廉逊和卡卢塞斯抬进了房子里，我为史密斯解开了绑在她身上的绳索，取出了她嘴里的布团。我也为伍德利作了一个紧急检查。我公布了伍德利没有性命之忧的消息。

听到这个消息，卡卢塞斯立刻从椅子上蹦了起来，他怒吼着："该死的，我一定要他去见上帝，上帝不会饶恕他的。"

福尔摩斯对卡卢塞斯说："你别冲动。上帝一直都没承认伍德利和史密斯的婚礼，关于威廉逊先生的牧师职责我们大可不必相信。他根本就不算一个牧师。"

"你别诬蔑我圣洁的牧师印象！"老头儿吼叫着。

"你早就不是牧师了。"

"我以前是牧师，我现在仍然有权利行使牧师的权力。"

"你这是耍赖。结婚证书在什么地方？"

"伍德利他们有结婚证书，在我的身上。"

"那是你们伪造的。法律条文上早就有规定，任何强迫的婚姻都不能算是婚姻，正规的婚姻是受法律保护的，我不知道你以前在当牧师的时候都是怎样为别人主持婚礼的，你和伍德利会受到应有的法律制裁。卡卢塞斯，你不应该借你的手枪出气。"

"福尔摩斯先生，我必须告诉你这一切。我也必须告诉你我是多么爱史密斯小姐，我爱史密斯小姐，所以才会做出这些愚蠢的事情来。当我知道伍德利、威廉逊要加害我心爱的史密斯小姐时，我是多么地担心她啊！伍德利在南非可是一个出了名的恶棍。于是，我决定要用自己的实际行动来保护她，我聘用了她，这是我的借口。

在她赶去车站的那一段道路，在她经过查林顿庄园时，都有我的身影，我必须保护她。要知道，伍德利这个恶棍时时刻刻都在打史密斯小姐的鬼主意。我总是和她保持一段距离，我戴上了假胡子，我这样做是为了不让她认出我来。我可不想让善良、天真、纯洁的史密斯小姐发现我在跟随她，要不然，她就不会再接受我的聘用了。"卡卢塞斯悔恨地说道。

福尔摩斯问他："你把危险告诉她不更好吗？"

卡卢塞斯回答："你不知道这样做的后果，史密斯小姐一定会离我而去，我是多么希望每天能看到她那张美丽的脸庞啊！"

我忍不住说道："卡卢塞斯先生，你不觉得你这样很自私吗？你为史密斯小姐着想过没有？"

"我承认你所说的事实。因为我太爱她了，我必须这么做。我一想到大恶棍伍德利、威廉逊时刻在打她的鬼主意，我就更加觉得我必须这样做。我一收到电报后，就知道我一直担心的事情就要发生了。"

"什么电报？"福尔摩斯追问。

卡卢塞斯在左边口袋掏出了一分电报。

他递给了福尔摩斯。

电报的内容就只有四个字：

老人逝世。

福尔摩斯冷冷说道："我现在终于明白你们的关系，我也明白你们的所作所为了。电报是伍德利、威廉逊发出行动的信号。现在警察还没有来，就聊聊你们曾经的勾当吧。"

威廉逊老头子又忍不住怪骂了几声。

老恶棍大声对卡卢塞斯说："鲍伯·卡卢塞斯，你只要敢说出我们的秘密，你的下场会像杰克·伍德利一样，或许比他更惨，我不会让你好受的。我们没有破坏你跟史密斯小姐的好事，就是很给你面子了，你别不识好歹。你别多管闲事。"

福尔摩斯的烟斗是随身携带，在我看来，福尔摩斯那个陪伴了多年的烟斗就是深思的象征，他啪哒地吸了一口烟斗，对老恶棍威廉逊说："你千万别让自己的内心受到良心的谴责，既然这样，那就让我来讲一讲吧，你们曾经的勾当我现在是一清二楚，最开始是你们三个人一起从南非回来导演这场闹剧的，我所说的三个人大名就叫：威廉逊、卡卢塞斯、伍德利，对不对？"

威廉逊分辩说："你在胡说八道，我根本就没有去过南非，我还不认识他们两个人，如果一定要说我认识他们，那是2个月前那次见面。"

卡卢塞斯这时说道："他说得没错。"

"不错，不错，我就知道威廉逊先生是一个洁身自好的人，嘿嘿，他没干过的事情他一定会讨回公道的，能知道这点就最好，我就希望他这样明辨是非，对不对，威廉逊先生？不过等一下你就不会这么嚣张了。卡卢塞斯和伍德利两个人在南非认识了拉尔夫·史密斯。拉尔夫老得快要死去了，你们也知道，史密斯小姐是他的惟一遗产继承人，他让他侄女继承他的遗产。对不对？"

卡卢塞斯用沉默的方式回答了福尔摩斯，而威廉逊却依然在大骂福尔摩斯。

福尔摩斯接着往下说："你们一开始就在打史密斯家族的主意。你们还知道拉尔夫不会立下遗嘱。"

卡卢塞斯说："他是一个文盲。"

福尔摩斯接着说："就这样你们来到了英国，找到了这位史密斯小姐。你们最初的计划是：财色两分，一个娶她，另一个取遗产金。不知怎么搞的，伍德利幸运地被选中了做丈夫。对不对？"卡卢塞斯说："我们在旅途中打牌，以史密斯小姐作赌注。我输了。"

"喔，是这么一回事。于是你找个借口把史密斯小姐雇到你家教音乐，让她当家庭教师。你给伍德利创造机会，让他主动向她求爱。她了解到伍德利心术不正，不愿和他交往，但是你却深深爱上了她，你再也不能容忍那个恶棍骚扰她。"

"是这样的，福尔摩斯先生。"

"你们为这件事大吵了一架。你们不欢而散。伍德利决定独自引诱史密斯小姐上当。"

"尊敬的威廉逊先生，你难道不觉得福尔摩斯似乎也参加到我们的行动当中来了吗？他比我们更清楚其中的事情，我们的事情再也瞒不下去了。"卡卢塞斯惨笑着大声说道，"不错，我和伍德利因为意见不和就大吵了一架，而且还打了起来。事后他就突然失踪了，后来我才知道他认识了被开除的威廉逊牧师。他们住在一起，他们住的地方正是史密斯小姐去火车站的必经之地。这绝对是一个危险的信号，我是深爱史密斯小姐的，我决不会让别人伤害她，尤其是大混蛋伍德利这个卑鄙无耻的家伙，我一直在暗中保护她。我也时常和伍德利以及威廉逊来信，为的是想探听他们的计划。就在两天前，伍德利带着这封电报来找我，他告诉我拉尔夫·史密斯已经去世了。他要求我履行当日的诺言，我不肯。他知道我爱着史密斯小姐，他又出了一个馊主意，那就是劫持史密斯小姐，他只要拉尔夫的遗产金。我大骂了他一顿，他也回骂了我。我知道史密斯小姐的麻烦大了，这个周六她就要回城里去了，我为她准备了一匹轻便马车送她去车站，但是我不放心，于是我就骑自行车跟在她后面保护她。可是，她早已经出发了。我还没赶上，祸事就发生了。福尔摩斯先生和他的同伴赶着她的马车回来，我就知道事情糟糕极了。"

福尔摩斯又啪哒一声抽了一口烟，然后轻松地敲了敲烟斗，说道："事情本来早就该弄清楚的，华生，当你告诉我黑衣男人在灌木丛中背着你在胸口折腾了几下，重新整理了一下自己所穿的服饰的时候，我就应该料到这一切。好了，这个案子就到此结束吧，不过，你们千万别误会，我说这话并没有代表警长和法官，我只是针对我来说的，因为我的侦破任务已经完成了。你们瞧，前面大路上来了三个全副武装的警察。华生，伍德利和那个小马车夫彼特的伤势应该不会严重到明天就去见上帝吧，你是医生，你有救死扶伤的能力，他们就交给你了。喔，别忘了，还有无辜的史密斯小姐，也麻烦你再施妙手了。我们不妨向她的未婚夫西利尔发一份电报，我希望他们早日团圆，早日举行婚礼。卡卢塞斯先生你将功赎罪了，应该祝贺你，在法庭上你如实告诉法官事情真相，我相信你会有好运的，至于伍德利、威廉逊他们两个，我就不敢想象他们的后果了。"

福尔摩斯一回到贝克街又开始了他繁重的工作，案子很多，都希望他能够相助破案。他根本没有时间打探史密斯小姐劫持案的审判结果。后来是我打探到告诉他的：维奥莱特·史密斯小姐，的确继承了一大笔遗产，她嫁给了有名的肯尼迪电气公司副总裁西利尔·莫顿先生。伍德利和威廉逊因绑架和故意伤害罪分别被判处10年徒刑和8年徒刑。卡卢塞斯的处罚我不大清楚，但我想他顶多判个一两年吧，或许没判这么久也说不定。

第二章　缉捕追踪

昧掉良心的警察

　　夜已经很深了。哥伦比亚首都圣菲波哥大笼罩在沉沉夜幕中。这晚乌云满天，星月无光，黑夜中渐渐起了雾，看不清几米开外的东西。一辆灰色的轿车正从一条小弄里开出来。谁知就在此时，一辆8吨重的大卡车发了疯似地撞向小轿车。

　　一声巨响，两车相撞，小轿车被撞得翻过个来。

　　轿车司机被挤压在座位上，血流满面，奄奄一息。而卡车司机只是撞破面额，伤势不重。他打开车门从卡车上跳下来躲进小弄。

　　几分钟以后一个骑摩托的青年开车路过这里，他见出了车祸，跳下车来去看个究竟，看是否有生还者。他上前去看，只见小车的司机已经死亡，而卡车的司机却不见人，想来闯了祸已逃之夭夭。他正想上车去报警。突然，从小弄里窜出一个人来，一手将他拦腰抱住，用一块砖头在他头上"砰砰"两下，将他击昏在地，然后翻身上了他的摩托，一溜烟逃走了。袭击他的人正是卡车司机。

　　正在这时来了治安巡逻队。他们见两车相撞，而那个青年昏死在事发现场，认定这青年一定是肇事的卡车司机，就将他送医院监护起来。另一个司机已死，查了查他的身份，不由得让人大吃一惊。原来这人是对外经贸部副部长。一下子，事情就变得严重起来。

　　负责处理这件案子的是警长勃特和刑警阿沙里。勃特是个满面笑容的胖子，而阿沙里则是个年轻人，刚进警察局不久。

　　两人在查看了现场后，就商量起这件案子来。

勃特认定这是起交通事故，肇事者就是这个自称被人打昏，丢失了摩托的青年。阿沙里则认为这人头上的伤不是车祸造成的，这儿的路并不宽敞，一般情况下，8吨重大卡车不会开得这么急，从现场看来，车子开得很猛，而且是短距离突然起动的，极有可能，这是件谋杀案。

勃特很和气地说："阿沙里，不说我在警察局里比你多混了几年，就是年纪也比你大好多岁。一见有人死不要老往谋杀方面想。再说，这案子涉及到一位国家副部长，这可不是闹着玩儿的。"

阿沙里毕竟年纪还轻，不敢多说，只是他心里不服，心想，明明是一件谋杀案，为什么不敢查下去，我们警察局的责职不就是为了抓坏人吗？你不干，我来干。

他见大卡车上有血迹，就去取样，让人化验，与受伤的青年进行血型对照，发现血型明显不同。可见，肇事者另有其人。他将这个结论告诉了警长。

勃特大惊道："想不到你年纪轻轻，心倒这么细，将来真是前途无量呀。这么说来，这倒真是件谋杀案了。不过，话又说回来，既然这人连国家的副部长都敢杀，肯定有后台指使。可想而知，谁去插手，谁就会倒霉的。这类事，我在警察局见多了，我劝你还是装聋作哑，不要再查下去了。"

阿沙里正色说："警长，这恐怕不好吧。纵容坏人，冤枉好人，这叫我们的良心上如何过得去？"

勃特苦苦劝他，阿沙里还是不听。

最后，勃特收起笑脸，说："说实话，我也想找出真凶，只是我家里大小一家人都靠我养活，实在不敢去冒这个险。这样吧，我就想法去住几天院。这案子就交给你了。"

警长一住院，阿沙里就放开手脚去干了。过不了两天，他就抓到了真凶。原来卡车司机在逃跑中惊慌失措，一头撞在电线杆上，撞得头破血流，差点儿送命，被人送进医院急救。阿沙里找到他后，审问了他。或许人知将死其言也善，卡车司机也就一五一十全都抖了出来。

原来有一个外国公司要想在哥伦比亚国内开一家大工厂，只要外经贸部肯点头，可以给几位部长一大笔好处。因为这工厂会给当地带来极大的污染，副部长坚决不答应，还口口声声说要将此事公诸于众，于是老板就下决心除掉他。这个杀手正是被他重金雇的。说完这话，他也就咽下了最后一口气。

阿沙里得到这样重要的收获心里如何不高兴？忙上医院向警长汇报。

勃特赞誉道："阿沙里，你真不简单，一定要为你请功。"

从医院出来，阿沙里哼着小调，高高兴兴地向警局走去，就在他回局的路上，阿沙里被一辆飞驰的汽车撞死了。这个正直的年轻人，做梦也不会想到，勃特已经被人收买了。

供词中的破绽

惨绝人寰的凶杀事件，却发生在有名的避暑胜地，这不禁叫人作呕。

这一天清晨，一个住在别墅区的人起来遛狗，路经明星魏丽媚家时，平常温驯的狗却狂叫起来。他觉得屋子的气氛有点异常，所以便进院查看了一下，没想到，美艳女星竟会被杀。

魏丽媚已经怀孕 8 个月，再过不久就要生产，歹徒竟然将她全身剥光，并用锐利的长刀将她的肚子剖开，血流满地，惨不忍睹。

在现场还有一个人证，她叫庄月琴，是魏丽媚的丈夫沈大卫的远亲。

现场一片凌乱，电话线、电灯都被破坏，调查人员认为这是一宗早有预谋的杀人事件。庄月琴呜咽着说：

"那天大哥不在，我独自一个人坐在客厅喝咖啡，不久，就糊里糊涂地睡着了，醒来时，双手却被反绑着，当时，我想坏了，有坏人进来了。果然……从镜子中看到了凶手的背影！虽然我戴着紫色的防晒眼镜，但是我能肯定，那是一个穿灰色衣服，左手拿刀的女人。"

根据庄月琴的供词，警方很快调查出和魏丽媚有怨仇的三个女人，她们都是和沈大卫关系暧昧的美艳女子。

苏可丽，26 岁，喜欢穿红色的衣服，她迷惑地说：

"我为什么要杀她？虽然她该死，不过看在她有身孕的份上，还不至于下这种毒手！"

苏可丽既不是左撇子，也没有灰色的衣物。

另外一个叫白燕燕，25 岁，是位服装设计家。平日最爱穿白色的套装，她平静地说：

"我和魏丽媚是有一点摩擦，但是也犯不着杀她，平常我都是用右手办事，如果需要，我偶尔也会使用左手，难道这就算左撇子吗？"

现在嫌疑最大的，就剩下那位年仅 23 岁的方若连小姐。她相当迷人，也是电视台最被看好的女明星，喜欢穿黄绿色的套装，她有点沮丧地回答：

"老实说，我很害怕，因为我真的想不到会有这么恐怖的事情发生……"方小姐也不是左撇子！

负责该案的仇警长仔细分析了庄月琴的证词，发现有许多疑点，她表示看过凶手的背影，但是镜子中呈现的应该是相反的位置，所以，凶手应是右手持刀，不是左手！

这一句话，使得整个调查工作又停顿下来。一位年轻的警员问仇局长。

"就算她们三个人中有一个是左撇子，也未必是凶手啊。"

"对！"仇警长肯定地回答。

"那么这样一来，只剩穿灰衣这条线索，但是她们并没有任何灰色的衣服啊！"那名刑警又轻声问道。

"庄月琴戴着紫色的防晒眼镜，又无法动弹……"仇警长似乎在提示他什么事。

"哦……对，透过紫色的防晒眼镜所呈现出来的不可能是灰色！"刑警喜出望外地说。

"知道了吧，赶快去调查！"

"嗯，等一下……"仇警长突然露出一丝得意的笑容，接着又对那名刑警说：

"不用去麻烦鉴别科的人了，我已经晓得凶手是谁了！"

仇警长望着迷惑不解的刑警说道："凶手是庄月琴，我们差点被蒙骗过去，案发当晚，电灯、电线都被破坏，庄月琴在黑暗中怎么可能从镜中认出凶手穿着灰色衣服？另外，从作案手法上看，凶手是个极其残忍的家伙，他怎么可能只杀魏丽媚，而不杀庄月琴，留下这样一个证人呢？显然庄月琴的话转移了我们的视线，那么从种种情况看来，杀人犯极有可能是魏的丈夫沈大卫，而庄月琴是共犯。"

"现在，"仇警长顿了顿说道："你们明白怎么回事了吧！"

原来如此，醒悟过来的刑警连忙跳上车一路鸣叫地向魏丽媚家驶去。

发生在狂欢节的谋杀

明天就是一年一度的狂欢节了。

午饭后，老弗斯把伺候他的几个年轻仆人叫到面前，和气地说："明天就是狂欢节了，你们整天呆在这里，肯定很闷，想不想下山过节去？"

仆人们你看我，我看你，谁也不作声。

"我放你们 3 天假，让你们玩个痛快！"老弗斯说。

仆人们立刻高兴得跳起来。刚才，他们还在琢磨用什么好话来说服老头准假呢，这会儿不用费神了。

老弗斯住在一座山间别墅里。这里，空气清新，风景秀丽，又没有吵人的噪声。对于热爱自然喜欢返璞归真的老弗斯来说，真是再好不过的世外桃园。

老弗斯的儿子们却不喜欢这里，他们全都搬进了繁华的大都市。老弗斯太太几年前就病死了，只有这几个仆人陪他住在这一所大房子里，照料他的生活起居，老弗斯从心里感激他们。

早晨起床后，仆人们都走了，老弗斯自己动手做了份早餐，惬意地吃着。收拾完碟、盘，老弗斯觉得无事可做。就从仓库里提出一大桶油漆，他要乘家里没有人的时候把门廊、台阶和窗框都刷上崭新的油漆。

这房子已经有一段时间没有修理过了，看起来，它显得有些陈旧。老弗斯卷起袖子，动手刷起漆来。

一个小时后，老弗斯已经漆好了台阶、窗子和门，只剩下高高的门廊了。他搬来一架4米高的木梯，提了罐油漆，一步一步登上了梯子。这时，他发现有个人出现在围墙外头。

"喂，那是保罗吗？你怎么没下山过节？"老弗斯以为是男仆保罗回来了，便接着说，"这样也好，给我搭下手，把屋里的新刷子递给我，要小心，你得从台阶上跃过去，我刚刚给它上了漆……"

"糟老头，你凭什么让我干这干那的，我梅卡现在可不是你的仆人了。"

是梅卡？老弗斯定睛仔细地看了看，果然是梅卡。老弗斯心想，他来干什么？

梅卡曾经也做过老弗斯的仆人，可是他好吃懒做，还把安东尼的东西偷走卖了不少，被老弗斯发现后，便辞退了他。

梅卡慢慢踱到老弗斯脚下，恶狠狠地骂道："你这老东西！原先我在你家干活时，你对我是那么地刻薄，还撵走了我，弄得我常常没饭吃。今天，我要你尝尝我的厉害……"

说完，双手搭在老弗斯脚踩的梯子上，发疯地摇晃着……

4个小时后，梅卡在城里坐进了熟人亨特的车子返回郊外。

亨特是警察局的便衣，而梅卡在被老弗斯辞退了以后成了街头小混混。亨特利用这一点，曾从梅卡口里了解了不少罪犯的线索，所以，他们非常熟悉。"亨特，麻烦你把车拐到山上老弗斯的别墅一趟。"

"拜托，我还有急事，要不你先下车。"亨特说。

"求求你送我一趟吧，我想到他家里取回上星期保罗借走的钓竿。周末，我要去钓鱼呢！到时，送两条新鲜的活鱼让你尝尝鲜，行了吧！"梅卡死皮赖脸地恳求道，亨特只好答应下来。

不一会儿，亨特和梅卡到了老弗斯别墅院门前。亨特的车子还没停稳，梅卡便跳下车，径直向老弗斯的大房子跑去。

梅卡穿过草坪，从四级台阶旁纵身一跃，跳到门廊前，急急地按响了门铃。

没有人开门。

"也许老弗斯睡着了，你不妨使劲敲门，他听在耳里一定会比门铃的声音响得多。"

亨特站在汽车旁给梅卡出着主意。

梅卡却好像没听见，他绕到旁边的窗户旁"嘭嘭"地敲着窗玻璃，高声叫道：

"老弗斯先生，老弗斯先生！"

突然，梅卡跳下台阶惊叫：

"不好了！老弗斯先生他……他倒在树丛里了。亨特，快过来呀！"

亨特应声跟着梅卡来到门廊左侧的树丛后面，只见老弗斯仰面倒在地上，一架长梯子压在他的身上，有一桶白漆正好倾倒在他的衣服上。

"他死了，你瞧，连脖子都摔断了。"梅卡哭丧着脸冲亨特道。

亨特仔细在周围看了看，用手摸了摸白木支架、前门以及四级台阶和窗框、门，又拾起掉在地上的油漆刷子摸了摸，还很黏手。

"他大约死了4个小时了。"亨特断定。

"老弗斯先生是个大好人，没想到他竟活活地摔死了。一定是他年老眼花，手脚不灵，不小心掉了下来。"梅卡似乎很难过。

"梅卡，你还不打算承认杀死了他？"亨特突然厉声喝道。

原来，亨特发现梅卡来到这里，不踏台阶，纵身跃上走廊，又跳了下来，不敲门窗而敲玻璃。正纳闷，又发现门和台阶是刚刚油漆的，证明他当时就在现场。所以知道门和台阶是刚漆过的。他回城后又搭亨特的车到这儿，装作同时发现老弗斯的尸体，不过想证明他不是凶手。

县令父子开棺破案

山东有个叫王可贤的文人，在地方上小有名气。他的儿子王效祖从小机智过人，18岁那年中了进士。被任命到杭州当知府。

有道是"天上天堂，人间苏杭"王效祖去当知府也把王可贤接了过去，一方面可以孝敬老父；另一方面也可以让老父常指导指导为官之道。于是儿子在外升堂理事、办案，父亲就在内处理公文、公务。一有空父子两人就商议城内吏治，风俗民情。王可贤说得切中要害、谈得有根有据，王效祖耳濡目染，渐渐也精通了为官之道。他上任一年，很有政绩，得到上司的赞赏，同僚的敬服。

一天，王效祖出城办事，正好遇上一家大地主出丧。仪仗非常有气派，白幡层层，乐队吹打，送丧的人排着长长的队伍。按照习俗，不论哪个官员都得避让，王效祖也只得退避路旁。运载棺材的车子旁跟着一个披麻戴孝的妇女。这时候，一阵风吹来，丧服衣角被风撩起，露出大红的内衣。王效祖不免诧异：白色丧服内怎么会是红色喜衣呢？一打听，这位妇人原是死者的妻子，顿生疑窦，死者难道死于非命？他就传令：将棺材暂停附近庙中，待验过尸后再入土为安。

毕竟是知府的决定，送葬的地主家的亲人虽有不满，但都不敢违抗。

王效祖回到衙门将情况向父亲一说，王可贤以为虽然可疑，可毫无证据在手，一旦验尸验不出什么，这些乡绅可惹不起。

那怎么办呢？

在书房里，王效祖也觉得为难了，一口接一口地喝着茶。王可贤踱来踱去，低头沉思

最后他开了口："这样吧，你不出衙门，推说有病，拖延验尸时日；我出外私访，查得真情，再行处置。"

王效祖点点头。

王可贤就扮成了算命的先生，秘密外出查访。

一访，县官的父亲不免惊慌，原来死者是位监生，监生虽然没有嫡系亲属，可是这些亲戚中不乏秀才、廪生，都是有财有势的人。如果有什么差错，儿子的前程也就断送了。

第二天，王效祖没有上衙门办公，那些死者的亲戚吵上门来，要求验尸，听说县官有病，都以为是他不敢露面，扬言要上告。过了几天，还是不见王效祖的面，他们就联名上书，催促尽快验尸。王效祖不理不睬。这样，丧礼不能进行，棺材不能埋葬，引起了公众的非议，就连差役也认为王效祖做得太过分了。

再说王可贤，在外私访了多天，也没有查到一点那监生被害的线索，更没查访到有人揭发，心里暗暗着急。

一天夜晚，他走到野外，走得也够乏了，就钻进路边田里的一个小草棚里休息。不一会，来了个农夫，问他到此何事，为何住进

草棚。王可贤急忙起身赔礼道歉，谎称自己流落异乡，靠占卦算命为生。今夜错过客店，才在此歇息。那农夫信以为真，倒也慷慨，答应留他过夜。

原来那农夫是地主的雇工，每夜来草棚看守庄稼。

这夜，明月高挂，月光如水，是一个赏月的好天。

看庄稼的人守夜不睡，王可贤就陪着闲聊。两人谈得投机，看庄稼的人拿出带来的酒菜，对饮了起来。一杯落肚，王可贤有心说："看来这里老百姓的生活不差，地方官还不错吧！"

那农夫点点头说："不错，新来的知府年纪虽轻，可是很体谅百姓，不过，可惜他在这儿呆不长了。"

王可贤故意追问"为什么"。农夫两杯酒下肚，就说："还不是为了那死去的监生的事。知府怎么会查得出监生的死因呢？"

"这话中有话！"王可贤心中暗暗高兴。他忙再替那人斟上一杯。那人干了杯，吐露了内中的真情——

死去的监生，就是那人的东家。监生素来身体康健，突然死亡，那人好奇，就向一个小仆人打听，原来监生的妻子与表兄私通，表兄最近死了妻子，她害死了丈夫想嫁给表兄。监生被害死了，事情眼看就能成功，岂料知府阻挡了丧事，说要验尸。监生妻子心中着急，鼓动亲戚们与知府作对。这些亲戚贪图监生的财产，也就去县衙门闹起事来。

"那这位知府验尸验得如何？"王可贤问道。

"那知府不知怎么，至今也没有验呢。"那人说，"其实，打开棺材，一验死尸的头顶心，就可知道了。"

王可贤边斟酒，边假装不解地问道："验头顶怎么能知道呢？"

那人呷了一口，神秘地对王可贤一阵耳语。

"懊，原来如此！"王可贤终于明白了事情的真相。

天刚蒙蒙亮，王可贤告辞了看庄稼的人，赶回衙门。

王效祖躲在里面，饭吃不下，觉睡不好，大清早已经起身。现在看到父亲笑眯眯踏进门来，知道探听到了内情，就连忙相迎。王可贤将查访到的情况一五一十告诉了儿子。王效祖不禁拍案叫好。

当天，王效祖升堂，传令仵作、差役，跟他一起去验尸。停放棺材的庙堂里，挤满了死者的亲戚。王效祖命令打开棺材，又吩咐仵作仔细验尸。

仵作见尸体的面目异常，死时似乎很痛苦，可是通身细看，没有发现什么伤痕。

"你查验一下尸体的头顶。"王效祖说道。

仵作分开头发，从尸体的头顶心拔出一根长长的带血的钢钉。

这一下，在场的人都惊呆了。

监生的亲戚悲愤起来，要求王效祖捉拿凶手。

王效祖一摆手，喊着"某某人在吗？"大家异口同声说来了。那人果然在人群当中，正是监生妻子的表兄，只见他面如死灰，浑身打颤。

王效祖传令安葬尸体，命差役拘捕监生妻子、小仆人和那个表兄。

回到衙门，开堂审问，大刑伺候，三人一一招认。

原来监生妻子与表兄是同谋。一天晚上，监生在朋友家喝得酩酊大醉，妻子就命小仆人用皮绳子捆住监生，自己动手把钢钉钉进丈夫的头顶心。

真相大白，王效祖就将详情写成案卷呈送上司。上司很欣赏他，准备向朝廷写奏章表彰他，提拔他。可是王效祖却叹道："当官太辛苦了，也使我老父费尽了心血，真不是当儿子的应该做的。"竟辞了官，返回家乡，侍奉老父去了。

核能教授被绑案

某国当日报纸头条：

科尔教授被绑架了。

科尔教授是法国原子弹研究所的主要研究人员之一，掌握了大量机密，如果这些机密落到敌国手中，后果不堪设想。

探长罗伯斯得到侦破该案件命令后，立即着手行动。他先找到了教授的秘书，秘书告诉他，有个自称杜美的女人住在弗莫哥旅馆，曾经打电话约教授吃饭。

罗伯斯马不停蹄地赶到弗莫哥旅馆，却发现杜美已经搬走了。

经过调查，杜美小姐的护照原来是签发给一个叫布朗的，可是布朗的护照上个月初被窃。

罗伯斯趴在地上，仔细检查房间的各个角落，他相信杜美小姐会留下什么蛛丝马迹。果然，在橱子底找出一张从信纸上撕下来的纸条，纸条上有一个人的地址。

罗伯斯按地址找到了那幢公寓。开门的房东一眼就认出字迹是卡尔逊先生的。

罗伯斯问："卡尔逊先生呢？"

"已经三四天没见到啦。"

"我可以看看他的房间吗？"罗伯斯掏出了证件。房东便把罗伯斯领了进来。

卡尔逊屋里乱七八糟，抽屉开着，地上丢满了乱七八糟的东西。卫生间传来隐隐的声响。罗伯斯猛地推开卫生间的门，只见一个人被绑着，嘴里塞着块手帕。房东尖叫起来："卡尔逊先生！"

卡尔逊是位记者，被杜美的美貌吸引，一下子坠入情网。后来，卡尔逊发现杜美常和一些不三不四的人来往，便劝阻了几次。那些人中间，有个叫威尔逊的是走私集团的头头。罗伯斯回到警察局，用电脑调出了威尔逊的档案。发现：杜美实际是威尔逊的妻子，真名叫乔伊。据说，威尔逊佣有一架私人飞机。

罗伯斯忙了整整一夜。第二天一大早，有人进来报告说，有一位杜美女士要见他。罗伯斯吃了一惊，我们正在找她，她竟然还敢自投罗网。

杜美一屁股坐在罗伯斯对面，笑着说："我们还是开门见山吧，老板派我来谈判。"

"谁是老板？"

"这我不能告诉你，但我可以留下来作人质，并用来换科尔教授，酬金是1000万，如果你们不同意，肯定有人愿付更多的钱。明天下午6点钟开车去德维兹，而且必须开一辆警车，由我一人陪你前往。"

罗伯斯把情况汇报给了上司，上司决定引蛇出洞。

第二天，罗伯斯在乔伊陪同下前往德维兹。路上，杜美笑着拍拍罗伯斯的肩，说："你这人太严肃，来让我们放松点，听段音乐。"她打开收音机，从收音机里传出一段名曲，杜美对着话筒哼唱起来：

"我渴望幸福！我渴望幸福！"

突然，收音机里传出来一个男人的声音："罗伯斯，你听着，我不要现钞，要钻石。钻石在瓦尔德珠宝店里，我已挑好，你付了钱就行！明天午夜，仍旧乘这辆车子来这儿，停在国家公路第8个里程碑边。注意，晚上6点以后，所有警车必须撤离公路，否则的话……"那声音说到这戛然而止消失了。

罗伯斯回到总部，上司说不管如何，必须让教授平安回来。其实，罗伯斯心里早有了详细安排。

第二天午夜12点，一辆警车朝第8个里程碑开去。车内的杜美按纳不住激动，快乐地唱着小曲，到达指定目标后，收音机里又传出昨天的声音："把车子调头，让收音机开着，音乐一停，就停下车子。"

罗伯斯照办了。已经12点半了，杜美有些紧张。突然"砰"的一声爆炸，车子向路边滑去。收音机里的声音又开始搭腔："杜美，钻石到手了吗？"

"全齐啦，警长很守信用！"

罗伯斯爬出汽车，回头一看，发现杜美正起劲地砸着通话机，边砸边说："这样你就不能联络了。"

话音未落，一辆无牌照的轿车戛然而止。威尔逊推搡着反绑着的教授出了车门，说："警长，我们也守信用！"

很快，他和杜美钻进轿车扬长而去。

罗伯斯为教授解绑后说："他们跑不了，放钻石的盒子是经过特殊加工的，能在雷达上找到。"

警察总部里，罗伯斯聚精会神地盯着雷达荧光屏。威尔逊他们上了飞机。想溜，没门！罗伯斯命令道："拦截该机，如果他们不听劝告，就击落它！"

几分钟后，威尔逊的飞机被迫降在机场，罗伯斯对威尔逊说："很遗憾你们人财两空啦！"

威尔逊一阵狂笑，"可惜，钻石消失了。"

果然，盒子里空空如也。

罗伯斯陷入了沉思，忽然他若有所思地说："有一样东西永远不会移动，这是什么呢？"他立刻又发动轿车飞驰而去。

车子回到了第8个里程碑旁。罗伯斯用手在里程碑背面挖起来。终于他挖出一块硬梆梆的东西，用手电一照，正是那块失掉的钻石。

空 中 大 追 捕

美国丹佛市。

世界上很多人都知道这里有一所名扬天下的丹佛大学，所以也就知道了美国有一座丹佛市。

这年2月的丹佛市正处于冬春换季乍暖还寒的时节。9日下午，寒风阵阵，大街上人少车稀，热闹的丹佛市此刻显得冷冷清清。

在丹佛市银行的营业间里，走进了一位个头不高的年轻人。他穿着一件黑色的风衣，面色阴沉，头发蓬松，一双眼睛在黑色镜片后面闪烁着若隐若现的凶光。

这个年轻人把随身携带的手提箱放在柜台上后，便手脚麻利地从腰间拔出了一把手枪，用黑洞洞的枪口指着了柜台内的出纳员。"打劫！把所有的钱都放到箱子里，否则我就杀了你！"每一个字都是恶狠狠的，透着阴森的杀机。

此人的名字叫哈森。

哈森此时刚刚24岁，却已是绑架、伪造、偷盗和抢劫的老手，可谓是五毒俱全，无恶不作。

早在19岁那年哈森就曾在得克萨斯绑架了一个小男孩儿，企图向男孩儿父母勒索5万美元赎金。却不料，那男孩儿乘其不备逃出了虎穴。哈森大意失荆州，锒铛入狱，被判处25年徒刑。

但不到一年，哈森就成功地越狱逃跑了，并开始流窜做案，抢劫银行。

2年以后，哈森再次落入法网，被加刑判为终身监禁，并被送到了一所戒备森严的监狱中看管。谁料哈森身手不凡，胆大妄为，竟再次越狱成功。不久，他又抢劫了一家银行，随后便离开了得克萨斯，开始窜入科罗拉多州。今天，他故伎重演，瞄上了丹佛市银行的大把美元。

出纳员蒂米小姐正值20岁妙龄，她头脑冷静，并没有被哈森的枪口吓昏过去。她知道此时盲目抵抗是无济于事的，便一边往手提箱中装钱，一边暗暗在心头记牢了罪犯的相貌特征，并思考对策。

哈森得意地狞笑一声，一把夺过装满钱的手提箱。他晃了晃枪口："小心点，如果你敢报警，我会回来宰了你！"然后，他便几步冲出了营业所。

蒂米小姐丝毫也没犹豫，立即将情况报告了上级，再由上级迅速报警。透过窗子上巨大的玻璃，他们看见罪犯钻进了路边的一辆福特牌轿车。

"各值班警车请注意，一名持枪抢劫犯驾驶一辆福特牌轿车，正在向罗尔大道地区逃窜。立即展开追捕！"一道命令，很快从警察局通讯联络中心发出。

先进的电讯联系，使美国警察以反应迅速而闻名于国际。果然，几分钟内，几辆警车便风驰电掣般赶到了现场，随即又沿着罪犯逃走的方向追去。

其他警车也火速向这一地区靠拢，展开堵截。

于是，一场激烈的汽车追逐战开始了。

就在案发地点附近的空中，一架直升飞机正在盘旋着，像是光临了丹佛市的一只雄鹰。麦克·斯维尔和吉姆·斯蒂尔正巧在直升飞机上，俯瞰大地，为晚间的电视节目拍摄着街景。

这架直升飞机的驾驶员麦克，是一位37岁的老牌飞行员。1970年，他在越南战场上担任直升飞机驾驶员，经常在夜间执行危险至极的空中侦察任务，经历了1000多个战斗飞行小时。他曾用直升飞机成功地将一批美国兵从被围困的丛林基地中撤了出来，因此获得了"勇敢者"勋章。复员后，麦克一度在丹佛地区当警察，并协助亚当镇的司法部门建立了一个直升飞机分队。在干了整整10年警察之后，他又到一家电视台担任了直升飞机的飞行员。他那精湛、高超的驾驶技术，使所有摄影记者都大加称赞。

44岁的斯蒂尔是一位资深的摄影记者，素以胆大心细、勇于冒险而闻名丹佛市新闻界。他曾经冒着生命危险，拍摄过龙卷风、雪崩以及枪战等惊险的现场。

如今，这两人凑到了一起，可称是一对"拼命三郎"。突然间，他们听到了电视台主持人通过无线电传来的紧急呼声："警察们正在罗尔大道地区追捕一名逃犯，如果你们看到就追上去！"

随即，麦克将直升飞机驶向现场。斯蒂尔一双敏锐的眼睛，紧盯着地面搜寻着。猛然间，他发现一辆可疑的轿车正在高速向相反的方向驶去。

"快，它在那里！麦克，快把头掉过来！"斯蒂尔兴奋地大喊着。

斯蒂尔看到，那辆车以时速 60 英里以上的高速驶过居民区，连闯几道红灯，与迎面而来的车辆擦身而过，飞驰向前。斯蒂尔暗想："这家伙一定是疯子，不想要命了。"同时，他也看到，许多警车正从两英里左右的范围向此逼近。

出自新闻记者的职业敏感，斯蒂尔扛起摄像机，把镜头对准了奔驰而去的逃犯车辆和纷涌而至的警车。居高临下的有利角度，使他对地面上的场面一览无余。

为了让斯蒂尔的镜头始终对准目标，麦克不时调整着飞机的航向。同时，麦克把收音机的频道调整到了警察专用频率上，以便监听地面上警察们的对话。由于风速很大，底下那辆车又拐来拐去地行驶，麦克必须用双手操纵飞机才能紧紧地盯住它，因此无法操纵无线电和警察联系。为了让警察意识到直升飞机正在跟踪目标，麦克驾机尽量贴着那辆车的上方飞行。

正在斯蒂尔拍摄过程中，他的两眼通过摄像镜头，看到了悲惨的一幕。

两辆飞速赶来的警车，从对面冲向了逃犯，试图挡住他的去路。不料，罪犯不但不减速，反而加大油门迎了上去，大有与警察同归于尽的架势。为了避免撞车，两辆警车紧急拐弯，闪开了一条路。于是，罪犯的车趁机冲了过去，拐向州际公路。

此时，正好又有一辆警车赶到，迎面而来。哈森故伎重施，迫使警车紧急刹车，车内的两位警察赶紧跳下车来。似乎想向罪犯开枪射击。但是，没能容他们开枪，驾驶警车的老警察罗伯特·威利，就一下被撞出去几米远，当即身亡，血流满地。就在其他警车停下来去抢救威利时，哈森又乘机冲出了包围圈。

麦克和斯蒂尔简直不敢相信自己所目睹的这个惨剧。

麦克激动地对斯蒂尔说："吉姆，干掉这个可恨的混蛋！如果有必要，我一定用飞机撞死他。"

此时，斯蒂尔双手紧攥着摄像机，正义感促使他说道："放手去干吧！麦克！"

于是，从此时起，他俩已不再是拍摄街景的新闻记者，而成了对恶狼紧追不舍的"猎手"。

福特牌小汽车穿过城区公路，高速驶进了亚当镇。

麦克曾在这里工作过多年，对亚当镇的地形了如指掌。他对斯蒂尔说："好极了！这条公路的尽头是个叉道，那家伙车速这样快，肯定无法急转弯，你就等着看好戏吧！"

果然，哈森转弯不及，撞上了一棵树。晕头昏脑的哈森，急忙拎着皮箱弃车而逃，企图甩开头顶上直升飞机的追踪。他跳过一堵泥墙，跑过后院，在泥泞的雪地上跌倒又爬起来，一副狼狈不堪的样子。终于，他跑到了一所住宅前的停车场上，见有两辆汽车停在那里，哈森挥动着手枪，张牙舞爪地扑了上去，企图挡住第一辆车。但是，车里的人意识到了危险正在降临，便一踩油门，把车开跑了。

于是，哈森又扑向第二辆车。这辆车里坐着年轻的少妇玛丽安·巴宝莉，以及她1岁的儿子。哈森把枪管伸进车内，并伸手去抓绑在婴儿座上的小孩。机警的巴宝莉急忙把身子一低，猛踩油门，汽车便像箭一般飞驰而去。这一下可惹恼了哈森，他气急败坏，急忙向驶走的汽车开了几枪，打中了车后的挡风窗。

直升飞机里的人看到罪犯的枪口亮了几下，知道他劫车没有成功。麦克降低飞机高度，向罪犯逼去。尽管哈森连连向直升飞机开枪，麦克仍丝毫不理睬他的威胁。无可奈何的哈森只好继续奔逃，他跳过路堤，跑过一片森林和小屋，跑进了一个拖车住房的停车场。

废品收购商约翰·劳雷尔此时正和他21岁的痴呆女儿站在拖车住房外面。哈森冲上前去，用枪管指着老约翰的胸部，另一只手指着那辆破旧的货车，威胁道："假如你不把我从这里带出去，我就打死你！快开车吧！"

73岁的约翰是个患有糖尿病以及心脏病的鳏夫，曾经是第二次世界大战中的一名志愿兵。他明白目前的意外局面可不是闹着玩的。"就这样了，约翰。"他一边往货车里钻一边暗想，"也许你活不过今天了。"

"快开，绝对不能引起别人的注意，"哈森警告说，"帮我摆脱那架该死的直升飞机。"

直升机上的麦克和斯蒂尔这一下遇到了难题。他们没有办法直接通知警察，说逃犯在这辆绿色的货车里。一旦这个家伙逃到了前面交通繁忙的公路干线上，就会发生另一场疯狂的追逐战，还可能导致更多的伤亡。

警察们终于意识到，新闻记者的直升飞机正在盯抢劫犯的梢。于是，4辆警车闪着警灯，掉头驶向拖车停车场，试图跟住直升飞机。

哈森看到迎面驶来的警车，忙把身子蜷缩在仪表盘下，用枪对准老约翰。"不准停车！"他像野狼一般吼叫着，"如果你停下来，我就打死你！"

当这辆车与那队警车擦身驶过时，警察们所看到的，只是一位老人。

斯蒂尔大失所望，他连忙打开直升飞机的玻璃门，用手指着那辆载有罪犯的车，大叫大嚷。可惜，地面上的警察始终未能发现他的提醒。

在货车驶上高速公路之前，麦克也许只有几十秒钟时间来作出反应。"豁出去了！"麦克一咬牙，为了引起警察的注意，他决定采取冒险行动——将飞机紧贴着地面追向货车。直升飞机沿路垂直降落下来，在离货车约30英里处的上空盘旋。这一招果然见效，警察们醒悟过来，4辆警车又调转车头追向了货车。

可是，当货车离高速公路仅有一箭之遥时，抢劫杀人犯哈森又起身坐到了车座上。麦克已经能看到压在人质太阳穴上的枪管的闪光，他急忙向斯蒂尔说："看来我们只有直接拦截那辆货车了，哪怕冒生命危险我也不在乎！"

"好吧，我会把我们和大地接吻的那一瞬间拍摄下来作为与大地偷情的证据。"斯蒂尔扛着摄像机，仍不失幽默地说。

麦克驾驶着飞机飞到了23万伏高压线下方。他清楚地知道，在电线和地面之间只有70英尺距离，如果操作稍有失误，飞机就会被烧成灰烬。他灵活地驾着飞机，以"Z"形巧妙地绕过了一根又一根电线杆，飞到了货车的前面，飞机的左起落架从货车车顶上仅几英寸处掠过。

老约翰大吃一惊，急忙踩了刹车，停下了货车。哈森气急败坏，用枪管指着他的脑袋威胁着："如果你不想吃枪子，就把车发动起来去撞那混蛋飞机！"

"来吧，开枪吧，"老约翰平静地回答道："我决不会去撞直升飞机！"

接着，直升机上的麦克清楚地看到，罪犯把手枪从司机的头上移开，顶着货车的挡风玻璃瞄准了他。

这位老牌飞行员，本能地做了一个"退缩偏机"的动作，以干扰凶犯的瞄准。

子弹即将射来！

就在凶手即将扣动扳机的一刹那，一辆警车及时赶到，它从侧向撞击货车，一下把它顶出几英尺远。

麦克马上停稳飞机，跳了下去。斯蒂尔跳下飞机后，仍继续扛着摄像机拍摄捉拿凶手的场面。他听到警察们的大声呐喊："不许动！放下枪！"

然而，穷途末路的凶犯不甘心束手就擒，哈森紧勒着约翰的脖子，并把枪口对着他的脑袋，"谁敢上来，我就毙了他！"哈森吼着。

"放了他，你跑不了。"警察们先后发出了几次警告，命令罪犯投降，但哈森仍拒不投降。

突然，哈森把枪口移向了最近的一名警察，企图拼个鱼死网破。在这千钧一发之际，警察们抢先开火。从 4 支枪里射出的 15 发子弹，枪枪都射中了这个罪大恶极的家伙，真是令人叫绝干净利落的枪法！

就在离自己脑袋几英寸的地方，老约翰听到了子弹击中的声音，粉碎的窗玻璃撒落在他周围。他感觉罪犯的手滑到一边，侧身一看，哈森已经一命呜呼了。

当人们把老约翰从车里扶出来时，老头尽管被吓出了一身冷汗，但身上却毫发未损。就在凶犯身边的座位上，赫然扔着一支冒着幽蓝寒光的大号手枪。

斯蒂尔拍摄下的录像带，长达 22 分钟，提供了一场真正追捕的解剖材料，其精彩程度可以和任何一部枪战警匪片相媲美。如今，它已成为一部珍贵的资料片，全美国的 200 多个警察局都把它当作案例教材播映给警官们看。

斯蒂尔的勇敢使他获得了一连串的奖赏，鲜花和钦佩之声潮水般涌来。麦克·斯维尔也接受了来自警察、市政以及军事方面的奖励，以表彰他参与了追捕。

老约翰也受到了社会的赞扬。丹佛市市长称他是一名"冒了生命危险的英雄"。约翰以往每月靠 415 美元的社会福利和救济金生活，而如今，从社会上来的资助源源不断，公众为他捐款，为他支付给女儿治病的费用。当地的一名汽车商和电视台用一辆崭新的汽车，换下了他那弹痕累累的旧车。

丹佛市的警察局长，干脆利落地总结了这3位男子的功劳："他们是我们丹佛市的骄傲，让我们为他们干杯！"

一级逃犯勃爱斯

美国加利福尼亚州洛姆波克联邦监狱。

这时已是沉沉深夜，除了狱卒的皮靴声在监狱内"咔，咔"回荡外，整个监狱一片寂静。在一层的一间囚室里有两张床，其中一张空着，另一张上躺着一个犯人。发出一阵"呼呼"鼾声已然熟睡。一阵脚步声由远而近，这是狱卒的例行检查。一束手电光从监视孔打了进来，在牢房内闪了一下又立即消失了。随后脚步声又慢慢悠悠地由近而远去了。这时，那个熟睡的犯人竟一骨碌爬起来，弯下腰从床铺底下取出两截一头弯曲的钢筋夹在腋下，然后蹑手蹑脚地溜到门边，从怀里掏出一枚小巧的钢片，拨弄起牢房的门锁来。不一会儿，就听"咔"的一声，锁开了。他凝神听了听，觉得没有危险，便推开门冲了出去。他顺着墙根溜到监狱的大墙边。蹲在那儿等了一会儿，趁岗楼上的哨兵转过身去的一刹那，他迅速窜过了监狱前的一片开阔地，来到一堵比周围矮了一截的院墙下。他用钢筋的一头搭住墙垛，两手抓住这头，脚下一用力便飞身越过了狱墙。他用同样的办法又翻过了一道墙，监狱外就是南加利福尼亚的原野了。他迅速跑过一条公路，钻进了一大片矮树林中，消失在一片夜幕之中。

半小时之后，洛姆波克联邦监狱警铃大作。监狱铁门徐徐打开，数辆警车响着刺耳的警笛沿公路飞驰而去。

10分钟后，加利福尼亚州联邦调查局电脑显示屏幕上出现了逃犯的有关情况：

克里斯托弗·约翰·勃爱斯，男，28岁，加利福尼亚人。被捕前曾担任波茨精密机械公司的通讯事务员。该公司是一家国防承包公司。勃爱斯利用职务之便窃取了大量有关导弹生产的绝密情报并卖给了日本的一家商社，获利 2000 万美元。他于 1977 年被捕并以间谍罪被判处 40 年徒刑。

当年逮捕勃爱斯的是加利福尼亚州联邦调查局，但这次他们却爱莫能助了，因为不久以前追捕逃犯的任务已由联邦调查局转到了法警队的身上。他们能不能胜任呢？很多人表示怀疑。

两个月过去了，勃爱斯如泥牛入海，踪迹皆无，上级从新奥尔良办事处调来了 43 岁的恰克·库弗勒担任执行组主任，他是个出色的法警，一门心思地扑在了侦破工作上。

不久，恰克·库弗勒召开了记者招待会，在会上他向新闻界谈了法警队目前的困难，希望能得到新闻媒体的支持。记者们的反响甚好。第二天，当地各大报纸和电视上都出现了勃爱斯的照片和通缉令。为了得到广大公众的帮助，库弗勒还特地设了举报专线，而每天收到的举报电话竟多达几十个：有人称勃爱斯正在圣弗朗西斯科的大街上散步，同时又有人看见勃爱斯登上了飞往纽约的班机……在库弗勒的地图上已经标出了一大堆地名：西雅图、洛杉矶、达拉斯、丹佛等等，每个举报人都声称自己看到的肯定是要追捕的逃犯。库弗勒对这些举报电话既信但也不能全信，他只好疲于奔命了。

难道勃爱斯上天入地了？

就在库弗勒一筹莫展的时候，在华盛顿州奥林匹克半岛西北角的海狸村，来了一位自称赛恩·汉尼赛的年轻人。此时此刻，他正坐在小酒馆里悠闲地喝着啤酒。他不是别人，正是逃犯勃爱斯。

酒馆里的气氛很温馨，酒精使勃爱斯感觉有点飘飘然。是该休息一阵了，他心里这样想着。经过一年多来的东躲西藏勃爱斯感到有些厌倦了。如今，他总算凭借在路上打工和抢劫来的钱财在海狸村安顿下来。他租了一艘捕鱼船，并雇了一个名叫沙利文的帮他开船。

"没有人会知道我躲在这儿，现在一切正常，那帮蠢猪休想抓住我，"想到这儿，勃爱斯的脸上露出了笑容。

库弗勒的日子相当艰难。一年过去了，一点线索都没有，而记者们的追问，老同事的询问和来自上级的压力令他疲惫不堪。

就在库弗勒山重水复疑无路的时刻，一天晚上，有个自称杰克·普洛塞的人打电话给科罗拉多州联邦调查局，称他知道勃爱斯躲在哪里。但他要求调查局保密并给他一笔酬金。科罗拉多州联邦调查局答应了他的上述请求。杰克·普洛塞称勃爱斯现在住在华盛顿州的海狸村，化名赛恩·汉尼赛。普洛塞自称是勃爱斯的朋友，本不想检举他，但当他得知勃爱斯是因间谍罪被捕并越狱潜逃之后，他决定告发。

科罗拉多州联邦调查局接到这一重要情报后，迅速通知了丹佛法警队。丹佛法警队的涅夫和州联邦调查局的工作人员找到了那个普洛塞，并拿出 6 张与勃爱斯长像相似的人的照片及勃爱斯本人的照片，普洛塞准确地辨认出了勃爱斯。

库弗勒详细研究了上述情况并做了周密的部署。一张追捕勃爱斯的大网悄悄张开了。

当天夜里，涅夫和普洛塞从丹佛直飞西雅图。经彻夜研究，决定由法警队和华盛顿州联邦调查局联合行动，具体行动步骤由法警队负责。首先要确定的是勃爱斯是不是还在海狸村。对此，普洛塞坚信不移，他认为勃爱斯要么住在海狸村的沙利文家里，要么就住在捕鲑船经常停靠的拉普施村。该村在海狸村以西 27 公里处。

第二天一早，联合行动小组就乘联邦调查局的飞机启程去海狸村，2 小时之后他们来到了目的地。

下午 3 点左右，拉普施渔村的小码头来了 2 个穿着旧花衬衫、戴太阳镜一副休假放松打扮的 2 个游客。个子较高长着长方脸的那个就是涅夫，另一个是他的助手。两人在码头悠闲自在地溜达着，镜片后的眼睛却机警地扫着每一艘船。"在那儿！"助手用胳膊捅了涅夫一下。这是一条破旧的拖网捕鱼船，有 9 米多长，船头用紫色油漆涂上了"紫罗兰"字样。这一切都与普洛塞提供的情报相吻合。

"上去看看！"涅夫正准备走向这艘船，一个白发老头径直向他们走来。

"你们干嘛？"老头问道。

"我们是来渡假的，想出海去钓鱼。"涅夫转过身对老头说："请问您是船主吗？"涅夫边说边用手指着"紫罗兰"号。

"不！船主好像叫赛恩，他上周去蒙大拿了。你们有事就去找沙利文，他在替赛恩看船。"

正说着，老头朝远处正向涅夫他们走来的一个粗壮结实的中年汉子喊道："喂！沙利文，快过来，这两位先生想找你。"

待沙利文过来后，他们很客气地和他打了招呼，又问起租船的事。沙利文说租船的事他不能作主，要等赛恩回来。涅夫不露声色地问赛恩可能什么时候回来，沙利文摆了摆手表示不知道。为了不打草惊蛇，涅夫和沙利文又瞎聊了一会儿，然后带着有点遗憾的神情告辞了。

几天后的上午，一辆凌志客货两用车驶进了拉普施村。车上走下来一男一女，男的名叫汤姆·罗素，长得虎背熊腰，自称来自西雅图；女的叫苏·帕炽梅莉，是个一头金发长着碧蓝色眼睛的漂亮姑娘。他们俩的真实身份是联邦调查局的特工。

两人一下车就直奔村里一家小旅馆，在那里碰到了涅夫。汤姆假装向涅夫打听事情，涅夫趁机通知他勃爱斯不在此地，让他们速到海狸村去。

一小时后，汤姆和苏就出现在海狸村的熊湾酒馆。据普洛塞说，这里是勃爱斯常来的地方。但此刻的酒馆里没有勃爱斯。网已经张开，现在则需要耐心等待猎物的出现。

专案组的中心设在昌克斯镇。该镇和海狸村、拉普施村恰好构成一个等边三角形。

就在涅夫等人在海狸村和拉普施村张开大网的同时，库弗勒也在西雅图忙碌着，他必须找到足够的证据证明这个自称赛恩·汉尼赛的人确实就是勃爱斯。

从熊湾酒馆的赊账登记录上，警察秘密设法取来了赛恩·汉尼赛的签名。经笔迹鉴定专家辨认，这个签名的笔迹的确是勃爱斯的。

同时，蒙大拿和爱达华两州的联邦调查局也转来了用隐蔽摄像机拍下的罪犯照片。这几张照片中的罪犯都是大胡子，戴墨镜，凭感觉可以断定是一个人。但档案上的勃爱斯却没有胡子。库弗勒叫人在勃爱斯档案照片的基础上用素描的方式添上胡子。这样一对比，两张照片上的形象就很相像了。不过，库弗勒还是不放心。

据普洛塞说，勃爱斯曾在爱达华州买过一辆旧福特车。那么他就该有行车执照。很快，爱达华州签发的执照存根送到了，上面贴的照片恰好是勃爱斯以前的旧照片。没错！就是他。

这一天下午，沙利文晃晃悠悠地踱进了海狸村的熊湾酒馆。

"喂！老板！给我来一杯啤酒。"沙利文大声招呼着酒店老板。

"沙利文！最近你到跑儿去了？""拉普施。"沙利文呷了口啤酒，头也不抬地回答说。

"你猜我今天在安吉利斯遇见谁了？"

"谁？"

"你的朋友赛恩，他从蒙大拿回来了，好像还发了点财！"

沙利文和酒店老板的对话全都被坐在不远处的汤姆和苏一字不落地听到了。他俩互相交换了个眼色，依然不动声色地坐在那儿喝酒聊天。等沙利文走后，两人从容不迫地站起身来，出门上了汤姆的车。

走上公路汤姆的车向着安吉利斯港方向驰去。苏打开无线电对讲机，向行动组通知了有关情况。

行动组组长接到汤姆和苏发来的情报后迅速通知了涅夫和在西雅图的库弗勒。

19个月的努力就要有结果了。库弗勒连夜乘直升飞机赶赴安吉利斯。

第二天，在安吉利斯港红狮湾岸饭店的一间客房里，库弗勒、涅夫等人仔细地制定逮捕方案。最后他们一致决定暗中追查安吉利斯港里勃爱斯可能藏身的每一个角落，缩小包围圈，同时在安吉利斯港周围的公路上设置检查哨，要不惜一切代价把勃爱斯抓捕归案。

而此刻的勃爱斯正在安吉利斯港英林匹亚公寓的一个破旧的小屋里打着自己的如意算盘：再过4周，他就可以从皮尔森飞行学校拿到飞行证书了，到时候他就可以开着飞机远走高飞了！可他哪里知道，如今他已插翅难逃了。

库弗勒把联合行动小组的人分为4组，每组两人，由一名法警和一名联邦调查局特工组成，每组负责调查安吉利斯港一个区的情况。

这些联合行动小组的成员装扮成在酒吧一坐就是半天的酒鬼，在街上到处溜达的闲人，在公园野餐的大学生以及到处寻找廉价旅馆的小夫妻。

两天后的一天晚上，行动小组成员之一的狄格拉和另一位警官开车沿安吉利斯的主要大港巡视。8点30分，狄格拉觉得有点饿了，他提议去买个汉堡包。

他们的车子停在一个卖汉堡包的摊子旁，对面还停着一辆旧福特车。就在狄格拉伸手去关车灯的瞬间，他无意之中瞥了一眼对面车子里的人。一下子，他怔住了，在明亮的车灯照射下，勃爱斯正坐在对面的车子里。勃爱斯似乎没有看到他们，他正摇头晃脑地，边嚼着口香糖边随着车内收音机播出的摇滚乐哼哼叽叽。

狄格拉迅速镇定下来。买完汉堡包，他把车倒了出来，七拐八转，停在了那辆旧车的斜后方。

狄格拉迅速把这一情况用对讲机向库弗勒作了报告。几分钟之后，联合行动小组的车就聚集在了勃爱斯车的周围。

苏·帕尔梅莉从车窗里探出头去望了望旁边旧车里的人。那人正嚼着口香糖，好像还冲着苏笑了笑。

"没错，就是他，"苏低声说。

坐在后边的库弗勒拿起无线电话筒轻声说："开始行动！"

立马，几辆车的车门同时打开，5位法警和特工手持枪械跳了出来。勃爱斯一见到有人持枪向他冲上来，立马明白了怎么回事，他很快意识到已无路可逃，只好呆在车里束手就擒。

狄格拉伸手打开勃爱斯的车门，枪口直指勃爱斯的太阳穴。"把手放在方向盘上！你被捕了！"狄格拉命令道。

"出来吧！勃爱斯。"走上前的库弗勒和颜悦色地说。

勃爱斯沮丧地垂下了头，只好听任狄格拉把他的双手铐了起来。

在被押上警车的时候，勃爱斯问了句："你们是什么人？联邦特工？"

"不！是法警！"库弗勒骄傲地答道。

孤胆枪手

故事发生在美国淘金潮时代。在美国西部的边远小镇哈德里，警长多恩正在同新娘艾米举行婚礼，多恩打算在婚礼后按上级命令调往他处任职，谁知危险正一步步向他逼近。

"警长，电报，电报……"小镇电报局局长举着电报面无人色地闯了进来。

多恩看了电文，不觉一怔。新娘艾米忙问发生了什么事，他默默地说："杀人魔王乔丹回来了。"

几年前，警长多恩趁这帮匪徒内讧之机，抓获了匪首乔丹。乔丹被判了无期徒刑，并被送到监狱。可是，不知怎么回事，他竟越狱逃出来，而且像头被激怒的恶狼，发誓要杀死多恩。

于是，大家都劝已离任的多恩在新警长没到任前赶快离开。多恩沉思片刻，答应了。人们目送远去的马车，不由长舒了一口气。

走了一段路，多恩突然勒住马，回头对艾米平静地说道："我是警长，不能撒手不管，你先到旅馆里呆着，等我胜利归来！"

艾米紧握着多恩的手说："我已宣誓成为你的妻子，我有义务帮你！"

这时多恩反倒冷静下来，他首先想到的是召集人手，商量对策，希望能借助大家的力量打败乔丹。他马上回到自己的警长办公室，没料到和正要逃跑的法官梅特撞了个满怀。

梅特急急忙忙地说："快逃吧。乔丹杀回来了，他非把我也杀了！"

多恩无可奈何地叹了口气，决定去酒吧找自己原来的部下。

当多恩踏进酒巴大门时，胖胖的秃顶老板正在对酒客们说："我敢打赌，乔丹不用5分钟，就能干掉多恩。"

多恩听后不禁大怒，一脚将老板踹翻在地，然后用火一样的目光扫视着每个人的脸，说："为了对付匪徒，现在我急需帮手，有多少要多少……"

沉默，酒吧里所有的人都低下头，没有人吱声。突然有人喊道："是谁把乔丹放出来的，你就去找谁好了！"

直到此时，多恩才明白，他面临的是孤身奋战。

这时，人高马大的乔丹正满脸杀气，接过从匪徒米尔特手里递过来的两把左轮手枪，恶狠狠地向小镇杀来。

多恩警长看见小镇上的人都见死不救，知道寻求帮助是不可能的，要想活只能靠自己，多恩仔仔细细地检查了自己的武器装配。

多恩拎着手枪，离开酒吧，孤单而又倔强地出现在大街上，沿着街边慢慢朝前走，正好看见乔丹一伙迎面走来。多恩连忙就地一滚，躲到墙角里，射出一颗子弹，冲在前面的匪徒米尔特被击中了。

听到第一声枪响，被多恩劝进马车车厢中的艾米呆不住了，她疯狂地跳出马车门向镇上奔去。街心横着一具尸体，她以为是多恩，便泪流满脸，扑上去痛哭起来。

匪徒乔丹愣了。突然来了个莫名其妙的女人，便以为是米特尔的情妇，就挥着手，大喊："快躲开！"

艾米把米尔特翻了个身，才发现自己认错了人，不由一惊，立即藏到了墙根。

街上，激烈的枪战正在进行。匪徒们两面夹击，子弹雨点般射向多恩。多恩且战且退，躲进了一户人家的马厩内。

乔丹一声狂笑，找来 3 盏油灯掷了过去，刹那间，火苗腾空而起。多恩打开大门，将受惊的马赶出马厩，撞得乔丹一伙仰面倒地。多恩趁着混乱夺路而逃。

一个匪徒冲到前面，却被多恩一枪击毙。

多恩跑进临街的一家酒吧，伏地射击。另一个匪徒躲到暗处朝他放冷枪。

惊慌的艾米躲到警长办公室，当她向外偷望时，看到匪徒离她不远。艾米迅速地从墙上取下一支枪，扣响扳机。"砰！"那个匪徒应声倒地。

多恩感到惊奇，不明白谁在暗中帮助他。

乔丹看到了这一切，他突然冲进警长办公室，一把扭住艾米，用她的身体掩护自己，推着艾米向酒吧走来。

多恩真想开枪，但又怕误伤了自己心上人，忽然间他瞥见一个酒瓶，心里忽然有了主意。

"多恩，出来吧！"乔丹边走边叫。

"放了她，乔丹你要杀的人是我！"多恩强压怒火，慢慢走了出来。突然，他把藏在背后的酒瓶扔过去。乔丹猝不及防，连忙闪身，松开了手。艾米使劲一推乔丹，乔丹跌倒在地，而艾米已经闪到了柱子后。

多恩瞅准机会，射出一串子弹。

子弹击中了乔丹的左肩，乔丹不死心，隐身墙后继续开枪还击。

此时，多恩也遍身是血。就在乔丹脑袋闪出来的一瞬间，多恩射出了仇恨的子弹，子弹像长了眼睛一样，打烂了乔丹的脑瓜。

纷乱的枪声平息了。多恩挣扎着站起来寻找艾米，当他们相对的时候，只是无言地、久久地凝视着……

解救波兰使馆人质

1982 年 9 月 6 日上午 10 时，4 名手持机枪的波兰恐怖分子突然闯入了瑞士首都伯尔尼的波兰使馆。他们扣押了 13 名人质，其中有波兰外交官 5 名，其余为他们的家属和雇员。

事件发生后，瑞士警察立即将使馆团团包围，并封锁了附近街道，禁止一切车辆和行人通行。傍晚后，警察又用巨大的泛光灯照亮这一区域，进行仔细的搜索，只见使馆内一片寂静，看不到惊扰、暴力景象，但是使馆内时有断续枪声。警方推断，这是恐怖分子在鸣枪示威，警告外面的人们不要轻举妄动。为了人质的安全起见，一位警官陪着一个翻译从车上走下来，手拿话筒用波兰语向使馆喊话，要求与恐怖分子对话。

不一会儿，使馆一个房间紧闭的窗帘稍稍掀起一角，一个恐怖分子在窥看外面的情况。又过了一会儿，使馆内传出恐怖分子通过话筒的喊话声。

首先，他们保证，所有人质都活着，并且不会受到伤害。接着，他们要求举行电话记者招待会，以说明他们占领波兰使馆扣押人质的目的。

警方答应了恐怖分子的要求，同意通过电话为他们举行一个记者招待会。为了稳住恐怖分子，他们将所有警车后退，还撤走了部分警员。

在电话记者招待会上，恐怖分子自称他们是"民族自由阵线家乡军"的成员，并声称该组织有成员 200 人，分散在欧洲各地，专门与波兰当局为敌。他们反对波兰当局于 1981 年 12 月 31 日所实施的军事管制法，故而占领波兰使馆扣押人质以示抗议。波兰实施军事管制法的主要目的是重点解决波兰国内团结工会的罢工运动。恐怖分子为首的自称是韦索基上校，他说波兰的民主和人权正在受到政府的恣意践踏，要求瑞士政府向波兰当局转达 4 项要求：解除军事管制；释放所有政治犯；关闭监狱；停止镇压波兰人民。恐怖分子声明，1982年9月8日上午10时是最后期限，届时波兰当局如不答应以上条件，他们就将用携带的炸药炸毁使馆，与13名人质同归于尽。

这一切，通过新闻媒介传向全世界，也传入波兰领导人雅鲁泽尔斯基的耳朵里。他感到来自国内、国际上的巨大压力。波兰罢工浪潮刚刚平息，社会正趋于稳定，谁知一波未平，一波又起。使馆里的13名人质若有不测，不单会遭到国内人民的责难，他自己也不能原谅自己。4名恐怖分子通过新闻界说的"镇压波兰人民"，无疑又会招致西方对波兰"人权"、"民主"问题的新的批评。但无论如何，也不能答应恐怖分子的要求，更不能向他们的妥协，任由他们逍遥法外。雅鲁泽尔斯基与他的助手们紧急讨论着各种营救措施，办公室的球形吊灯一直亮到天明。最后，波兰政府向瑞士政府提出要求，由波兰派遣反恐怖部队去瑞士协助营救人质。

与此同时，瑞士负责国家安全及外交事务的有关部门也在紧急商谈着如何营救波兰人质。瑞士当局分析情况，认为恐怖分子既然说得出，也可能干得出，"炸毁使馆"、"同归于尽"并非虚张声势。当日晚，危急处理小组组成了，各种应急措施正在紧急研究之中。这个小组由司法和警察部长弗格勒亲自指挥，其中还有高级官员20人，波兰问题专家4人。瑞士政府从政治、外交和本国的情况考虑，拒绝了波兰政府派反恐怖突击队协助行动的要求。

危急处理小组反复研究、比较着各种营救人质的措施。有人主张对恐怖分子占领的使馆实行停水停电，困住他们，再于9月7日夜间实行突袭。但这种做法很可能会伤及13名人质。最后，大家商定，首先派代表与恐怖分子谈判周旋，尽量说服他们释放人质或延长最后期限，以便做好突击的准备，其次，在不伤及人质的情况下，采取突袭。

那么现在需要挑选一个合适的人选同恐怖分子周旋。电脑技术人员紧张地忙碌着，屏幕上一行接一行显示着不同文字：

"……

约·马·包琴斯基，神甫。波兰人，1902年生于波兹南，曾参加第二次世界大战。战后迁居瑞士，在瑞士弗里堡大学任哲学教授，并在该大学创办了一个东欧研究所。身体健康。

……"

危急处理小组组长弗格勒与小组成员们交换了一下眼神，会心地点点头。

9月7日上午10时，一辆小轿车停到了波兰使馆前，一位身材高大的老人走了下来。他就是约·马·包琴斯基神甫。这一年他已是80高龄，但仍旧头脑清晰，身体矫健。移居瑞士后，他在弗里堡大学任哲学教授，渊博的知识和开朗正直的为人使他深受同事及学生们的欢迎。当瑞士政府向他表示，希望他能协助危急处理小组营救波兰人质时，热心的老人欣然同意了这一请求。

瑞士警方通过电话，向恐怖分子提出将派代表与他们面谈，协商如何解决目前的问题。恐怖分子同意了这一建议，但要求包琴斯基神甫只能"一个人来"。并同意包琴斯基神甫两次进入使馆面谈，一次约一小时。

此外，谈判还在电话中进行着。由于包琴斯基雄辩的口才，通过谈判，恐怖分子同意将最后期限推迟48小时，也就是到9月10日上午10时为止。同时，他们还同意，由瑞士警察给人质按时送饭。然后，恐怖分子分批释放了8名人质，其中妇女5名，雇员1名，学生1名。他们还提出，他们从武官那里缴获了一批机密文件，内容对瑞士和波兰两国关系甚为重要，愿意主动交出。至于剩余的5名波兰外交官，恐怖分子坚持扣押不放。9月8日，恐怖分子改口提出另外的条件，即要求瑞士政府交出500万瑞士法郎，并将他们安全送出国境，而不再重申开始提出的4项政治要求。谈判代表包琴斯基神甫说："这哪里是什么政治条件，他们分明就是一帮匪徒。"

历史证明，谈判不宜拖得过长，因为恐怖分子是反复无常的。9月8日夜间，危急处理小组决定于次日采取突然袭击，随即部署了第二天的反恐怖行动。

9月9日上午10时，使馆区像往日一样平静。10点24分，一辆警车按照常规送去两个铝制饭盒。这两个饭盒都像小型手提箱一般大小，其中一盒全是食物，另一盒在食物下面暗藏着一枚结构精巧的催泪瓦斯弹，可以在远距离遥控。两名警察照例将两个饭盒放在走廊的台阶上，然后电话通知恐怖分子来取。两名恐怖分子从室内走出，来取送来的饭盒。就当恐怖分子打开第二个饭盒时，守候的警察用遥控装置将饭盒中的瓦斯弹引发。一声巨响，闪光耀目，接着发出不带毒气的瓦斯烟雾。两名恐怖分子立时被呛得连连咳嗽，满眼是泪。什么也看不清楚，只顾用手捂住双眼和鼻子，跟跄着向使馆内后退。此刻，埋伏在附近网球场灌木林中的警察一跃而起，冲了上来，不费吹灰之力，将两名恐怖分子制服，押上了警车。

与此同时，另有 35 名警察头戴红色钢盔，身着防弹背心，面戴防瓦斯面具，手执各式武器，一拥而上，冲上二楼。在楼上看守 5 名波兰人质的另两名恐怖分子听到楼下的响声，都迅速端起机枪，其中一人想拉过一名人质做自己的挡箭牌。5 名人质到底是训练有素的外交官，和恐怖分子拉扯的外交官飞起一脚，正中对方的小腹，自己翻身跃起，踢开窗子，趁其不备跳到阳台上。另 4 名外交官也机智地离开现场，这样，顷刻间冲进来的突袭队员枪口正对着的，就只是两名恐怖分子，也就排除了误伤和恐怖分子走投无路之下，拉他们同归于尽的可能。两名恐怖分子在瑞士反恐怖突击队员的包围下，见到自己寡不敌众，无可奈何地交了枪，束手就擒。

这次恐怖分子占领使馆 72 小时的事件就此结束。经过搜寻，警方发现，恐怖分子根本没有携带炸药，所声称的炸药，不过是为了讹诈。

这次营救活动，未发一枪，未伤一人，只用了 12 分钟，就制服了恐怖分子，救出了人质。瑞士当局认为这是一次全胜。

事后，司法和警察部长弗格勒向记者介绍了劫持者的身份如下：经过审讯和多方查证，并没有"民族自由阵线家乡军"这个组织，作案首犯也不是什么"韦索基上校"。此人本名叫克鲁斯基，是一个有犯罪前科的在逃犯。克鲁斯基等人希望能在瑞士敲诈一笔钱，然后设法居住在那里。8 月 31 日，他伙同另外 3 名波兰人从奥地利潜入瑞士。在瑞士，他们先住在苏黎世一家不起眼的小旅馆里，并策划了种种行动方案。最后，他们决定以抗议波兰军事管制法为名，闯占波兰使馆并扣押人质，然后向有关当局提出条件。几个人都认为，他们打的旗号是顺理成章的，不禁自鸣得意。9 月 6 日清晨，4 人到达伯尔尼，在使馆区游荡，看到使馆内并没有任何戒备。他们在自己的车内，把随身携带的机枪零件组装好。上午 10 时，4 人手持机枪，闯占了波兰使馆。

瑞士当局认为，没有任何证据能证明这批人的作案抱有什么政治动机。鉴于瑞士同波兰两国之间没有引渡协定，瑞士当局决定依据瑞士法律对 4 名恐怖分子加以惩处。

瑞士政府把这次占领波兰使馆并绑架人质一案的处理结果向波兰政府做了通报。波兰政府对瑞士反恐怖突击队在短时期内破获作案分子对他们在营救人质行动中表现出的机智与沉着果敢表示赞许，并在波兰电视上播放了营救情况。至此，雅直泽尔斯基总统松了一口气。

追击大毒枭

美国巴尔的摩一对新婚夫妇，索雷尔利和葛利亚，怀着忐忑不安的心情，在大毒枭大汉格雷的帮手明德尔的陪同下开始了蜜月之旅。

这本应是人生最神圣和最甜蜜的一次旅行，如今却被一笔肮脏的毒品交易蒙上了一层阴影。

他们此行的目的是从阿姆斯特丹带回一大批海洛因。

为了掩人耳目，他们一行三人首先飞往哥本哈根。在明德尔的安排下，在哥本哈根买了两条硬盒装的马可波罗香烟和一瓶威士忌。

几个小时后，这三个美国人出现在阿姆斯特丹。明德尔为这对新婚夫妇在一家旅馆里预订了一个房间，然后向他们道了一声"蜜月愉快"后拿着香烟匆匆离去了。

几天后，明德尔交给索雷尔利的两条暗藏着毒品的香烟。然后他们将从芝加哥机场入境，将毒品交给前来接应他们的人。

索雷尔夫妇依照指示，一路上他们与明德尔装作互不相识的样子，一到芝加哥机场，明德尔立即消失在人流当中。索雷尔夫妇在通过海关的检查口时，因为他们买了许多新衣服，海关人员忙于计算税款，对那些免税品连看也不看，就将他们放行了。

机场接客大厅里，大汉格雷的副手斯塔基和弗兰基迎候在那里。斯塔基将他们送上去巴尔的摩的班机。到达国际机场时，大汉格雷正在那儿翘首以待。从机场去华盛顿的路上，格雷在轿车上付给了他们 10 万美元的酬金。从此，格雷的贩买网中又多了两名冒险者……

堂·坎贝尔是美国华盛顿司法机构下属处理大案的刑事处处长。他的责任是在这个国家的首都根除吸毒。然而，毒品却仍源源不断地流入华盛顿，这使他十分沮丧。他不十分清楚这么多的毒品来自何处。华盛顿警局、联邦调查局和联邦缉私署也都不甚了了，毒品走私交易日益猖獗，警方疲于奔命。

但就在形势日益艰巨的情况下，对于堂·坎贝尔而言，查毒与反官僚主义似乎要花费同等的精力。华盛顿的警察不信任联邦调查局，联邦调查局也不肯让别人插手他们的事务，而缉私署又只想单枪匹马地干。坎贝尔明白，如果他无法把这些部门的力量拧成一股绳协同行动，他永远也不可能阻止毒品的流入。

坎贝尔的机会出现了。上述几个部门同时发现有一家希弗斯特酒店实际上是一个毒品批发中心，于是坎贝尔命令他的助手，司法部的莱博维茨检察官来处理这件案子，并协调几个部门通力合作，进行侦察。

莱博维茨检察官身高 6 英尺，体格健壮，长着一头棕色卷发，一脸络腮胡子。嘴唇下面的一个小小的疤痕使他那张年轻的脸庞增添了特征。从美洲大学法律学院毕业以后，他进了美国司法部。5个月的时间里，他的精力全扑在希弗斯特酒店一案上。巧妙地将缉私署的一名特工打入了希弗斯特酒店的走私集团内部，经过多方查证，将这家酒店的老板投进了监狱。

经过这次行动，使三个部门都认识到了联合行动打击贩毒的重要性，于是成立了一个特别小分队由检查官莱博维茨负责。

经过充分准备，特别小分队撒下了一张网。他们向全国每一个出入国境的关卡发出一份名单，大汉格雷、斯塔基、弗兰基一伙人的名字都在上面。

这年春天，弗兰基从阿姆斯特丹乘飞机返抵芝加哥奥哈尔机场。弗兰基把护照、海关申报单递给移民局的工作人员洛奇。她看了弗兰基一眼，便按手续先检查了护照和海关申报单。一切无误后，她在护照和申报单上盖上图章。最后，洛奇按了一下电脑。电脑告诉她，弗兰基是个走私海洛因的嫌疑犯。她不动声色地把护照和海关申报单还给了弗兰基，向他点头示意手续完毕。弗兰基走后，洛奇立即给上司打了个电话。不一会儿，机场检查员古丁已经接到通知，要他仔细检查弗兰基的行李。

古丁查看了弗兰基的机票、护照和海关申报单。弗兰基订的是一等舱机票，他的服饰昂贵、时髦，穿戴得体，看不出有什么不协调。他申报的随身携带现款的金额不到5000美元。

"你离开美国有多久了?"古丁问。

"12天。"

"你去了哪些国家?"

"荷兰阿姆斯特丹。"

"去干什么?"

"探望姐姐。"

"有没有带烈性酒?"

"有一瓶威士忌。"

"你的职业?"

"房地产经纪人。"弗兰基说话时富有自信，对答如流。

"请随我来。"他对弗兰基说。

古丁帮助弗兰基提起那只棕色的人造革手提箱、蓝色的服装套袋以及塑料免税袋走进海关大厅的一个房间。

"把兜里的东西都掏出来。带的现金超过5000元吗?"古丁对弗兰基说。

"没超过，正好5000元。"弗兰基把所有的钞票扔到了桌子上。

"请把外套脱掉。"

古丁把衣服里里外外摸了一遍。在内侧的胸袋里发现一张锡纸，整整齐齐地叠成半英寸见方。古丁小心地把它打开，里面有不到一克的白色粉末。

"衣服脱光。"他命令弗兰基。通身检查完毕，他把弗兰基所带的免税商品塑料袋里的香烟抽出来。这些香烟似乎比一般的分量要重一些。他捏了一下，烟盒似乎不像普通卷烟那样有弹性。他打开一条烟，里面有10包，每一包都用玻璃纸包装着，看上去似乎一切正常。他抽出一包摇了摇，发出一丁点格格声。

古丁打开卷烟，撕去锡纸，里面竟窝藏了一个塑料袋，袋里装的是米白色的粉末。他又打开一包，情况相同。这时候，另外5位缉毒人员和海关检查员已经聚集在门口了。

弗兰基携带的4条香烟里一共有36袋白粉。

莱博维茨向弗兰基提出，如果他愿意合作，并且愿意作证的话，莱博维茨将使他免于判刑。政府将根据保护证人计划，给予他一个新的身份。如果拒绝合作，法院将给予他最严厉的惩罚，他可能要蹲 30 年大牢。

尽管弗兰基不愿合作，但对于特别小分队来说，在芝加哥机场连人带物拿住他远不止是心理上的胜利了。缉私小分队不失时机地顺藤摸瓜。他们在阿姆斯特丹——芝加哥航线上了解道斯塔基用的洛伊·泰勒的假护照旅行。

特别小分队查阅了斯塔基的电话记录，整理出一份他女友们的名单，并且询问了她们。其中一人说，有个叫芮尼的姑娘曾与斯塔基一起去国外旅行过。

莱博维茨找到了芮尼，自从洗手不干以后，芮尼对斯塔基一直惴惴不安，怕他暗害。但如果不说出真相就可能被判刑入狱，丢下一个儿子怎么办？即使她拒绝与警察合作，他们也会捉到斯塔基的。经过前思后想，芮尼终于一古脑儿全都招了出来，并且表示如果政府将她置于保护证人计划之下，她愿意出庭作证。

莱博维茨现在就缺大头目大汉格雷的罪证了。他清楚格雷是一条狡猾的大鱼，从不亲自出马去阿姆斯特丹贩运毒品。如果没有确凿的罪证，不能人赃俱获的话，指控格雷贩毒是证据不足的。

华盛顿警方从阿姆斯特丹带回来的马可波罗牌香烟盒上，取下了斯塔基的指纹印。为了搜集大汉格雷的罪证，他们又调查了格雷手下的一个头目明德尔。此人同格雷已经分道扬镳，目前在乔治亚大街的一家加油站工作。

一个黄昏，缉毒人员罗伯特找到了明德尔。

罗伯特对明德尔说，"认识你已有 8 年之久了。几年前曾经有人指控你吸毒而逮捕过你。"

"我记得。"明德尔说，"不过，打那以后，我再也没沾过毒品。"

"你在海外的海洛因关系网，我都了如指掌。"

明德尔扔掉香烟，"不错，我去过荷兰，那是我快要结婚时。"

特工罗伯特打断他说："在你听到我提的条件以前，我不希望听你胡扯。你干了些什么我都知道。你过去几年的大部分行踪，我都有文件可以证明。我可以对你的贩毒行为指控，可以让你在大牢里坐到死。"

汗珠开始从明德尔的脸上滚了下来。但他仍狡辩道:"你这一回弄错了。不过,让我考虑一下,有线索会给你去电话。"

罗伯特告诉明德尔说:"与阿姆斯特丹贩毒网有牵连的人,有的已经被杀了。"明德尔烦躁不安地说,"听着,我什么也没有干过。别来烦我!"

两个星期以后,明德尔的尸体被发现在他的小轿车的轮子下,他的头部遭到了致命一击。

斯塔基感觉到绳索正在越收越紧。自从 10 个月前弗兰基被捕以后,他一直神经紧张。他清楚自己是集团里最危险的人。他去阿姆斯特丹的次数比任何人都多。他知道大陪审团已经组成,也获悉另一条取道蒙特利尔的走私路线已被识破。想到这些,斯塔基感到胆战心惊。他打定主意要干掉检查官莱博维茨,如果检察官一死,调查也就会夭折。

斯塔基用假名买了一辆旧车。他有一支装有消音器的口径 0.22 的手枪。子弹是在山奈溶液里浸过的。

上午 10 点,莱博维茨提着一只购货袋,朝着首都警察局的方向朝南而去。

莱博维茨希望陪审团抓紧起诉书的起草,尽快着手审判。因为他已隐约感到,贩毒集团的淫威已经严重干扰了破案的进度。证人们或者缄口不语,或者报告说受到恐吓。也有人在对证人进行贿赂。街上传闻,谁要是向莱博维茨告密的话,那么他就死定了。

莱博维茨进入第三街法院的停车场。他左边一步之遥是国会大厦,右边 6 个街区外是联邦调查局总部。便衣探员、美国联邦法院执行官以及身穿制服的警察在法院里进进出出。

莱博维茨注意到有一辆灰色的小汽车缓缓驶来,在距他几步远的前方停下,他对它并没有更多的在意。

"莱博维茨,"汽车内有人叫他。

莱博维茨往前走了一步,弯身向汽车内张望,里面一个 30 岁左右的男子,正端着一支装有消音器的手枪指着他。

说声时迟,那时快,未等他反应过来。从车里传来"扑"的一声闷响,就像打开一听可乐似的。莱博维茨可以清楚地感觉到自己的身体向下沉去,而那辆汽车已经发动起来向远处逃去。

警察迅速赶到，将莱博维茨送进了医院。幸运的是由于厚厚的外衣和脂肪的阻挡，子弹只是进入胃表层下没有损伤任何器官，只用了几分钟，医生就将子弹取了出来，甚至没有必要缝合伤口，但山奈却使他大受其害，不过好在山奈剂量不足，没能要了他的命。

作案后的斯塔基开始疯狂逃窜，用化名继续在美国各地贩毒，并出入于阿姆斯特丹、哥伦比亚和美国之间。但是，多行不义必自毙，终于在芝加哥海关被人识破落入法网。在法庭上，斯塔基作为另一证人证实了格雷的贩毒罪行，并说，格雷凶恶残酷，正是他亲手杀了明德尔等人。陪审团认为格雷和斯塔基的罪名成立，法官分别判处格雷和斯塔基终身监禁和50年徒刑，至此，阿姆斯特丹贩毒网宣告破灭。

第三章 原形毕露

歇洛克·福尔摩斯先生

1878 年，我获得伦敦大学的医学博士学位后去了内特里进修军医的必修课程。在那里完成学业后，被分派到诺桑伯兰第五火枪团任军医助理。那个团当时驻在印度。在我还没赶到部队报到前，第二次阿富汗战役爆发了。我在孟买登岸时，听说我所属的那个团已通过各个关口，开拔到敌人后方去了。尽管如此，我还是跟着和我一样掉队的军官们追了上去，平安到达坎达哈后，我找到了我的部队，马上开始了我的工作。

这场战争让很多人得到了提升和荣誉，但带给我的却是不幸和灾难。我被借调到巴克州旅后，就和他们一起参加了迈旺德决战。在这次战役中，一粒捷则尔①枪弹击碎了我的肩胛骨，并把锁骨下面的动脉也擦伤了。如果不是我那勇敢的勤务兵摩瑞抓起我扔到一匹驮马的背上，我就不能安全回到自己的部队，而会被那些凶残的格吉人②俘虏了。

枪伤和长期的辗转劳顿让我身体消瘦、虚弱不堪。我只有和大批伤员一起转移到波舒尔的后方医院。在那里，我的身体慢慢康复了起来，可是当我刚能够在病房中稍稍走动，能挪到阳台上晒一会儿太阳的时候，我又染上了印度伤寒症，再一次病倒了。一连几个

---

① 捷则尔是一种笨重的阿富汗枪的名称。——译者注
② 回教徒士兵。——译者注

月，我都是昏迷不醒，奄奄一息。最后我终于挺了过来，身体逐渐好转，只是体质还是很虚，医生们会诊后，决定马上送我回英国。于是，我就乘运兵船"奥仑梯兹号"回国。一个月以后，我在朴茨茅斯码头登陆了。那时，我的身体糟糕透了，政府给了我九个月的长假让我好好康复。

我在英国无亲无友，所以挺逍遥自在。我很自然地去了伦敦——那个大英帝国所有游手好闲之徒汇聚的地方。

我在伦敦河滨路的一家公寓里租住了一些时日，过着既不舒适又很无聊的生活，钱一到手就花光了，入不敷出，腰包一下子就空了。我很快醒悟过来了：我必须住到乡下的什么地方去，要不就得彻底把我的生活方式给改变掉。我选择了后一种活法，决心离开这家公寓，搬到一个简陋一点、便宜一点的地方去住。

就在我做出这个决定的那天，当我站在克莱梯利安酒吧门前时，忽然有人拍了拍我的肩膀。我回头一看，原来是小斯坦弗。他是我在巴茨时的一个助手。对于一个孤独的人来说，在伦敦城的茫茫人海中，碰到一个熟人，确实是一件很高兴的事情。斯坦弗当时并不和我特别要好，但能再见到他，我还是很激动。他似乎也很高兴。一阵狂喜之后，我请他一同乘车去侯本餐厅吃午饭。

车子穿行在伦敦街道上时，他很吃惊地问我："华生，你最近怎么了？看你面黄肌瘦，只剩一把骨头了。"

我简单地把我的经历跟他说了一下。话还没说完，侯本餐厅就到了。

他听完后，同情地说："不幸的人啊！你以后打算怎么办呢？"

我回答说："我想找个价钱不多而又舒服点的房子，不过，不知道能不能找到。"

我的伙伴说："这可真怪，今天你是第二个对我说这样的话的人了。"

"第一个是谁？"我问道。

"他是在医院搞化验的。今天早上他还唉声叹气呢，他说他找了几间好房子，但租金比较高，他一个人支付不起，又一时找不到人合租。"

我说："太好了，如果他真想找个人合租，那就找我吧。两个人住总比一个人住要好得多。"

　　小斯坦弗端起酒杯很吃惊地望着我，他说："你还不知道歇洛克·福尔摩斯吧，要不你怎么愿意跟他住在一起呢？"

　　"怎么啦，难道他这人不好吗？"

　　"不，他并没有什么不好的地方。只不过他有点古怪——他老是不停地研究一些东西。据我了解，他人倒是蛮正派的。"

　　我说："他是个医生吧？"

　　"不是的，我一点都不清楚他钻研的是什么。不过，他精于解剖学，又是第一流的药剂师。但是，他好像从没系统地学过医。他所研究的东西很乱，不成系统，并且也很离奇；他积累了很多稀奇古怪的知识，足以使他的教授都感到惊讶。"

　　我问道："难道你从没问他在钻研些什么吗？"

　　"没有，他很难说出心里话，虽然他高兴的时候，也爱滔滔不绝地说个不停。"

　　我说："我倒想见见他，我现在身体还不大好，受不了吵闹和刺激，因此，我要与人合住的话，得挑个好学而又安静的人。请问，我怎样才能找到你这位朋友？"

　　我的伙伴回答说："他现在肯定在化验室里。他要么几星期都不去，要么整天都呆在那儿。如果你愿意，我们吃了饭就一块坐车去。"

　　"当然愿意！"我说，随后我们又谈了些别的。

　　在去医院的路上，斯坦弗又给我讲了些关于那位先生的详细情况。

　　他说："如果你和他合不来可别怪我。我只是偶尔在化验室里见过他，稍稍知道他一点情况；他别的情况，我就一无所知了。你是自己要跟他住在一起的，到时，可没我的事了。"

　　"要是我们合不来，散伙就是了。"我盯着斯坦弗继续说道："我看，斯坦弗，你这么担心这事，里头肯定有原因。是不是那人的脾气真的很坏，还是别的原因？有话直接说嘛！"

　　他笑了笑说："要想把他介绍清楚可真不容易。我看他那人有点机械化，近乎冷血动物。有一回，他拿了一小撮植物碱让他的朋友品尝。虽然，他并没有恶意，只是想了解这种药物对不同人的效果而已，而且，我想他自己也会品尝的，但这总有点不近人情，他的求知欲太强了。"

"这种精神是很好的嘛。"

"好是好，但也太过分了些。后来，他甚至在解剖室里用棍子打尸体，你说怪不怪？"

"打尸体！"

"是啊，他说为了看看人死以后还能造成什么模样的伤痕。我亲眼看见他打过。"

"你不是说他不是学医的吗？"

"是呀，鬼知道他研究的是些什么东西。好了，我们到了，他到底是什么样的人，你自己看吧。"他说着，就和我下了车。

我们走进一条狭窄的胡同，又从一个侧门走进了一所大医院的侧楼。这地方我很熟悉。我们登上白石台阶，穿过长长的一条走廊。走廊两壁刷得雪白，两旁有很多褐色的小门。走廊尽头有一个低低的拱形过道，一直通向化验室。

化验室是一间高大的屋子，屋里杂乱地摆放着很多的瓶子。几张又矮又大的桌子纵横排列着，上边放着很多蒸馏器、试管和一些闪动着蓝色火焰的小煤气灯。屋里只有一个人在较远的一张桌子旁全神贯注地工作着。他听到脚步声后回头看了一眼，然后突然跳了起来，"我发现了一种试剂，它只能用血红蛋白来沉淀，别的都不行！"我想，即使发现了金矿，他也不一定会有现在这么高兴。

斯坦弗给我们介绍说："这位是华生医生，这位是福尔摩斯先生。"

"您好。"福尔摩斯热情地握着我的手说。我简直不能相信他会有这么大的力气。

"我想，您到过阿富汗。"

我吃惊地说："您怎么知道的？"

"这很简单，"他格格地笑了笑，"现在要谈的是血红蛋白的问题。您没看出我这发现很有用吗？"

我回答说："从化学上说，是很有意思，但它的实用性……"

"怎么，先生，难道你还没看出这种试剂能使我们万无一失地鉴别血迹吗？这可是目前实用法医学的最大发现了，请到这边来！"他一把拉住我的袖口，把我拖到他刚才工作的那张桌子旁。"先弄点血，"他说着，用一根长针把自己的一根手指刺破了，然后用吸管吸了一滴血。

"现在把这滴血和一公升水混合。你看，混合后跟清水一样。血在混合液中所占的比重还没到百万分之一。尽管这样，我相信我们还是能够看到一种特别的反应。"说着，他把几颗白色结晶物放进了混合液中，随后又滴了几滴无色液体。很快，混合液就呈现暗红色了，一些棕色颗粒慢慢沉到了瓶底。

"哈哈！"他像个得到新玩具的小孩子一样拍着手高兴地喊道，"您看怎样？"

我说："这个实验看来很不错。"

"这简直太妙了！过去用愈创木液试验的方法和用显微镜检验的方法都不太好，如果血迹凝干了，显微镜就起不了作用了。现在，不管新旧血迹，用这种新试剂都会起作用。要是这种检测方法早就有了，那么，世上就不会那么多人逍遥法外了。"

我喃喃地道："确实是的。"

"很多刑事案件都那样，案子发生好几个月后，好不容易查出一个嫌疑犯，在他的衬衣或其他衣物上发现有褐色的斑点，但这些斑点，到底是血迹，还是泥迹、铁锈、果汁的痕迹，或者是别的什么东西呢？很多专家都不好下判断，因为他们没有可靠的检验方法。现在，我们有了这个歇洛克·福尔摩斯检验法，事情就好办多了。"

他说话时，两眼炯炯有神。他边说边把一只手按在胸前，好像是对给他鼓掌的观众致谢似地鞠了一躬。

他那兴奋的样子很让我惊奇，我说："向你祝贺。"

"法兰克福去年发生过冯·彼绍夫一案。当时要是用这个方法去检验的话，那他早就判绞刑死了。另外还有布莱德弗的梅森，臭名远扬的摩勒；茂姆培利耶的洛菲洛和新奥尔良的赛姆森等二十几个案子，要是它们都用这个方法，案子就会彻底解决。"

斯坦弗不禁大笑起来，"你好像是犯罪案件的活档案。你可以去办一份报纸了，报名就叫'警务新闻旧录报'吧。"

"这样的报纸读起来肯定很有意思。"福尔摩斯边说边把一小块橡皮膏贴到手指破口上，"我得小心一点，因为我经常和毒品打交道。"说着他就伸出手让我看，只见他的手上几乎到处都贴着橡皮膏，并且由于遭到强酸的侵蚀，手上的肤色都变了。

"我们有点事要和你商量，"斯坦弗边说边在一只三脚高凳上坐下，然后用脚把另一只凳子推向我这边，"我这位朋友要找个住处，而你正愁找不到合住的人，所以我想给你俩介绍一下。"

福尔摩斯听说我要和他合住，好像很高兴，他说："我看中了贝克街一所公寓，我俩住进去很合适——如果你不讨厌烟味的话。"

我回答说："我爱抽'船'牌。"

"那太好了。我会经常在家里摆弄一些化学药品，偶尔也做做试验，你不介意吗？"

"不会的。"

"让我想想——我的其他缺点有——我有时心情不好，好几天都不说话，你千万别以为我这样是生气，我自己慢慢会好起来的。你的缺点呢？我想，我们合住之前，最好能彼此先了解一下对方的缺点。"

听他这么一说，我不由笑了起来，说："我养了条小虎头狗。我的神经受过刺激，最怕吵闹。我很懒，经常赖床。在我身体健壮起来以后，可能还有别的坏习惯，目前主要的缺点就这些。"

"你认为拉拉提琴也算是吵闹吗？"他急忙问道。

我回答说："那要看他拉得怎样了。如果拉得好，那就有如仙乐一般好听，如果拉得不好……"

"嗯，这就好了。"福尔摩斯高兴地说，"如果你满意那房子的话，我们的事就这样定了。"

"我们什么时候去看房子？"

他回答说："你明天中午到这儿来找我，我们一起去，把事情给定下来。"

我握着他的手说："行，那我们明天中午见。"

我们走的时候，他还忙着他的试验。我便和斯坦弗一起向我所住的公寓走去。

"对了，我得问一下，"我突然停住脚步对斯坦弗说道，"真奇怪，他怎么会知道我是从阿富汗回来的呢？"

斯坦弗笑了笑说："这就是他的与众不同之处，很多人都不知道他是怎么看出来的。"

"嗯，真有意思。"我搓着手说，"很感谢你让我们认识，要知道'研究人类最好的办法是从具体的人着手'。"

"你一定得好好研究他，"斯坦弗分别时和我说，"你会发现，他是个研究不透的人物，我敢保证，他了解你要比你了解他高明得多。再见吧！"

"好，再见！"我说，然后慢慢向我的公寓走去，我觉得新结识的这个朋友很有趣。

劳瑞斯顿惨案

福尔摩斯的推测又一次得到了证实，我得承认，这又让我大吃了一惊，但我还是有些怀疑，怀疑这是他事先布置好来捉弄我的圈套，至于为什么要捉弄我，我就不知道了。当我看他的时候，他已看完了来信，两眼茫然出神，一副若有所思的样子。

"你是怎么推测出来的？"我问他。

他粗声粗气地问："推测什么？"

"嗯，你是怎么推测出他是个退伍的海军陆战队的军曹的呢？"

"我没时间谈这些鸡毛蒜皮大的小事，"他粗鲁地回答说，然后又笑了，"请原谅我的无礼。你把我的思路打断了，但这没关系，你，你真没看出他曾是个海军陆战队的军曹吗？"

"真的没看出。"

"其实这很简单，但要我解释是怎么推测的，就不那么简单了。就像要你证明 2 加 2 等于 4 一样，你明知道这是不容置疑的事实，但还是很困难。我隔着街看见那个人手背上纹着一只蓝色的大锚，这是海员的特征。何况他不仅留着军人式的络腮胡子，而且一举一动很有军人气质，因此，我敢肯定他是个海军陆战队员。你一定也看到他昂首挥杖的那副姿态吧，像是发号施令似的，挺神气，挺自高自大，但又不失稳健和庄重——因为这些情况，所以我断定他当过军曹。"

"真神了！"我情不自禁地喊出声。

"这也没什么，"福尔摩斯说。但，看得出来，他见我对他感到十分惊讶和钦佩而得意。"我刚才还说没案可查，现在就有了——你看看这个！"他说着就把送来的那封信扔到我的面前。

"哎呀，"我粗略地看了下，不由吃惊地叫了起来，"真恐怖！"

他很镇静地说："这个案子的确很不寻常。请你大声地给我念一念信好吗？"

我拿起信念了起来：

亲爱的福尔摩斯先生：

昨晚，布瑞克斯顿路的尽头，劳瑞斯顿花园街3号发生了一宗凶杀案。今晨2点钟左右，巡逻警察发现这个地方有灯光，因为该巡警知道这房子一向无人居住，所以怀疑出了事。他走近后，发现房门开着，大厅空荡荡的，躺着一具男尸。该尸衣着齐整，口袋中有写着"伊瑙克·J·瑞伯，美国俄亥俄州克利夫兰城人"等字样的名片。经查，除发现屋内的几处血迹外，未见死者身上有伤痕，现场也没有抢劫迹象。死者是怎样进入空屋的，我们百思不得其解，对此案措手无策。斗胆请你在12点前去一趟现场，我将在那里恭候你。在你到来前，我们将保护好现场。如果你不能来，我将给你汇报全部详细情况，如能给我指点一二，不胜感激。

特白厄斯·葛莱森上

福尔摩斯说道："葛莱森在伦敦警察厅算是首屈一指的能人。他和雷斯垂德是那帮蠢货中的佼佼者。他们两个本来也算是眼明手快、机警干练的人，但都太因循守旧了，何况他们还明争暗斗，就像两个卖笑的妇人一样互相猜忌、勾心斗角。如果他俩都插手这个案子的话，就有好戏看了。"

看到福尔摩斯还在不慌不忙、若无其事地侃侃而谈，我非常的着急，不由大声叫道："别再耽误时间了，我去给你叫辆马车来吧！"

"我还没决定去不去呢，你急什么？虽然有时我很勤快，但懒起来的时候比谁都懒。"

"什么？你不是一直在等着这一天的到来吗?!"

"是啊，但这事与我无关，我是个非官方人士，即使我把案子给解决了，功劳也会被葛莱森和雷斯垂德那帮人捞走的。"

"但他们现在请了你帮忙呀。"

"这是他们知道我比他们强，但他们不想让别人知道这一点。好了，尽管这样，我们也得去瞧瞧，即使我什么也得不到，我也要一个人单独把这案子给破了，好让他们出出丑。"

他匆忙披上大衣，一副急于跃跃欲试的样子。

"戴上你的帽子。"他对我说。

"你让我也去吗?"

"是的,你要是没别的事的话。"一分钟以后,我们坐上了一辆马车,急急忙忙地往布瑞克斯顿赶。

这是个阴沉的早晨。福尔摩斯一路上颇有兴趣地大谈特谈意大利克里莫纳①出产的提琴以及斯特莱迪瓦利②提琴和阿玛蒂③提琴的区别,而我却因为这突发的事件和阴郁的天色而闷闷不乐,一言不发地听着。

最后我终于忍不住打断了福尔摩斯在音乐方面的谈论,我说:"好像你对这个案子漫不经心似的。"

他回答说:"哪能呢,只不过我有在没掌握全部材料前不随便下判断的习惯。因为那样常常会产生错误的判断。"

"你很快就能得到些材料了。"我指着前面说,"如果我没弄错的话,布瑞克斯顿路就到了,而那里就是出事的那幢房子。"

"对,就这儿,停车,车夫,快停!"在离那幢房子还有 100 码左右的地方,他就坚持要下车,剩下的那段路,我们就步行。

劳瑞斯顿花园街 3 号,看起来就像一座凶宅。这里一连有 4 幢离街稍远的房子,两幢有人居住,两幢空着,3 号就是空着的一幢。它临街的一面有三排窗子,尘封的玻璃上到处贴着"招租"的字样,景况极为凄凉冷清。每幢房子前面都有个小花园,把它们与街道隔开。小花园里有一条用黏土和石子铺成的黄色小道,它被昨晚的大雨弄得泥泞不堪。花园周围有约 3 英尺高的矮墙,墙头装有木栅。一个身材高大的警察倚墙而立,墙外有几个人伸着脖子往屋里张望,但什么也看不到。

福尔摩斯并不像我想象的那样马上进屋去侦查,他似乎并不着急,甚至有点儿漫不经心,我见他这模样,觉得他有点儿装腔作势。他在人行道上走来走去,一会儿看看地面,一会儿抬头看天和看对面的房子与墙头的木栅。后来他又慢慢地从路边的草地上走过去,

---

① 克里莫纳为意大利著名提琴产地。——译者注

② 斯特莱迪瓦利(AntonioStradivari):克里莫纳提琴制造家,死于 1737 年。——译者注

③ 16—17 世纪时克里莫纳的阿玛蒂家族以制造上好提琴闻名于世。——译者注

仔细察看着泥泞的小路。他停下过两次，有一次我还看见他露出了笑容，并且听到他欢呼了一声。这泥泞不堪的黏土路上，由于警察来来往往不知踩过多少回了，留下了很多脚印，我真不明白他能从上面辨认出什么。然而我还是相信他敏锐的观察力，相信他一定发现了很多我没发现到的东西。

一个头发浅黄脸色白皙的高个子站在房子的门口迎接我们，他手里拿着笔记本，他跑上来热情地握住我同伴的手说："你来了就好办了，我们把现场保护起来了，一切都保持原样。"

"但那个没保护好！"福尔摩斯指着那条小路说："那里比被一群水牛踩过还要糟。葛莱森，看来你已经得出了结论，要不你不会让别人这样做吧？"

葛莱森推托地说："我在屋里忙着呢，外边的事我全托付给我同事雷斯垂德了。"

福尔摩斯瞥了他一眼，挤了挤眉毛，说："有你和雷斯垂德这两位人物在，第三个人当然发现不了什么了。"

葛莱森得意地搓了搓手说："我想我已经尽力了，这案子的确很离奇，很适合你的胃口。"

"你没坐马车来吧？"福尔摩斯问道。

"没坐，先生。"

"雷斯垂德呢？"

"他也没有。"

"那么，我们进屋看看。"

福尔摩斯问完这无头无脑的话后，大踏步进了屋。葛莱森有些惊讶地跟在后面。

有一条短短的过道通向厨房，过道上没铺地毯，积满了灰尘。过道两边各有一扇门。其中一个显然已经很久没开过，另一个是餐厅的门，惨案就发生在这个餐厅里。福尔摩斯走了进去，因为看见死尸，跟在他后面的我，心情异常沉重。

这是间方形大屋子，因为没有家具陈设，所以更显宽大。墙壁上贴着廉价的壁纸，有些地方斑斑点点起了霉，有些地方还大片大片地剥落，里面黄色的粉墙都露了出来。正对着门的，是一个漂亮的壁炉，壁炉框是用白色的假大理石料做的，炉台上有一段红色蜡烛。整个屋子只有一扇窗子，而且还是灰蒙蒙的，所以屋里的光线很暗。

上面这些都是我后来才看到的。我刚进去的时候，注意力全集中在那具非常恐怖的尸体上。他僵卧在地板上，翻白的眼睛盯着褪了色的天花板。死者四十三四岁的样子，中等身材，一头乌黑鬈发，短硬胡子，宽肩膀，身穿厚厚的黑呢礼服和背心，装着白净的硬领和袖口，浅色裤子。耳旁有一顶整洁的礼帽。死者双拳紧握，两臂大张，两腿交迭，看来他死前曾痛苦地挣扎过。死者面貌凶恶、龇牙咧嘴，看来他非常的忿恨和恐惧。他前额低削、鼻子扁平、下巴外突，有些像怪模怪样的扁鼻猴。我曾见过各种各样的死人，但没见过比这还恐怖的。

向来瘦削而且有侦探风度的雷斯垂德，站在门口向我们打招呼。

他说："这案子一定会哄动全城的，先生，我也不是办案的新手了，可我还真没见过这么离奇的事。"

葛莱森问道："有什么线索吗？"

雷斯垂德回答说："一点也没有。"

福尔摩斯走到尸体跟前，蹲下身仔细地检查着。

"你们敢肯定死者没有伤痕吗？"他指着周围的血迹问。

两个侦探异口同声地说："绝对没有。"

"那么，这些血迹一定是另一个人的了，也许是凶手留下的。如果这是凶杀案的话，这倒让我记起了1834年修垂克特的范·坚森死时的情况。葛莱森，那个案子你还记得吗？"

"忘记了，先生。"

"你应该看一下那个案子的记录。有好多所谓的新鲜事其实并不新鲜。"

他边说边用灵敏的手指这摸摸，那按按，一会儿又解开死者的衣扣，检查一番。眼睛里又流露出茫然的神情。最后，他嗅了嗅死者的嘴唇，又看了一下死者的靴底。

"尸体一直没动过吗？"他问。

"除了必要的检查外，没有动过。"

"现在可以把他拉走埋了，"他说，"没什么需要再检查的了。"

葛莱森早就准备了一副担架和4个抬担架的人。他一招呼，他们就进来把死者抬了出去。当他们把尸体抬起来时，一枚戒指滚落到地板上了。雷斯垂德连忙拾起它，吃惊地看着。

"一定有个女人来过。这是一枚女人的结婚戒指。"

他一边说，一边把托着戒指的手伸给大家看。我们围了上去。果然是新娘戴用的金戒指。

葛莱森说："如此一来，案子更复杂了。"

福尔摩斯说："也许这枚戒指能使这案子简单一些呢！这样傻呆呆地看它是没有用处的。你在死者衣袋里都搜了些什么东西出来了？"

"都在这儿，"葛莱森指着楼梯最后一级的一小堆东西说，"一块伦敦巴罗德公司制的 97163 号金表，一条又重又结实的艾尔伯特金链；一枚刻着共济会会徽的金戒指；一枚金别针，别针上有个虎头狗脑袋，狗眼是两颗红宝石。还有俄国皮料的名片夹，里面装有克利夫兰，伊瑙克·J·瑞伯的名片，名字和衬衣上'E·J·D'三个缩写字母相符。没有钱包，只有 7 英镑 13 先令零钱。一本袖珍版的卜迦丘①写的《十日谈》，扉页上写着约瑟夫·斯坦节逊的名字。另外还有两封信——一封是给瑞伯的，另一封是给约瑟夫·斯坦节逊的。"

"是寄到哪里的？"

"河滨路美国交易所留交本人自取。信是从盖恩轮船公司寄来的，信里告诉了他们轮船什么时候从利物浦出发。看来这个倒霉的人正准备回纽约。"

"你们调查过斯坦节逊吗？"

"先生，我当时马上就调查了。"葛莱森说，"我已经把寻人启事送到各家报社去刊登，还派了人到美国交易所去打听，人还没回来呢。"

"你们跟克利夫兰方面联系了吗？"

"今天一早我们就给那边发了电报了。"

"电报上说了些什么？"

"我们把案子的情况详细说了一下，并且请他们提供一些有用的情报。"

"你没有着重提到你认为很关键的问题吗？"

"我提到了斯坦节逊这个人。"

---

① 卜迦丘 Boccacil（1313—1375）：意大利小说家。——译者注

"没再问别的？难道整个案子里一个关键性问题都没有？你不能再发个电报吗？"

葛莱森没好气地说："在电报上我把该说的都说了。"

福尔摩斯暗暗笑了笑，正想说些什么，这时雷斯垂德又来了，他洋洋得意地搓着双手。我们刚才和葛莱森在屋里谈话的时候，他在前面的大厅。

"葛莱森先生，我刚刚发现了一件非常重要的事情——幸亏我仔细检查了墙壁，否则就漏掉了。"这个小子说话时，眼睛炯炯有神，显然他是在炫耀他的重大发现。

"请跟我来，"他一边说，一边快速地回到了前厅。由于尸体抬走了，屋里的空气好像清新了很多。

"好，就站那里吧！"

他把火柴划亮，举起来照着墙壁。

"看看这个！"他得意地说。

前面说过，墙上不少壁纸都剥落了。雷斯垂德指着的那个墙角上，壁纸剥落在地，黄色的粉墙露了出来。上面有个用血写就的草字：

瑞契（RACHE）

"怎样？"雷斯垂德像马戏团老板夸耀自己的把戏一样大声说，"谁都没看到它，因为它在屋里最暗的角落里，谁都不会想到到这里看看。这是凶手蘸着自己的血写上的。看，墙上还有血往下流的痕迹呢！可见，死者决不是自杀。为什么写在这个角落里呢？你们看看壁炉上的那段蜡烛吧，把它点着了，这个墙角就是最亮而不是最暗的地方了。"

葛莱森轻蔑地说："可是，这个字能说明什么呢？"

"说明什么？这说明凶手要写一个女人的名字'瑞契儿'（Rachel），但因为某种原因，凶手来不及写完。你先记住我的话，到案子破了后，你肯定会发现有个叫'瑞契儿'的女人和本案有关联。当然，福尔摩斯先生，尽管你断案如神，你尽可以笑话我，但姜还是老的辣。"

福尔摩斯听他这么一说，忍不住放声大笑起来，这一笑就把那小个子给激怒了。福尔摩斯说："真对不起！确实是你第一个发现这个字的，你立大功了。而且正如你所说，这字确实是昨晚惨案中另外一个人写的。刚才我还来不及检查这屋子，如果你不介意的话，我想现在开始检查。"

福尔摩斯说着，很快地从口袋里把卷尺和一个大的圆形放大镜拿了出来，然后在屋里走来走去，时而立住，时而蹲下，有一次还趴在地上了。他专心致志地工作着，好像我们不存在似的，他一直自顾自地低声说着什么，时而惊呼，时而叹息，时而吹起口哨，时而高兴地小声叫起来。看到他这种模样，我不由想起了那种训练有素的纯种猎犬，它在丛林中跑来跑去，猎猎吠叫，不嗅出猎物的踪迹绝不罢休。他一直检查了 20 分钟，小心仔细地测量了一些痕迹之间的距离，而那些痕迹，凭肉眼是看不出来的。他偶尔也让人莫名其妙地测量墙壁。后来，他从地板上的什么地方捏了一小撮灰色尘土，小心翼翼地把它装入到一个信封里。接着又用放大镜一个字母、一个字母地把墙上的血字很仔细地检查了一遍。然后很满意地把卷尺和放大镜放回衣袋。

他微笑着说："有人说勤奋出天才。虽然这个定义下得有些武断，但用在侦探工作上，倒确实如此。"

葛莱森和雷斯垂德很好奇又很有几分轻蔑地看着福尔摩斯的一举一动，显然他们还不明白福尔摩斯——我已经看出来了——其实，他的每个、哪怕最细微的动作，都有它实际而又明确的目的。

"先生，你看出什么来了吗?"他们两个一起问道。

"要是我插手的话，就免不了要和你们争功。你们现在进展得很顺利，不需要人来插一手。"福尔摩斯有些讥讽地说："如果你们随时告诉我侦查的进展情况，我会尽力协助的。现在我还想和发现这具尸体的巡警谈谈，你们知道他的姓名和住址吗?"

雷斯垂德看了看他的记事本说："他叫约翰·兰斯，家住肯宁顿花园门路，奥德利大院 46 号，他现在下班了，你可以去那里找他。"

福尔摩斯把地址记了下来。

"走吧，医生，我们找他去。"他先是跟我说话，接着又回过头对两个侦探说："告诉你们对这个案子有些帮助的事情吧，这是宗谋杀案。凶手是个 6 英尺多高的中年男子，他的脚有点小，穿一双方头的粗皮靴子，抽印度雪茄，他是和死者坐同一辆马车来的，拉这辆马车的那匹马有 3 只蹄铁是旧的，只有右前蹄的蹄铁是新的。这个凶手可能是个红脸汉，他的右手指甲很长，就这么一点，希望能对你们有所帮助。"

雷斯垂德和葛莱森面面相觑，有些怀疑地笑了笑。

雷斯垂德问道，"如果他是被人害死的，那么他是死于什么手段呢？"

"毒死的。"福尔摩斯简单地回答，然后大步向门外走去，走到门口时，又回过头补充说："补充一点，雷斯垂德，在德文中，'瑞契'这个字是复仇的意思，请别再浪费时间去找什么'瑞契儿小姐'了。"

福尔摩斯说完就转身走了，剩下两位侦探目瞪口呆地呆在那里。

警察兰斯的叙述

我们是在下午一点钟离开劳瑞斯顿花园街 3 号的，福尔摩斯和我先到附近的电报局发了封电报。然后叫了辆马车，赶往兰斯家里。

福尔摩斯说："直接取得的证据比什么都重要，虽然我对这个案子已经胸有成竹了，但我还是把情况查个一清二楚的好。"

"福尔摩斯，你真让人莫名其妙。刚才你说的那些细节，你真那么肯定吗？"

"当然了。"他回答说，"我一到那里就看到了马路石沿旁有两道马车车轮的痕迹，因为在昨晚下雨前晴了一星期，所以留下这个很深的车辙肯定是昨晚到那里的。另外，还有马蹄的印子。其中有一个比其它三个要清晰得多，无疑这说明那只蹄铁是新装的。既然车子是雨后到那里的，而且葛莱森也说过，整个上午又没马车经过，所以，凶手和死者是坐那辆马车到那幢空屋去的。"

"听你这么一说，好像挺简单的，"我说，"但你又是怎么知道凶手的身高的呢？"

"这个嘛，也很简单，一个人的身高，可以根据他步伐的大小测出来，不过我现在把方法教给你也没有用。我是在屋外泥泞小路和屋里地板的尘土上量出那个人步伐大小的。接着我又用另一个方法验证了我的计算结果——人们在墙上写字的时候，通常会很自然地写在和视线平行的地方——而那墙上的字迹刚好离地 6 英尺高，非常凑巧。"

"他的年龄呢？"我又问道。

"这也简单——如果有个人能很轻松地跨过 4 英尺半宽的水洼，那他不可能是一个老头，小花园的甬道上就有个这么宽的水洼，他是一步迈过去的，而穿漆皮靴子的死者却是绕着走过的——这一点也不神秘，只不过是我那篇文章中提出的一些观察和推理的方法在实际中的应用而已。你还有什么不明白的吗？"

"指甲和印度雪茄呢？"我继续问。

"墙上的字是一个人用食指蘸血写的，写字时刮下了不少墙粉——这是我用放大镜看出来的——如果凶手的指甲修剪过，就不会这样了。我还从地板上发现了一些烟灰，这些烟灰颜色很深，而且呈片状。我专门研究过雪茄烟灰，并且写过这方面的论文，无论是什么牌子的雪茄或纸烟的烟灰，我都能分辨出来，所以，我一看就知道这是印度的雪茄。一个干练侦探与葛莱森、雷斯垂德之流的不同就体现在这些细微末节上。"

"红脸是怎么推测出来的呢？"我又问道。

"嗯，那是一个更大胆的推测，不过我相信我是对的。在案子还没弄清前，请先别问我这个问题吧。"

我摸了摸脑袋说："我越来越摸不着头脑了——那两人到底是怎么进的屋子，送他们去的车夫又怎么样了？一个人怎能迫使另一个人服毒？血又是从哪里来的？凶手既然不是为谋取钱财而杀人，那他的目的又是什么？女人的戒指又是从哪儿来的？最主要的是，凶手在离开之前为什么要用德文在墙上写下'复仇'的字样呢？——我没法把这些问题联起来一块想。"

福尔摩斯赞许地微笑着。

他说："你把案子的疑点总结得很好，简明而扼要。虽然我现在还有很多地方不够清楚，但大体上我已有了眉目。至于雷斯垂德发现的那个血字，只不过是一个圈套而已，企图让警察误以为它是什么秘密党团干的。其实那字并不是德国人写的，真正的德国人写'A'用的是拉丁字体，而他不是。所以我敢肯定，这字绝不是德国人写的，而是一个自作聪明的人摹仿着写的，这种伎俩有点类似画蛇添足。好了，医生，我只能给你讲到这里了，要知道，魔术家的戏法一旦说穿，就得不到别人的赞赏了，同样，我把我的秘诀告诉你的话，你会认为我福尔摩斯只不过是个很平常的人罢了。"

"这哪能呢。"我说，"我觉得你差不多把侦探术发展成一门精确的科学了。"

福尔摩斯听我态度诚恳地说了这么一句话，高兴得脸都红了，就像一个姑娘听到别人称赞她漂亮时一样。

"我再跟你说一点，"他说，"死者和凶手是同乘一辆马车来的，而且还很友好似的，互挽着胳膊走过了花园小路。他们进屋后，穿漆皮靴子的死者是站着没动的，而穿方头靴子的人却在屋里不停地来回走动——我从地板的尘土上看出了这些情况——他越走越激动，步子也越来越大了。他边走边说着什么，最后狂怒起来，于是惨剧就发生了。现在我把所知道的一切都告诉你了，其余的都是些猜测和臆断。好在我们有了着手下一步的好基础，咱们得抓紧时间，下午阿勒还有场音乐会呢，听说是诺尔曼·聂鲁达的，我想去听听。"

在我们说话的过程中，车子不断地在昏暗的大街小巷穿行。最后，在一条最脏、最凄凉的巷口，车夫把车停了下来，"奥德利大院就在那边，"他指着一条黑砖墙的胡同说，"我在这等你们。"

奥德利大院是一个大杂院。我们穿过那条狭窄的胡同，便到了这个方形大院，院内是石板铺就的地面，四周有一些肮脏简陋的住房。我们从穿着破烂的孩子堆里穿过后，又钻过了几排晒着的褪了色的衣服，然后才来到46号门前。46号的门上钉了个写着"兰斯"字样的小铜牌。我们一打听，知道兰斯警察正在午睡，我们便在前边的小客厅里等他出来。

兰斯很快就出来了，不过，因为我们打搅了他睡觉，他有些不高兴地说："我把我知道的都给局里报告过了。"

福尔摩斯从衣袋里掏出一个半镑的金币，有所暗示地在手中玩弄着。他说："我想请你把事情从头到尾再说一遍。"

兰斯两眼盯着小金币说："我很乐意把我知道的一切奉告给你们。"

"我想知道事情的经过，越详细越好。"

兰斯在马毛呢的沙发上坐了下来，他皱起眉头，好像在下决心不让他的叙述有一点遗漏。

"这事得从头说起。"他说，"我值的是晚班，从晚上 10 点到第二天早上六点。晚上 11 点钟时，白哈特街有人打架，除此外，我巡逻的地区非常平静。凌晨 1 点钟，天开始下雨。这时我遇到了亥瑞·摩切，他是在荷兰树林区一带巡逻的。我俩就站在享利埃塔街的拐角处聊天。到大约 2 点钟时，我想该去转一圈了，看布瑞克斯顿路有事情发生没有。这是条又偏又烂的路，路上一个人也没有，只有一辆马车从我身边驶过。我慢慢走着，心想，要有一壶热酒喝喝那该多好。正想着，忽然发现那幢房子有灯光。我早知道劳瑞斯顿花园街有两幢空房子，其中一幢的最后一个房客患伤寒病死了，房东还是不愿把阴沟修修。所以我一看到那幢房子有灯光，就吓了一大跳，心想，肯定出事了。等我走到屋门口——"

"你就停住了脚步，转身又回到了小花园的门口。"福尔摩斯突然插话说道："你为什么要转身呢？"

兰斯跳了起来，惊讶地瞪圆了大眼盯着福尔摩斯。

"天哪，确实是这样，先生，您是怎么知道的——唉！当我走到屋门口的时候，我突然觉得太冷清了，我想还是找个人和我一起进去的好。人世上的东西我并不怕，天晓得怎么回事，我突然想起了那个患伤寒病死去的房客，也许是他来检查那条害他致死的阴沟了吧。这么一想，吓得我转身就走，退回到花园的大门口，看能不能望见摩切的灯，可是什么也没看见。"

"街上一个人都没有吗？"

"一个人都没有，先生，连狗都没看到。我只好鼓起勇气走了回去，把门推开。屋里静悄悄的，于是我就走进了那间有灯光的房间。只见壁炉台上点着一支红蜡烛，烛焰摇摆不定，烛光下——"

"先打住。你看见的那些情况我都知道了。你在屋里走了几圈后在尸体旁边跪了下来，接着，你又走过去推厨房的门，然后——"

兰斯听到这里又突然跳了起来，一脸的惊惧和怀疑的神色。他大声说道："你当时躲在哪儿，看得这么清楚？我想，这些事都是你不该知道的。"

福尔摩斯笑着拿出了他的名片，扔给桌子对面的这位警察。"你可别把我当作凶手逮住，"他说，"我们其实是自己人，这一点葛莱森和雷斯垂德先生都会证明的——你接着讲下去吧，以后你又干了些什么？"

兰斯重新坐了下来，脸上仍然还有些怀疑的神色。他接着说："我跑到大门口，吹响了警笛，摩切和另外两个警察闻声赶来了。

"当时街上没别的人吗？"

"没有，凡是正经点的人早就回家了。"

"这话是什么意思？"

兰斯笑了笑说："这辈子我见过不少醉汉，可还没见过像那个家伙那样烂醉如泥的。我跑出来的时候，他正靠着门口的栏杆，大声唱着考棱班①的那段小调，他醉得连站都站不稳了，这种人真拿他没办法。"

"他是个什么样的人？"福尔摩斯问道。

福尔摩斯这一打岔让兰斯有些不高兴，他说："他是个很少见的醉鬼。如果当时我有空的话，我肯定会把他带到警察局去。"

"他的脸和衣服，你注意到了吗？"福尔摩斯又忍不住插嘴问道。

"我当时注意到了，我和摩切还搀扶过他呢。他是个高个子，红脸，长着一圈——"

"好了，够了。"福尔摩斯大声说道，"后来他怎样了？"

"我们当时太忙了，没工夫照看他。"他说。

接着，这位警察又很不高兴地说："我敢打赌，他肯定还认识回家的路！"

"他穿什么衣服？"

"一件棕色外套？"

"他手里拿马鞭了吗？"

"马鞭？没有。"

"他一定把马鞭给扔了，"福尔摩斯嘀咕着，"后来你有没有见过或听到过一辆马车驶过去吗？"

"没有。"

"好了，这块半镑金币归你了，"福尔摩斯说着，站了起来，戴上帽子，"兰斯，我想你一辈子都得不到提升了。你那个脑袋真是白长了。本来你可以捞个警长干干的。知道吗，昨晚在你手上溜走的那个醉鬼，是这个案子的重要线索，我们正在找他。现在说什么都白搭。好了，就这样子。走吧，医生。"

---

① 考棱班 Columbine 为一出喜剧中的女角。——译者注

说完，我们一起出来找我们的那辆马车，剩下那个警察半信半疑地呆在那儿。

在坐车回家的路上，福尔摩斯很气愤地说："真是个蠢货！这么千载难逢的升迁好机会，竟让他白白放过了。"

"我还是弄不明白。当然那个警察说的醉鬼与你所想的凶手的情况正好符合，但他为什么要去而复返呢？"

"戒指，先生，他回来是为了戒指。要是我们没别的办法的话，可以拿这个戒指作饵，引他上钩。我一定能逮住他的，医生，我敢跟你打个赌，二比一都行，我一定能逮住他——这一切我得感激你呢，要不是你，我才不会管这个案子呢，这个从没遇到过的最好的研究机会也就错过了。我们把这次行动叫'血字研究'吧！在这平淡无奇的生活中，谋杀案就像贯穿其间的一根红线。我们的任务就是去找到它，把它清理出来，彻底地给以暴露。我们先去吃饭吧，然后再去听诺尔曼·聂鲁达的音乐会。她的指法简直没的说，她把萧邦的那段什么小曲子真是演奏得妙极了：特拉——拉——拉——利——利拉——莱。"

看着福尔摩斯云雀般在马车上唱个不停，我不禁想到，人类的头脑真是无所不能啊。

广告引来了不速之客

忙了一上午后，我的身体有些吃不消了，所以，福尔摩斯去听音乐会后，我非常疲倦地躺到了沙发上，想睡它一两个小时，可怎么也睡不着。上午发生的事情让我静不下心来，满脑袋的胡思乱想。只要我一合眼，死者的歪扭得像猴子一样的脸就浮现在我眼前。它长得太丑恶了，如果相貌真能说明一个人的罪恶的话，我还真会感谢那个凶手，把伊瑙克·瑞伯这么丑恶的人给杀了。尽管这样，我还是认为处理问题应当公平点，因为在法律上，被害人的罪行并不能把凶手的罪行抵消。

福尔摩斯推测说，死者是被毒死的，我越想越觉得这个推测很大胆。我记得福尔摩斯曾嗅过死者的嘴唇，他肯定是嗅出什么来了，否则他不会这么说的，何况，尸体上既没跌打的伤痕，又没勒死的迹象，如果不是中毒而亡，那致死的原因又是什么呢？不过，从另一方面来看，地板上大滩的血迹是谁的呢？屋里没有厮打的迹象，也没有凶器留下。如果这些问题得不到解决，我想，不管是我还是福尔摩斯，谁都睡不安稳。从他那种镇静自如的样子看来，他已经胸有成竹了，只不过我还一时想不明白而已。

福尔摩斯很晚才回来。我想，他不可能是听音乐会听到这么晚的。他回来的时候，晚饭都准备好了。

"今天的音乐真棒！"福尔摩斯说着坐了下来，"你记得达尔文的那句话吗？他说，人类还不会说话之前，就有了创造音乐和欣赏音乐的能力了。在我们的心灵深处，还遗留着对远古时代的一些朦朦胧胧的记忆，这也许就是人类容易被音乐感染的原因。"

我说："这种说法太广泛了些吧。"

福尔摩斯说："一个人要描述大自然，那么，他的想象就得像大自然一样广阔——你怎么了？布瑞克斯顿路的案子把你弄得心神不宁了吧。"

"老实说，是这样的。"我说，"经过阿富汗的那次战斗，我本该变得坚强起来。在迈旺德战役中，我曾亲眼看到战友们血肉横飞的情景，可我并没害怕过。"

"我能理解你。这个案子有点神秘，容易引起想象，一想象，恐惧也就跟着来了。你看过晚报了吗？"

"没有。"

"晚报很详尽地报道了这个案子，但它没提到抬尸时有枚女人的结婚戒指掉到地板上，不过，没提更好。"

"为什么？"

"你看看这个，"福尔摩斯说，"我们分别后，我把这则广告送到了各家报社，让他们给登上。"

他把报纸递了过来，我看了一眼他指着的地方。这是"失物招领栏"的第一则广告。广告是这样写的：

今晨在布瑞克斯顿路，白鹿酒馆和荷兰树林之间搭到结婚戒指一枚。请失主今晚 8 时至 9 时到贝克街 21 号乙华生医生处认领。

"请别介意，"福尔摩斯说，"我用你的名义打了广告。我想，用我的名字的话，可能会被一些笨蛋侦探识破我的计谋，从而插手这个案子。"

"这没什么关系，"我说，"不过，有人来领的话，我可没戒指给呀。"

"不，你有，"他说着就给了我一枚戒指，"这枚能应付过去，它几乎和原来的一模一样。"

"那么，来领取戒指的人会是谁呢？"

"唔，肯定是那个穿棕色外套的男人——我们那位穿方头靴子的红脸朋友。即使他自己不来，他也会打发一个人来的。"

"难道他不会觉得这有些冒险吗？"

"决不会。如果我没看错的话——我有很多种理由相信我没看错。那个人为了这枚戒指会冒任何危险的。我想，戒指是他俯身察看死者尸体时掉下的，他当时并没发觉。直到离开那幢房子以后，他才察觉戒指不见了，于是又急忙回去。但是，这时他发现，由于他的粗心大意，忘记熄掉蜡烛，把警察引进了屋里。他为了怕暴露自己，不得不装成一个大醉鬼。你不妨设身处地替他想想：他很有可能会以为戒指是在他离开现场后，掉在路上了。所以，他自然会急急忙忙地搜寻晚报上的招领栏目，希望有所发现。他看到我们的广告后一定会高兴得喜出望外的，怎么会想到这是一个圈套呢？他不会把戒指和谋杀案联系在一起的。所以，他会来的，一小时内你准会见到他的。"

"他来了后我们怎么办呢？"我问道。

"嗯，到时候我来应付他。你有什么武器吗？"

"我有一支旧的军用左轮手枪，还有一些子弹。"

"你把它擦干净，装好子弹吧，这家伙是个亡命之徒，尽管我们可以出其不意捉住他，但还是防备一下好。"

我按他的意思，回到卧室做好了准备。当我拿着手枪出来的时候，餐桌已经收拾干净了，福尔摩斯正在信手拨弄他心爱的提琴。

"案情越来越明朗了——我给美国发的电报有回音了，刚才那边的来电证明了我对这个案子的推测是正确的。"

我急忙问："真的吗？"

"我的提琴换上新弦后更好了，"福尔摩斯答非所问，"你把手枪放衣袋里吧。那个家伙进来的时候，你要若无其事地跟他说话，别的由我来应付。千万别大惊小怪，以免打草惊蛇。"

"现在 8 点了。"我看了一下表说。

"几分钟后，他就该到了。你把门稍微打开些。好了。把钥匙插在门里边。好，谢谢。你看看这本珍贵的古书，我昨天在书摊上偶然买到的，书名是《论各民族的法律》，用拉丁文写的，比利时列日出版社 1642 年出版。这本棕色封面的小书出版的时候，查理一世①的脑袋还没掉呢。"

"作者是谁？"

"是菲利普·德克罗伊，不知是怎样的一个人。扉页上写着'威廉·怀特藏书'，字迹褪色了。这个威廉·怀特也不知道是谁，可能是 17 世纪的一位实证主义法律家吧，连他字里都蕴含着一种法律家的风格——那个人来了，我想。"

话音刚落，门铃就大响起来。福尔摩斯轻轻站起身，把他的椅子向房门口移近一点。接着，我们听到女仆走过走廊，打开门闩的声音。

"华生医生住这儿吗？"一个态度粗鲁但语音清楚的人问道。我们没听到女仆的回答，只听到大门关上的声音，接着，有人上楼了，慢吞吞地，像是拖着脚走。福尔摩斯竖起耳朵听着，显得有些吃惊。慢慢地，脚步声沿着过道缓慢地走了过来，接着，门被轻轻地叩响了。"请进。"我大声说道。

出人意料的是，应声而入的并不是一个凶神恶煞似的人物，而是一位满脸皱纹的老太婆，她蹒跚着走了进来。她刚进门时，被强烈的灯光映花了眼。她行了礼后，站在那儿，老眼昏花地看着我们，一只手颤个不停地在口袋里掏着什么东西。我看了一眼福尔摩斯，只见他非常的失望，一副快快不乐的样子。而我装出一副若无其事的样子。

老太婆好不容易掏出一张报纸，用手指着我们登的那个广告说："先生们，我是为这个来的。"说着，她深深地鞠了一躬，"广告上说，在布瑞克斯顿路捡到一个结婚戒指。这是我女儿赛莉的，她去年这时嫁给一个英国船上的会计。他回来要发现我女儿的戒指掉了，

---

① 指英王查理一世。1649 年 1 月 30 日，他经议会组织的法庭审判后，以民族叛徒的罪名被处以死刑。——译者注

我简直不知道他会怎样对待我女儿。他这人是个急性子，喝了点酒后，脾气暴得不得了——对不起，事情是这样的，昨晚她去看马戏，和——"

"这是她的戒指吗？"我问道。

"就是这枚！"老太婆叫了起来。"谢天谢地！赛利今晚可要高兴死了。"

我拿起一支铅笔问："您住哪儿？"

"红兹迪池区，邓肯街 13 号。离这儿远着呢。"

福尔摩斯突然说："布瑞克斯顿路并不在红兹迪池区和什么马戏团之间呀。"

老太婆转过头，用她的小眼睛敏锐地看了福尔摩斯一眼，说："那位先生刚才问的是我的住址。我女儿赛莉住培克罕区，梅菲尔德公寓 3 号。"

"请问您贵姓？"

"我姓苏叶，我女儿姓丹尼斯，她丈夫叫汤姆·丹尼斯。在船上，他是个又漂亮又正直的好小伙子，是出了名的会计；可一上岸，又喝酒，又乱玩女人——"

"给您戒指，苏叶太太，"我按福尔摩斯的暗示把她的话打断，"看来它确实是您女儿的，很高兴它终于物归原主了。"

老太婆叽哩咕噜地说了些千恩万谢的话后，颤颤地包好戒指，装进口袋，然后蹒跚着下楼。她刚出我们的房门，福尔摩斯就站了起来，冲进他的卧室，几秒钟后，他就穿上大衣，系好围巾出来了。福尔摩斯匆匆地说："我得跟踪她。她一定是凶手的同党，她会把我带到凶犯那里去的。你先别睡，等我回来。"老太婆出大门后刚把大门砰地关上，福尔摩斯就下了楼。我隔窗向外望去，只见那个老太婆有气无力地在前边走着，福尔摩斯尾随在她后边的不远处。这时，我想，如果真如福尔摩斯所料的话，他现在就要深入虎穴了。即使他不让我等他，在不知道他冒险的结果前，我也会睡不着觉的。福尔摩斯是快到 9 点钟时出门的。我不知道他要去多长时间，只好呆在房里抽烟，看一本昂利·穆尔杰的《波亥米传》①。10 点钟时，我

---

① 《波亥米传》是 19 世纪法国剧作家昂利·穆尔杰的剧本——译者注

听见女仆回房睡觉了。11 点钟，房东太太也拖着沉重的脚步回房睡觉了。快到 12 点钟了，我才听到福尔摩斯开下面大门上的弹簧锁的声音。他走进屋来，表面上既不高兴也不懊恼。过了一会儿他忽然高兴地放声大笑起来。

"说什么我也不能让警察局的人知道这件事。"福尔摩斯说着就在椅子上坐了下来，"我以前老嘲笑他们，要是这回让他们知道了这件事肯定会讥笑我的，不过，我也不在乎，我迟早会把面子挽回来的。"

"到底怎么了？"我问。

"这事跟你说倒没什么。那家伙没走多远，就装作脚痛的样子一拐一拐地走路。突然，她拦了一辆路过的马车。我靠近了她一些，想听听她去哪儿。其实，我用不着这么急躁，因为她说话的声音很大，隔着马路都能听清楚。她大声说：'去红兹迪池区，邓肯街 13 号'，当时，我竟信了她的鬼话。我见她上车，就赶紧跳上了马车的后部——这是每个侦探都必须掌握的功夫——我们就这样向前行进。马车一路不停地驶着，快到 13 号时，我先跳下马车，装作在街上闲逛。我看见马车停了，车夫也跳下来把车门打开了，可老太婆并没有下来。我走到马车面前，车夫一边在黑黑的车厢中摸索着，一边用最难听的话骂骂咧咧。老太婆早就不见了，要她付车费已是不可能的了。我们到 13 号去问了一下，那里住着一个叫凯斯维克的老实的裱糊匠。他从没听过叫苏叶或丹尼斯的什么人在那里住过。"

我很吃惊地说道："你的意思是那个步履蹒跚的老太婆居然在你和车夫的眼皮底下跳下去，而你们全然不知？

福尔摩斯自嘲地说："什么老太婆，我们才是老太婆呢，被人家骗得团团转。我想那人肯定是个很精明的小伙子，而且演技肯定错不了，可以说是一个非常出色的演员。显然，他肯定知道有人跟着他，因此来了这么一招金蝉脱壳。看来我们要抓的那个人绝非等闲之辈，他有很多肯为他冒险的朋友。好了，医生，你好像累得快不行了，听我的话，你睡去吧。"

我的确累极了，所以我就听他的话回房了。留下福尔摩斯一个人坐在微微燃烧着的壁炉边。他那忧郁的琴声在深夜里低低的拉响，我知道，他仍在思考着这个案子。

葛莱森大显身手

第二天，每家报纸都大篇幅地刊登了所谓"布瑞克斯顿奇案"的新闻。此外，有的还特别写了社论。其中一些消息连我都不知道。至今我还保存着不少有关这个案子的剪报。现在我从中摘录一些附在下面：

《每日电讯报》报道：在犯罪史上，没有比这个惨案更为离奇的了。不知凶手出于什么动机，在墙上用德文写下了'复仇'这个狠毒的字样。可见这是流亡的政治犯或社会党干的。美国有很多派别的社会党，死者显然是因为触犯了它们的内部法律，而被人追到这里，最后惨遭毒手……这篇报道在简略地提到过去发生的德国秘密法庭案，矿泉案，意大利烧炭党案，布兰威列侯爵夫人案，玛尔萨斯原理案和瑞特克利夫公路谋杀案等案后，于结尾处向政府提出忠告，建议今后应严密监视在英国的外国人。

《旗帜报》评论说：自由党执政的时候，经常发生这种骇人听闻的暴行，因为民心不稳，政府措施不力。死者是一位在伦敦住了几个星期的美国绅士。他生前曾在坎伯韦尔区陶尔魁里的夏朋婕太太的公寓住过。他是和他的私人秘书约瑟夫·斯坦节逊先生一起来英国旅行的。他们于本月4日辞别女房东后，去了尤斯顿车站，准备乘快车去利物浦。当时有人在车站月台上看见过他们，此后就下落不明了。后来，巡警在离尤斯顿车站几英里远的布瑞克斯顿路的一幢空屋中发现了瑞伯先生的尸体。他是怎样来到这里以及怎样被害等情况仍是一个谜。斯坦节逊至今不知所终。据悉，伦敦警察厅的著名侦探雷斯垂德和葛莱森同时侦查此案，相信不久该案便会水落石出。

《每日新闻》报道说，这无疑是一件政治案。由于欧洲大陆各国政府的专制及其对自由主义的憎恨，很多人被驱逐到我们国家。如果我们不去追查他们的来历，还以为他们全是遵纪守法的公民。在这些流亡者之间，有一种很严格的"法规"，如有触犯，必死无疑。

为查清死者生前的情况，必须把他的秘书斯坦节逊给找到。死者生前在伦敦寄住的地方已经调查清楚，案情已有重大进展。据悉，这是伦敦警察厅的葛莱森先生善于办案的结果。

福尔摩斯和我边吃早饭边看完了这些报道，福尔摩斯似乎觉得这些报道挺好笑。

"我早跟你说了，无论情况怎样，功劳总是雷斯垂德和葛莱森这两人的。"

"案子还没结束呢。"

"唉，这又有什么关系呢。要是把凶手逮住了，当然是因为他们办案有方；要是凶手跑了，他们又会说，他们已经尽力了，但……无论怎样，便宜的是他们，吃亏的是别人。即使他们没干什么，也会有人为他们歌功颂德的。法国有句俗话说得好——笨蛋虽笨，但还有更笨的笨蛋为他喝彩。"

我们正说着，忽然听见过道里和楼梯上突然响起了一阵杂乱的脚步声，我不禁喊道："这是怎么了？"

"这是贝克街的侦查分队。"福尔摩斯故作正经地说完后，6个流浪街头的小孩冲了进来，他们一个个衣衫褴褛，脏得不像样。

"立正！"福尔摩斯大声喝道。这6个小流浪汉听到口令后立即像6个小泥人似地站成一排。

"以后让维金斯一个人上来报告就行了，其他人在街上等着。维金斯，找到了吗？"

一个孩子答道："还没有找到，先生。"

"我估计你们现在还没找到，继续找吧，直到找到为止。这是你们的工资。"福尔摩斯给了他们每人一个先令，"好了，下去继续找吧，我等着你们给我报告好消息。"

福尔摩斯把手挥了挥，孩子们就一窝小老鼠似地溜下楼了。

接着，街上响起了他们尖锐的喧闹声。

福尔摩斯说："这些小家伙每个人哪儿都能去，什么事都能打听到，他们机灵得很，像针尖一样，无缝不入。不过，就是没人把他们组织起来。"

"你雇他们是为了布瑞克斯顿路的这个案子吧？"我问。

"是的，我只想弄清一个问题，不过，这需要等一段时间。啊！我们快要听到些新消息了！你看，葛莱森在街上正朝我们这边走来。

看他满脸的高兴样子，肯定是有什么要炫耀给我们看的。你看，他站住了。就是他！"

门铃一阵猛响后，很快地，这位发型蛮好的侦探就一步三级地上了楼，闯进了我们的客厅。

"亲爱的朋友，"他不顾福尔摩斯的冷淡，紧紧握着他的手大声说道，"快给我道喜吧！我已经把这个案子弄得一清二楚了。"

听他这么一说，福尔摩斯显露出一丝焦急的神色。

"你是说你已经把案子破了？"福尔摩斯问道。

"是的！老兄，真是这样的，凶手都让我捉到了！"

"他叫什么名字？"

"他叫阿瑟·夏彭捷，皇家海军的一个中尉。"葛莱森边得意地搓着他那双胖手，边挺起胸傲慢地说。

福尔摩斯听到这，如释重负地吁了口气，脸上又笑了起来。

"请坐，抽支雪茄吧。"他说，"我们很想知道你是怎么破案的，给你来点儿威士忌兑水行吗？"

"来点儿就来点儿吧，"葛莱森说，"这两天可把我累坏了。你知道，这虽然不是很费体力的活，但头脑很紧张，这其中的辛苦你是知道的，福尔摩斯先生，我们都是用脑子干活的。"

福尔摩斯一本正经地说："你过奖了。还是给我们说说你是怎样可喜可贺地把这案子给破了的吧！"

葛莱森在扶手椅上坐了下来，很得意地一口口地抽着雪茄，忽然，他高兴地拍了一下大腿说：

"雷斯垂德那个傻瓜真是太好笑了，他还以为他有多高明呢，结果，他全错了。他还在为斯坦节逊的下落奔波呢，而那家伙就像一个还没出世的孩子一样和这个案子没丁点关系。我敢说他现在已经找到那个家伙了。"

说到这里，他得意地呵呵大笑起来，一直笑到差点喘不过气。

"请问你是怎么找到线索的？"

"嗯，我都告诉你们吧，华生医生，虽然这是绝对机密，但我们是自己人，可以谈。破这个案子的第一步是弄清这个美国人的来历。有些人会登个广告，等知情人前来报告，或者等死者生前的亲朋好友来报告。我却不这样做，你还记得死者身旁的那顶帽子吗？"

"记得，"福尔摩斯说，"那是从坎伯韦尔路 229 号约翰·安德鸟父子帽店买的。"

葛莱森一听这话，就变得非常沮丧起来。他说："没想到你也注意到这一点了。你有没有去过那家帽店。"

"没有。"

"哈！"葛莱森放下心了，"不管可能性有多么小，你都不能让这机会白白浪费。"

"对一个伟人来说，没有一件事是微不足道的。"福尔摩斯像是在引用谁的至理名言似地说。

"接着，我去找了店主安德乌，我问他是不是卖过这么一顶帽子。他们查了查售货簿，很快就查到了，这顶帽子被一位住陶尔魁里，夏朋捷公寓的瑞伯先生买走了。这样，我就找到了死者的住址。"

"漂亮，干得真漂亮！"福尔摩斯低声赞道。

"后来，我就去夏朋捷太太那里了，"葛莱森继续说："我发现她脸色苍白，神色非常不安。她的女儿也在家里——她是位非常漂亮的姑娘。我和她说话的时候，她的眼睛红红的，嘴唇不停地颤抖，这些我都注意到了。因而，我开始怀疑起来。福尔摩斯先生，你知道，当你发现正确线索时，心里有多高兴。我问：'你们知道了你们以前的房客克利夫兰城的瑞伯先生被人暗杀的消息吗？'

"夏朋捷太太好像激动得话都说不出来了，她只是点了点头。而她女儿更是禁不住流下了眼泪。我越看越觉得她们肯定知道些什么。

"我问道'瑞伯先生是几点钟离开这儿去车上的？'

"'8点，'她不停地咽口水，企图把激动的情绪压下去，'他的秘书斯坦节逊先生说，有两趟火车去利物浦，一趟是9点15分，一趟是11点，他坐的是第一趟。'

"'这是你们最后一次见面吗？'

"那个女人听我提出这个问题，一下子变得面无人色。过了好久，她才告诉我是最后一次，但她说话时声音是哑着的，很不自然。

"沉默了一会儿后，那位姑娘开了口。她态度很镇静，吐词也清楚。

"她说：'说谎是没有用的，妈妈，我们，我们跟这位先生坦白了吧，我们后来还见过瑞伯先生。'

"'愿上帝饶恕你！'夏朋捷太太喊了一声后，双手一伸，身体

倒在椅背上，'你可害了你哥哥！'

"'阿瑟也会让我们说实话的。'这位姑娘态度坚决地说。

"我连忙说道：'你们最好把全部情况告诉我，别吞吞吐吐的。我想你们还不知道我们到底掌握了多少情况吧。'

"'都怪你，艾丽思！'她妈妈大声对她说，然后又转身对我说，'我都告诉你吧，先生。你别以为我着急是因为他和这个命案有什么关系。他是清白无辜的。我所担心的是，在你们或是别人看来，他好像是有嫌疑的，但，这是绝无可能的，他的高贵品格，他的职业，他的过去都能证明他的清白。'

"我说：'你最好把事实都告诉我，相信我好啦，要是你儿子当真清白无辜，他就会没事的。'

"她把她女儿打发出去后接着说：'先生，我本来不想告诉你的，但我女儿已经说破了，没办法，我只好跟你全说了吧，一点也不保留。'

"'这就对了嘛！'我说。

"'瑞伯先生住我们这里快有 3 个星期了。他和他秘书斯坦节逊先生是来欧洲旅游的。我发现他们每个箱子上都贴着哥本哈根的标签，可见他是从那儿来的。斯坦节逊是个不爱说话有涵养的人；但他的主人——却很坏，跟他完全不一样，他言语粗野，行为下流。他们住进来的头天晚上，瑞伯就喝得大醉，到第二天上午 12 点都没醒过来。他对女仆们的态度更让人恶心，轻佻、下流极了。最让人痛恨的是，他竟然也用这种态度对待我女儿艾丽思。他不止一次地对她胡说八道。幸亏我女儿还年轻，不懂事。有一回，他居然把我女儿拉到怀里，紧紧抱着她。他太无法无天了，连他的秘书都骂他太无耻，简直不是人。'

"'可是，你为什么要忍受这些呢？'我问道，'只要你愿意，你随时可以把他撵走。'

"夏朋捷太太被我问得满脸通红，她说：'要是我一开始就把他拒绝了就好。但他开出来的条件太诱人了。他们每人每天的房租是一镑，一个星期我就得 14 镑，何况现在是客人稀少的淡季。我是个寡妇，儿子在海军服役，花费很大。我实在舍不得白白错过这笔收入，所以，我就尽量忍着。直到最近这次，他闹得太不像话了，我才把他赶走，这就是他们搬走的原因。'

"'后来呢?'"

"'我看他坐车走了，才放了心。我儿子现在正在休假。但这些事我都瞒着他，因为他不但脾气暴躁，而且非常疼爱他妹妹。他们搬走后，我赶紧把大门关上。可是，还不到一钟头，老天啊，又有人叫门了，原来是瑞伯又回来了。他喝了不少酒，样子很兴奋。当时，我和我女儿在房里坐着，那家伙一头闯进来后，就驴头不对马嘴地说他没赶上火车。后来，他竟敢当着我的面建议艾丽思和他一起逃走。他说什么我女儿已经长大成人了，谁也管不了，还说他有的是钱，不必管我这个老婆子，他说只要我女儿马上跟他走，就可以像一个公主那样享福。可怜的艾丽思非常害怕，一直躲着他。但那家伙一把抓住我女儿的手腕，硬往外拉，我吓得大叫起来。这时，我儿子阿瑟进来了。以后的事我就不知道了。我只听到乱成一片的叫骂扭打声，把我给吓坏了，吓得我连头都不敢抬。后来抬头看的时候，阿瑟拿着根棍棒站在门口大笑。阿瑟告诉我说那个坏蛋再也不会来找我们的麻烦了。还说他要出去跟着那坏蛋，看那坏蛋会干些什么。说完后，他就戴好帽子，跑到街上去了。第二天早上，我们就听说瑞伯被人谋杀了。'

"上面是夏朋捷太太亲口跟我说的话。虽然她说话时喘一阵，停一阵，而且声音低得差点让我听不清，但我还是把她的话全都速记了下来，一点不差。"

福尔摩斯打了个呵欠后说："这的确很有意思，后来呢?"

葛莱森继续说下去："夏朋捷太太说完后，我看出了全案的关键所在。于是，我用一种对女性行之有效的眼神紧盯着她，追问她儿子是什么时候回的家。

"'我不清楚。'"她回答说。

"'不清楚?'"

"'确实不清楚。他有钥匙，他自己能开门进来。'"

"'他是在你睡了以后才回来的?'"

"'是的。'"

"'你几点睡的。'"

"'大概是十一点。'"

"'如此说来，你儿子至少出去了有两个小时。'"

"'是的。'"

"'有没有出去四五个小时的可能?'"

"'也有可能。'"

"'在这几个小时里他都做些什么?'"

"'我不清楚。'"她这么回答的时候,嘴唇都白了。

"当然,话都说到这个地步了,别的就不用问了。我带着两个警官找到夏朋捷中尉后,就把他逮住了。当我拍他的肩头,警告他老老实实跟我们走的时候,他竟肆无忌惮地说:'你们抓我是认为我和瑞伯那个坏蛋的被杀有关吧。'我们还没向他提起这件事呢,他自己倒先说出来了,这就更可疑了。"

"确实可疑。"福尔摩斯说。

"他那个时候手里还拿着他母亲所说的追打瑞伯用的那个大棒呢,那是一根很结实的木棍。"

"你认为事情是怎样的呢?"

"嗯,我是这么推测的。他一直把瑞伯追到了布瑞克斯顿路后又争吵了起来,争吵间,瑞伯狠狠地挨了一棒,也许正巧打在心窝,所以尽管打死了,却什么伤痕也没留下。因为当晚雨下得很大,而且附近又没有人,夏朋捷就把尸体拖到了那幢空房。而那些蜡烛、血迹,墙上的字迹和戒指等等,只不过是他糊弄警察的花招而已。"

福尔摩斯假装称赞他说:"做得好!葛莱森,你真是很长进了,看来你出头之日不远了。"

葛莱森洋洋自得地说:"我自以为这件事还算干得干净利落。可那个小伙子却声称他在追了一程后,瑞伯发现了他,于是瑞伯先生坐上一辆马车逃走了,而他只好回家,在回家的路上,他遇到了一位曾经在船上共事过的老同事,这位老同事陪他走了很久。可我问他那位老同事住哪儿时,他却说不上来。我认为这个案子前后情节非常吻合。可笑的是雷斯垂德,他一开始就弄错了。我想他是弄不出什么名堂的。嘿!说曹操,曹操就到了。"

进来的人果然是雷斯垂德。我们正说话的时候,他就上楼了,接着他就进屋了。他平常的那种洋洋自得和信心十足的样子不见了,替而代之的,是一个神色慌张的他,愁容满面的他,衣冠不整的他。他一看到他同事便忸怩不安、手足无措起来,显然他是有事来向福尔摩斯求教的。他站在屋子中间,两手不停地摆弄着帽子。最后,他说道:"这确实是个很离奇的案子,简直不可思议。"

葛莱森得意地说:"你真这么认为吗,雷斯垂德先生?我早知道你会这么认为的。你找到那个秘书斯坦节逊先生了吗?"

雷斯垂德心情沉重地说:"那位秘书今天早晨6点钟左右被人暗杀在郝黎代旅馆了。"